作家出版社

一片暴雨中下坠的羽毛

普玄 著

目 录

资 源

一

现在就出发吗?

总有一些突如其来的事情，刀片一样切入我们的生活，让我们随时准备出发。好，那就准备，不，现在就出发。

灰白色的凌志轿车行驶在高速公路上，汽车向南，从安徽铜陵到江西萍乡。开车的是一个年轻男人，坐车的是个年轻女人。开车的男人现在还不知道，他千里迢迢驱车送的美女，是去看望另一个男人。

现在就准备出发吗?扈成没想到女人真的会开口求自己，他一把拿起桌上的钥匙，心情激动地说。

现在就出发。杜安说。

他们就这样上路了。

轿车开进黄山风景区范围，两侧是连绵不断的山峦，迎面的是一个接一个的隧道，美景和屏障让开车人的心情逐渐舒缓过来，扈成才想起来问杜安。

你这么急着跑上千公里路，去干什么?扈成问。

去看一个人。杜安说。她心里显然有事，心不在焉地欣赏着高速公路两侧秀丽的美景。

扈成减了一点速。此前，凌志轿车一直在高速上呼啸，这条很少有人走的高速仿佛是为了证明他的车技，他觉得开出了飞机那样呼啸的美好感觉。

去看谁？扈成有一点儿不舒服感，车速又慢了点。

去看望我男朋友。杜安脑壳从车窗边侧过来一下，说，我没告诉过你吗？噢，对了，我没告诉你……还没告诉你……对不起。

汽车越来越慢，缓慢地向右边护栏附近靠，最后停下来。

怎么了？杜安问。

扈成开门下车，没有回答杜安的问题，而是从车头包抄过来，沿高速护栏转到车身后面，一个一个踢踩轮胎。

车胎没有气了吗？杜安问。

有气。扈成重新转到车头，点一颗烟，说。

一辆大卡车呼啸而过，震得高速公路一阵颤抖，轿车车身也跟着颤抖。

快上车，太危险了。杜安说。

扈成重新启动轿车，车速却怎么也快不起来。杜安手里捏着一张交通地图，一边顺着地图找路，一边对着高速路牌辨认，嘴里不停地催扈成开快点儿。

能不能开快点儿呢，老扈？能不能再快点儿，老扈？

杜安喊扈成老扈，是从扈成他们班上学来的。全班人都喊扈成老扈，尽管扈成在班上年龄最小。他们这是一个成人的企业老板 EMBA 培训班，挂靠的是北京一所著名的大学，杜安是北京这所大学派来的带班老师。杜安是他们的老师，但比他们每个人都小。一个二十多岁，个子矮小的老师，面对的是一群从三十多岁到五十多岁年龄参差高大粗横的学生，杜安却经营管理得很好。

大家既尊敬她又喜欢她。

能不能再快点儿，老扈？杜安又说。

扈成就再快一点儿，但是快过一段之后，车胎仿佛慢泄气一样，逐渐慢下来，等杜安催了，又踩住油门快一点儿。

好像走错路了。

杜安拿着地图，手指头在上面比划，说，老扈，我们好像走错路了。

杜安一个一个报沿路经过的地方，扈成往前看看高速上的指示牌，真的走错路了。

扈成停下来。

倒回去，倒回去。杜安着急地说。

开什么玩笑！扈成说，高速公路上，能倒车吗？

杜安脸上焦急一片，说，老扈，你怎么会走错路啊。

扈成突然发火，说，路是你指的，你又一遍一遍催着快点儿快点儿，现在错了能怪我吗？

杜安被吓得愣住了，呆了一下，不敢回话。很久才口气软软地说，老扈，不催你了，好吗？

你男朋友为什么在萍乡？他是萍乡人吗？车子继续前行，速度加快了一点，跑平稳后扈成问。

不，他不是萍乡人，他是湖北人，杜安说，我们那一届研究生毕业，只有萍乡一个地方要公务员，其他的都是企业和学校一类的单位。

他为什么一定要当公务员呢？扈成问。

我也不明白，杜安说，当时北京也可以留，但是是企业，他没有选。

扈成沉默了一会儿，又问：什么样的男人值得你这么跑？

他病了，杜安说，他最近心情不好，他本来是某个市长的秘书，但是不知什么原因，又被调到一个区里了。

他没病。扈成说。

没有病？你怎么知道？杜安诧异地说，你又没见过他。

我敢打赌他没病。扈成说。

杜安掏出手机给史昌庆——她的男朋友打，打了一下，占线，又打了一下，还是占线，这样反反复复打了二十多分钟，史昌庆一直占线。杜安心里有点儿焦躁，脸上挂不住。

扈成脸上表现出一点儿得意，这种得意让杜安不舒服。

扈成说，除了所谓的生病，还有什么值得你这么急？

杜安又拨电话，还是不通，抬头说，你的意思是他有什么能力，有多少钱，值得我这么去爱，是吗？

扈成说，基本上是这个意思。

杜安说，他目前还是一个普通青年，没有什么钱，没有车，没有房，一下子也看不出特别能力。但是，这很重要吗？我们拥有纯洁的爱，这就够了。

扈成噎了半天，说，杜安，你什么意思你？

杜安显然生了气，故意说，我就是想告诉那些有房有车的人，纯洁的爱情是我们内心最珍贵的东西。

扈成明白杜安在气他，也气不过，想了一下，说，那好，杜安，我给你讲个纯洁的爱情故事，好不好？

杜安情绪一下高兴了起来，说，好，老扈快讲。

扈成说，我有一个女同学，她有一个男朋友，也和你一样相隔千里。她风尘仆仆地去看他。他不是假病，是真病，他得的这种病有传染性，他传染给了她。等男的治好了病，他去看望女的，女的却没好，又把病传染给了男的。他们俩就这样，你来看我，我去看你。你传染给我，我传染给我。

太感人了。杜安说。

纯洁吗？扈成说。

太纯洁了。杜安说。

扈成笑了一下。

你笑什么？杜安觉得扈成笑得奇怪，想了一想，说对了，结果呢？

他们的结果如何?

结果还不知道，故事正在发生。扈成说。

正在发生?杜安摸不着头脑，忽然想起来说，他们得的是什么病?

性病。扈成说。

性病?杜安惊奇地侧头。

对，就是性病!扈成说。

停车!停车!杜安声音很大地喊。

扈成在高速公路护栏边上缓缓停下。

没等轿车停稳，杜安猛地拉开车门，跳下车，又猛一下关上门。

干什么你!扈成说。

不劳你大驾了，我自己走!杜安说。

开什么玩笑!你走!你走到江西吗?你走到萍乡吗?扈成变了脸色说。

对，我今天就走到江西，走到萍乡，也不坐你这车了。杜安说。

一辆红色轿车从身边呼啸而过。

太危险了!快上车!扈成喊。

杜安已经朝前面走了。因为出发得太急，她只带了一个随身小包。从安徽到江西的高速公路，大多时候车都从崇山峻岭中穿行，高速公路下面，大都是悬空的悬崖。山风很猛地从斜谷吹来，把杜安的裙子吹起来，呼呼地在身子周围飘，蓝色的裙子上面开满了纯洁的白色荷花。

太危险了!

扈成下车往前追，杜安在风中快步往前走，大朵大朵的白色荷花绕着她的身子朝前飘移。扈成追了几步，感觉不对，又折身回去，启动车子追了上来。

杜安!扈成说，太危险了!

危险不危险是我的事，和你什么关系?杜安的声音从风中飘过来。

杜安！不，杜老师！这样好不好，我刚才开玩笑，我只是开玩笑，我不该讲一个假故事骗你，我收回我的话，好不好？扈成说。

开玩笑？杜安说，你们这些——整天开着豪华车的人，你们这些有钱人，你们以为这个世界没有纯洁的感情吗？

扈成说，我收回我的话，我给你道歉还不行？

杜安说，你走吧，我今天不会坐你的车了。

杜安边说边快着步伐朝前走，扈成边说边压着车速在侧边跟，偶尔有过往的车辆，纷纷减速降下车窗朝他们张望，看这一对奇怪的组合。

两人你一句我一句，一个劝说，一个拒绝，始终达不成协议。

太阳早已落山了，从两边山脊中间放进来的白光逐渐黯淡，看着看着，白光逐渐消失。的确太危险了。

扈成停下车，看着杜安朝前方快速而倔强的前行，又好气好笑又无奈，他没想到这个小个子的人，平时在讲台上一直和和气气面带笑容的人，生起气来如此的倔强。

他看见了前面的一个指示标牌，上面写着，休宁服务区还有两公里。

扈成决定赌一把。

等扈成开着车子真的往前走了，杜安反而愣住了。她突然间腿软得不行，停下来，走不动了。

我真的要一个人走到江西，走到那个从没有去过的，叫什么萍乡的城市吗？

她再次掏出手机给史昌庆打，一打占线，再一打，还是占线。天黑了下来。杜安站在黑下来的高速公路边，不知往哪里走。静下来之后，她一瞬间有点迷茫和眩晕甚至迷失了方向。不知道哪里是前，哪里是后。甚至把两边的山峦当成前面的方向。四周是一片黑色的大海。不，大海没有这样的风！黑色的风，四周是一团团黑色的风！

求救？！

再次拨打电话出现占线的提示音后，她认定史昌庆的电话出了问题。

她希望这时候来一辆车，无论是什么车都行，但是这时候偏偏一辆车都没有。

求救？！

杜安拨打了一个电话，居然是爸爸。爸爸在北京温暖的灯光下，正在看电视。什么事？乖乖女？爸爸问。杜安的眼泪快出来了，但她极力克制住了。有什么用呢？我没事爸爸，问候您一声。她立即挂断电话。后面好不容易来了一辆车，那辆车减了一下速又迅速地跑了，他们认为碰到了鬼魂或是一个疯子。

她开始喊扈成。她辨认出了前面的方向，边跑边喊。现在只有扈成可以喊。扈成——老扈——王八蛋？——老扈——扈成……

杜安在黑暗中被一把抱住。杜安从海底深处，梦魇深处尖叫了一声。

扈成说，杜安，不要怕，是我！

杜安说，你是谁？

扈成说，我是扈成，老扈啊！

杜安拚命挣扎，扈成紧紧拉住她，让她挣扎不动。扈成说，你刚才不是在喊我吗？

杜安口吐细沫，说，我喊你？喊你了吗？扈成紧紧抱住她，怕她挣扎到路上。

杜安反复挣扎，嘴里急得含糊地说扈成是流氓。扈成烦躁而紧张，折腾出一身汗，说，杜安，你要是再胡闹，我真要耍流氓了。

杜安一下老实了。

老实以后的杜安彻底瘫软了，也许是刚才跑得太累，也许是受了惊吓，扶都扶不住。扈成像端豆腐一样的把杜安抱着平端上车，看着她小猫一样缩在副驾上。扈成呆了半天，咽了口气，给杜安扣上安全带，启程出发。

杜安哭了一路，一会儿抽泣一会儿睡觉，偶尔尖叫一下，醒来看看，然后坐起来，呆呆地看着前方的路。

谢天谢地。终于到了萍乡。终于到了史昌庆所在的湘东区。终于到了他所在的单位。

下高速进市区的时候，杜安坐正了身子，她完全清醒了。她看看时间，已经凌晨转钟了。

谢谢你。清醒后的杜安充满歉疚，真诚地说。

扈成没有回答。他必须直视前方。因为开车时间太长，他的眼睛已经受不了了，一直要流水。

谢谢你，真的是……老扈。车停在史昌庆的单位门口，杜安说，我不该和你闹，你那么辛苦，我当时只是受不了你说的什么“性病”那些话。不说那些话好吗？

二

真实感往往是通过坏事情提醒和抵达的。譬如史昌庆。在发现性病之前，无论是半夜见到杜安，还是之后两个人的温柔缠绵，包括眼前的酒宴，他都觉得虚幻，不真实。但是，就这么一下，周边的一切都真实起来。

史昌庆正在喝酒。喝着喝着，他觉得身上有点怪。怎么怪了？说不清楚。有什么怪虫子在身上爬。他从酒席中间抽身上厕所，掏出生殖器。他吓了一跳。再笨的人都会明白自己得了性病。

像是被钝器袭击了一下，史昌庆晕了片刻，随即清醒了。眼前的一切都真实起来了。是的，他心爱的杜安真的来了，现在就坐在他的身边。送杜安来的是扈成，现在坐在他的对面。天知道这个远在铜陵的地产佬怎么在萍乡还有朋友，都围着酒桌吃喝说笑。

这是萍乡市湘东区，外面是嘈杂喧闹灰尘弥漫的城街中心，一辆一辆拖煤的卡车从破损颠簸的街上穿过。酒楼里面，人群拥挤，每个房间都爆满。从充满灰尘的大街上钻进酒楼就能大吃大喝是这个区域的特色。

这一切都是真实的。

史昌庆一滴酒都不敢再喝了，坐在椅子上，下身像被一只老鼠夹子夹住了一样，一直往后缩。

你怎么了？杜安问。

没事，没事，我挺好。史昌庆一边说，一边把收缩的臀部和后腰坐直。

酒席继续在闹。扈成的几个朋友，反复地劝大家喝酒，边劝边说笑话，酒桌上笑闹一片。史昌庆此前一直在喝酒，他的酒量很大，这得益于他每天跑步的习惯带来的健康的身体。现在他不敢再喝了，一会儿找一个理由去倒水。

他心急如焚，性病的恐惧袭击着他的每一根发根。

杜安的真实感是在梦中扯醒的。返回的时候，杜安倒头就睡，她太累太困了，扈成如何拐上的高速，如何过一个一个的县境和路牌，她都不知道。她一路在做梦，梦见一些混乱的东西，梦中有一根什么绳索扯她，把她扯醒了。

慢一点儿慢一点儿。

其实没等杜安喊，扈成已经慢了。

再慢一点。杜安说。

扈成缓缓地逐渐慢，干脆靠右停了。

这地方怎么这么熟悉？两边的山岚？大块大块的绿色？一绺一绺的白光？一股一股的山风？

不单杜安，扈成也认出来了。

这就是昨天那个地方！休宁，这个叫休宁的地方！安徽边上的一个县，前面不远，是一个服务区。

山风顺着阳光一股一股地扑过来，真实感被扯动着，随着山风一起迎面而来。

这一切都是真的。

昨天下午和晚上，他们狂奔了上千公里，去看一个人，这是真的。

她和扈成在这里吵了架，她一个人在危险的高速公路上，如沉大海，如一条黑色海洋深处的鱼，这是真的。

她只是在萍乡待了半天就迅速离开，这么快就回到了这个地方，这也是真的。

杜安顺着高速公路路肩往前走，指示牌提示前面的休宁服务区只有两公里。她的步伐不再急切，速度舒缓，目光柔和。随身的小包斜挎在肩上。风吹起她的蓝白裙子，温和的阳光在白色的大朵大朵的荷花上跳跃。

杜安缓缓往前走，扈成尽量压着速度右靠着路肩缓缓跟着，他们就这样走了两公里，一直走进休宁服务区。

她已经离开了萍乡，离开了史昌庆，这是真的。

因为看清了是真的，反而觉得不合情理，不可信。怎么那么快就分别了呢？从凌晨到午后，也就半天的时间。客观上是她有工作，是带班老师，是偷着跑出来的，没有请假，但是如果有特殊情况，这一切都不是不可打破。

就这么匆匆而来，匆匆分别吗？

说到分别。没有那种场面，譬如相拥而泣，譬如无语凝噎，譬如追着车子跑……车门一关，启动了。史昌庆当然挥了挥手，但是这种挥手好像有一种急于让她走的成分。

太不合情理了。

休宁服务区有很多人，长途奔波的人们在这里加油，上厕所，购物，或者抽一颗烟。杜安坐在长满绿色植物的花坛沿上，吹着山风发呆，想史昌庆分别时候的一切举动。

他怎么像是什么事都没发生呢?

杜安知道，不是什么事都没发生，而是发生了一些深刻的事情。

杜安打开随身小包，从里面掏手绢。她的手颤抖了一下，她把手绢捏在手里，不敢打开。

手绢上记载着这次萍乡之行发生的，深刻的变化。

上面有她的处女血。

扈成这时候从厕所出来，点上一颗烟，在离她不远的地方抽一口吐一口。

他很忙。杜安突然说一句。

谁，谁很忙? 扈成说。

史昌庆，我男朋友。杜安说。

扈成没接话，他把烟头扔在离杜安不远的地上。杜安愣了一下，浑身突然一烫，仿佛扈成的烟头不是扔在地上，而是扔在她身上。

他很忙吗? 杜安心里想，我说给谁听呢?

杜安把手绢捏住，很用力地捏住，然后松下来，很用心地打开随身挎包，找一个不放东西的夹层，把手绢放进去。

杜安想起扈成来时说的三句话。史昌庆没生病。千里迢迢来看一个男人的原因。还有性病。

扈成说对了第一句，史昌庆没生病，他健壮着呢? 早上，还是一如既往的早起和跑步。

扈成问的一句，什么样的男人值得她——杜安千里迢迢跑去看?

这也和跑步有关。

起码表面和导火线是这样。

当时，全校开运动会，史昌庆报名参加最艰苦的一万米比赛。他跑步的样子让全校所有在操场的人笑得前仰后合。别人是自由摆臂，左右胳膊交错，他却把两只胳膊竖在胸前，簇拥着两只拳头，然后摇动鲜花那样边摇动拳头边跑！多么奇怪的姿势啊！多么可笑的姿势啊！

当时，全班的新生二十多人，只有史昌庆和另一个女生来自基层农村，一般的农村基层村镇，考上地方大学就不错了，哪有机会考上北京这样的国家级学府呢？班上的人在下面讨论：这哪儿来的小伙子啊！跑这么丑啊！哪儿的人跑步这样啊？少数民族？不是吧……

史昌庆就那么奇怪的，可笑地跑着，一直坚持，一圈一圈。

他那丑陋、可笑、奇怪的跑姿，可怜的样子扯动着一个女生沿路给他呐喊和送水，就是杜安。这作为爱的基础，不够吗？男人和女人的联结有时只需要一个简单的理由就够了。

扈成说的故事，关于性病。杜安想，不管你扈成多么神，多么厉害，你永远不会对。

史昌庆正在和一个暗娼吵架，愤怒的史昌庆挥着拳头，正要砸向面前的暗娼。

小诊所里的医生制止了他。医生拍一拍他的肩膀，把他叫到隔壁狭小的药房里，说，小伙子，她们这种做“小姐”的，背后都有保护人，你真敢打她吗？

史昌庆只好收回拳头。

医生就在狭小的药房里扒开史昌庆的裤子，捏住他的生殖器，皱了一下眉，说，急性淋病，什么时候的事？

史昌庆说，今天早上。

医生说，早上？那你喝酒了？

史昌庆说，对，中午陪了客人。

医生说，绝对禁酒，你这太严重了。

史昌庆说，治得好吗？要多长时间？

医生说，没问题，要一个星期。

史昌庆就在狭小的药房里挂上吊针，在一个粗糙的木头箱子上坐下来。刚一坐下，他又立即站起来。

医生，他看看病房里没有人，询问说，我女朋友会不会染上？

医生说，和你女朋友接触过……那个没有？

史昌庆说，是。

医生说，肯定传染。

史昌庆急忙掏出电话，准备给杜安打。他此前完全被愤怒淹没，忘了给杜安电话。杜安刚一离开，他就跑去找这个暗娼算账，一直从黑暗的住处寻找到这个黑暗的诊所，现在他清醒了一点。

杜安，你好吗？史昌庆捏住电话说。

我很好，你也好吗？杜安说。

我……我很好，史昌庆说。

史昌庆不知道该说什么，只好挂了电话。

史昌庆呆望着头上的吊瓶针，呆望着药水一滴一滴往下掉，心里祈祷着，寄希望于杜安不会有事，根本不会传染上。医生又进来几次取药，他又探问一下性病传染的细节和医学知识。他越探问越明白，这种奇迹几乎不可能出现。

怎么办？

有什么办法既让杜安治疗又不伤害他们的爱情？杜安杜安，为什么恰巧这时候来？史昌庆用拳头打自己的脑壳。为什么？为什么我非要她来？

药水一颗一颗往下滴，每滴一颗，史昌庆都会产生一个念头。一个又一个的不断的念头冒出来。急中生智是他这个农村出来的名牌大学生、研究生的特长，也是他这个曾经的市长秘书的素质。一个念头否定另一个念头，一个念头补充和创新另一个念头。药水滴完之后，史昌庆已经思考出一套完整的方案。他先在街上找到一辆出租车，谈好价格，留了电话，又到银行里刷出钱，然后给扈成打了一个电话。扈成刚刚到，刚刚送走杜安回到办公室。在电话里，他感谢扈成千里迢迢送杜安来，并表示近期一定要当面致谢。扈成！唯有扈成才是解决整个问题的关键！唯有扈成，才能既让杜安去治病又不伤害他和杜安的情感！唯有扈成，才肯做这种……这件事！他算准了！他决定赌这一把！虽然他们只见过一面，只见过短暂的一个饭局的时间。

都办完了，又是夜半了，史昌庆坐在床前，一直等待杜安的电话信息。以他对杜安的理解，他知道杜安会来电话。或者说他更希望这个电话不来，那说明杜安没有传染上。他希望有奇迹。

等到天明电话都没来。

但是上午刚上班不久，杜安电话就来了。

你好吗？杜安说。

我很好。史昌庆回答。

你的身体怎么样？有什么……变化没有？杜安吞吞吐吐地说。

没有，有什么变化？没有，我很好。史昌庆心里明白了，立即打电话让出租车过来。

三

从学校到医院，有五站路，杜安没有坐公共汽车，而是选择步行。在铜陵这个不足八十万人的全国最小的中等城市，她常常选择步行。一方面是想锻炼一下身体，另外一个方面，她学的专业方向，选择的研究课题，就是像铜陵这一类的资源枯竭型城市。她工作的大学和铜陵的一所大学联办 EMBA 培训班，很多老师都不愿在这么远的地方常驻，但是杜安愿意，这是一个直接动因。

穿过铜都广场，走到铜都公园的塑像前。公园在城市中间，临近公园的是城市湖泊。一个中等城市中间有一片湖泊，这个城市无论怎样都是可爱的，更何况这片湖泊的周围都是以铜取名的景致和地名。这个城市历史上曾经开采过三千多年铜，冶炼过无数的兵器和器皿。谁能证明哪朝皇帝祭祀的宝鼎不是这里冶炼的呢？谁又能证明那些著名的刺客使用的青铜宝剑不是这里铸造的呢？套用当下的一句广告语说，如果不是铜陵冶炼制造的，也是铜陵出产的铜冶炼铸造的。所以，这个以铜闻名的城市，几乎和每个朝代的大事都息息相关。

现在，据可靠资料披露，这个以铜闻名的城市，铜快开采完了，换句话说，铜总有开采完毕的那一天。国家发改委公布的资源枯竭型城市名单中，铜陵是第二批。铜陵也逐渐从历史的刀光剑影中走出来，显示出另一种面貌来。

杜安用研究的眼光来打量这个城市，这个城市的一切都带有资源的痕迹。比如说，现在，早上八点多，很多城市正是人群熙攘上班拥挤的时候，铜陵却马路清静，除了公务员和学生，大多的市民，特别是生意人，都起得很晚。过晚的夜生活让他们的太阳晚起。用铜陵当地一位市民的话说，他们的作息时间表和远在几千里的香港同步，早上十点开始，夜里两点结束。比如说街上的车辆，到处都是宝马、奔驰、宾利、保时捷这一类名车，比北京上海这一类国际化都市都不差。用铜陵某一位交警的话说，哪一天街头堵了车，那就好看了，堵在街头的名车简直就成了国际名车博览会。

这一切都是怎么形成的？离得开铜吗？

医院干净整洁，患者来往安静，一如这个城市的各个方面，街道、林木和学校。这个不足八十万人口的城市居然有六家上市公司，其中有三家和铜有关。铜陵人最熟的词是什么？套用现在流行的网络用语，铜陵的关键词是什么？首先的是“转型”。铜陵地下的铜已经不多了，但是铜陵仍然很富。没有铜可以去开采外面的铜啊，包括外省甚至外国，只要使用铜陵的品牌即可。用这样那样的种种方式，铜陵继续快速前行。

排队、挂号、诊断、化验、等待。在干净安静的医院二楼，杜安心情舒畅地关注着一楼大厅的患者逐渐增多。

化验的结果当然出人意料。

淋病。

杜安以为拿错了化验单，但是在诊断室和化验室之间反复核对后，她知道没有拿错。杜安的脸很烫。从拿到化验单后一直很烫。她仍然坐在那里看一楼，很久很久。

她搞不明白发生了什么。

她给史昌庆打了个电话。史昌庆说没事。那一定是哪里出了事。

她是一个大学老师，这个医院干净而安静，这一切让她选择了沉默。她显然已经相信了诊断。她一直相信科学。她需要想明白这一切究竟是怎么回事。

一个一百多平方米的办公室，靠墙是一排书柜，书柜前面是一张大办公桌。但是主人并不经常坐在这里，因为大办公桌对面很远的角落，有一个小办公桌，上面放着一台电脑和几本书。在小办公桌附近，有两个男人，扈成和史昌庆。他们显然已经谈了很久。

谈出了事。

你是说，杜安，她得了性病？扈成说。

是。史昌庆说。

会不会搞错？扈成说。

我当然希望搞错，但是……史昌庆说，估计不会。

你是说，你不知道自己怎么染上的性病？扈成说。

对对，史昌庆说，我前几天都还好好的，就是你们去——你和杜安到萍乡去，前后那个时候，我被染上了。怎么会染上？我还在调查，我没在哪些地方随便坐过啊。

你骗鬼吧。扈成正要抽烟，抖了半天抽不出来，干脆把烟盒扔了。

千真万确。史昌庆说。

你是说，你让我来帮助杜安？扈成说。

对。史昌庆说。

你既然是无意染上的，那你为什么不主动跟她说？扈成说。

不能说，史昌庆说，她这个人，我了解……

你怎么了解？你如果直接和她说，诚实地和她说你无意中染上了性病，会有什么后果？扈成问。

这个……这个……史昌庆说，会出很多后果……很多……

你怕失去她？扈成说。

对，单单失去，我难受，也就罢了，史昌庆小心地选择着措词，但是我怕她对这个世界，对男人，对生活，都失去信心。

噢？扈成说。

我就这么想。史昌庆说。

这么说，你不是为了自己？扈成说。

对，我是为了杜安，她现在……我太不忍心了。史昌庆低下头，揪住自己的头发，说。

你真是个人物。扈成说。

扈总，扈大哥，求求你了。史昌庆说。

奇怪了，扈成说，我们只见过一面，也就短短的一顿饭时间，你怎么认定我会帮你？

我认定了，我相信扈大哥是一个侠义的人。史昌庆说，我们不能让杜安受罪，是不是？

那倒是，我侠义不侠义先不说，但是首先得立即让杜安去治病！

这里面有一个难题，既让她治病又不要让她知情，让她对爱情、情感、男人保持基本的好感，是不是？

史昌庆说，对，就是这个意思，太对了！一下子就说到点子上了。

你认为只有我来说，只有我是最佳人选？扈成说。

不，是唯一人选，史昌庆说，这种病，还能给别人说吗。再说，只有你陪她去了啊！最关键的，扈大哥是一个侠义的人啊！

扈成朝天花板望望，朝四周又望望，说，还真只有我了啊。

那我怎么给她说呢？扈成说。

这是问题的关键，史昌庆说，你们出发去看我，回来她就得了病，除了和我在一起，那就是路途，我们朝路途上想。

路途？路途怎么想，路途我们都在车上啊。扈成说。

对，我们就朝车上想，我问了医生，医生说随便坐错了地方都会传染，她又穿的是裙子，特别容易。

扈成说，你的意思是让我说在我的车上传染的？

史昌庆说，扈大哥，求求你了。

扈成说，那照你这么说，我的车上有性病，病源应该在我这里，我就有性病，是不是？

那照你这么说，我如果这么说了，你没有得性病，得性病的是我了，是不是？那照你这么说，传染给杜安的不是你，而是我了，是不是？

那照你这么说，杜安的男朋友没传染给她，一个送她去看她男朋友的人传染给了她，是不是？

那就奇怪了，扈成点一颗烟，吐一口怪烟圈，说，那我既然传染给她，为什么就不能是她男朋友啊。

史昌庆无地找缝，结结巴巴，说不出话。

史昌庆沉默。

扈成说，你给我说实话，说了实话我就答应你，不食言。

史昌庆说，我无意中玩了小姐。但……

史昌庆还要再说，扈成掀起桌子上的烟灰缸朝他砸来，他头一侧，砸到肩膀上。

整个下午和晚上，杜安都在检索自己的萍乡之行。她是一个大学老师，硕士毕业，正在边工作边读博士，她对性病没有了解，但不是完全一无所知。下午她坐在寝室，晚上出去街上行走，仰望了一会儿星空，整理了下思路。体内的变化是明显的，她上厕所越来越频繁。千万只虫子在体内撕咬，这也是明显的。

问题出在哪里?

当然出在萍乡。路上不会出事。应该怀疑和检索的是史昌庆，但这也是杜安最不愿意去想的，一开始想心里就隐隐作痛。

不去想史昌庆，还有哪里呢?

时间很短，情节很简单。萍乡这个地方，和铜陵有一点类似，就是处处充满资源的痕迹。区别在于一个依靠铜，一个依靠煤。史昌庆所在的湘东区有个顺口溜，最穷的政府，最富的私人，最空的城市，最满的酒楼。煤被煤老板挖空，拉走，卖到外地发财。资源费交给了国家，这个地方得到了什么呢？得到了满山的荒废矿山和满城的灰尘。当地稍有地位的公务员和稍有钱的人，宁可每天跑几十分钟的车上下班，也不愿意住在这里。

这一切都是煤带来的。

但是和性病有关系吗?

那就是史昌庆了。

轿车到达时已经夜间转钟，在史昌庆的单位门口，勤劳的老门卫指着一间宿舍，那就是史昌庆的宿舍。

房间凌乱，充满酒气。史昌庆斜躺在床上，手里的电话还在充电器上插着，头发凌乱，如同猩猩。

对，猩猩。没有比这个词再恰当的了。

门没有关上，杜安推开门，眼前就是这么一副情景。

街道静谧，繁星满天。带着性病散步和平时散步很不相同，身体里暗流涌动，步子也有明显的方向性。她不知不觉散步的方向是朝着扈成办公室。是的，这个神秘如巫师一样的人讲了一个性病的故事，没想到乌鸦嘴一张，倒应验了。

杜安好像看见了史昌庆？

杜安不知不觉地走到扈成的办公楼下面。这里离她的宿舍有八到十站的路程。她走了这么远吗？

她看见史昌庆！

她看见史昌庆从扈成的办公楼跑出来，竖起双拳跑，折身弯过楼角，朝一辆出租车跑。

她张口准备喊，但是没喊出来，出租车已经开动了。

他那种独特的跑步姿势谁也模仿不了！

你在铜陵吗？她立即掏电话打。

在铜陵？……怎么会呢？史昌庆说。

四

两个吊瓶悬在头顶，吊针下面低头沉默的人在治疗性病。在相隔近千公里的铜陵和萍乡，场面惊人的相似。同样是狭小的黑诊所，同样是两个不说话甚至怒目仇视的男女，同样是用非正规支架挂着的吊针瓶。

史昌庆没想到来黑诊所治疗性病的人有那么多，小小的一间房，座椅早没了，地上蹲的，角落站的，都以奇怪的姿势悬在吊瓶的下面。医生再次把他安排进狭小的几乎插不进脚的药房，那里早有一个女子屁股欠着半边坐在一个破箱子上打吊针。他一看，正是让他得性病的那个暗娼。

史昌庆不愿意和暗娼挨着一起打针。她是什么人？我是什么人？他把医生拉到药架边说，我被她害惨了，没揍她算便宜了。

性病面前人人平等，医生说，我只有这个条件，如果你嫌弃我这里不够档次，请你到正规的大医院去。

史昌庆不愿意到正规大医院去，只好也欠着半边屁股，坐在箱子的另一边打针。

铜陵这边稍微好一点，起码有椅子坐。再次确诊一次，经历了很多很多流程和麻烦之后，杜安最终同意扈成的安排到私人诊所治疗。但是小诊所里人也照样多，一个一个进来出去的人，要么鬼鬼祟祟，要么满脸羞愧……杜安在进去的那一刻立即想走。但是扈成很快就摆平了。他把医生叫过来，塞了一沓钱。医生一是不再接一个新病人，同时把已经吊上针的原有病人，都移到另一个房间，专门腾出一间空房给他们。

吊针一滴一滴慢慢滴着，心情也逐渐平稳下来。平静下来的史昌庆和杜安，都开始想对方。

杜安打上针了吗？史昌庆想。

杜安现在相信了是在车上传染的性病。那么，是在去萍乡的路上传染的，还是从萍乡回来的路上传染的？如果是回来的路上传染的，那还好一点，如果是去的路上传染的，会不会传染给史昌庆？

杜安掏出电话要打给史昌庆，史昌庆却打来了。

你在干什么？史昌庆问。

我在打吊针。杜安说。

打吊针？你怎么了？史昌庆似乎很放心地说。

我想问你一下，你好吗？身体……好吗？杜安说。

我很好，一点儿病都没有。史昌庆说。

杜安放心了一点，说，我没事，只是……有点小感冒。

史昌庆说，我想你了。

杜安说，我也想你了。

他们都想着对方，但是，他们都明白，现在说的想，和很久以前通电话所说的想不一样了，有了很深刻很具体的内容。这就是萍乡之行带给他们的变化。

轿车开了上千公里，开到了萍乡，开到了史昌庆的单位门口，他都还不知道。他压根儿不相信杜安真的会来。他中午喝醉了，醉后先给杜安打电话，再给汪春兰——他的母亲打电话。他给汪春兰的电话一打打了几个小时，电池都打光了，插上电还在打。一直打到他说不动话，睡着了才没打。

杜安在门口碰到敬业的老门卫，一听说找史昌庆，老门卫指指大院里面靠角落的一排二层小楼，上面有一间亮着灯开着门的房间。

他每天都这样，老门卫看出了杜安的诧异，说，这个大小伙子，自从到这里来，每天都这样，白天喝酒，睡觉，晚上——有时是整夜，不关门，开着灯。

史昌庆突然坐起来，杜安吓得尖叫了一声。

她仿佛看到了一只猩猩，红着眼睛，蓬乱着头发，迷蒙呆滞地盯着她。

怎么会这样呢？怎么会这样呢？

一张条形桌，上面一只台灯。靠条形桌下面，是一只箱子。这几乎是这个房间的所有家当。没有椅子。杜安连坐的地方都没有。墙角一只白酒瓶，已经喝掉接近三分之二，白酒瓶旁边，倒着十几只啤酒瓶。屋子里充斥着刺鼻的酒气和怪异的臊味。

因为是夜半，杜安不能看见外面的环境，凌空的几十座烟囱，过去开采的煤坑和正在建设的目前还相对凌乱的陶瓷新城。

一个北京著名大学毕业的研究生，怎么会生活工作在这种环境呢？

杜安想帮史昌庆打扫一下，但是她找不到扫帚，她很快地收拾着桌上和地上的凌乱，笔、书本、白酒瓶和啤酒瓶，还有那只箱子，这只箱子史昌庆上学时就在用，一直带到这里。

史昌庆显然有点摸不着头脑，他斜躺在床头，两眼猩红，在那里傻笑。

笑什么呢？杜安说，快去打水啊。

史昌庆回过神来，跌跌撞撞端起盆子朝门外走廊尽头的水龙头面前跑。

史昌庆接了一盆清水过来，杜安已经把房间简单收拾了一下，变得整洁有序了。特别是床单，实在没法换，她只把它反了一个面，然后，跪在上面，一寸一寸扯平整。

杜安正在扯床单，扯到床对沿，看见史昌庆把一盆水端进来，手足无措不知道放在哪里的样子。杜安那一刻下定了决心，决定把自己的身子给他。她当时抬了一下头，看见史昌庆眼睛里的东西。激动而乞讨？一种令人心痛的揪心的东西。这种令人心痛的揪心的东西撞击了她。

这种疼痛揪心和当初看见他奇怪的跑步姿势一样，只是程度更深，更尖锐，更来自肺腑。

别担心，我爱你。杜安边跪着扯床单，边对低头放盆子的史昌庆说。

史昌庆的眼泪流出来。

别哭，我爱你。杜安说着，自己的眼泪却出来了。

接下来的时间，一直到早上，他们都一边说不哭，却一边哭，一边说爱。

但是史昌庆却力不从心。杜安一次又一次地打开，把自己毫无保留地献给他，史昌庆却怎么都进入不了。

史昌庆和杜安恋爱了三年，史昌庆有很多很多次想要杜安，也有一些不错的机会，但是杜安是一个家教很好，自己也相对保守的人。但是今天杜安主动给他，他却要不了，一次又一次失败了。

一身大汗。

我没用了吗？史昌庆说。

你太紧张了，杜安说，太困了，先睡吧。

杜安刚睡不久，鸡就叫了。史昌庆每到这个时候，都要出去跑步，这是他从初中到现在养成的习惯。

杜安正睡得迷迷糊糊，史昌庆跑步回来。她感觉到了史昌庆的动作和体重。这一次史昌庆成功了。杜安尖叫了一声。

接下来的一幕杜安没有看见，也无法想象，任凭她多么丰富的想象力。包括史昌庆。他一骨碌起床，换上跑鞋，出门去晨跑，他无法想象接下来发生的事。

史昌庆开始晨跑。他的身材高大，健壮有力。双拳拥在胸前，敲击鼓点一样向前。上身是红运动短衣，下身是红运动短裤。从单位宿舍开始，往山间深处的陶瓷工业园跑去。反方向是两条通向高速的交叉国道，现在已经有往来的运煤车。这个城市处处都是煤的痕迹，街上，路上，空气里，无处不在。煤即将挖完，现在在利用陶瓷土，据说全国工业陶瓷的三分之二出在这里。这是这个城市的转型方向和主要利润点。陶瓷土挖完了呢？那是下一代人思考的事情。

陶瓷工业园依靠丘陵山头而建，这显示出新时期的要求和规划人员的匠心。不再破坏植被推平一个一个山头，而是利用山头建筑房屋，山沟间修建连通公路。但是目前还没有成形，招商引资和迁建正在进行之中，先期的煤老板和现在的陶瓷老板在这里混杂和穿梭。有钱人一来，什么都会来。

嘿，小伙子。史昌庆折返的时候，听到有人在喊。

你喊我吗？史昌庆缓下步伐，停下来。他看见一个年轻女子，站在一棵树下，正在晾衣服。

这里还有别人吗？年轻女子问。

现在，我们已经知道了，这个年轻女子就是导致史昌庆和杜安性病的暗娼。她租住在这棵树旁边临时搭建的矮平房里。她刚刚被一个煤老板包了夜回来。

史昌庆看看周围，没有别人，才知道真是在喊他。

我看了你几天了。暗娼说，整个工业区，每天跑步的人就你一个，你天天跑步，跑步有意思吗？

有意思，史昌庆说，如果形成习惯，就会离不开，一天不跑都难受。

暗娼咯咯笑，说，这个陶瓷工业城能这么早的，一个是你这种围着山头傻跑的人，一个是我这种做夜间生意的人。

史昌庆说，正准备问你怎么这么早呢，什么夜间生意？

暗娼说，我们的生意是夜里陪人睡觉。

史昌庆知道碰到暗娼了。

暗娼说，小伙子，我看你这么健壮，每天跑步，你一定很厉害吧。

史昌庆本来准备离开，这句话把他拉住了。从出发开始，一直跑到现在，他一直在思考夜间的一次次失败。我不行了吗？我怎么就不行了呢？

我不厉害，史昌庆说，我……

不，暗娼说，谁都没有我看男人的眼光独到，不信咱们试试。暗娼边说，手边伸向史昌庆的红色短裤。

史昌庆没想到剧烈反应起来。

暗娼的尖叫在树枝间回响，四周都没有人。太阳被暗娼一声一声尖叫着喊到树杈中间。

五

杜安左手扎着针头，右手举着吊针瓶子去上厕所。这个小诊所的厕所没有挂瓶子的支架，她只好把瓶子朝两个蹲位之间的水泥台上撂，但是没撂稳，快要滑掉的时候被便池那边的一个小姑娘接住了。

杜安连忙说谢谢，举着吊针瓶往外走，刚走到注射房门口，忽然想到自己还没解手，又折返往厕所里走。这时候又进去了一个小护士。厕所只有两个蹲位，杜安只好站在门口等待。她听到两个护士在议论她。

一个护士说，哎，知不知道，那个男的根本没病，他陪着那女的打的是假针。

另一个护士说，我也是刚才在药房听说的，他为了陪那女的，自己打了几瓶氨基酸。

护士说，这个男的太好了，女人得了这种花病，他不去打不去骂，还这样陪她打针，真让人感动。

另一个护士说，我也感动，估计他怕伤这个女的自尊心，才说自己也得了。

杜安听到这儿，愣了一下，回头看看，诊所里打针的人都走光了，静悄悄的，只剩下扈成和她两个了。那两个护士议论的，只会是他们两个。

扈成头歪在椅子上正在睡觉。头上的吊瓶在悠闲地滴落，吊瓶下的他打着轻微的呼噜。

起来起来。杜安摇扈成胳膊。

扈成醒过来。

我问你，杜安说，你打的是什么针？

扈成睁开眼，抹一把脸，说，治病的针啊。

杜安说，你治什么病？

扈成说，什么病？还用说吗？

杜安说，你骗鬼去吧。

扈成说，怎么了？

杜安说，告诉我真相。

扈成说，什么真相？

杜安说，你根本没有病！天下有这样的事吗？把性病——这种病加到自己头上？

扈成不知道杜安从哪里知道了他这个把戏，还继续抵赖。

如果不是扈成车上传染的，会是从哪里传染的？

那么最直接的可能应该是史昌庆。

如果是史昌庆传染的，扈成为什么要出来承担这种不光彩的责任？

如果是史昌庆传染的，那么，这种隐私病，扈成怎么会知道？

这个病，到底是从哪里来的？这两个男人，他们在搞什么？

……

告诉我真相！杜安声音提高了一点。

扈成笑一笑，说，有什么真相呢？

必须告诉我真相！杜安说。

你现在有病，有病必须治，这就是真相。扈成说。

杜安高声喊：医生，医生！

医生跑过来，说，什么事。

杜安说，把针拔掉。

医生说，还没打完啊。

杜安说，让你拔你就拔。

医生看看扈成，扈成点一颗烟在抽，医生愣在那里，不知道该怎么办。

杜安自己动手拔，扯的动作太大，头上的几个瓶子咚咚相撞，医生和随后赶来的护士手脚慌乱一片。杜安手背上的血渗出来。她用手按住，冲到病房外。

小诊所在城郊，院子前面一段废旧铁轨，是当年运输铜矿的遗迹，现在上面长满了青草。杜安从诊所冲出来，冲出院子，顺着铁轨往前面跑。但是铁轨有多长？两边的青草逐渐深起来，前面是不知方向的远方。她不敢跑了，只好站在铁轨上面的青草上，哭出声来。

她觉得这短短的几天内，自己已经陷入了混乱。她看不清生活，也看不清人了。

扈成。我是该信任这个男人还是怀疑这个男人？我应该感激这个男人还是痛恨厌恶这个男人？

还有史昌庆。他是应该恨还是应该去爱？是该怀疑还是该信赖？如果怀疑，依据是什么？如果不怀疑，这么残酷的事情怎么解释？

事情突然变得简单而清晰起来。因为杜安的手摸到了随身挎包夹层里的手绢。她颤抖了一下，随即安静下来。安静以后的杜安觉得这件看似复杂的事情一下子简单而清晰起来。

这件事和扈成有什么关系呢？他只是一个帮忙的人，无论是不是在他车上传染的，无论他是以什么方式什么心思陪着她打针，这都不重要。重要的是史昌庆。史昌庆在这个过程中的一切极为重要。

那么，只要把这个手绢拿去化验一下，不就什么都明白了吗？

杜安站在废旧的铁轨上，铁轨一端，通向无名的远方，铁轨的另一端，长满了青草。

如果化验出了问题……杜安的心里再次颤抖一下，那是她的处女血，她的处女血中含有病毒，怎么办？

怎么办？

不会！

不会！

不会吗？

怎么办？

……

杜安，你怎么办？

这个男人，他是我的男人！杜安仿佛再次看见史昌庆眼光中的东西，端着一盆水站在床边的样子，受伤而可怜。心痛而令人心酸的内容。

她下定了决心。

首先治病，扔开这件事。无论如何传染上，都不是最重要的；治好病，向双方家庭公开恋情。帮助他！才是最重要的。

六

一个以生产铁矿闻名的小镇的下午。太阳还高，时间还早。春苗和豆豆，两个问题女生逃课出来，坐在镇边的一家台球桌上看行人。这个镇有一个怪怪的名字，叫汀祖，是史昌庆的家乡。汀祖镇的下午行人稀少。每个人都很蔫，像晒软的气球。远处有小型钢铁厂铸造的锐利声音，气氛枯燥沉闷得让人尖叫。

四周没有一个人。桌球老板跑不见影了。春苗和豆豆一开始在打桌球，两个人球技都很臭，打着打着，两个人都很乏味了。接下来干什么呢？她们不知道。过剩的精力和大把的时间让她们找不到出处。她们故意大声说着话，但是说着说着，声音越来越空洞。话就间隔性地止住，像刺破的气球。

我想炸了这个破镇。春苗说。

我也想炸了这个破镇，这个全市，不，全国，不，全世界最破烂的汀祖镇。豆豆说。

对，春苗说，我只是找不到放导火线的位置，这个破镇太分散了。

我也找不到，恐怕连炸药们都不想来炸这个破镇。豆豆说。

她们都笑起来。

她们两个是鄂东市职业中专的学生，三年级了，都回到镇里实习，学的什么专业恐怕连她们自己都不知道。

巨型大卡车开过来几辆。汀祖镇的人都叫这种车“巨无霸”，是专门拉铁矿石的车。一辆一辆空车而来，一辆一辆装满了铁矿石拉走。白天，一辆一辆小轿车载着开矿的富人过来，还不到傍晚，富人们像飞镖一样，会赶在黑白切线出来之前，嗖嗖嗖，一支一支飞走。

有一些人却永远走不了。

像春苗和豆豆，她们的爷爷奶奶，父亲母亲，一直到她们。

总要干点儿什么。

原来有很多年轻人，每天下午都聚集在高速公路口。他们在高速公路口撒钉子和角铁，刺破那些来来往往的拉矿车和矿老板的轮胎，后来没人干这个了。公安机关抓走了几个不说，“巨无霸”也不再怕小角铁了。再说，有什么用呢？一切照旧。每天都还是看见矿老板来，拉矿石走，忙个不停。

我想找个人把我破了，处女太没意思了。豆豆说。

破了也没意思，春苗说，我谈的那个厨师班的家伙，破我的当天他还在练习炒菜，搞得一身油烟味，特没意思。

我有一个标准。豆豆说。

什么标准。春苗说。

只要不是矿老板。豆豆说。

她们再次笑起来。笑着笑着，她们的目光被前方从高速公路口走过来的两个人吸引住了。她们看到了杜安和史昌庆。

汪春兰正在打扫房间。在一个犬牙交错、四处搭建、垃圾遍布的街道，拼命打扫自己的房屋有什么意义呢？这个道理汪春兰当然明白。但她只能这么做了，因为儿子要回来了，更重要的是，杜安要来了。

对于还有一年就要退休的小学教师汪春兰来说，最大的痛苦就是平静地承受着每况愈下的生活。汪春兰认为，自己在五十几年的生涯里，值得一说或者说有意义的事情只有三件。一件是二十年前自己由一个乡村民办老师转成公办老师，一件是把家由村子里搬到镇上，还有一件，也是最值得说的一件，就是她把儿子史昌庆从村子里一直培养到镇里、市里，最终到北京去读大学，读研究生。

但是等她搬到镇里，刚住了没几年，熟悉的邻居纷纷搬到市里，村里有一部分人也慢慢搬到镇上来住。她想再搬到市里，已经没有力量了。

她好不容易熬到的公办教师，兢兢业业，小心翼翼，等到快退休，发现自己没有一点儿成就感和值得炫耀的地方。在汀祖镇，最理想的职业是当矿老板，再有就是给矿老板打工。下一个星期的矿井，抵得上老师的一个月工资。

还有，她熬干心血培养的儿子，史昌庆，她的骄傲，她生命的全部，北京的一所大学毕业的研究生，怎么就分到江西那么脏乱的一个市呢？那还不如分到他们出生居住的这个市啊。

这些都是她解决不了的问题。

史昌庆读小学的时候，她当时还住在村子里，她不让史昌庆读村里小学，让史昌庆到镇里读小学。为此她每天踩自行车送史昌庆上学，接他放学。上初中的时候，他们已经搬到镇里住，按说在镇里上学该近了，但她却把史昌庆送到市里读，让史昌庆在更高级的城市和学校读书是她始终坚持的。

一直风里来雨里去。

实践证明了汪春兰的正确性。史昌庆村里的同学考上镇里初中重点班都很难的时候，他却上了市里的初中；镇上同学上市里高中都很难的时候，他却上了全省重点高中。

教育的资源——师资、环境、实验器材、机遇……一切都在向城里和重点学校集中，这一点汪春兰比谁都清楚。

最惊险的是上高中。当时史昌庆没有报考鄂东市高中，而是报考的黄冈高中。上黄冈高中意味着什么？这所前国家副主席董必武曾经求学过的地方，是大多数高中学生的梦想，集中了全省甚至全国一流的师资。上了黄冈高中，就等于一只脚已经踏进了重点大学。但是在那一年，史昌庆碰到了自己的小学竞争对手——秋田。

秋田在村子里读书的时候和史昌庆一个班，也是汪春兰的学生。汪春兰认为，在她教过的所有那么多届学生中，秋田是最聪明的一个。秋田的父母是农民，但就凭着他自己，一直往上考，重点初中，尖子班。

考黄冈高中的时候，秋田和史昌庆同样的分数，但只有一个名额。按主科成绩——语文数学外语，秋田却比史昌庆高。黄冈高中准备录秋田，这把汪春兰急疯了。

汪春兰跑到黄冈高中，从门卫开始找起，一直找到老师、班主任、年级组长、教务主任、副校长、校长，整整一个月，她像黄冈高中的一名员工一样，每天在校园里面穿行。帮忙别人拎开水和擦桌子，力尽所能。她的诚心感动了所有人。最后学校加试了一门，并且加试的是史昌庆最擅长的长跑。这门加试淘汰了秋田。

史昌庆的父亲是一位复员军人，现在在外地一家企业打工，除了老实干活，一无所能。家里的所有变化，一点一滴，都靠汪春兰。几十年来，里里外外，她总是想在众人面前熬到最好，但是回头一看，并没有走几步，大家齐刷刷地追上她，她却没有力量了。

杜安的出现让汪春兰一下子手足无措，她一会儿端鱼汤，一会儿拿饮料，都不知道该干什么好。她一下子就喜欢上了这个北京来的姑娘，矮个子，大眼睛，文静而有教养，还特别随和。一同追随来的春苗和豆豆，她们原先也和汪春兰住一个村子。现在也和她是镇上的街坊。这两个在汪春兰看来不努力上进的青年现在和杜安正聊得热乎。

喝完鱼汤之后，史昌庆和春苗、豆豆，带着杜安到乡下去玩。汪春兰坐在那里想了一下，决定要大宴宾客。她先是去买了一条好烟，最贵的，高档黄鹤楼，六百块钱一条。又去菜市场买最贵的甲鱼。酒是五粮液，当然也是最贵的。汪春兰算算，一个月工资没有了。但是她相信自己的眼光。杜安，好姑娘，这是儿子的机遇，也是福分。

她去请最有头面的人，校长。原来一个村子里现有最有钱人——矿老板。然后委托矿老板请到这个镇的最高长官，镇委书记。现在正是换届的时候，镇长还没选出来，书记兼着镇长。她还碰到了秋田。秋田没有上黄冈高中，也就没有上重点大学，只在本市上了一个大学，现在分到区里交通局。她也一并请了秋田。

尽快准备一切，都是最好的。这就是汪春兰。

展现在杜安眼中的是一幅幅复杂的画面。史昌庆、春苗、豆豆，他们骑着自行车，带着杜安从镇上往村子里去玩。在靠近黄石市的白稚山系脚下，是他们曾经住过的村子。一路骑过来，杜安眼中的画面渐次展开。

在靠近城镇的地方，树上路上一片污黑，大片的土地荒芜着，没有人耕种，但是村子里的楼房却盖得一个比一个漂亮，中间一个水库是过渡带，慢慢朝山里骑，山清水秀，一片一片金黄的稻谷，但是村里大都是低矮的平房。一边是污染而肮脏的富人，一边是山清水秀的穷人，一下就看出来了。

怎么这么大区别呢？杜安问春苗和豆豆。

我们这里没有矿，春苗和豆豆说，他们那里有矿，脏是脏一点，但是他们有钱。

那么多土地，怎么不种呢？杜安说。

没有人想种地，不划算，要么在矿上打工，要么骑摩托车到黄石市去打工，赚到的钱都比种地多。春苗和豆豆说。

但是杜安却爱上了这个没有矿的村子。他们找到史昌庆家里原来的老房子，在两棵大树中间，树枝弥弥漫漫，快伸到屋顶了。这里是呈长条弧状的白稚山系尾巴，不远处是一个镜子般的水库。屋子空着，但是很干净，汪春兰每个星期都要来打扫一下。

你爱看鸡吗？我们这山上有自然放养的鸡，夜里睡在树上。爱看板栗树吗？你爱看赌博吗？春苗和豆豆争着和杜安说话，她们太喜欢杜安了，简直不知道怎么对她好了，不停地介绍这介绍那。

好啊，我什么都喜欢看。杜安说。

那些矿佬，晚上都聚在这山里面赌博，听说他们和澳门赌场是一条龙的。春苗和豆豆说。

是吗？杜安快乐地说。

杜安很喜欢这两个小女孩，她们相差不到十岁，有很多共同语言，事实上，杜安在短短的时间里喜欢上了这里的很多人。比如说汪春兰，一看就知道她在扒心扒肝地对你好，再比如随后见到的镇委书记和秋田。

在随后的丰盛酒宴上，杜安见到了这个镇里的头面人物和精英。酒桌上大家相互喊“老俵”，原来整个汀祖镇四百多年前都是“江西填湖广”的时候移民搬迁而来的。然后他们相互之间大碗喝酒，一碗一碗。

其中最厉害的是秋田。他已经微微发福，现在是交通局的一名科长，经常四处检查，顿顿有酒。他对目前的生活很满意。

他给杜安敬酒，说，你知道吗？当年一个上黄冈高中名额，两个人竞争，史昌庆争去了，要是我争去了呢？现在和你谈恋爱的，会不会是我？

一桌人大笑。

最后赶来的是新调来的镇委书记，个子不高，说话也不快。他刚刚处理完一个小型钢厂的职工死亡案，又接到一个矿山上的非法集资案，刚刚上任，他每天都要花一大半时间处理麻烦事。

众人把他安排在主位，和北京来的贵客杜安坐在一起。

酒席喧闹中，他得知杜安的研究方向是资源枯竭型城市转型发展，非常高兴。

我在任几年，只做一件事，那就是转型，他说，我们的矿开不了几年了。我们要想让这个镇继续活下去，那就得做些什么；如果我们想让这个镇就此死去，那就继续开矿，其他什么也别做。

七

从汀祖回来不久，杜安就跟父亲开了口。

窗台下有很多盆充满生机的植物，在离窗台不远的书柜附近，杜安的父亲——已经退休的杜局长正在看书做笔记。在杜安看来，父亲也是一盆植物，并且比其他盆栽植物更充满生命力。因为他不是长在盆子里，而是多年来一直生长在坚实的大地上。

杜安换上拖鞋走进书房，悄悄去摸这根老植物的胡须。这是父女多年的默契，也是一种暗号。

老局长一边享受天伦之乐，一边问，有什么事情求我吗？

杜安趁机把史昌庆调动的事说了。

老局长说，他当初为什么不留在北京呢？

杜安说，我们那一届，留北京的都是企业指标，要公务员的只有江西萍乡。

老局长说，为什么他非要当公务员？

杜安说，我也没搞明白。

老局长说，你要和他结婚吗？

杜安迟疑了一下，说，大概是吧。

杜安简单地说了一下史昌庆的处境、遭遇和家庭状况。

老局长久久没说话，植物一样静坐良久，问杜安，一个人为了当一个公务员离开你，你认为他是爱你吗？

杜安曾经想过这个问题，但是没想明白。

杜局长打了一个电话到江西的一位老战友，老战友又一个电话到萍乡。四个电话以后，史昌庆的基本情况出来了。

史昌庆分到萍乡以后，开始是一位市长的秘书，正像杜安说的，努力上进。但是有一件事，让他倒了霉。

萍乡是著名的红色旅游区，因为毛泽东、刘少奇等名人在那里战斗过，现在很多领导人都还去。有一位电视上才能看到的大领导到萍乡去，不单旅游，还关心产业转型和循环经济。在考察的时候，他问了一个专业问题，尽管当地领导准备很充分，还是答不上来。在一旁当秘书的史昌庆却答上来了，他为此还得到首长的表扬。

按照常理，这是一次才能的展示和人生的机遇。史昌庆也因此和那位首长的秘书联系上，经常电话信息往来，但是市里个别能决定他命运的人却很不高兴，找了个借口，把他调到湘东区去了。

杜安说，他做得对还是错?

老局长说，这个要看具体情况，每个人都有向上的力量，这样我们的生活才能越变越好，但是，向上和规则之间往往存在矛盾，不打破规则也不行，过分打破规则，又是一种破坏性力量。

杜安说，他其实当初也有一些机会。我们的导师和国家发改委一位副司长是同学，那位副司长经常委托我们做课题，有一回导师让史昌庆进了课题组。史昌庆很努力上进，得到副司长的认可和肯定，也就找理由经常来往。后来导师就不高兴了，把他调出了课题组。

老局长说，也许这就是问题所在。我建议你再想想。

杜安说，爸爸，不用想了。他如果真的结识了那位首长，调到北京，升迁了，我可能会不再和他谈恋爱下去，但是，他现在落难了。一个在北京读过研究生的人，到那么一个城市，还被贬到区里，我这时候要是再扔掉他，就太不仗义。我不能做那样的事。

老局长站起身，摸着杜安的脑壳，叹口气说，真是我的女儿。

史昌庆被请到杜安家里做客。和汪春兰的隆重相比，杜安家里更多的是随意。没有请任何陪客，杜安的父亲、杜安、史昌庆，还有保姆。杜安的母亲去世了，她的父亲没有续弦。保姆忙完也上桌吃饭。一瓶红酒，史昌庆客气了一下说不喝，大家都没再劝。

史昌庆准备了很多，都没有用上。此前，史昌庆专门打听了杜安的爸爸，从网上寻找了他的资料及相关边缘行业的资料，但是一直没有合适的机会表达，饭局就匆匆结束了。

饭后吃水果，边吃水果边打开电视看。电视里面发现了某个省的地方性群体事件，因为一个医患事故，导致上千人在地方政府门口示威。老局长很随意地问史昌庆对这件事的看法。

这刚好是史昌庆思考的范畴。史昌庆说，现在各个地方群体性事件不断，一个核心的原因是基层领导者没有“手段”。

老局长说，要什么“手段”呢？

史昌庆说，对于基层领导者，他上面有若干条领导战线，有教育、公安、经济、社区、工业、农业……但是所有的线在他们这里必须要汇总，要挽个结，因为他们要和老百姓直接面对面处理问题。他们面临的问题要比上面单一战线复杂得多，他们不能再往下面交了，只能亲自去处理，处理就需要“手段”。

老局长说，你说的“手段”是权力，还是解决问题的办法？

史昌庆说，都是，但都不完全是。基层领导者，会碰到很多刁民，也就是那些为达到自己目的拼命向上面提过分条件的人，这时候怎么办？不答应，他们就会闹；闹大了，上面中央总的精神是和谐社会，一看不和谐，有事端，就拿基层干部开刀，撤职、调离等等。所以，好多基层干部不愿解决矛盾，矛盾不解决，越积越大，最后形成群体性事件。

老局长说，你说的这个很有道理。那你说的“手段”到底是什么？

史昌庆挠下头，说，可能就是一些强制力吧，差不多。

老局长说，你是说要用一些强制力去达到和谐，手段和目的不同，这不矛盾了吗？

史昌庆说，理论上矛盾，实际上不矛盾。

老局长沉吟不语。

史昌庆走后，老局长把杜安喊到书房，父女两个聊天。杜安问父亲对史昌庆的看法，父亲没直接表态。父亲反过来问杜安，如果他的境况继续差下去，甚至丢了工作，沦为流浪汉，你是不是会不顾一切，加速与他恋爱甚至结婚的步伐？

杜安想了一下，点点头。

杜安的父亲帮忙把史昌庆调到北京，事情进展得很快。史昌庆回到萍乡不久，就接到借调令，先被借调到北京某个区的老干局，借调考察期限是半年。

史昌庆的事安定下来之后，杜安全身心地投入到工作当中。她必须准备博士论文，她研究的方向是资源枯竭型城镇的转型。她调研了很多地方，东北和西北最多。辽宁的阜新、宁夏的石嘴山、河南的焦作等十几个城市。

调研的现状可以用四个字来表达——触目惊心，作为一个有良知的研究者，杜安对很多城市的发展感到担忧。杜安也在调研中受到了很大的教益，而这些知识在平时的书本和课堂里，是无法学到的。

她每到一个城市，都结交一批朋友。这些朋友不分档次，不分学历。对于一个资源型城市来说，每一个人，甚至每一个物件上，都有资源的痕迹。她留下他们的电话或 QQ 号码，通过电话或者网络，继续追踪着这些地方的一切。

大部分都有共性。

比如，一个城市的矿老板搞非法融资，当地很多人入了股。大家都认为，矿老板有那么大一座矿，再怎么都不会差到哪里去，再加上新闻上不断传说的矿品涨价信息，让每个入股的人都做着美梦，等着拿高额利息，结果矿老板却跑了。他的所谓富矿，早已开采成空壳。

再比如，一个矿老板下面的工人，得了癌症。矿老板不让他再上班，他一定要坚持上班。矿老板无奈和他签了协议，意思是他本身有重病，死活（除工伤事故外）与企业无关。结果某一天死在岗位上，家属来闹事，他拿出协议也解决不了问题。政府和群众，都逼着他承担补偿。

如果你在一个资源型城市搞调研，几乎每个人都痛斥矿老板，痛恨污染，赞成和拥护转型，但是真正执行起来，也可能每个人都会成为阻力，这就是社会的复杂性。

在杜安调研的十几个城市中，大部分都没有转型成功，大部分都在等待中央或者政府的补偿政策。找关系找上面多要一点补偿，是他们最大的动力。最困难的是各种复杂关系的介入，还有一点，就是转型发展涉及到个人利益，比如土地流转和动迁的时候，每个人都会反对转型。

按照惯性缓缓的每况愈下，逐渐地被惯性慢慢侵蚀。城市，乡村，人，都在其中。

除非有那些特别的人，要么，是特别的事件。

那些转型成功的城市，比如铜陵，还有焦作，都流传着一个知名的能人故事。这些能人一般是高级官员或者大老板。他们的远见卓识和奉献精神改变了一个城市，也为这个城市的后代所记忆和传诵。

春苗和豆豆现在是杜安的知心网友。

有一回杜安在网络视频上看到了春苗自残。

春苗拿着刀片，在自己的手臂上一道一道地划，血球子一颗一颗挂在皮肤上。豆豆站在旁边，显然已经习惯了春苗的举动。

杜安在视频里大声喊：豆豆，你在干什么？把她刀片夺了啊。

豆豆说，杜安姐姐，你让她划自己几刀吧，如果不划自己几刀，她憋得难受。

杜安说，春苗，你有什么东西憋得难受？你有什么委屈吗？说给姐姐听听。

春苗问豆豆，我有什么委屈？我不缺钱用，我父母又没离异感情受伤害，我怎么就不舒服？

豆豆说，她的处女身子献给了满身油烟的厨师班的家伙，她不舒服。

杜安说，为一个男人，值得吗，春苗？

春苗说，杜安姐姐，别听她胡说。

血球子一颗一颗亮晶晶地排列着，像遥远的草莓果。为什么？为什么……杜安一个问号一个问号地在屏幕上打。

我们没有考上重点高中，我们从此丧失了上大学的机会，我们只能在职业中专学就业的基本技能，豆豆在大屏幕上回复。春苗也在看着屏幕。

不上大学怕什么？杜安在屏幕上打，学一门基本技能，照样快乐地生活。

我们想嫁一个有钱人，但是我们看来不行了，我们两个人，相貌都长得平平。豆豆继续。

杜安说，非要嫁有钱人吗？有钱人年龄都大了，正在奋斗的年轻人有什么不好呢？

春苗在视频里说，那我们忍成黄脸婆，嫁的这个人要是没富起来怎么办？

豆豆说，对，那我们一辈子都押进去了。我们回到家乡这个小镇，气就不打一处来，除了几个矿老板，谁富了呢？所以，我们十有八九，要嫁一个穷人，就像镇上的大多数人一样。

春苗说，我们比他们都不如，他们还有个田种，还有工厂，我们现在，田都进污水了，工厂都垮了。

豆豆说，我们不想出去打工，在外面受人欺辱。我们不愿意到外面当“小姐”。

春苗说，对，打死也不当“小姐”，我们再穷也不挣那个钱。

豆豆说，我想回来干，但是我们能干什么呢？杜安姐姐？

杜安不知道该怎么回答。

八

扈成开的概念型酒店让杜安觉得眼前一亮。

酒店的位置设在铜陵市政府和几个银行之间，基本上是白领出入的位置，所以酒店的定位人群就是白领工薪消费。值得一提的是菜品，扈成专门开发那种稀有物产，比如黄山上的蔬菜系列。这种城市的稀有物产，对于产地来说却是平常动物植物。因为无法大工业生产，特别的原生态。也因为产品的数量有限，限制了酒店的规模。

但是这种不太大的概念型酒店却让杜安特别喜欢。干净、整洁、规范、流程化，来的客人都是白领阶层，大都有很高的素质。说话轻声细语，不像某些大型酒店充满了官阶的生硬冰冷，也不像某些大众酒店充满了喧闹和酒气。这种既有品位对几方有利又赚钱的事，多好呢！

但是扈成却不是太满意，他找杜安这位教经济的老师请教。

我原来是一个地产老板，地产嘛，三年搞一个盘，一个盘子搞下来，利润就是上亿元。一个赚过上亿元一个盘的老板，你让我搞这种小酒店，对我是一种折磨，扈成说。

怎么是一种折磨呢？杜安问。

主要是钱，扈成说，每天会计跟我汇报营业额，都是几千几千，只要超过盈亏持平点，就高兴得不得了，但是我听都懒得听。

杜安想起来汀祖镇，大量的土地荒芜着，农民们都出去打工，镇里村里，无论怎么大会小会，无论怎么样劝说罚款，都见不了效。如果没有经济作用，硬逼农民种田是不见效的。经济账每个人都会算。

对于扈成来说，也是在转型。转型不赚钱，谁都不愿意转。

杜安和扈成共同探讨这个问题，这也是她研究的领域之一。成本计算，产品原产地的物料采购，运输流程和耗损，制作流程和耗损，都算过了。杜安得出结论，这种类型的酒店在一个城市做大是不可能的。要想赚大钱，必须能复制，走连锁的道路。

这又带来一个新问题。对于扈成这种传统的靠一个一个单一项目起家的老板来说，有复制的经验吗？有连锁的知识和管理水平吗？

一个生意人转型，涉及到方方面面。对产品的重新熟悉，对管理的重新学习，关键的环节，是对战略和营销模式的重新定位。

杜安帮了扈成的大忙。既然要复制，战略就要差异化，理念口号就要响亮，营销就要模式化。杜安有的是理论，扈成有的是实践，他们还一个一个请教有连锁经验的人。一段时间以后，一个成形的扩张方案出炉了。

你想干什么？

整个酒席上，史昌庆几乎没怎么说话，听杜安和扈成谈概念型酒店，谈在北京如何复制第一家酒店。他们选择了一家概念型小酒店进餐，边吃边谈。谈到中间，杜安去上厕所的空当，只剩下史昌庆和扈成两个男人单处的时候，史昌庆劈头来了一句。

你想干什么？

扈成一下子愣住了。

扈成想回答，我想在北京复制一个酒店啊。但是他明白，史昌庆问的并不是酒店。

你想干什么？

扈成也问自己。

吃完饭后，扈成在北京的街道上散步，他一遍一遍地问自己，一遍一遍地自问自答。

你想干什么？

我想开酒店。

对于一个曾经挣过上亿元项目的人来说，想开小酒店，是真的吗？

那我想开连锁型酒店。

对于一个想开小酒店的人来说，选择北京干什么呢？

北京是首都，不，北京是一个商业制高点。

北京这么多酒店，开一个小酒店，不是一颗沙子丢进盘子里吗？

走在大街上，反反复复问这么几次，扈成心里面渐渐明朗了。

在去萍乡的那天下午，当时还不知道是去萍乡，但是不管杜安要他去哪里，他都会毫不犹豫地出发，扈成，你想干什么？

在铜陵，宁愿注射氨基酸也陪着打针，扈成，你想干什么？

现在，要把酒店开到北京来了，扈成，你想干什么？

扈成一直想回避却又一直在努力接近的问题，被史昌庆这么劈头一句，一下子豁亮了。

我爱她，扈成在街头站住，告诉自己。

快到北京的时候，扈成曾经设想过很多和史昌庆见面的场面，但是一个都没出现。扈成设想，史昌庆想必会极为热情，大宴宾客，对他客气中还有一份讨好，因为他们之间有一个秘密。但是没有。扈成设想，史昌庆想必会极为冷漠，想办法赶紧把他支走。扈成还设想，史昌庆会表面热情，内心冷漠，这种冷漠只有他能看出，杜安是看不出的。但是这几种场面都没有出现。

饭局从头到尾，史昌庆只作为一个严肃沉默的听众，中间只丢了这么一句话。但是这句话却有巨大的穿透力。

这显示了史昌庆的力量。

扈成从北京见到史昌庆的第一面就有这种感觉。已经借调到北京的史昌庆一扫萍乡和铜陵见面时那种沮丧和颓废，显得精神抖擞，目光有力。他穿着立领衫和休闲鞋，轻松随意，从穿着到气质已经和这个大都市融为一体。据杜安说，他刚来工作，已经得到了老干局局长的喜爱和同事的认可，一些老干部很喜欢他，对他的任劳任怨和奉献精神大加称赞。

饭局结束的时候，他看见史昌庆搂了一下杜安的肩膀，然后他们相拥而去，这是做给他看的吗？

他们两个，是同学，是恋人；他们年龄相仿，形象般配；他们已经调到一起了，也许，马上就要结婚。

一切都在变化之中。

九

我们结婚吧。

在一场激烈缠绵的性爱之后，史昌庆搂着杜安，在她耳边温柔、清晰地说。

结婚？

杜安斜躺在床上，通过史昌庆的后脑勺往前看，她看到了一盏台灯。这盏台灯从高中时就开始跟随她，一直是她的夜间温暖的伙伴。她没有回答。等史昌庆睡着之后，她起身坐在台灯前，思考史昌庆说的结婚问题。她忽然心里很空，空得像一个巨大的苍穹。

我要结婚了吗？

这是自己的单身宿舍。床上睡着了的男人是自己的男友。环境很安静，夜晚很孤寂。桌上有一盏台灯，内心像一个巨大的苍穹。台灯被她看着，一会儿近一会儿遥远得像银河里的一颗星，一会儿小得就像点在自己的内心里，在巨大的苍穹下面，微微亮着。

我要嫁给这个男人吗？

想到结婚，杜安心里有一种隐隐的不甘，至少，还有一些事情不清晰。杜安想到那场性病。想到在铜陵的街头，在扈成的办公室外看见史昌庆的那一幕，这些平时努力掩埋的东西，在结婚这个主题面前，重新破土而出。

史昌庆正在办公室写材料，接到杜安来自铜陵的电话。杜安说，我病了，你来看我。

史昌庆说，什么病？严重吗？

杜安不说话。

史昌庆说，能不能等我写完材料再给你电话？你先去医院……

杜安说，史昌庆，你在萍乡的时候，一个短信说你病了，我上千公里去看你，现在我病了，你不能来看看我吗？

史昌庆一愣。

史昌庆赶到铜陵，杜安用信息告诉他：我在扈成办公室。

史昌庆赶到扈成办公室，杜安又告诉他，已经出来了，在外面。

史昌庆急火冲冲地跑出来。

杜安在不远的地方，坐在扈成的车里，和扈成一起看史昌庆跑进跑出。

杜安说，老扈，你在铜陵见过史昌庆吗？

扈成说，没有。

杜安说，我感觉到史昌庆来铜陵找过你，你们见过面。

扈成说，你怎么有这种感觉？

刚好史昌庆从扈成办公室院子的铁门出来，先四处张望，又竖起双拳，用那种特有的怪异姿势往前跑。

杜安说，你看，他对这个环境怎么这么熟悉？他显然来过。

扈成说，不会。

杜安说，在那个拐角，他竖起双拳跑起来的样子，我真的见过。

扈成说，你可能看错了。

杜安说，老扈，我想问你一句，我想问……

扈成看杜安半天说不出，说，杜安，我从来没有见你这么犹豫过，你想干什么呢？

我想干什么呢？杜安想。我是想找一个证据，证明是他传染的性病吗？还是证明性病与他无关。我想干什么呢？我是不想和他结婚吗？还是想和他结婚？我是去为不结婚找一个理由还是在为结婚找一个支撑？杜安觉得自己做了一件极为荒唐的事。为什么要把史昌庆千里迢迢调过来啊，这能验证什么呢？

其实，照样很简单，随身挎包夹层里的手绢一化验不就什么都明白了吗？

但是杜安明白，无论绕来绕去做什么事，那件事她永远不会去做。

在延伸加长的宽大阳台下方，摆放着一个茶几，茶几上面的盆景里，栽种着几棵健壮的大蒜。在一个井井有条，精打细算的城市里，在延伸的阳台上栽种蔬菜，实在是一举多得的好方法。茶几的两头，一边是二十多岁的青年史昌庆，一边是六十多岁的退休老局长——杜安的父亲。

人与植物的精气之神截然相反。本来长得并不牢固，只有几铲土几块石头的盆景里的大蒜，此刻异常健壮，显示出旺盛的生命力在盆景这份天地里，大蒜现在就是大树，是少量土壤、水和石块的核心，接受它们的拱卫。而本来该健壮的青年史昌庆，在礼貌俊朗的外表下面却隐藏着一颗焦灼的心。

即将被老干局辞退的史昌庆，现在正低头观察大蒜。

事情是这样的。在老干部中间，有一位退休的司级干部，这老干部曾经培养过一个年轻人，现在是一个很大的官，这大官感恩他，逢年过节都过来看望，这成了该老干部骄傲的资本。该老干部因此干什么事，比如打牌啊，娱乐啊，旅游啊，都是超人一等，在老干部中间很不得人心。老干局的人也都不愿沾他，得罪不起的时候，尽量应付和躲避。史昌庆却深受该老干部的喜欢，给该老干部服务的时候格外殷勤到位，但因此得罪了另一位老干部。两位老干部原来工作时就不和，因此讨厌该老干部经常不来参加活动，偶尔来一次，看到史昌庆对该老干部的模样，找个小事故意大发雷霆。

事情闹到区主要领导那里，区领导把老干局局长喊过去，训斥一顿，受到训斥的局长回来，心情很坏。刚好另一位领导推荐了一位应届毕业生过来，先实习，再留用。老干局局长就此下了决心，准备把史昌庆弄走，退回萍乡。

局长为此专门和史昌庆谈了话。

老局长也低头在观察盆景里的大蒜。他一面听史昌庆诉说他想和杜安结婚的理由——诸如年龄不小，恋爱几年……一类的话，一面观察大蒜。面对一棵盆景里的大蒜，老局长露出羡慕的神情。他已经是硅肺病的晚期，他知道自己熬不过眼前的这几棵大蒜。

你是说，你已经向杜安求婚了？老局长说。

对，我已经向她求婚了。史昌庆说。

杜安什么意思呢？老局长说。

杜安，她现在整天忙着事业、论文、调研，还有，她还想入股一个酒店搞投资，她想再考虑一下。史昌庆说。

你是想让我劝劝她吗？老局长说。

对，我们不小了，我们恋爱也有几年了。史昌庆说。

现在到了最危险的时刻！老局长起身，在阳台上寻觅，莫名其妙地拿了一把剪子，却发现大蒜的枝叶并不需要修剪。这说明了他的慌乱，也透露出他的态度。

如果杜安知道了史昌庆即将被单位除名，会发生什么？

老局长的剪子在嫩绿的蒜叶中间，寻找不到该修剪的东西。只有他最了解自己女儿这个特点。如果她知道了这件事，知道史昌庆此时的状况比在萍乡时更惨，她会立即嫁给他！这是肯定的。

老局长把剪子转来转去，到底在不远处的一株植物上找到了一点该剪的东西，顺手就剪了。到目前为止，没有人知道他的心思，包括杜安，当然史昌庆更是不知。老局长把他从萍乡调过来试用，还听他谈论国事和政局，他把老局长当成了知音。他怎么会想到，老局长把他先调到北京，就是为了阻止他和杜安恋爱呢？

只有把史昌庆调回北京，才能阻止他们的恋爱结婚，而不是成全他们恋爱结婚，这看似悖论的做法，反映出老局长对女儿的了解和独到的匠心。

如果史昌庆继续在萍乡，按杜安的脾气，说不定他们已经结婚了。

如果史昌庆再次在老干局倒霉，并且连萍乡那种境况都不如，他们也很快会结婚。

史昌庆借调来的这一阵，老局长看了杜安，她整天忙着出差啊，调研啊，考察啊……她一点儿都不着急结婚的事。

在这个空当里，她却在思考着。

杜安不想结婚，理由是什么？老局长似乎明知故问。

我还没想明白，史昌庆说，事业吗？那是一生的事啊。结婚的条件？房子吗？她一直没明说。

房子是不能忽视的问题，老局长似乎找到了一个着力点，轻松一点。

杜安真的在乎房子吗？史昌庆陷入沉思，呆望着几株健壮的大蒜。

房子，房子都没有，说结婚有点牵强，老局长想不出别的什么理由，先说这么一句顶着。

现在到了最危险的时刻！老局长因为激动，开始咳。他咳得肝胆都出来了，他咳出一片一片的黑绿色片状物质，他把这些片状物质捏在手中，拿在亮处观看。他这个动作震惊了史昌庆，史昌庆不知道他到底怎么了，这么威严的咳嗽。

老局长在一片一片咳出来的物质中看到了不远处的生命，时间给他的已经不多了，他必须要在有效的时间里解决这个问题。但是，老局长一生中从没有生硬地让女儿服从过他的意思，他总是给她启迪，让她自己拿主意。忍住自己的好恶，不加入自己的观点，让女儿自己选择，自己判断，是他这么多年的习惯，也是硅肺病——这种很早就知道生命会提前终结的人不得不形成的习惯。他是一个工程兵，因为挖掘山洞，很早就得了硅肺病，很早就知道自己会提前离开人世。所以他什么都提早——提早退休不说，更重要的是提早教女儿自己判断，教育她适应独立，独立工作生活的能力。

你工作情况如何？老局长咳完，随口问一句。

我挺好，局里上下，特别是局长，很喜欢我。史昌庆说。

话音一落，两个人都愣了一下。

史昌庆知道说错了话。现任的局长是杜安父亲的老部下，他会不给老领导说明情况吗？

老局长刚好今天去找过现任的老干局长，对史昌庆的情况现状一清二楚不说，还在现任局长面前替史昌庆说了几句话，尽管没起作用。史昌庆说的这句假话让他既宽慰又着急。宽慰的是史昌庆没说实话，杜安就不会那么快和他结婚；着急的是，说假话的史昌庆待在杜安身边，实在是太危险了。

十

汪春兰站在路口，她看见很多条路，和很多个结局。这是她原来的旧房，在绵延的白稚山下。现在，北起大庆，南到广州的大广高速要穿过这里了，不远处的高架桥已经建起，施工队每天都在热火朝天地赶工。汪春兰目光压着白稚山，看着正在建设的很多条路，内心一阵恐惧。

她害怕很多条路和路的远处不知终点的结局，她喜欢单一的路和单一的结局。就像她原来的人生，从乡村到镇上，一条路。从镇里到城里，一条路。从农村进入城镇，从民办老师转成公办老师。都是一条路。

她一直希望儿子史昌庆也是一条路，不过这条路走得更远更高，小学中学大学，镇里市里北京，员工科长处长，一直走下去。

但是现在儿子史昌庆走烦躁了，他不想沿着他们事先设计的路一直往下走了。他们设计的路，就是上重点中学，到北京上大学，当官，然后娶一个北京姑娘，成为这个国家最心脏城市的人。

下午他们通电话，史昌庆心情不好，喝多了，在电话里发牢骚。

史昌庆说，汪春兰，为什么我每一步都这么艰难？

汪春兰说，儿子，到底发生了什么？

汪春兰拿着电话听史昌庆长长的诉说。这是他们母子多年交流的形式，遇到问题，一交流就很长，有时候一两个小时，手机没电插着电还打。史昌庆直接喊她汪春兰，多年都是这样。

汪春兰安慰儿子，但是她觉得最重要的感觉传达不到儿子心里去。毕竟是不同时代的人，所以她很着急。

汪春兰想说，儿子，你说你每一步艰难，你知道妈每一步是如何艰难的吗？你知道妈妈当初发的血誓——不转成公办老师不嫁人是一个什么情景？最后一直拖到快三十岁，实在熬不下去，下嫁给你父亲——一名无用的复员军人是一个什么情景？你知道妈妈嫁人时的绝望是什么情景？你知道妈妈转成公办老师的那一天，当得知消息，从河的一边跳下河水，直接跑过河，打湿了全身是什么情景？

走一条路，从村里到镇里，从民办老师到公办老师，汪春兰用了一生。一直到现在，即将退休。

汪春兰，史昌庆继续说，我真想辞职，我不想干了，不受这些人的鸟气。我去打工，到外企，怎么不行？

儿子，千万别，汪春兰说，永远记住妈的话，一是要保住公务员，二是要保住杜安。

儿子的诉说让她担忧。杜安不愿意结婚，为什么呢？如果真不愿意，为什么帮儿子借调到北京呢？

有一个地产商人，在那里骚扰，追求杜安。这是儿子的话。

不，儿子，你错了。妈妈看了杜安，她不是那样的人，你相信妈妈不会看错。

她父亲说没有房子。

一套房子多少钱？

喂，儿子，你说。

喂，你怎么不说话？

汪春兰，问什么问，我给你说有什么用？

儿子，说。

按北京现在的房价，一套两室一厅，最基本的，也要两百万，汪春兰，我告诉你有什么用呢？

汪春兰倒吸一口冷气。

横贯南北的大动脉，从大庆到广州的大广高速修到这里。施工队在公路的沿线搭上工棚。一辆一辆“巨无霸”车，拖着水泥、钢筋、沙石、硬坯朝这里堆放。铁臂可以伸到天上的吊车，将人和物料举到高空。这是一个伟大的工程，把过去这一带人想都不敢想的事变成事实。下面是白稚山沟壑，离高空的跨度极大，原来只有鸟才能飞到的地方，现在人和大块大块的物料运行在半空。无数个交叉立交，无数个岔口。前方目力能及的地方，很多条路，和很多个结局。

汪春兰看不清前方了，她的眼睛有些老花，压不住风景。很多个结局，这是让她恐惧的事。正像儿子说的房子，两百万，也是让她恐惧的事。

汪春兰对着天空和正在高运的半空施工的路桥，默默地说，儿子，妈妈这次怕是帮不了你了。

汪春兰从三十几块的工资，一直拿到七十几块，一百多块，二百多块，一直到现在的一千多块，她一辈子的工资的总和都不到一百万，她就用这有限的工资，供养了一个儿子，在镇里置了一套房子，一直生活到至今。

北京，北京。你们的工资多少钱一个月？你们那里是谁在发工资？你们那里是飞机撒钱吗？你们凭什么住那么贵的房子呢？

村长过来了。

村长说，汪春兰，我正要到镇上找你，你先过来了。

汪春兰说，你找我有什么事？

村长说，你没听说吗？大广高速经过这儿，有一批房子要拆迁了，包括你的那套房子，也要拆了。

汪春兰说，听说了。

村长说，汪春兰，你是当老师的，有觉悟，不需要做工作，不像他们。

汪春兰说，他们怎么了？

村长说，他们都在和政府扯皮，想多要一点钱，你想一想，政府都是有标准的，会多给你吗？

汪春兰说，这个大广高速，是国家项目，跟咱们地方的政府有什么关系吗？

村长说，国家的项目委托咱们地方政府和交通局在帮忙搞拆迁和地方协调工作。

汪春兰说，像我这样的平房，能补多少钱？

村长说，你运气好，有十几万。

汪春兰没动声色。

村长给了汪春兰一份表格。

汪春兰说，他们那些人闹，有没有一点作用？

村长和汪春兰当年是一个班的小学同学，村长是班长，汪春兰是学习委员。村长说，老同学，其实，说心里话，我一边做大家工作，一边也想着，能闹一下多补一点，该多好。

汪春兰说，那到底能不能多补一点？

村长说，多补一点点，把前后面积算大一点，是有可能的，但是多的，没戏，国家又不是傻子。

汪春兰把表格捏着，告别村长，走到自己的旧房门口。门前两棵大树，树杈快压到房顶上了，风景很美。这所房子当年花了四百块，汪春兰记得清清楚楚。初中毕业，她嫌弃原来的房子太旧了，墙都破出了洞，她就劝说父母，然后自己请人，一面墙一面墙地推，一面墙一面墙地建。现在呢，它值十几万！

十几万！

用村长的话来说，闹一闹兴许能加一点，加多少？加到二十万？

二十万！

这个数字让汪春兰兴奋无比。汪春兰想，早知如此，当年怎么不盖它个十处房子呢？现在不是有两百万了吗？不是可以给儿子买房子了吗？

但是汪春兰知道那是不可能的，当年那四百块，不也是找亲戚们东挪西借的吗？为什么要一面一面墙修？不就是没有钱吗？

不过，有着十几万二十万，毕竟不一样。

兴奋的汪春兰回到镇上，摊开表格，研究了一下，给史昌庆打电话。

史昌庆听了，把玩了一会儿，说，汪春兰，你就这么满足了吗？

汪春兰说，不满足又怎么样？

史昌庆说，咱们的房子在大广高速的哪个位置？

汪春兰说，正中间。

史昌庆打开手边的电脑，用谷歌地图查了一下，说，有办法了。

汪春兰说，什么办法？

史昌庆说，你想一想，大广高速在咱们村这一段，是两头修建，一头是从武汉方向修过来，一头是从黄石市修过来，咱们家的房子如果不搬，它就合不了龙，是不是？

汪春兰说，那当然。

史昌庆说，这么大的事，要二十万干什么？

汪春兰说，那要多少？

史昌庆说，两百万。

汪春兰一惊，说，儿子，咱没搞错吧。

史昌庆说，没有，你想想，村里其他人拆房和我们拆房不一样，他们是延伸地带，我们是正中心。高速公路的阶段性合龙是有政治意思的，一般指挥长和地方市长都要出席剪彩，你这个钱要定了。

汪春兰说，他们要是不给呢？

史昌庆说，那你不拆啊。

汪春兰说，那房子是空的，他们要是强拆呢？

史昌庆想了一下，说，那倒是，不过你注意到没有汪春兰，自从全国出了几起拆迁自焚事件之后，中央专门开了会，不允许再强拆了。

汪春兰说，就怕地方上的人不按上面搞。

史昌庆说，汪春兰，你明天先把家里没用的东西搬过去，你搬去东西，亮上灯，你再回去住几天，那就不一样了。

汪春兰犹豫着说，儿子，妈是个老师，教书育人的，在这个镇上，人前人后，有头有脸的，有些事情，别人做得出来，妈做不出来。

汪春兰夜里睡不着。她先是给远在广东打工的丈夫打电话，说了一下拆迁的情况，听了些似是而非的意见，又看了很多时间的电视。电视在看着，心里却不知道在想什么。很久很久以后，刚合眼入睡，史昌庆电话来了。

汪春兰，史昌庆说，我忘了给你说一个事情。

汪春兰说，什么事？

史昌庆就把即将离开老干局的事说了。

汪春兰痛苦地沉吟很久，问，杜安和她爸爸知道吗？

史昌庆说，估计暂时还不知道。

汪春兰说，怎么办？

史昌庆说，最好的办法就是尽快结婚，一结婚，我是他女婿了，调动成什么问题呢？

汪春兰明白了。她说，儿子，你还是说那两百万吗？

史昌庆说，对。

汪春兰说，妈怕闹出去，脸上挂不住。

史昌庆突然发怒，说，好，好，汪春兰，你要面子，那我滚出北京！我也不回萍乡了，我哪有脸回去？我去广东、上海打工，行不行？

汪春兰说，好，儿子，妈豁出去，但是，妈就是豁出去，别人也不给两百万，只给你加一点，二十万,三十万,四十万？顶天了！怎么办？

史昌庆说，那就绝对不让步！如果不行，那就拿上汽油，自焚给他们看，看他们敢不敢！

汪春兰一听，愣了半天，开始抽泣起来，肩膀一耸一耸，声音越哭越大。

史昌庆说，汪春兰，你怎么了？

汪春兰说，儿子，我养你几十年，你居然说出这种话来！你说的是人话吗？妈又不是一捆柴，能去烧吗？

史昌庆说，嘿，怎么可能呢？又不是真的自焚，不过是做做样子吓吓他们。

汪春兰继续哭，边哭边说，儿子，妈老了，明年就退休了。妈没有能力了，妈拼了命，只再帮你这一次，以后的路，全靠你自己了！

十一

汪春兰找个时间，翻找自己的荣誉。她把所有的箱子柜子和书架都翻了个遍，找出了一大堆，然后把那些奖状、奖证、奖牌和奖品一样一样摆出来。她是一个珍视荣誉的人，多年来一直有收藏奖励的习惯。但是因为搬家，还是丢掉了一些。她把这些荣誉用袋子装着，一股脑拎到村子里的旧房子里。

汪春兰在堂屋的一面墙上，粘贴自己的奖状。整整一面墙。还有粘不下的那些奖证，就挂在奖状和奖状之间的空隙里。奖牌和奖品，沿着墙，一一整齐地陈列，摆了整整三排。

都贴好排好后，汪春兰一屁股坐在地上，看着这些荣誉和奖励发呆。她几乎，不，肯定，年年都是先进，她是有名的好老师，好班主任。优质课，一堂好课，优秀教案，镇级优秀，区级优秀，市级优秀。从民办老师开始，她都是优秀的，一直下来。因为有这些优秀，有这些荣誉和奖励，她比一般的民办教师提前两年转成了公办教师，多加过一级工资。

还有一年就要退休，汪春兰知道，最后一年，从今天开始，她不可能再有荣誉和奖励了。

拆迁一开始，就让这些荣誉和奖励和这所房子一起，都推倒吧。

汪春兰掏出老花镜，戴上，从包里取出一沓子资料，开始阅读。这是她从网上下载的资料，关于拆迁，自焚，和相关新闻以及政策。

自焚：自己燃烧自己。有一个网友发上去一种搞笑的说法，说，自焚就是自己把自己当作一捆柴来烧。

汪春兰想到他们说了一辈子的话，教师是一支蜡烛。蜡烛就是燃烧自己，照亮别人。蜡烛是自焚吗？

我不配做一支蜡烛，汪春兰想，我没有照亮别人，我的目的只是两百万，一套房子。

在网上自焚的条目下面，还有一系列案例。江西的宜黄，湖北的枣阳等等，都是拆迁。一个人点燃了自己，火球一样从二楼朝下面跳。惨不忍睹。接着就是调查、追究、处分和抓人。

到处都是拆，都在建。乡村搬到镇上，镇上搬到市里，市中心呢，又拆了建更高的楼。大家都这么折腾。修桥修路，这是好事，但是好事也要好办。一批批民房拆掉，一座座桥梁和道路建起。

中央讲话。省市讲话。各种文件，一级一级。不许暴力拆迁。拆迁补偿要市场化，要按照市场化的价格。对那些动用黑社会团伙拆迁的人，撤职查办。

这些讲话和文件让汪春兰有一些温暖。

汪春兰没有找到汽油，找来一瓶煤油，找了一件不穿的旧衣服，用支架竖在旧房的堂屋里。汪春兰想用这件旧衣服测试一下自焚是怎么一回事。她站在旧衣服架前面，高矮差不多。汪春兰把一瓶煤油倒在旧衣服上，一股刺鼻的味道弥漫过来。汪春兰倒退了两步，倒吸了一口冷气。

门在虚掩着，有一个村里人过来敲门。汪春兰本来准备点火测试，立即把打火机掖在身后。

汪春兰打开门。村里人说，汪老师，回来了？

汪春兰说，回来扫扫。

村里人说，晚上请你在我们那里吃饭，好吗？

汪春兰说，谢谢谢谢，我马上走了。

汪春兰关上门，把门闩插上，屋子里变得黑暗起来。两边的厢房都有小窗户，射进来一点白光，反而更衬托了堂屋的黑暗。

汪春兰重新站在旧衣服架前面，伸出胳膊点燃。屋子里亮起来。很快火熄了。汪春兰心里说，你抖什么，还没开始呢，你手都这样抖，真正自焚那天，你怎么办？

打火机再次点燃，屋子里又亮了，不过火苗很小，打火机的气显然不足。火苗炸了一下，在黑暗弥漫的四周，鬼火一般。汪春兰这一次稳住手臂，气沉丹田，一点一点把火苗往身边移。

什么才是最合适的距离？汪春兰想。这个距离，既要吓退拆迁人员，又不要真的烧到自己，这个距离，越逼近，越令周边的人惊讶和尖叫越好。

近一点，再近一点，汪春兰心里说，未必你汪春兰真的是一捆柴？未必真的像狗一样，有九条命吗？

轰地一下。

汪春兰突然后退，眼看着旧衣服上迅速蹿满的火苗。满屋子都亮起来。黑烟冲挤，向上，向四周滚动。

汪春兰惊呆了，仿佛烧的不是旧衣服架，烧的就是她本人。

她的泪水止不住。泪光中，火苗逐渐变小，变没有。一点一点，火星跳跃，消失。泪水却不会消失。

都烧完了，汪春兰也瘫软在地上，歪在一堆奖证面前，放声号哭。

没有人会想到拆迁会在汪春兰这里碰到最大的钉子。区里负责拆迁的是交通局的秋田，镇里的总指挥是镇委书记，包括汪春兰学校校长，村里的村长、亲戚朋友，都来劝。不管谁来劝，汪春兰都心硬如铁，咬住一口价，两百万，一口也不松。

拆迁指挥部找到汪春兰丈夫，汪春兰丈夫从广东赶回来，但是被汪春兰狗血淋头骂一顿，又赶回去了。

指挥部打电话给史昌庆，史昌庆回复指挥部说，汪春兰说了，如果不答应她的条件，她就准备自焚。

汪春兰自焚的消息一下子传开了。

没有人相信汪春兰会自焚。

村里的几家“钉子户”，想找指挥部多要一些钱，没要成，正犯难，听说汪春兰冒出头来了，都兴奋不已，集体串联着夜里找到汪春兰家里，希望拥立她为头目，共同对抗指挥部。但是汪春兰对他们冷若冰霜，没有几句话，就把他们扫地出门了。

指挥部开了一个联席会，区里镇里村里都参加了，会上大家都分析了，说，谁自焚汪春兰都不会，她是多要强多要面子的一个人啊。

但是她现在这种举动怎么解释？新来的镇委书记对汪春兰不了解，提出疑问。

秋田说，我听说她是为了儿子在北京买房子。

众人恍然大悟。

新来的镇委书记说，就是买房子，也没必要这样牺牲了自己几十年的名誉啊，还冒这样的险。

秋田说，你们不了解，我了解她，她为了儿子，什么都敢干，命都能豁出来。

大广高速建设继续推进，这是国家重点工程项目，是贯穿南北的大动脉，没有人能够阻挡。村子里那些原来想联合抵抗的“钉子户”，在亲戚朋友的劝说下，在上级部门的威逼加政策双向攻势下，在据理力争外加策划或许得到一点好处之后，都纷纷败下阵来。唯独汪春兰，刀枪不入，油盐不进。拆迁指挥部反复让步，考虑到她房子居于正中，谈判的价格从十几万升到二十万，最后慢慢升，升到二十八万，但是汪春兰统统不理睬，一口价，两百万。

指挥部不可能答应她的条件，即使有钱也不能给，给了她一个，其他的拆迁户怎么办？最后，大家讨论，趁她不在的时候强拆，反正房子早就没人住了。

正如史昌庆分析的那样，大广高速在这一段，从两个市往中间修，快合龙了，指挥部不能再等了。

秋田赶到的时候汪春兰已经站在房屋顶了。秋田一看这个场面，酒吓醒了。他当时就知道，汪春兰自焚恐怕成定局。秋田下午喝了酒，作为交通局的科长，他现在每天有小酒喝，他对这样的生活很满足。秋田酒刚喝完，听说汪春兰和拆迁人员对峙，上了房顶了，立即打出租车赶过来了。

汪春兰站在屋顶上，一手拿着打火机，一手拿着汽油瓶。下面围观的有几百人。没有人相信汪春兰会自焚，除了秋田。

秋田顺着梯子朝屋顶爬，爬到一半，摔下来，被下面的众人接住。围观的人一阵哄笑。秋田太胖了，加上爬得太急。秋田知道了问题的症结。又爬了几步，站在梯子上回过身，对围观的众人说话。

秋田说，老乡们，朋友们，大家都回去，啊，都回去，不要在这里看了，不要……

秋田的声音被无数的笑声和叫喊淹没了。

秋田找到指挥长，说，能不能改一天来拆啊！

指挥长说，她已经这样几回了，今天推明天，明天推后天，一天一天的，这是最后期限了，耽误了国家重点项目，什么后果，你是知道的。

秋田只好返身往上爬。快到屋顶，汪春兰尖锐着声音说，秋田！不许上来！如果你们不答应我的条件，把房子和我一起推倒！

秋田说，汪老师，请你给学生一个面子。

汪春兰说，秋田，话已经说了很多遍了，不想说了。你不许上来！

秋田说，汪老师，你欠我一个人情，你总要还吧。

汪春兰说，我欠你什么人情？

秋田说，当初你要不找人顶我上黄冈高中的指标，我现在也在北京工作了，我还在这里搞什么拆迁呢？

汪春兰愣了一下。

汪春兰的泪水流下来。

现场围观的人看见汪春兰流泪，都以为没事了，和其他的拆迁户一样，最终都会败下阵来，大同小异。除了秋田。

现场围观的人分为三类，一类是看热闹的，一类是那些“钉子户”，还有一些是负责拆迁的。汪春兰的流泪至少让前两类人觉得不过是演戏，该让步了，同时让后一类人松了一口气。

汪春兰看着秋田，看着自己儿子的同班同学。怎么不是儿子呢？如果是儿子，爬上来，喊她一声，她一定会瘫软下来。

大广高速这一段只剩这一截，马上要合龙了，上面交叉着很多条路，和很多个结局。

汪春兰对很多个结局感到恐惧。

十二

汪春兰感觉到了口袋里的手机在震动。她把打火机塞进口袋，拿出电话。没有人打电话来，汪春兰有些失落。她希望儿子这时候能给她一个电话，给她鼓鼓劲。她快撑不住了。

所有的设计和预演都没有用上。拆迁的人没有被吓退，也没有被逼得退让，赶紧答应她的条件。

她的前面都是人，严肃的面孔，紧张的面孔，笑闹的面孔。她忽然间明白了，事情没有她和史昌庆预先想得那么简单，她明白了自己面对的是一个庞大的令人绝望的东西。一个国家的重点工程项目，它的背后是国家，一个政府的拆迁指挥部，它的背后是政府。

她拿出电话的时候，下面人群中又哄笑了一下。

汪春兰拨打电话。这个电话她不用看哪怕在黑夜也能迅速地拨打，哪个数字在键盘的哪个位置，都烂熟于心。

拨打一次，没有人接。

再拨打一次，还是没有人接。

史昌庆上楼找扈成的时候看到汪春兰的第二个电话，他顾不得接了，心里只有怒火万丈。他本来是找杜安说结婚的事，但是杜安这一阵天天在扈成这里，他天天见不着，这让他心急如焚。今天杜安连电话都关机，他就找过来了。

扈成正在开筹备会。参加筹备会的有酒店的大堂经理、采购经理、厨师长和财务会计，外加一个执行总经理。

扈成按照他和杜安共同设计的理念，简单地说，叫“不伤害”行为管理，要求贯彻到酒店的各个方面。

扈成说，第一，我们不伤害供应商，不拼命杀价低价采购。

采购经理记下了。

扈成说，第二，我们不伤害顾客，我们不高价，而且菜的量要足。

大堂经理和财务会计说，北京的房租和水电这么高，我们采购的菜品又是从全国各地来的稀有物产，我们如果定位做白领生意，价格恐怕要高。

扈成说，不能过高。

第三，扈成继续说，我们不能伤害员工，我们酒店员工的待遇和福利与同等条件相比，不能差。

众人记下了。

财务会计说，照你这个说法，恐怕伤害的只有股东。

众人笑。

扈成说，对，最后，不能伤害股东，股东要赚钱。

财务部长和众人说，你这几个“不伤害”之间恐怕有矛盾。

扈成说，表面上看是有矛盾，其实内在是一致的。一般的利润来源于哪里呢？来源于顾客、采购，我们的利润来源于哪里？我们只能来源于我们的精细管理。即使精细管理，我们也只能微利，但是，时间长了，我们会形成口碑，形成品牌。我们做起连锁，那时候就赚钱了。我们赚钱靠的是什么？靠的就是这种“不伤害”形成的品牌。我们这种微利并且环保的做法，已经在铜陵有了第一个店，我们就照着铜陵那个店学习和复制。

扈成接下来布置任务，史昌庆突然冲进来了。

屋子里只有两个人。其余的经理们看看扈成挥手让他们走，各自回到自己办公室。

杜安在哪里？史昌庆问？

我不知道。扈成很冷地回答。

你想干什么？史昌庆看杜安的确没在这里，问。

扈成不回答。

你一个地产佬，你开酒店干什么？你开酒店，你开到北京干什么？你开到北京，你邀杜安入股干什么？

扈成说，你管得着吗？

你别以为我不知道，史昌庆说，你这种手法骗小孩子、骗杜安可以，你别想骗我。

扈成说，好，史昌庆，我不骗你，我喜欢杜安，我爱她，听明白了吗？

史昌庆一拳挥过来。

两个人在办公室里扭打，部门经理们都跑过来准备劝架或帮扈成。扈成说，都不许帮忙，看我跟他打。

史昌庆身体高大健壮，扈成早年是红黑两道混的人，两个人扭打一气，都累得气喘吁吁。部门经理们看不过眼了，过来扯开两个人。有认得史昌庆是杜安男朋友的，赶紧推他走。电梯一直忙，几个部门经理把史昌庆推到人行楼梯。

人行楼梯没有灯，黑乎乎一片，史昌庆一屁股坐在楼梯的阶梯上，大哭起来。

汪春兰的第三次电话打进来了。

儿子，你为什么哭？汪春兰问。

汪春兰，你问什么问，问了你能有什么办法呢？

儿子，别哭，别哭别哭，你说说看，汪春兰望着下面黑压压的一片人群。她和拆迁指挥部已经对峙了几个小时。屋顶上面冷风吹得她快僵住了。她的体力，尤其是眼睛，受不了了。

十三

等你想说爱，却没有了开口的机会。

气喘吁吁了半天，扈成从地上爬起来。通过打架的方式说出爱，未必不是一种方式。我喜欢杜安，我爱她。这话一旦出口，就如溃堤之水，一发不可收拾。

扈成拎起大衣朝门外走，外面的电梯一直叫不下来。扈成等不及。他调转头顺着刚才史昌庆坐过哭过的人行楼梯往下跑。好在只有八楼，楼层不是太高，几个飞快的旋转之后，他就落到了地面。外面下了一层薄雪，一哈一股白雾。扈成在一股一股哈出的白雾中急速往外跑。场院有点滑，他差点滑倒几次才跑到车棚，启动汽车。他的手一直在抖动。

他是去找杜安。他要当面给她说，我爱你。

一定要当面说，说出声来，说出很大很清晰的声音来。

扈成原来的女朋友，生前最大的遗憾就是听不到这句话。他们相恋了五年，同居了四年。他们一起帮别人开铜矿，开得正好，他们的老板和相邻铜矿的老板为争夺铜矿资源发生了枪战，被乱枪打死。他被女朋友用衣柜藏着，捡了一条命。后来女朋友坚决不让他开矿了，他转行搞地产。搞地产，大片大片搞地，没有政府官员支持行吗？他和一个官员玩得兄弟一般，直到官员出事被抓，他逃亡广西。从广西赶回铜陵找关系救官员那天，女朋友不同意，但他执意要回，回去后就被抓了。

他们恋爱了五年，女朋友怀了三次孕，其中最厉害的一次肚子疼得喊了一夜，他在外面出差，回不来，早上已经胎死腹中，直接在医院做清宫手术。

说爱我，女朋友那次在病床前这么要求。

但他一直不愿开口，男人，说那种软绵绵的话干什么呢？等他在牢里关了一年，每天有大把大把时间的时候，最想说这句话，却最终没说成。

他出来的当天，女朋友开车去接他，路上遇到车祸。他的话今生今世都没有了开口的机会。

大眼睛，高额头，不高，皮肤黝黑，他一见到杜安就觉得似曾相识。和他原来的女友长得相似。是的，命中相识，这种好女人，命中总是相识。她们教你上进、安全。“不伤害”。是你命中的贵人。

车子开到一家私人会所医院，杜安在那里等待。这种贵族式的私人会所医院，本来人就是少，今天有雪，人更少。

红色外套，一顶紫色帽子，外面露出一双大大的眼睛。整个大厅只有杜安一个人。红红的颜色火球一样温暖了整个大厅。

本来杜安今天也要和扈成一起给几个部门经理开会，但是开会之前，她突然身体不适，扈成赶紧安排她到这家医院来了。

她的手机没有电了，她一直坐在这里，拿着手中的化验单发呆。

杜安拿着化验单呆了很久很久。因为下雪，这所私人会所医院大厅里很早就没有人了，她就这样发着呆。这张化验单会左右她的人生轨迹吗？外面很冷，屋里很暖和；屋里很暖和，内心很冷。

总有一些突如其来的事情，刀片一样切入我们的生活。

杜安看见扈成的车子划着弧线驶进院子。院子里很空，扈成的车子显得特别显眼。她不希望他开门，不希望他下车，不希望他走进来，不希望见到他。但是又特别希望他快点开门，快点下车，快点进来，快点看到他。这是矛盾的杜安，这段时间一直矛盾的杜安。

但是这张化验单打破了这种僵持的矛盾和平衡。

化验单滑落在地上，被迎面而来的扈成捡到。

扈成看到了满脸泪水的杜安。

扈成看到了化验单，愣住了。

你……怀孕了？扈成问。

杜安点点头。

扈成有些耳鸣，杜安再说什么，他听了像十里八里之外的声音，所有准备好的话，一下子被封在肚子里。

杜安很小心地往外移着步子，一步一步往外移，扈成也像踩在棉花上，一步一步往外移。

但是他启不动车子，启动一次熄一次火，后来索性不启动了。

你……要嫁给他了？扈成伏在方向盘上说。

对，杜安努力地笑了一下，说，老扈，祝福我，好吗？

史昌庆在楼梯哭完，走在飘雪的街上，接到了汪春兰自焚的消息。

史昌庆有些不相信，打电话找亲戚熟人核实，亲戚熟人们也在找他，消息很快证实了。汪春兰是面部和上胸接近百分之四十五的烧伤，人正在医院抢救。

史昌庆立即打出租车往机场赶。

汪春兰，汪春兰，史昌庆不知道该怎样表达才好，你真的自焚啊，你以为你真的是一捆柴吗？

史昌庆刚下飞机，出了机场，还没上出租车，杜安电话就打来了。

我同意和你结婚。杜安说。

你说什么？史昌庆说。

我怀孕了，杜安说，我同意和你结婚。

混蛋！史昌庆突然说。

你怎么了？杜安有点莫名奇妙。

你怎么现在才说？怎么现在才说？怎么现在才说啊……史昌庆声音爆发着说。

怎么了？我现在说晚了吗？杜安说。

晚了，晚了，什么都晚了。史昌庆声音扯得很长。

杜安的父亲一直打不通杜安的电话。从史昌庆离开以后，他就开始打电话，但是一直打不通。这让他心慌。他每天至少给杜安一个电话，这个习惯从什么时候开始的？从退休吗？不，在退休以前就有这个习惯了。从杜安的母亲去世吗？记不清了。反正很久以来，他们父女之间就有这个默契，每天至少一个电话，如果打不通，或者打通了没人接，彼此就会心慌。

因为知道自己是硅肺病，很早就会去世，老局长在年轻的时候曾经不愿结婚，理由是怕自己早死后自己的女人成为寡妇，但是后来有一个女人愿意跟他，这个女人后来就是杜安的母亲。杜安的母亲年轻时也有病，并且深信会死在杜安父亲前面，不会成为寡妇。事实证明了杜安母亲的正确性，她的确在杜安父亲之前去世。她去世之后，杜安父亲也不再续弦，只和杜安相依为命。一个人和世界的联系，越单一越热烈，杜安的父亲就是如此。如同一颗太阳，只聚焦地球，只聚焦于某一个山川，只聚焦于某一个屋顶，只聚焦于某一心灵。

所有的爱都集中在每天至少一个电话里。

杜安的父亲从来不会在杜安上课或者开会这些忙碌的时候给杜安电话，似乎一次也没有。每次电话，总是在杜安刚忙完休息，或者刚好有空当的时候，恰到好处。连杜安都奇怪，好像父亲就在周边的某个角落站着，观察着她的一举一动。但是，就算身边天天一起工作的同事也没这么准啊。这就是一颗太阳的聚焦作用！有谁会像杜安的父亲那样，每天把给她打电话当作最重要的事呢？每次打电话前，都要计算时间呢？每次计算好时间之后，还要看天气情况及环境呢？每次计算好时间看完天气环境之后，还要观察自己的心情，调整身体的能量再打电话呢？

老局长现在一直拨不通杜安的电话，心里越来越慌。他打到学校，没有，又打了好几个地方，都没有。老局长想起杜安说的概念型酒店，一查 114，居然登记注册了。老局长打到酒店，对方知道杜安，几个部门经理正在筹备开业。他们告诉老局长，杜安去医院了，扈成董事长去接她了，两个人手机都联系不上。不过等一下要回酒店。

去医院了？

老局长快速穿好衣服，快速跑下楼。下了楼才知道外面的风雪很大。交通已经很乱，各种车辆拥堵，北京市的交通系统扛不过一场风雪。这种混乱不是第一次，也不会是最后一次。老局长好容易拦住一辆出租，想到医院，却不知道医院名字，只有朝扈成和杜安投资的概念型酒店赶。

出租车走一段停一下，停一下又启动，出租车司机不停地骂北京的天气和北京的交通。本来只有五六站路，接近一个小时还没有跑到一半。有很多人下车开始走路，路上的自行车、摩的和行人增加了行驶的难度。老局长下车开始步行。

现在是最危险的时刻！多年来一直不愿直白教育女儿的老局长顶着风雪往前走，他有太多太急的话要告诉女儿，他忍耐不住了，他要由原来那种暗示启发式的做法改成直抒胸臆。

他要告诉女儿，对于男女恋人来说，什么是最重要的？只有爱。

一个男人，他肯离开你，到那么远的地方，只为了一个公务员的身份，这个男人爱你吗？

他要告诉女儿，一个人在一个环境中，如果屡屡因为一件事跌倒，都以为是个人际问题，是个运气问题，是个技术问题，其实不是，根本不是，其实从根本上说，是个心灵问题。同样一件事，放在不同的人身上，会有不同的结果，那么心灵是一个贫矿还是一个富矿，是决定一个人命运的关键。

那么，当研究生时越过导师和发改委领导联系的史昌庆，当秘书时越过领导和北京高干联系的史昌庆，在老干局和离休高干联系的史昌庆，他的心灵是一个贫矿还是富矿，不是一目了然吗？

他要告诉女儿，史昌庆论述的那种处理事件的理论和观点，包括现在那些社会现象，那些事件处理办法，都不正确。现在的所谓干部，绝不是缺少什么手段。他当了一辈子干部，退休后一直在研究政体，如果只强调办法和手段，必然天下要大乱。不管事件的官方民方，只能有一个字，那就是爱。

只有这个字能解决根本。

只有爱，足够丰沛的爱，才不需要手段和方法，在不在乎形式的对错；只有爱，足够丰沛的爱，才在上与下之间，男与女之间，形成永久魅力的互动；只有爱，只有足够丰沛的爱，才是一座富矿，才会取之不竭。

他要告诉女儿……

什么都来不及了。一辆从马路斜穿的车辆直冲过来，夺取了老局长永远的说话机会。

十四

史昌庆赶到家，夜已经很深了，亲戚朋友们都在门口聚着，一边等他，一边反复议论着这件令人震惊的事情。不单是他们，汀祖镇的每个社区和村湾都在议论这件不可思议、令人震惊的事情。

史昌庆简短地在家里坐了一下，听了大家杂七杂八对现场的描述，诸如汪春兰如何点火再倒的汽油，倒在脸上了；诸如冬天的风如何大，一开始没点着，被风吹熄，但点着以后火势又如何大；诸如，冲在最前面的秋田，如何扑救等等。

史昌庆赶到医院，医院外面守候着各级领导，分别有市里区里镇里和村里，还有各级战线，交通线、教育线、医疗卫生线，包括新来的镇委书记和秋田，等等。

史昌庆的父亲从广东还没赶回来，史昌庆是第一个直系亲属。每级领导都过来给他致歉。遗憾、难过，没控制好……大家相互重复着说一些致歉的话。

一一回复应酬之后，史昌庆见到了汪春兰。

汪春兰已经从昏迷中苏醒过来，吊针从进医院就挂上，一直没停。她被确诊为中度二级烧伤，最严重的是面部。史昌庆进来第一时间她就知道了。她把头侧了一下，脸转向墙。

你怎么真的自焚？史昌庆把那照看的亲人都支走，坐在床边，叹息着说。

我们不是说好了，只吓唬吓唬他们吗？

我饶不了他们。史昌庆继续说。

汪春兰这个时候不希望史昌庆说话，但她没有能力制止他。她的体温刚退，体力极度虚弱。她希望史昌庆能安安静静地坐在床头，一句话不说就好。

当然，如果能说一句——妈，我爱你，那就更好，胜过千言万语。

但是史昌庆却没有停止的意思，继续按原来的思路说。

我在飞机上都想好了，我要马上通知新闻媒体，还有，网络，史昌庆列举了一大堆媒体和网络的名称。

我不相信他们就能无法无天。

汪春兰抽泣起来。

儿子，妈的脸，妈的脸没了。

史昌庆这才想起汪春兰脸一直在朝墙，一直没让他看。

妈的脸没了。汪春兰继续抽泣，不肯转身。

史昌庆开始行动。

在行动的过程中，在行动的步骤和安排上，史昌庆展示了一位曾经的市长秘书，在北京读过大学和研究生的人的素质和专业性。一开始，镇政府和区交通局请他去座谈，他一看这个级别，拒绝谈判；后来，区主要领导出面邀请，他也拒绝谈判。

史昌庆第一步派了一个亲戚中最铁面无私的人看护汪春兰，并嘱咐没有他的命令任何人不能随意看望汪春兰，理由是汪春兰伤势比较严重，需要静养。史昌庆认为先封锁住这个渠道，这个最主要的渠道才能统一意见和言论。关于汪春兰的伤势、心情、状况，一律由他代言。

第二步，史昌庆召集村子里原先那些拆迁钉子户，收集他们的意思。从他们中挑出一两个能说会道的，指定他们为媒体采访对象，并教他们回应媒体的具体办法。史昌庆告诉他们，不能说大广高速指挥部的坏话，只能说地方政府。因为大广高速是国家重点工程项目，它的背后是国家，你说它有什么用呢？地方政府现在是新闻的一个主要抨击对象，这个不怕。

第三步，史昌庆给媒体打电话，给媒体爆料。史昌庆首先绕开地方媒体和党政媒体，通知那些社会媒体，特别是网络。史昌庆在当市长秘书的时候，曾经收集过一些媒体的联络方式，现在都派上了用场。

新闻媒体在第一时间都赶到了。其实在通知前，有些网络已经打探到了信息，并且在网上登出了碎片消息，另外一些网络也都自发跟着信息进来了。

史昌庆带领着钉子户们，在媒体面前给地方政府画像。暴力拆迁，利用小混混儿，弱势群体无房住等网络上出现的热门词语出现，一个一个出现。一个威逼农民拆迁导致农妇自焚的地方政府形象一篇一篇地在媒体出现。

媒体的力量让政府领导坐立不安，有关部门的询问和责问电话一个接一个，区里镇里领导多次约史昌庆，他都不见，最后市里领导约见，史昌庆同意见面了。

斗争不是目的，谈判才是目的。

市里参加谈判的领导也知道，到现在这个地步，谈判的核心条件是补偿。市里经过研究，决定对汪春兰进行补偿。主要是出于人道主义，对身体和精神创伤进行补偿。但这个补偿不是拆迁补偿。具体的数目都有法制办的人参加，有相关标准。这个标准和史昌庆的要求相差甚远。

协议没有达成。

杜安从北京赶到汀祖镇用了一天的时间。从北京到机场转了两次车，飞机落地以后转了三次车。在机场等飞机时，因下雪的原因，飞机还延误了两个小时。飞机降落以后，杜安就开始呕吐，以后的转车过程中，杜安吐一吐停一停。等赶到汀祖镇，肚子里全吐光了，脸色都变绿了。

所有的困难都无法阻拦她要早一点见到史昌庆的愿望。但是真正见到史昌庆，看到他四处忙碌，所有的话又都开不了口。很多话就永远没有再开口了，譬如说父亲的死。

在汀祖的每一个夜里杜安都会早早醒来。自从知道怀孕以后，或者说自从父亲出事以后，她每天都会早早醒来，想一些事情，或者什么都不想。睁着眼睛，却什么也看不清。有时候看一会儿又睡，有时候看着看着，外面的天空逐渐发亮。

史昌庆往往也会醒来。

史昌庆醒来以后，往往会摸着杜安的肚子，感受未来孩子在里面的神奇。杜安心里涌出一阵阵暖流，这种暖流让她一阵一阵想流眼泪。她忍了又忍，最后忍不住，头抵在史昌庆胸前，泪水流出来。

杜安流完泪，往往会继续睁着眼看天花板。她分明感受到父亲仍然在不远处看望自己，作为一颗太阳，父亲还未熄灭。而自己，虽然怀了孕，但是自己作为一颗太阳的那种感觉，去照耀别人的感觉，还没有升起来。

在这一个一个安静的夜晚，杜安在静谧中解读父亲想说的话。杜安以后给手机充了电，看到了父亲拨打的一个个电话，很急促很急切的，然后他还冒雪朝概念酒店急赶，也就在这个时候出的事。这在原来是从没有过的，他是一个从容的人，一切似乎都成竹在胸。他想说什么话呢？杜安在每一个夜晚，每一个早醒的凌晨，都在努力地解读，猜测了很多方向，都否定了。这仿佛成了一个暗夜中的隐喻。

史昌庆要出去对付媒体和政府，把照顾杜安生活的任务交给门口不远一个江西煨汤馆。因为汀祖镇绝大多数人祖上都是从江西移民过来的，所以喝煨汤的风俗一直在汀祖镇盛行。

史昌庆叮嘱杜安在家里躺着，不要随意乱动，但是杜安闲不住，抽空就往外面跑。

杜安去看汪春兰，看护汪春兰的亲戚不让进。杜安非要进，两个人争执起来。亲戚打电话给史昌庆，史昌庆正在接待一个网络媒体。史昌庆打电话给杜安，说，我这么忙，你闹什么乱子啊。杜安说，我这么远来是干什么的？我是来看望人的啊，我又不是专门赶过来睡觉喝汤的。

史昌庆飞速赶回来，陪着杜安看汪春兰。汪春兰手绕到背后一遍一遍非常用力地紧紧握着杜安，脸却一直朝着墙，一直不转过来。

出了病房，杜安觉得不对劲，但又说不出哪里不对劲。回去躺着，又睡不着。杜安想起春苗和豆豆来。

杜安给春苗和豆豆打电话，都没接，杜安给她们分别发了信息。

信息很快回了，内容一模一样。看来两个人在一起，是商量好的。

你是回来拿钱的吗？

杜安以为她们回错了，回道，什么钱？没搞错吧。

两百万啊。春苗和豆豆说。

什么两百万啊。杜安更加莫名其妙。

你们买房子的钱啊。春苗和豆豆说。

买什么房啊。杜安说。

别装蒜了。春苗和豆豆说。

杜安继续联络，春苗和豆豆都不回复了。

中午到了。

杜安到史昌庆指定的江西煨汤馆吃饭，江西煨汤馆老板变了脸，不卖汤给她。杜安说，我又不是白吃你的，我付钱的啊。

煨汤馆的老板说，付双倍钱也不卖。

杜安说，那为什么啊。

煨汤馆老板说，你是汪春兰的儿媳吗？我上午才知道，你们马上有两百万了，你可以去买山珍海味，鱼翅鲍鱼，你喝我这几块钱的煨汤干什么呢？

杜安想起春苗和豆豆也在说两百万的事，料想其中必有缘故。

杜安从煨汤馆出来，正考虑去哪里吃饭，豆豆打电话过来。

豆豆说，杜安姐，你真的不知道两百万的事吗？

杜安说，我正纳闷想找你问呢。

豆豆就在镇上，飞速坐了一辆摩托车过来，拉杜安到另一个地方喝汤。

现在全镇都在传，说汪春兰为了儿子在北京结婚买房才自焚了，你不知道吗？豆豆说。

我真的不知道，怎么可能呢？我们先前还没有想结婚的事啊。杜安说。

不会错的，豆豆说，我和春苗去问了汪春兰的妹妹，汪春兰亲口和她说的。

杜安不说话了，她在思索这件事。

看来你真的不知道，豆豆说，我和春苗也认为你不知道。这件事搞大了，村里、镇里，好多人要撤职查办，听说还要抓人。

杜安明白了镇里人对她那种态度的原因。

在自焚这类新闻事件中，地方政府从一开始就处于舆论的下风。在全国四处拆迁，四处投诉，四处暴力和抵抗的大背景下，围观的网民总是声援弱者。地方政府方面，要么有工作目标问题，要么有某些人的腐败问题。最次也有工作方法问题。

史昌庆是个清醒的判断者和指挥者。

加上众媒体，特别是网络媒体工作者的智慧。

在网络上，汀祖镇大批粗放开采的小铁矿和浪费尾矿图片被贴上，大片的土地荒芜的照片被贴上，大片的土地和水质资源污染被贴上，被拆迁了一半的房屋的照片被贴上，旁边是醒目的标题——《农民的土地被污染了，现在房子又被拆了，他们如何生活？》。

在网络上，秋田所代表的交通战线官员的照片被贴上，秋田爬上梯子上去劝汪春兰的照片被贴上，秋田中午喝了酒的文字及照片被贴上，秋田劝汪春兰的那句话成了标题——《汪老师，你欠我一个人情，你总要还吧》。

在网络上，一群“钉子户”们站在他们已经被拆成废墟的房子面前，抱着被子，拿着盆子，可怜兮兮，旁边是一个巨大的标题——《我们的家园在哪里？》。

等等等等。奇怪的新闻一天一天地翻新。旁边还链接有江西宜黄、河北、辽宁等各地的拆迁图片及文字，形成了一个巨大的背景。

新来的镇委书记和秋田这样的地方小官们面对这些强大的网络舆论，无能为力。

新来的镇委书记是愤怒的。他把打印出来的网络文章使劲摔在桌子上，对部下一班人说，我们也知道不能一直开矿，我们也知道转型发展才是汀祖镇的出路，我们正在扭转过去发展过程中的系列失误，但是，我刚来，我们这一届也刚上任，这篇文章，把这些失误都推到我，推到我们身上，合适吗？

秋田在局办公会上也把打印出来的网络文章使劲地摔在桌子上，说，我那句话是劝她的，经这些人一写，我不成了逼她自焚的人吗？那我不成了刑事犯了吗？

果然，有人提到了这一点，汪春兰的自焚是不是官员秋田逼的？还有，政府把土地搞成这个样子，去不停地开矿，背后有什么？这是在质疑腐败。

在这场网战中，无论是镇里区里还是市里，都不太懂网战。他们依靠宣传部那一套陈旧的压制新闻的管理手法显然已经过时，结果，结果他们压制的过程也被报道成了新闻。再就是请人删帖，有什么用呢？围观这件事情的网友，一般在五十万人，高峰期达到两百多万，删帖是删不尽的，删帖反而激发了部分网友的斗志。这些因素都使这场网战越来越热闹。

市政府派专业小组再次和史昌庆见面，在见面的协调会上，政府方面明显处于谈判和舆论的弱势，而史昌庆处于优势，寸步不让。

市政府方面说，无论从情理还是损失上，我们都同意补偿，但我们是一级政府，我们做事得有个标准吧，你想的补偿，有什么依据标准呢？

史昌庆当然拿不出依据标准，他临时机灵了一下，说，我们家里的名贵字画丢了。

市政府的人笑着说，你们家有二十年没人住了吧，怎么可能有什么名贵的字画呢？

史昌庆说，我母亲回去住了。

市政府的人说，如果真丢了名贵字画，我们还要立案，那我们还要破案吧。

史昌庆不谈了，扬长而去。

十五

众人的眼光往往是一个地方的公平器，在资源型区域尤其如此。在汪春兰自焚事件以前，汀祖镇大多数人，百分之九十以上，都恨这个地方。恨污染、恨土地贫瘠、恨贪官、恨矿老板、恨深埋在地下的上天恩赐的铁矿。汪春兰站在屋顶，大多数人都在笑闹，都在吆喝，都在观望。大家都理所应当地认为，政府该给钱，政府该输理，政府该挨骂——谁让你是强者呢，相反，汪春兰应该有理，该占舆论上风，该得到同情。

但是随着事情的推移和演变，政府变成了一个一个的人，这些人要受到处罚的时候，公平器开始发生变化。上级成立了调查组，首先调查拆迁指挥部的几个核心成员——新来的镇委书记、秋田还有村长。调查的内容是网上发布的那些问题。有没有暴力拆迁？有没有利用社会上的黑社会势力帮忙拆迁？有没有腐败现象？有没有用行为或者语言逼着汪春兰自焚？有没有目标太急功利的问题？有没有工作方法的问题？

调查组调查出了结果。没有暴力及黑社会问题。不存在腐败问题。更不存在逼汪春兰自焚的问题，没有人有那个胆，每个人都在劝她。如果说目标太急，这个问题应该有，那是上级——大广高速指挥部逼的期限太紧。但是调查组说了，不能牵扯上一级指挥部，上一级指挥部是国家项目，代表国家，国家会错吗？那工作方法问题有没有？出了自焚事件，差点儿出人命了，全国都在议论，会没有工作方法问题吗？当然有。

有问题就得有人承担责任。史昌庆和杜安的父亲在讨论群体性事件时分析得对，上级给了下级要办的事情，却没有给下级遇到困难时解决问题的手段，出了问题下级又必须承担，这是大多数地方的基本现状。就汪春兰自焚事件来说，谁承担？新来的镇委书记、秋田和村长，他们几个最基层的拆迁指挥部成员要承担。

处分还没传达。内部有人传出消息，说村长要撤职，秋田要开除公职留用察看一年，镇委书记要降级调走。

这些消息陆陆续续传出来，全镇人民的公平器发生了根本性的转变。

首先是村长。这个村长当了十年，廉洁奉公，勤劳善良，在公家和村民有利益冲突时坚定不移地站在村民一边，把全村由人均收入几百元带到了人均收入六千多元。然后是秋田。秋田是本镇人，虽说在区里工作，但是涉及到镇里事务，努力工作，热爱家乡。最有代表性的杰作是村村通公路，哪个村子修路不是秋田亲自督导？更可爱的是秋田随和，不摆城里人架子，不管是村长还是村民喊喝酒，一喊就去。最后是新来的镇委书记，他一来就提经济转型，不单单依靠矿业。他来的时候指挥部已经成立了，他调来直接顶替前任进了指挥部。他平时要忙于日常工作，挂名指挥部只是一个象征。他有什么错呢？

大家这么一想，就把矛头指向了汪春兰和史昌庆，加上两百万买房子的传言，心里的公平器就更加倾斜。

汀祖镇的人搞不明白这网络是怎么回事，为什么那上面说的话和他们的眼光及观点不一样，为什么他们说的汀祖镇是似是而非的汀祖，不是真正真实的汀祖。为什么他们说的秋田完全不是秋田。汀祖镇有六万人，网民不到百分之五，这百分之五把网络意见转达给他们，他们集体气愤却不知道该如何下手。也有一些年轻人，譬如春苗和豆豆，她们在网上反骂那些莫名其妙的意见，但是他们的意见面对五十万到两百万之间的网络大军，很快就被淹没。

但是有一点，整个汀祖镇都明白，不能再按原来的习惯继续生活。否则你拿一条命出来，又能怎么样呢？

在整个网络传播的过程中，汀祖的走动和聚会陡然增加，酒楼的生意也格外的好。大家都在讨论，都在打探，都在相互传达网络上的最新言论。

你拿出一条命来，又能怎么样呢？这是大家说得最多的话。那些拆迁户里，想用自焚做惊人之举的，只有汪春兰一个吗？那些看着矿老板发财，想谋财害命的，只有一个两个吗？四百年前，大家的祖先，“江西填湖广”来到这里，一口井，一棵树，一铲土，一步一步走到今天。是什么东西让大家捺不住性子一点一滴去生活了呢？

喝酒讨论吵闹到最后，往往是一片沉默。

杜安在密切关注着这一切变化，也在关注身边每天睡着的史昌庆。刚开始急着赶来，她只为了感情，但是很快她意识到这和她的课题有关。作为一个以资源枯竭型城镇为博士论文的人，碰到这么一个绝佳的民生案例其实不易，并且这个案例就发生在她即将要嫁的人，和他的家庭身上。她本来想待几天就回去，又改变主意，给学校请了课题假，住了下来。

他们说你问政府要两百万，有这事吗？有一天杜安问史昌庆。

没有的事，别理他们。史昌庆说。

杜安现在聪明了一些，没有逼问，过了一天，晚上很晚，史昌庆和政府谈判回来，杜安问：谈判顺利吗？

顺利！史昌庆说，他们不是我对手，我算看明白了，这种事要闹大，越闹大越好，越闹到下面承担责任的级别越高，赔偿的金额越大。

杜安忽然问一句：那么说还不止两百万？

史昌庆说，争取突破。

史昌庆刚一说出口，就知道说漏了嘴，很不耐烦地摆摆手，什么两百万不两百万？

杜安说，有这回事吗？

史昌庆说，有又怎么样？我母亲被烧成这个样子，他们不该赔吗？

杜安说，赔是该赔，是事件前商量的两百万，还是事件之后才提的两百万？

史昌庆变了脸，说，什么之前之后，这有区别吗？

杜安没再问，心里想，这有区别，区别太大了。

史昌庆想起来，批评杜安说，你还说两百万，什么之前之后，如果不是你父亲说结婚房子是不能忽略的问题，我会这样吗？

史昌庆居然朝父亲身上推，这让杜安受不了。她哭起来。

杜安一哭，史昌庆就不耐烦。杜安怀孕让史昌庆的感觉发生了很大的变化，他认为他和杜安的婚姻，一切都在把握之中，一切都顺理成章，原来那种求婚的被动发生了逆转。这种感觉杜安很明显能感受到。

这是杜安亲自见到的一幕。

秋田在街头的江西煨汤馆附近找到了史昌庆。秋田喝多了，抱住史昌庆不放。

兄弟，你抬抬手，放兄弟我一马。秋田说。

史昌庆很惊讶的样子。

秋田呼呼着酒气，急促地说，中央要来人了，调查组要升级了，听说这一次又要加重处分。听说我原来已经是开除留用，再一加重，我就被开除公职了。

史昌庆说，是吗？不清楚啊。

不，兄弟，你很清楚，你一清二楚，秋田更加急促地说，我不能被开除，你知道的，我刚有儿子，半岁不到，我开除了，儿子怎么生活？

史昌庆说，我又不能开除你，要开除你的是上级部门，你找他们啊。

找他们当然，当然，说，我一直在找，每天，每天都在找，但是，更大的调查组来了，他们也挡不住，秋田哭起来，兄弟，我只有找你了，你一说没事，说解决满意了，他们就会满意，就会走了。

史昌庆两手一推，说，秋田，我有那个权力吗？

秋田从不远处拿一块砖头过来，因为刚下过雪，砖头上面有一层硬硬的薄雪。史昌庆紧张地后退，说，你干什么？你干什么你秋田？他以为秋田要拿砖砸他。秋田喝多了，没听见，自顾自地把砖头放在地下，扑通一声跪下。

杜安惊呆了。

兄弟，秋田继续哭，说，兄弟，我现在没有退路了，我有半岁的儿子。我不会说话，让你母亲自焚了，受了伤，我刚才去医院给她磕了三个头，你比她晚一辈，我现在给你磕两个头，给你赔礼。

江西煨汤馆门口围满了人。

秋田额头抵在砖头上。抬起来，磕下去。又抬起来，磕下去。

大家都听到响声没？秋田爬起来问。

没有人回答。

这也是杜安亲自见到的一幕。

杜安想去看汪春兰，但是病房门口被史昌庆安排的人拦住了，没有史昌庆的命令谁也不能进。杜安请春苗和豆豆帮忙。谁知道病房守护的那个家伙是春苗的男朋友——那个厨师班的哥们儿。春苗喊他，他赶下楼说话，杜安偷空进来了。

杜安刚进来，没来得及说话。她看汪春兰睡了，就坐下来，看看四周。白色的墙，白色的盒子，被子，枕头，一切都是白色。这时候在门口转悠的豆豆跑进来了。

他来了！他来了！豆豆说。

杜安明白，史昌庆来了。她立即进了房内的厕所，插上闩。她现在不想见他。

史昌庆冲进来，声音和动作都很大。汪春兰也醒了。

汪春兰，史昌庆急切地问，听说你已经答应秋田他们了？答应他们不继续告，此事了结了？

汪春兰说，对。

为什么？史昌庆说。

我看秋田，太可怜了。汪春兰说。

妇人之仁！史昌庆说，不行，不能答应。

汪春兰说，儿子，他们又道了歉，还答应给补偿，这补偿虽说和我们原先想的有差距，但是……

汪春兰！史昌庆猛吼一声，你是被烧了啊，被烧了啊，你明白吗！你是拿命在换钱啊，你明白吗？你蠢成什么样子了啊！

汪春兰说，不对，儿子，我是被烧了，但是这一烧，把我烧明白了，不是烧糊涂了。你看见没有？这一回，我被烧成这样，没有人来看我啊，仅有几个，还是政府安排来的，不是发自内心来的。公道自在人心。我原来哪一次生病住院，看望的人不是排成队呢？

你呀你呀，史昌庆说，我说你汪春兰，有什么用呢，看望一下，有用吗？

汪春兰说，有用，我相信有用。而且，不像我们镇的铁矿，开采几年就没了，这种人情是永远取之不尽用之不竭的。

够了！史昌庆说，永远取之不尽，用之不竭？汪春兰，你相信这种人情？

对，汪春兰说，我不仅相信，我也要劝你相信！我一直教你朝上面读书，但是，我遗憾没教你的，就是人情，取之不尽用之不竭的人情……

不行！史昌庆又大吼一声，抓住汪春兰的前胸，说，汪春兰，不行！我们不是事先说好的吗？你这个妇人之见……

杜安把门打开了。

十六

雪下大了，汀祖镇离高速公路不远的。车站里拥挤了很多等车的人。杜安在车站的二楼，因为怀了孕，她上厕所的次数很频繁，所以她一直待在二楼离厕所不远的一个角落里。

她要离开汀祖镇了。

她相信不会再来了，也不会再见史昌庆了。

史昌庆知道杜安要离开他之后，进行了苦心的劝说和行动的阻拦，但是杜安趁他去市里谈判索赔的空当，还是找机会跑出来了。

风雪继续大着，除了近处几个镇的互通班车，远处的车辆一辆都没来。人群中不停地有人打电话，急着向家人朋友，向发车的车站，向政府，向 110 问询。问车走到哪里了，问车坏在哪里了，问路况怎么样，问堵得有多长。车站广播台专门喊话，让大家不要出门，外面风雪大，路况不好。但是很多人仍然抱着希望，一直不走。

杜安看到史昌庆走进车站。杜安奇怪自己居然很平静。眼看着史昌庆在一楼大厅的人群中寻找，眼看着史昌庆走出车站张望，她没有躲。没有必要。但是史昌庆没有发现她，她换了一件棉袄，红色的变成了灰色的，仅此而已。但是惯性继续牵引着史昌庆四处寻找红色，从车站找到家里，又从家里找到街上，再从街上找到镇里仅有的几家旅馆，凡是有红色的地方他都赶紧跑去。但是四处都没有。史昌庆不甘心，再次跑到汽车站，仍然没有他要看的红色。史昌庆站在外面的广场上，风雪吹打在他身上。候车的人都躲在大厅里，广场上只有他一个人。

我爱你，杜安，请相信我爱你。史昌庆发信息说。

杜安没回。

杜安，你想想，我为什么要这么做？我还不是想和你结婚吗？

杜安没回。

杜安，我想我在萍乡，在湘东，那么困难，你还远赴千里去看我，这说明你爱我，是不是？

杜安的眼泪流出来。

杜安心里说，是，史昌庆，你在萍乡，你在湘东，你在那么沮丧潦倒的时候，我都去看你，我还要和你结婚，但是今天，你快有两百万了，我要离开你。

杜安摸到随身小包，摸到里面的手绢，她照样颤抖了一下。杜安捏着手绢，从二楼开始，一步一步往下走。她需要扶住楼梯，因为雪迹很滑，容易摔倒，她要保护自己肚子里的孩子。她需要穿过一楼因为寒冷而跺脚的拥挤的人群，她照样要护住肚子。她现在已经形成习惯，直觉式的习惯，走到哪里都要先护住肚子。

她要走到车场外面的广场，把手绢给史昌庆。告诉他，他伤害的，他缺乏的是什么。告诉他不必再找了。但是她会一直护住孩子，护住这个生命，并且会永远爱这个生命。

等她一步一步小心地走到车站外面的广场，史昌庆已经离开了。杜安没接他电话，也没回他信息。她站在风雪中，仰望天空，大雪一朵朵落进她心里。天空越下越近，爱情越来越远。她把手绢在雪地上铺开，摊好，大雪如千万支箭一样射在手绢上，最终覆盖住手绢。一段生活。一段爱情。万箭穿心。

她把史昌庆这个名字调到手机的黑名单上。

杜安接受了人群中一个人的建议，出门坐那种小型运输摩的朝黄石市赶。在天气恶劣的时候，这种小型摩的走小路远远超过大型车。

小型摩的带着杜安顺着乡村小路朝黄石市跑，沿路风雪呼呼地叫。

这种小型车除了顶上有篷子，四周都通风。杜安把帽子戴上，大衣紧裹住还不行，很快，脸和身子都冻僵了。路太滑，小型摩的跑得很慢。跑了一会儿，杜安憋了，想小便，但是杜安忍住了，再跑一会儿，杜安忍不住了，喊停。司机停下来，问杜安有什么事，杜安吞吞吐吐。司机明白了，前面走几步侧着身子抽烟。杜安看看左右实在没有可以躲的地方，只好躲在车背后快速解了手。

车继续走。走几步，杜安叫停一下，再走不远，又叫停一下。司机说，噢，你是不是个孕妇啊。

车继续往前开，天完全黑了。在一个坎子前面，车开不上去，完全熄火了。

司机前前后后想不出办法，怎么也打不着火。然后他在不远的地方很响地撒尿，向杜安走来。

杜安心里紧张，害怕地死死抓住栏杆。司机探过头。杜安声音抖抖地说，你想干什么？

司机说，走不了了，车坏了。

杜安带着哭腔说，大哥，大叔，我给你钱，给你钱，好吗？

司机说，钱能让坏的车走啊。

杜安不敢吭声。

司机说，那好，前面十公里是黄石市，后面十公里是汀祖镇，你如果坚持到黄石市，你就自己走，如果你回汀祖镇，我也返回，我可以推着你，让你坐在车上。

杜安坐在车上。既不敢下来往黄石市走，也不敢说往回走。

杜安缩在车上，手机开始震动，一连串的信息来了。有远在铜陵的扈成的，有春苗和豆豆的，甚至还有汪春兰的。

扈成每天给她一个信息，都是尽量平淡而真挚的问候：你还好吗？

我现在不好，老扈，你愿意继续像原来那样远赴千里接我吗？杜安想这样说。但是杜安忍住了。杜安知道扈成的脾气，他会立即出发，这样的风雪，这样的夜，不行。杜安回了一个信息：我还好。

春苗和豆豆问：杜安姐姐，走成了吗？你好吗？她们显然又在一起，真好，有真诚的朋友在一起真好。谢谢你们，谢谢你春苗，谢谢你豆豆。杜安回道：我很好。

汪春兰能发信息了，她的伤势正在好转。汪春兰的信息情感复杂，内容简单。孩子，你在哪里？你好吗？

这是一个好人，好母亲，很好的母亲。怎么说呢？只选择回答一个问题，我很好，阿姨。

父亲的信息：乖乖女，你好吗？杜安眼眶一热。爸爸，我很好！她回道。

回完父亲的信息，杜安愣住了。怎么会有父亲的信息呢？父亲不是过世了吗？杜安查看手机，才知道自己错了，无意中翻到了父亲原来发给她的信息。

杜安下车。她相信父亲在不远处的某个角落站着，一如既往地关心着她。她相信这次无意中的行为是父亲在提醒她。四周一片白，远处的白稚山，近处的房屋，上面都白茫茫一片。在这个世界上，那个永远在身边的人，不再回音了；在这个世界上，开始和她联结的人，她不能和他共同在一起了。四周很安静。杜安在这空旷的世界里一下子领悟了很多个夜晚都无法解读的谜语和隐喻。因为她看见不远处，父亲在笑。

爸爸，你急匆匆赶去找我，你是让我离开他，对吗？

爸爸，你把他调到北京，实际上是给我一个缓冲思考的时间，让我离开他，对吗？

爸爸，你是想告诉我，他心中没有爱，他心中是一个贫矿，对吗？

……

往前还是往后，小型摩的司机在杜安重新上车后问，你想好了吗？

杜安还没想好。

司机把身上穿的那种军用黄大衣脱下来，扔在后座杜安怀里，说，抱着，暖和。

杜安没想到司机会有这样的举动，心中涌出一种感觉。酸酸苦苦、辣辣热热得往上涌。但是杜安太冷了，她立即抱住军用黄大衣，里面热乎乎的，还带着司机身上的烟味和体温。

司机问，想好了没有啊。

杜安还没想好。

司机围着车子跑动，显然是冻得受不了了。杜安觉得难为情，探出头，说，师傅，衣服还给你吧。

司机摆摆手，说，不用不用，我是男人，火气大。

杜安说，那太谢谢你了。

司机边跑边说，妹子，你刚才以为我想害你吗？怎么会呢？我也是有家有口的人，我怎么会做那种伤天害理的事呢？

杜安说，师傅，真的感谢你，你是我遇到的一个好人。

不客气啊，妹了，司机跑动速度加快了一点，地上的雪变硬了一点，边跑边哈气，说，你是外乡人，我们原来也是外乡人啊。

杜安给他套一句近乎，问：你们原来是哪里人啊。

司机说，你不知道啊，我们这里祖宗上都是从江西迁来的啊，“江西填湖广”，听说了吗？

杜安明白他说的意思了。

出门在外，都不容易，司机说。

杜安眼眶一热，用大衣蒙住脸，泪水流出来。

司机用脚跺着雪，又问，想好了吗，妹子。

杜安伸出头来，说，想好了。

杜安想好了，继续往前走，不往后退。走了一半路，碰到困难，往前走是最好的办法。

那你一个人，去黄石，行吗？司机问。

师傅，杜安说，我求求你，好不好？我往前走，你也往前走，好不好？反正你回去也得修车，不如赶到前面市里修车。

司机一想，是的啊，原先怎么没这么想啊。

杜安说，师傅，我给你钱，五百块，一千块，好不好？

司机说，我们有规矩的，平时五块，雨雪天十块。如果退回去，我不收钱，我没送成你嘛。

杜安说，那怎么行！这么大的雪。

司机说，好，我们往前走！但是我说好不要你钱！我们这里一个村一个湾，有祖训的。我们不欺负一个外乡人。

杜安说，那好，我知道你了，那我给你修车费，好吧。

司机说，修车啊，也就几块钱的事，简单。

杜安说，那我给你住宿费，你的车坏了，你回不来，要住吧。

司机搓搓手，笑着说，你这个妹子是想变着法子给我一点钱啊。

现在就出发吗？

酒席上的颜色

一

故作镇定的时间已过。刘背头连续看了几次表，他显然沉不住气了。剩下的时间煎熬着他。一个开泥鳅火锅店的老板，你婚外搞个女人，也就算了，你还敢生孩子；你偷偷生个孩子也就算了，你还敢请客。酒席即将开始，该准备的都准备好了，客人却一个也没来。我叫刘蝌蚪，今天我满月，我母亲的男人请客，他叫刘背头。

酒准备好了吗？刘背头问。

已经准备好了，十年洞藏老窖。我母亲说。她今天穿着一身红，旗袍布扣，暗黑色的花纹横七竖八。她一脸的喜气，因为她的愿望终于实现了。她简单而伟大的愿望就是我能出生，能从她肚子里出来，和这个世界见面。为我这个法律不允许的，见不得阳光的孩子能出生，她费尽了心机。在我之前，我母亲打过三次胎，其中第三次，已经四个月了，她不想打掉，她哀求刘背头要生下来，但刘背头不同意。刘背头找了一家私人医院，杀猪一样摁住她，把她制服了。轮到我，她怀着我逃跑了，不见刘背头。她裹着我四处躲藏，躲避熟人和那些社区里面管计划生育的人。有七八个月的时候，她挺着大肚子，去医院找熟人诊断，说是一个儿子。刘背头接受了。他没有儿子。他老婆给他生了一个女儿，他心里很想要儿子。

十年洞藏老窖拿得出手吗？刘背头沉着脸说，你总是那么小家子气，今天是什么场合来的？来的什么客人？

我母亲赶紧去换酒。她先换来十五年的洞藏酒放在桌上，看看刘背头的脸色，又赶紧去换成二十年的洞藏酒。她看刘背头的脸色看惯了。她原来是刘背头泥鳅店的迎宾小姐，每天招呼进门和出门的客人。她长得很漂亮，刘背头就勾引她。她明明知道刘背头有老婆还是被他勾引了，这是她的弱点。当然，她没有这个弱点也不会有我。

刘背头再次看表，晚上六点。全城下班都五点，预定的请客时间已经到了，客人们却一个都没来。

现在这个社会，搞了个婚外女人，生了个孩子，能不能请客？刘背头此前也犹豫过，做过分析和评估。他一开始不想请客，但是我母亲想。她给刘背头说，别的孩子有的，我的孩子也要有。别的孩子都办满月酒，我的孩子为什么不办满月酒？

刘背头先说我母亲不懂事，但是我母亲为这事纠缠多了，他最后同意了。他给自己找理由说，第一我不是美国的奥巴马和法国的萨科齐，到他们那个份儿上，多搞一个女人是不行的，很多人都盯着；第二，现在城市这么大，一个省城，上千万人口啊，每个人都忙乎乎的，谁管谁啊；第三，这是一个儿子啊；第四……

找了一大堆理由之后，刘背头决定请客。他得了儿子，心里高兴。肉不能埋在碗里吃，那不是刘背头的风格。尽管找到请客的理由，他还是有所克制。我母亲拉了一个请客名单，长长的一串，有五十几个人，五桌，刘背头审核名单，请客的名单精简了又精简。先减去两桌。我母亲的那些亲戚们基本上都减掉。他只同意我母亲的姐姐和妹妹，也就是我大姨和小姨参加。

后来刘背头想一想，又把三桌减去两桌，只请一桌酒。这一桌酒以刘背头的核心朋友圈为主。有市政府的一个处长，一个酒厂厂长，一个矿老板，一个建筑老板，一个给他送鲜鱼鲜肉的生鲜老板。外加我大姨和小姨。这个名单刘背头比较满意。用他的话说第一是朋友范围，这些人都是他酒店的常客，多年的朋友；第二是结构合理，政界、商界、亲友界都有了；第三呢，保密，这些人他都仔细掂量了，都是口紧的人。

还有章虫草。请客的地点不在刘背头的酒店，他认为自己那个泥鳅店档次不够。地点在一家高档虫草酒店，主要以炖虫草滋补汤为主。开店的老板章虫草原来是刘背头的合伙人。

菜呢？菜点好了没？刘背头假装镇定了半天，客人还没来，他煎熬不过，边看表边问。刘背头最担心客人不来。别的东西丢了，捡得起，面子丢了，捡不起的。

我母亲还没看到刘背头的表情变化，她乐滋滋地把菜单拿来。

怎么一个都没来？会不会都不来？刘背头想。

刘背头没有心思看菜单，他的目光从菜单上面跳过去，看着窗子外面的夕阳。夕阳从落地窗滚进来，一只大狮子一样跃在酒席桌上。这只红狮子在酒桌上舞动。桌子是仿古的红木桌，椅子是红木太师椅。器皿和盅碟都用金器和青花瓷。墙面挂着万里长江的巨幅图。这样的场面，这样的安排，如果客人不来，怎么办？

刘背头有点慌。红狮子在酒桌上舞得更欢。火锅里，筷子上，盘子里，盅碟上，四处都闪动着红光。桌子上一片红。你一个开泥鳅店的老板，你婚外搞个女人也就算了，你还敢生孩子；你偷偷生个孩子就算了，你还敢请客。

会不会一个都不来？如果都不来怎么办？

刘背头现在泥鳅店开出名了，来的客人三教九流。刘背头逐渐结交了一批有身份的，有钱有势的。刘背头甚至也找了关系，想和他们中的一些人一样，混个人大政协的什么代表委员，混个商会协会的什么理事会长。这就是多年的面子和圈子。

面子丢了，捡得起来吗？

你看这些菜行不行？我母亲在问。

再加几颗虫草，少了，小气！刘背头并没有看菜单，语气愈发焦躁地说。

又看一次表后，刘背头问我母亲，糖呢？糖在哪里？

我母亲把装有糖的礼品袋拿过来。

刘背头找到了出气的理由。他在礼品袋里看到了一条毛巾。在我们这个城市，办红喜事不用给毛巾，只给喜糖就行；办白喜事才给毛巾。我母亲不懂。她到这个城市打工当酒店迎宾小姐才几年，她年纪只有二十多岁。

晦气！

晦气！

刘背头连说了几声晦气，一声比一声高。我母亲正准备解释，空气中突然传来一阵震响。

发生了什么事呢？

我大姨小姨以为是跳闸断电的声音。但是看一看，电火锅煮得正欢呢！红狮子般的夕阳在桌子上继续蹦跳，酒席上持续着一片红。那么是地震了吗？还是谁不小心碰掉了价格昂贵的青花瓷花瓶了？

我母亲嘴角冒出了一股蚯蚓般的东西。我看清了。以后我知道，那是血。这是我第一次看到血。我以后上学，课本上说血是殷红的。我不相信。我看到母亲嘴角流的血是黑色的。那么人的血是黑色的吗？红狮子般的太阳晃在我母亲脸上。她脸上的喜气停顿了一下。她愣了一下，似乎也在判断声音的来源。

只有我看清了。那是刘背头打的耳光。很长时间我才明白，刘背头打人耳光是不用手的，他要借用一个东西抽扇。那样打人耳光才响亮，才有气魄。现在他用的是苍蝇拍，他把苍蝇拍打断了。

怪不得客人到现在都不来，刘背头的苍蝇拍子停在空中说，原来是你搞这么晦气的东西！办白喜事，死了人，才送毛巾，你明白吗？

我母亲侧对着刘背头，正对着酒桌和窗户。她慢慢往下蹲。从窗户里射进来的阳光沙子一样朝她眼里涌。那头跳跃的狮子跑进她眼睛里去了。我大姨小姨站在我母亲正面对，她们还没弄明白怎么回事，她们还在问怎么了。但我母亲已明白这是刘背头的耳光。她想哭，但她极力忍着。她想蹲下去，蹲到桌子下面去哭，但是她蹲不下去。夕阳湖水一样托住她，她飘在半空中，沉不下去。桌子上，她的四周，都红红的一片。

我就是在这个时候决定要杀刘背头的。

二

我四岁过生日那天，第一次刺杀刘背头的行动开始。

当时刘背头在桌前布菜，整理火锅和青菜筐子，桌子边上放着一个四层的宫殿建筑般的水果蛋糕，我在这只蛋糕上发现了机会。

还是一桌客人。这桌客人基本上都是我母亲的家人，我姥姥、姥爷、大姨、小姨，还有大姨夫、大姨夫的孩子，都来了。只有一个外人，那就是章虫草。

我发现刘背头的大肚子和蛋糕挨得很近，几乎碰上了。他在那儿边整理火锅边和章虫草说话。我认为刺杀刘背头的机会来了。

我找了一把水果刀，我想把切蛋糕的塑料刀换成水果刀，我想好了变换刀刃的角度和让刘背头中刀的方法。周围没有人注意我，一屋子人都在寒暄。电视里的人和屋子里的小朋友都在咯咯笑。在宫殿般的蛋糕上面，铺了一层水果片，有苹果片、猕猴桃片、山楂果片。上面插着四根蜡烛。蜡烛边上插着塑料刀。我爬到椅子上，转过蛋糕，把塑料刀换成水果刀之后，跑到桌子对面。我装着若无其事，静等刘背头中刀。

我干爹章虫草和刘背头说话的时候泪光闪闪。我每跑到他边上一次，他就摸一下我脑壳。他长得瘦，和刘背头相反。我喜欢他。

我撑不住了，真撑不住了，这“腐败”再反下去，我马上关门了。章虫草泪光闪闪地说。

他们在谈论大事，我还听不明白。章虫草开的高档虫草酒店，因为遇上政府“反腐败”风潮，没人来高消费，快关门了。历来“反腐败”都有一个规律，就是先从吃开始。

我当时不让你搞这么高档，你不听，刘背头说，你看看，还是开我们这泥鳅店可靠些，管他“反腐败”不“反腐败”，老百姓泥鳅照吃。

这“腐败”还能反多久？章虫草问。

我不耐烦了。我的刀怎么了？我认为刘背头会有一声惨叫，水果刀刺进他肥厚的肚皮。我从章虫草身边跑过去，他又摸了一下我脑壳。我假装沿着大桌子转。头顶上的桌子上火锅热气腾腾，火锅边上，放着各种配菜和香料，一屋子香味。

我发现有人把蛋糕上的水果刀换了个方向。我刚才是把刀尖向上向外，正对着刘背头的肚子，现在有人把刀尖刀刃换成了向蛋糕里面的方向。

是谁？

我有点紧张。我假装在屋子里玩耍，大人们都摸我脑壳。我发觉没有人注意我，也没有注意蛋糕，我才放下心来。

刘背头和章虫草还在说话。刘背头认为“反腐败”不会持续多久，他举中国历史每个朝代的例子，特别是近十几年，每个人上台都要“反腐败”，但是“腐败”为什么越反越多？

几千年来，谁都管不住人的嘴。刘背头说。

我再次爬上椅子。这一次是姥姥和姥爷，蛋糕在他们旁边。母亲在陪他们说话。他们三个都摸我的脑壳。我看见姥姥姥爷面色发青，忧心忡忡。他们在为我母亲的处境和前途担忧。

我长到四岁，见姥姥姥爷不到十次。每次他们从遥远的鄂西北农村赶来，主要为了看我，每次他们一见到我，都紧紧抱住我。每次他们都会流泪，都说我是可怜的孩子。他们一开始坚决反对母亲这么跟着刘背头，后来我出生了，他们不得不接受了。人的头是一寸一寸地低下的。他们慢慢也和刘背头见面，说话，坐在一起吃饭。只是都避免称呼对方，因为刘背头比他们小不了多少。

我听到姥姥说，他家“大娘”还不知道吗？

我母亲说，什么“大娘”不“大娘”，他老婆还不知道！

姥爷说，如果知道了，怎么办？

我母亲说，到时候再说。

姥姥流了泪，不过她赶紧抹掉。

你将来怎么办？她对我母亲说。

烦不烦？我母亲说。

我姥姥和姥爷不说话了。他们这样的对话我听多了，每次他们来都少不了这几句，都这么忧心忡忡。

他对你好吗？姥姥又说。

不好。我抢过来说。

怎么不好？姥姥姥爷紧张起来。

我姥姥和姥爷的脸色再次发青。他们脸色一发青脸就显得小，老鼠一样挤在一块。我母亲从乡下来的亲戚们都像老鼠一样挤在一块说着话，脸上都泛着青色。

怎么不好？我母亲从来不说，她只说刘背头好。

他打我妈。我说。

你胡说什么？我母亲拦住我，不让我说话。

我姥爷咳起来。紧接着我姥姥也咳起来。他们的腰弓成一只虾米，虾米吃泥巴。虾米咳得连泥巴都吐出来了。虾米咳出来的泥巴都是青色的。我姥姥赶紧拍姥爷的背。他们互相拍对方的背。

我母亲瞪我一眼，埋怨我不该说。

但是我要说。我不单说，我还要杀刘背头。我四岁了，我不知道我是怎么长到四岁的。我长到四岁，刘背头没在我们屋里过过一个夜，他总是白天来。偶尔晚上来，深夜再晚，他都要回去。一回到家里，他马上关掉手机。无数个夜晚，我母亲和我，我们厮守着度过。

有一回我母亲病了，刘背头来看看，夜里他还是要回，我母亲就和他哭闹，拖住他衣服不让他走。刘背头软磨硬缠，我母亲不依。后来夜太晚，他挣脱我母亲的双手跑了。我母亲追出门，在门口摔倒了，手掌疼得抬不起来，后来诊断是骨裂。那天晚上母亲发烧不止，大喊大叫刘背头的名字，一遍一遍说要杀他。我一直在旁边哭，跟她一起说杀刘背头。

我在说话中再一次调整了蛋糕上水果刀的方向，我认为神不知鬼不觉，突然有人一把抓住我的手。

是母亲。母亲一把抓住我，把我拉到包房外面。

包房外面到处是人，母亲把我抱起来，下楼，穿过酒店大堂和人群，到酒店外面一棵树下。

你为什么这么做？你想杀你爹吗？她严厉地说。

我想狡辩，但是我看见她眼睛，我就知道她什么都明白了。我哭起来。

他打你。我哭着说。

我母亲摸摸我的头，她没想到我醒事这么早。她说，他是你爹。他对我不好，你知道他对你有多好？别的先不说，最近为你上幼儿园，上城里人的双语幼儿园，不上民工办的幼儿园，他四处求人，喝了多少酒？吃了多少锅泥鳅？

我看见姥姥和姥爷青着一张脸下楼，弓着虾米样的身子，相互牵着急匆匆穿过院子往外走，那天他们再没回来。

我还在哭。

我母亲叹口气，说，孩子，谁让你是二娘生的呢？

三

现在回来。满月酒席上。我母亲被刘背头抽了耳光，她含着眼泪，她想蹲到桌子下面，却蹲不下去。

我母亲的妹妹，也就是我的小姨，她很快明白了，她被吓哭了。她不到二十岁，个子比较小。我大姨正抱着我，她也吓着了，但她没哭。

她问，怎么回事？

刘背头说，你说说看，满月酒有送毛巾的吗？办白喜事，死了人才送毛巾啊，这不是晦气吗？

我大姨说，噢，为这啊，我们老家，办红喜事送红毛巾，白喜事送白毛巾，不一样的。

你们老家你们老家，刘背头说，这是省城了，明白吗？

我大姨不再吭声，她开始把礼品中的毛巾都扯出来。我离她最近，我能看见她满眼全是泪水。但是她强忍着。她也像只气球一样，想沉下去，钻到桌子下面或者地缝里，但是红色的湖水般的夕阳托住她，她沉不下去，坚持站着。

我干爹章虫草进来。他现在还不是我干爹，过一会儿就是了。他说，时间都到了，怎么客人还不来？当初怎么说的？

刘背头很尴尬，说，每个人都答应了的啊。

章虫草说，那可能是堵车了。

他坐下来，按照名单一个一个打电话催，果真都是堵车了。

我就是从这个时候喜欢上我干爹章虫草的。我从我大姨的怀里看他。他坐在桌前，先是一个一个打电话，问这些人在哪里，告诉他们怎么走，又估算着前后的顺序，一一告诉刘背头。

名单上有一个政府的处长，公务员，接电话时支支吾吾，章虫草马上告诉刘背头，他可能来不了。政府官员，别看他平时和你亲热，现在要他参加一个民营老板小老婆生的孩子的满月酒，他是不会干的。

后来所有的人都到了，那家伙果真没来。

客人陆陆续续来了。我看见了一个高大平头的人，他是一个矿老板。我看见了一个黑脸板寸头的人，他是一个黑道人物，搞拆迁的，兼做矿老板的保镖头目。我看到一个搞生鲜配送的人，转业军人，目光闪烁。我看见了一个衣着严谨的建筑老板，进来后就四处张望，看我，看我母亲，观察大家的表情，充满好奇。他们有一个共同点，就是目光散漫。真的，我长大之后，慢慢认识了很多这样的人。他们和电视里面开会坐主席台的人目光明显不同，和大街上按时上下班的人目光也明显不同。目光散漫的人胳膊和脚也散漫。

酒席开始前大家散坐在沙发和椅子上，围着茶几聊天，嗑瓜子、吃烟，很响亮地吐痰和毫无顾忌地哈哈大笑。人物头儿是矿老板。他最有钱不说，他还是人大政协的什么代表委员，是很多个商会的会长副会长和理事，当然还有义气、荣誉，这是他们的圈子和江湖。更重要的，他老婆的堂兄是市公安局局长。

我看出这个矿老板的秘密。他和他老婆关系不和，一个人和老婆关系不和有什么呢？要么和好，要么离婚。到他这里就不行。第一他无法和好，第二，他不能离婚。他的老婆不能生育，他想要一个孩子。儿子女儿都行。他是我们这个城市的矿产大王，他却没有孩子，那么多财产传给谁？他想要孩子他老婆就防着他管着他，他老婆的公安局长堂兄经常敲打他。他很烦躁。

这个矿老板有一种天赋，就是在乱山岗里看矿脉的本事，地质专家都佩服他。有一回，另外一个矿老板废弃的矿井转让给他，他相信有矿。他带人来探矿，第一钻头下去，一条蛇缠住了钻头，他吓住了，找人卜了一下，顺着蛇尾的方向又钻，结果出来一个很大的富矿。这些江湖传说增加了他的神秘。

他原先是一个矿老板的军师，专门看矿脉的，那个矿老板为争矿脉被黑道杀了，他变成了矿老板。他最注意的是安全，走到哪里都带一个保镖，还感觉不够安全。黑道找完他，国有矿业企业也找他，要兼并吃掉他，他没有办法，就找了公安局长的堂妹当老婆，没想到麻烦更大，更不安全。

菜上齐了，酒摆好了，人也坐上酒席了。怎么开场呢？

开场就是第一句话，一般是主人说。为什么事来，主题是什么。大家望着刘背头，等他说。

我的大姨、小姨，她们都低着头，屏住呼吸。我小姨望着自己的脚尖，她的脚尖漏了几滴夕阳红，她以为上面落了一只蝴蝶。她去捉这只蝴蝶，这让她轻松了不少，因为她在桌子下面看的只是众人的脚而不是脸。我大姨原想下去捡个什么东西，不料我小姨抢了先，她只好去看桌子上的一只茶杯。茶杯上面的瓷画上的两只鸟在接吻。我母亲最紧张，她脸色发白，手紧紧地按在凳子上，不停地发抖。她的手一抖桌子上的红光也抖，纷纷扬扬。刘背头他原先准备了热情洋溢的发言，这时候全派不了用场。你一个开泥鳅店的老板，你找个小老婆，你还生个儿子；你偷偷生个儿子，你还请客。他忽然明白了一句话，叫“上不了桌面”，面前这件事这就叫“上不了桌面”。

这是一个什么主题的酒会呢？这些老板们原先也没想这个事，开席后一想，我们公开喝一个泥鳅店老板小老婆生的儿子的满月酒，毕竟不是一个事，说出去都不好。

最后章虫草救了场。

他举起杯，说，来，为我们的孩子出生，干杯！

众人一愣。

章虫草说，这是我们的孩子，啊，我们的孩子……他发现自己越说越不明白。

他看大家不明白，把我抱他怀里，说，来，我干儿子今天满月，干一杯！

噢，众人都兴奋起来！

为我们的儿子，干杯！为章总的干儿子干杯！

满月酒就这么开始了。

酒喝完客人都散了之后，刘背头抱住章虫草哭，他们两个喝醉了，刘背头用拳头使劲捶章虫草的背，说，兄弟，今天开始，你是我儿子的干爹！我们就是兄弟！

四

我四周岁宴过后不久，被刘背头的老婆找到了。刘背头老婆策反了泥鳅店的一个供应商，就是我满月酒席那天客人中的一位，给刘背头供应生鲜猪肉的那个家伙。他长年给刘背头供货，刘背头压了他很多货款没付，刘背头老婆承诺让财务提前付他货款，他就说了实话。

刘背头老婆第一次见到我是在郊区我们租的农家院子里。三间农舍，一个红砖墙院子，门口是一片一片的湖塘。我母亲在这里包了一口湖塘替刘背头养泥鳅。她养那种不喂避孕药的真泥鳅，长得慢。刘背头用真泥鳅招待贵客。

我一个人在院子里玩耍，我坐在红砖墙下面，对着太阳玩自己的唾沫。刘背头的老婆一进门，我立即哭起来。尽管我们此前没有见过面，但是她一进来，我就知道她是谁。她和刘背头长得很像，说不清哪里像，像一对生气的姐姐和弟弟。

她围着我看，嘴里喃喃地叫，像母鸡呼喊远处的鸡崽那样。

喃喃，喃喃，喃喃喃，喃喃喃喃……

她这么连续叫了几十声，没有唤来鸡仔，倒把我母亲从房子里唤出来了。我母亲看见她，脸色大变，本能地扑向我，她跑得太急，摔倒在我脚下。

好哇，看来是真的了！刘背头的老婆说，儿子都这么大了。

紧接着我参加了一次奇怪的酒席。参加酒席的有刘背头、刘背头老婆、我母亲、我。这次酒席从中午吃到晚上，却没有人动筷子。这次酒席的内容是决定我的归宿。

刘背头老婆发现我以后要和他离婚，刘背头不干。

一张茶几横在中间。左边的高椅子上，坐着刘背头的老婆；右边的椅子上，我母亲紧紧抱着我；刘背头坐在中间，他一开始抖抖抖地吸烟，后来居然蒙住脸哭起来。

我第一次看见这个肥胖的牛逼哄哄的人哭，他哭得如同一团面，如同一块泥巴一样，松松软软。

我从四川跑出来，我没有饭吃了，我的一只鞋被小偷偷走了，我流落街头，我饿得咬不住米粒，你收留我，我会忘记吗？刘背头吸吸吸地哭着说。

他老婆面如寒霜，说，哦，你还记得这些吗？

我帮别人下牛肉面别人都不要，我当小工的资格都没有，没有你，我会有工作吗？刘背头继续吸吸吸。

他老婆说，哦，有这回事吗？

怎么没有？刘背头说，还有，我刚开酒店的时候，你把家里的椅子全部搬过来支援我，把私房钱全部支援我，我这时候要离开你，我还是人吗？

我听明白了，我母亲也听明白了。这是刘背头的创业史。他从四川流浪过来，进入这个城市，他饿倒在街头，他想帮别人下牛肉面想换口饭吃别人都不要。他老婆接济了他，给他饭吃，帮他找工作，嫁给他，拿出全部家当给他创业开酒店。现在，他敢离开他老婆吗？

他老婆说，我也想问，你还是个人吗？

刘背头老婆嘴上说离婚，心里并不真想离婚。刘背头想出了很多种办法，他老婆都不同意。比如，要我母亲带着我离开这个城市；比如给我母亲一点钱，让她再嫁。他老婆一心一意想要我。

我四岁的时候那场酒席真是漫长啊。先是我哭，我知道了，这场酒席就是为争夺我，我就开始哭。后来刘背头哭，他像一块泥巴一样松松软软地哭完之后，刘背头的老婆和我母亲，分别断断续续哭。

酒席上出现了新的颜色。我母亲和刘背头老婆，这两个女人一会儿你哭一会儿我哭，她们哭的颜色不同。人的哭是有颜色的，我从小就知道这个秘密。刘背头老婆的哭是墨绿色的，我母亲的哭是墨红色的。

我把孩子带走，我带回老家，我带到南方，带到广东、深圳去打工，行不行？我母亲哭着说。

这是一种办法，刘背头对他老婆说，她带着孩子远远离开，好不好？

想得美，他老婆哭着说，她带着孩子，走到天涯海角，能隔得开你们吗？

孩子是我的，凭什么给你。我母亲最后说。

好，你带走，你带走试试？刘背头老婆说。

刘背头老婆早有准备。她此前早已找到了刘背头和我母亲以夫妻名义同居的证据，他们拍的合影照，邻居证明等，她都交给了律师。此前律师已找到刘背头和我母亲谈，告诉他们说，他们已经犯了重婚罪，如果告到法院，刘背头要坐牢，我母亲也要赔偿。

我母亲似乎已经无路可逃，她只有紧紧地抱着我。

除了把我给刘背头老婆，她还有什么办法？

你放心，我会对他好，像我自己亲生的一样，刘背头老婆说，你看，我和他长得多像，是不是？

大块大块的墨红色从窗口流进来，这种红色的蛇一样在桌子上乱窜。火锅里炸出一连声响。不，分明是一块一块的墨红色在爆炸。盘子上面，碟子上面，筷子上面，空气中，墨红色气球一样一个一个爆裂。桌子上的菜从中午摆到傍晚，冷了又热，热了又冷。铜火锅里面装着红色的炭火，不停地沸腾。夕阳如此之冷，我母亲抱着我在瑟瑟发抖。

我母亲趁刘背头老婆上厕所的时候抱着我逃跑了一回，不过没有成功。她逃出院子的时候有两个黑道人物拦住她。她不可能跑出去。这个院子，酒席，都是经过精心安排的。她退回院子，中间有一个皂荚树，罗网一样枝枝蔓蔓。刘背头追过来了。

孩子长这么大了，交给她养，怕什么，长大了还不是你的孩子吗？刘背头说。

我母亲望望我。

你生的永远是你的，她替你养着，你怕什么？上完小学中学，你再领走，多好！你这么带走，边打工边养，你怎么养得活？刘背头又说。

一片树叶刚好掉下来，落在我脸上。我记得这片树叶，它并没有枯黄，怎么就落下来了？我看见羽毛状的纹路，夕阳在上面闪闪发光。

我母亲没有再回到酒席上，她抱着我在小院子里望着夕阳和皂荚树发呆。天快黑的时候，她同意了。

那天晚上，我母亲给我洗澡，不停地说。然后亲我，亲完了身上每一个地方，包括脚丫子、小鸡鸡。她不知道流了多少泪。她一遍一遍要我背她的手机号码。背她的名字，姥姥姥爷的名字。大姨小姨的名字。姥姥姥爷在老家的家庭地址。反复背熟了，她还说个不停。但她和我说话的中心，却是要我听刘背头老婆的话，和她搞好关系。

你一定要听她的话，嘴巴甜一点，喊她叫妈，听到没？我母亲说。

我不去，我不喊。我说。

那怎么行？我母亲一遍一遍教育我，好汉不吃眼前亏，你要学精明一点，喊她妈，让她高兴，听到了吗？

五

满月酒进入一个新环节，我母亲抱着我给客人敬酒。按照座次顺序，依次是矿老板、黑道老板、酒厂老板、建筑老板、刘背头、章虫草、送鱼肉生鲜的供应商。中间建筑老板旁边那个政府官员没来，位置空着。我母亲抱着我给他们每个人敬酒，这是规矩和风俗。

我看见了一种颜色。这种颜色由红、黑、绿组成，来自他们的目光。我今天满月。我是一个男孩。我有着好奇的大眼睛，高额头，藕节一样的白腿。我在笑。我一笑就露出黑洞洞的嘴巴。我看得清清楚楚，他们眼中的光芒，红、黑、绿。这是一种羡慕之光。

那个矿老板，他摸我脸，说，刘背头，我羡慕你啊！

还有黑道老板和生鲜供应商，他们也说，羡慕羡慕。

我干爹章虫草说，刘背头啊，你做了一件我们想做却不敢做的事啊。

那个建筑老板和那个酒厂的老板，他们看着我发呆，陷入沉思之中。

我很早就明白羡慕是有颜色的，大体上由红、黑、绿组成。农村的老人们大抵说得不错，眼红心黑，别人有好事你眼红，你的心却不红，眼是红的。眼冒绿光，颜色绿的。大体上他们都有这三种颜色，比例多少不同而已。

那个矿老板太羡慕刘背头了。他比刘背头有钱有势，但他没有孩子，他老婆不生育。他曾经找了一个女孩子，怀了一个孩子，他老婆发现了，把孩子打掉不说，这个女孩子从此消失了，到哪里去了他都找不到。他老婆想抱养他堂兄的一个孩子，他却不同意。他太想要一个自己的孩子了，又偷偷找了一个女孩子。他老婆的堂兄曾用枪抵住他脑壳警告过他，再发生此类事情注意后果。他一直在评估，偷偷生一个孩子风险有多大，会不会真掉脑壳。如果掉脑壳，值不值得。

那个酒厂厂长，他这个酒厂原来是国有企业，后来通过改制才变成民营企业。他前妻是政府的一个分管经济的处长，酒厂改制成民营企业，他前妻帮了忙。他后来又找了个女人，和前妻离了婚，前妻就问他要企业股份。前妻要她的弟弟来当他酒厂的大股东，慢慢把他挤出去。他用尽智慧和办法抵制，但他前妻最近警告他，如果不配合就把他改制中的违法事宜举报，让他坐牢。他现在也在评估，是不是真会坐牢，如果去坐牢，值不值得。

另外几个说羡慕的，也都发自内心，关于他们的故事，一言难尽。

大家都说羡慕，刘背头就牛逼哄哄。他喝了几杯酒后，话多出来。儿子，这是传宗接代的儿子啊。他不停地重复这一句话。

刘背头这时候接到一个电话。这个电话一来，牛逼哄哄的刘背头立刻变了一个人。他像被抽了脊梁一样，身子发软，腔调也跟着软。

刘背头说，我没在哪里啊，我今天在外面喝酒啊！

在哪里喝酒？——在章老弟这里啊，他一紧张，把地址说了。他还把电话递给章虫草。章虫草也有点紧张，言语哆嗦着，说，对啊，几个朋友，在我这里喝酒。

放下电话，刘背头和章虫草脸都白了。

别人还没明白怎么回事，我母亲先明白了。

刘背头的老婆要来了！

我母亲的脸色在发白，她一紧张，一受气脸就发白。她佯装继续敬酒，但已经心不在焉。她差一点儿把我抱失手了。我从她胳膊上滑落，脑壳斜着向下。她最后脚也勾，手也抢才把我护住。旁边的人都尖叫。特别是我大姨，她立即把我抱走。

我闻到一股湿甜的酒香。我母亲那一杯酒泼到我脸上了。我从此与酒结下不解之缘。小学就开始偷着喝酒，长大后开酒店，卖酒喝酒，结交了千千万万的酒徒。酒是一个好东西。

我母亲重新开始敬酒，但她已经定不住神了。她的耳朵伸到了刘背头的手机上。她生怕刘背头的老婆再打来电话。她一生中最怕这个女人。她为刘背头打过三次胎。每一次都和这个女人有关。她们从认识的第一天开始，就成了冤家，她们打打闹闹，纠缠了一生。

刘背头的电话又响起来，他老婆开车赶过来了。好在他老婆忘记章虫草这间酒店的准确位置，打电话过来问。她其实并不知道我今天满月的事，但她从刘背头的语气中听出了问题。刘背头每次说谎她都能听出来，她是刘背头的克星。

刘背头准备跑。他关了手机，悄声和章虫草商量，是不是结束酒席。章虫草电话响了，刘背头老婆打到他手机上。章虫草装着没听见，和刘背头商量办法。他不同意结束酒席，酒席气氛正热烈，现在结束，客人怎么想？

我母亲吓得发抖。她的酒杯掉在地上，立即捡起来，又掉下去。她非常害怕刘背头老婆。她觉得她有杨二郎的第三只眼，你怎么变化都逃不过她的眼睛。

我母亲第一次怀孕，就是被刘背头的老婆发现的。当时她在刘背头的酒店里传菜。她本来是迎宾小姐，但是那几天传菜员有人请假，人手不够，她临时顶上来。她怀孕了，但还是端着几个盘子从厨房朝包房里跑。刘背头的老婆那天带人在包房里吃饭，她从包房里出来上厕所，经过走廊，看见我母亲端着几个盘子在走廊里跑。刘背头老婆发现问题了。

我母亲传完菜往厨房里返的时候，被她喊住。

你站住！她对我母亲说。

我母亲站住。此前她并不认识刘背头老婆，刘背头老婆来得少，每次来了像客人一样在包房里。我母亲站着，刘背头的老婆上上下下打量她。她的目光刷子一样上下刷动。

你不对，你走几步我看看！她说。

我母亲不知道怎么那么听话，她就开始在走廊里走。走了几个来回，刘背头老婆让她停下，说，你还传什么菜，你怀孕了！

我母亲吓住了。这个女人是谁？她简直太厉害了。我母亲正为怀孕在忧愁，她刚开始连自己怀孕了都不知道。

刘背头，刘背头！女人在走廊里把刘背头喊出来，指着我母亲说，这个女孩子都怀孕了，还在跑着传菜，不要命了吗？

六

我被刘背头的老婆抱到她家大约一个星期后的一个下午，我在他家的窗口看到了我母亲的身影。当时刘背头在床上呼呼大睡。他在午餐收工后经常回家睡觉，他老婆到美容店去了，我趁这个空当爬到窗户上给我母亲打电话，我看到了母亲的身影。

我从茶几爬上沙发，跪在沙发沿上拨窗台上的电话。我打了一个电话，不是她；再拨一个号码，是忙音，原来我把我母亲的手机号码中间两个数字记颠倒了。我急得直哭，我以为我再也找不到我母亲了。我哭的时候不敢出声，我怕刘背头听到了。我跪在沙发沿上想手机号码，想那一串数字。我像一条小狗那样跪在沙发沿上睡着了。我在梦中听到我母亲在喊我。

蝌蚪蝌蚪，蝌蚪蝌蚪……我听到夏天里遥远的青蛙般的鸣叫和呼喊。

我一下子醒了。我差一点儿从沙发沿上摔下来。

我爬上窗户。我真的看到我母亲了。

我母亲把我交给刘背头大老婆后，她原来想远远离开刘背头和他老婆，离开这个让她伤心之地，离开这个省城去南方的深圳市打工。她坐着夜间的火车往南走，火车刚启动她就后悔，她就开始想念我，她就开始恨她自己不该扔下我。火车随着铁轨每震动一回，她的心就抖动一回。火车进入湖南境地，开始穿一个一个的隧洞，这一个个隧洞犹如无边无际的阴间世界，弥弥漫漫全是黑暗。她感觉到她永远不可能再见到我了。她急躁得站起来，在人行道上快速地走动，她看着窗外晃动的黑影，似乎每个黑影里面都有我。有几回，她急得恨不得跳窗而下。她找到列车员要求停车，引来诧异的目光和训斥。火车刚到衡阳站，她就跳下来，但是夜里再没有列车返回，她在火车站蹲了一夜，第二天早上转车北上。

她找我找了一个星期。她不知道刘背头家在哪里，她通过酒店的姐妹们辗转打听才找到。

这一个星期，也是我煎熬的一个星期。刘背头的老婆把我抱到她家后，我走进一个陌生的世界。沙发、茶几、地板、玩具，所有的一切都是陌生的。我在这个陌生的世界里除了哭就是睡。哭累了睡，睡醒了又哭。

第一天晚上我就吓哭了。我从来就没有看见过一个女人脸上覆着东西，鬼一样睡觉，后来知道那叫面膜。刘背头老婆被我的哭声吵醒了，坐起来，问：你哭什么？

我说，鬼。

她说，什么鬼？

后来她明白是她脸上的面膜。她撕下面膜，奇怪地问：你没见过吗？

我摇摇头。

她说，你妈不敷面膜吗？

我点点头。

她叹气说，这个小妖精不敷面膜怎么那么好看？

第二天晚上，我憋了一泡尿，却不敢上厕所，因为刘背头老婆土堆一样横在床边，我不敢爬过去。我只好朝秋裤上尿。我不敢大尿，只敢一滴一滴地朝裤子上面注。像抱着一只水壶朝一个杯子里小心翼翼地倒，前面还匀称，后面控制不住，失了手，杯子也破了，壶也破了。

我大哭起来。

刘背头老婆尖叫起来：刘背头，你儿子尿床了！这么大还尿床，还是人养的吗？

第三天更可怕——夜里我做梦，梦见我母亲了。我在之前，母亲不知道哭了多少次，但最终不得不同意了。走的时候，母亲问我，你去了喊不喊妈？

我说，不喊，她不是我妈。

母亲说，儿子，一定要记着，每天要喊她妈，亲亲热热地喊，听到了吗？

我就梦到这里的时候醒了。我醒的时候看到了吓人的一幕——刘背头的老婆正在昏黄的灯光下，头发散乱，嘴里念念有词，说，这个小妖精，怎么一生就是个儿子呢？她的目光，正盯着我的小鸡鸡！

我一把捂住小鸡鸡，发出一声尖叫。刘背头老婆还没有从发呆中清醒，刘背头从隔壁房里冲过来了。

你要干什么？他一把推开老婆。又扒开我的手，看我的小鸡鸡受伤没有。

刘背头，他老婆说，你说说，那个小妖精怎么一生就是个儿子？

我把母亲哭来了，我不敢相信。我站在四楼窗户上面的架子上，下面是一个天井式的回廊。我看见我母亲了，她穿着一件红色的风衣式的外套，在下面探头探脑地往上看。

我喊：妈。

她也看见我了。她准备答应，却出不了声，呜呜呜地哭开了。

我喊：是你吗，妈？

她说，是我是我，蝌蚪，蝌蚪。

她忽然意识到我站在窗前的铁架子上，紧张得结结巴巴，说，儿子，快下去，当心摔下来！

我其实没事，我只有四岁，身子轻。我在铁架子上猴子一样弹跳一下，她更紧张了，赶紧往上跑。我站在铁架子上可以看到她上楼的身影。她边扶着扶手跑上楼边喊我，我也喊她。

她一声一声地喊，蝌蚪，蝌蚪，蝌蚪，蝌蚪。

我一声一声地喊，妈，妈，妈妈，妈妈。

我忽然意识到刘背头在旁边睡觉，我怕惊醒他。我尽量控制着音量喊我母亲，我的声音随着她上楼和我的距离而变化。我想让她听到我在喊她，但我却不想让刘背头听到。

但是刘背头醒了。

刘背头不敢让我母亲带走我，他要他老婆同意。他要他老婆赶来。

我母亲紧紧抱着我，哭得已经不成人形。

你让她来！

我死给她看！死给你们看！我母亲说。

七

满月酒席上的客人们还在闹酒。我母亲在地下捡酒杯，她连一只酒杯都捡不起来。她一边捡酒杯，一边在听刘背头和章虫草说话。刘背头的老婆要来了！

他们现在就想结束酒席逃跑吗？我母亲想。

刘背头手机只关了一下，马上又打开了，他不敢关时间长。他刚一开机，她老婆电话就打来。他赶紧俯首软腔，解释说刚才没有电了。刘背头想结束这场满月酒逃跑，这是很明显的。但是母亲给客人的仪式酒都没完。按照我们这里风俗，满月酒要敬到位，每敬一个人酒，客人要摸我的头祝福，主人要赠礼物、喜糖和红饮料。敬完一圈才有基本的福分，没有这个礼节，孩子一生会坎坷多灾。现在这个仪式都没有完，刘背头却想逃跑！

你让她来！

我母亲突然锐叫一声。她的叫声里窜出一股墨红的颜色，桌子上突然红起来，火锅燃得更红，亮出噼啪的声音。客人们都停住筷子，不明白我母亲怎么回事。刘背头和我干爹知道我母亲听到刚才的电话了，他们起身要过来打圆场。

你让她来！

我母亲又大叫一声。这一次她冲向刘背头，用刺客头撞宫廷梁柱的姿势，朝刘背头撞去。

你这个没用的男人！你除了欺侮我，你还会干什么？

这是我母亲第一次在刘背头面前发狠。此前，她已经打了三次胎，最痛苦最难受的时候，她都没有在刘背头面前发过狠。

第一次打胎，也就是刘背头的老婆在走廊里看见她传菜端盘子那一次不久，刘背头让她打胎，她找她的母亲，也就是我的外婆来照顾她。我外婆把她臭骂一顿，最后还是买上母鸡煨汤给她喝。她当时觉得无所谓，身体没有多难受。但是她手术第三天后在卫生间小便，拉了一大摊血，一下子把她吓住了。

第二次打胎是一年以后。她跟了刘背头三年，每年打一次胎。当时是冬天，快过年了，刘背头的泥鳅店过年给员工放假。刘背头让我母亲回家过年，顺便打胎。他给我母亲买了一件仿貂皮大衣，外面是一团一团白色的毛绒，里面很暖和。这件貂皮大衣让我母亲回家乡过年很荣耀，全村的女孩子都围着她羡慕。

我母亲在乡镇卫生院找了一个熟人帮忙打胎，打完胎出来的时候，天快下雪了，风吹到脸上硬硬的。她开始头疼。寒风怎么像一颗颗冷石子。她脸上头上的毛孔都打开了，去迎接吸进那些石子。她把衣服朝上拉，刘背头给她买的那件毛绒绒的仿貂皮大衣抵挡不住那些石子。远处的河边，白色的雾气里面，仿佛有人在喊她。她睁大眼睛去看，人又不见影子了。她觉得自己丢了一件东西。她站在寒风中发愣，想自己丢了什么东西。她朝雾气深处走，风越来越大。她的头疼得要炸裂开来。她忽然明白，有一件不该丢的东西丢了。她流着泪，哭出声来。

第三次，我母亲说什么都不打胎了。她要生下来。这时候刘背头的老婆已经发现他们的关系了，把她从酒店赶出来。刘背头老婆开始严管刘背头，亲自当酒店的出纳员，把所有的财务抓在手里；管住刘背头的手机，不让他和我母亲通信息。我母亲在城里没有住处，只好到另一家餐馆去打工，怀着孕给客人端盘子。我母亲和刘背头不能联系，就给泥鳅店的其他服务员联系，让他们转告刘背头。刘背头得到信息以后，委托中间人给我母亲另租一个地方，刚住下来不久，又被他老婆发现。刘背头老婆举报到社区管计划生育的人那里，那几个人找到我母亲，逼着她到医院去。我母亲当时已经怀了四个月了，她哭着不打，没有人同意。她被众人按在病床上引产的时候，要求见刘背头，见一面她再打。但是刘背头老婆不同意。一切都由她代为处理。这一回我母亲疼得最厉害，她把内衣都疼湿透了，眼泪也哭干了。

现在，她终于生下我了。好容易办一场满月酒，她又杀上门来了！

你让她来！

你这个没用的东西！

我母亲一头朝刘背头身上撞，她太激动了，撞着了刘背头侧胸，也撞着了椅子。刘背头连着椅子侧翻在地。我母亲额头也出了血。我在我大姨怀里大声哭起来。

你让她来，我死给你看，我死给你们看！我母亲说。

八

我小学快毕业的时候，刺杀刘背头，被刘背头发现了。

当时刘背头在郊区里喂泥鳅。他在郊区包了一口湖塘，给他的泥鳅店养泥鳅，也养鱼。我们几个小兄弟，开着摩托车，从市区出发，一直开到郊区，沿着郊区的土路一直往前开。我们看到一片一片的湖塘。每一片湖塘旁边，都搭着一个棚子。棚子是养殖人的临时看护房。我们在一片湖塘中间，找到了刘背头。他的湖塘边除了搭建有棚子，还有一棵树。墨绿色的树冠伞一样罩着他红色的汽车。他在湖泊的田埂和棚子间来回走动。他从棚子里一会儿拿饵料和粦糠，一会儿拿青菜叶子，他朝那片湖塘里面撒饵料和粦糠，丢青菜叶子。

我和比我高年级的几个中学生混在一起，我们很早就开始抽烟、喝酒和逃学。我们有一个共同的特征就是仇恨父亲。我们中的有一个兄弟，他爹打他妈，他拿了一块砖头照他爹头上砸，他爹躲开了，背后的树却被砸了一个坑。还有一个家伙，他爹搞情人，整天不回家，住在情人家里，他趁他爹不在，跑到他爹的情人家，把情人的衣服全部烧光。

我想杀刘背头，小兄弟们都来帮忙。我们六七个人，开着三辆摩托，埋伏在刘背头附近一个湖塘边上的一个灌木丛里。我们躲在灌木丛里边吃烟边研究杀刘背头的办法。旁边一个养殖人，看着我们一伙流里流气，很奇怪，但他不敢吭声。我们商量了几种杀刘背头的办法，都否定了。比如冲过去用砖头砸他，但这里找不到砖头。比如冲过去把他推到湖塘里，又怕他发现。刘背头长那么壮，我们怕不是对手。

我们远远地看着刘背头在湖塘埂上来回走动。给泥鳅喂完饵料和青菜叶子之后，他撒豆一样往湖塘里撒一种东西，我知道他在干什么。他在撒避孕药。刘背头经常和我母亲说这事。他开泥鳅店已经买不到真泥鳅了，到处都是避孕药喂的泥鳅。他说他这是没有办法，也只好用避孕药喂泥鳅。不光泥鳅，这一片一片的湖里，鱼、鳖、黄鳝，都是用避孕药喂的。真正的泥鳅要半年成长期，他的泥鳅两个月就膘肥体壮。

我当时想杀刘背头至极。四岁那年我和我母亲被刘背头赶出来之后，我们换到一个远离刘背头的城区，母亲把手机号都换了，决定和刘背头断绝来往，重新做人和生活。她四处打工，挣钱付房租，供我上学读书。我爱母亲，母亲爱我，我们寄宿在这个城市里，一天一天往前活着。

我没有想到我母亲后来又和刘背头搞在一起。她不是换了手机号码吗？是她先联系刘背头还是刘背头找的她？我不知道。

有一天回家，看见刘背头在我家里。我母亲给他煨了藕汤，他正大口大口喝。我母亲身上又换了一件新的仿貂皮大衣，外面的绒毛跳动着白光，像白老鼠一样在她全身乱窜。她脸上跳动着幸福的光芒，她这几年老了许多，鬓角一簇簇白发，脸上呈青绿色。一股红晕在她脸上的青绿色上飞动，她的脸真像一幅水彩画。

我气得脸都变色了。我故意把小屋子里面的东西搞得叮当作响。我母亲把我拉到一边说，你怎么不喊爸爸？

我说，我没有爸爸。

母亲说，说什么话！没有爸爸你怎么出生的？

我拿我母亲没有办法，她离不开刘背头，这是她的弱点。

我必须尽快杀了刘背头，让我母亲没有念想。

我实在不理解我母亲。她四处打工供我上学，我们在城中村租那种便宜的小房子，我们经常没有饭吃的那些日子她难道忘了吗？那个时候，刘背头在哪里呢？

我的整个小学时期我母亲的主要工作是卖菜，她一开始是给酒店当服务员，后来她当不下去了。一个服务员的工资养活不了两个人，还要付房租。最后她只好到城中村去卖菜。每天早上到郊区的大市场买菜，运到城里的社区门口，中午卖完收工，这就是她的基本生活。下午和晚上，她辅导我做作业。我只能读郊区那种为农民子女们办的简易小学，那种小学不教普通话和英语，我母亲就四处求人，花钱给我转学，要我读双语小学。

别的孩子有的，我的孩子也要有。这是她挂在嘴边的一句话，但是别的孩子有爸爸，有爸爸去开家长会和接孩子，我有吗？

她发誓离开刘背头，自力更生，发奋图强。她在墙上写了几个大字：刘背头！然后打了一个大大的×。但是，她怎么又让这个家伙在屋里喝藕汤？

避孕药为什么能让泥鳅长肥？一个伙伴问。

避孕药喂的泥鳅和真泥鳅有什么区别？

我们想不明白。我们中间有一个瘦子，吃什么都长不胖，我们就建议他吃避孕药，买一罐子避孕药，糖果一样一颗一颗朝嘴里丢。

我们坐在湖埂上，背靠着灌木丛，眼前是一口湖塘，湖塘外面是大片大片荒芜的农田。种田不赚钱，农民都不种了，养鱼养泥鳅比种地赚钱，有人想挖地变塘，结果养鱼养泥鳅也不赚钱，什么能赚钱？给猪喂化肥，给鱼和泥鳅喂化肥，喂避孕药，猪、鱼、泥鳅长得快，所以都一窝蜂来喂。结果猪拉的粪把田地都烧坏了，湖塘养鱼和泥鳅的水都变臭。四周飘荡着一股难闻的味道，这是化肥和避孕药的味道吗？我们被这些气味包裹，晕晕乎乎。

我给小兄弟们讲刘背头，讲他打我妈。我说我满月那天就发誓要杀刘背头，讲我四岁过生日想在蛋糕上用计。他们都相信。我们都有一些很奇异的灵感，我们经常在一起交流分享。

我们想出一条杀刘背头的妙计，那就是趁他离开要上车的时候杀他。把他的车推到湖塘里，他反抗不及。

刘背头忙完返回，一上车那会儿，我们开始动手。我们冲上去，把他的车推到湖塘里，想把他闷死在车里。但是我们把车朝湖塘里推的时候，发现他并不在车里。我们正在诧异，树根下面传来刘背头的吼声。原来，他在我们朝车这儿跑的时候，下车撒尿去了。

刘背头在树下撒尿，他年纪上来了，撒尿缓慢而悠长。他感觉身后有响动，回头看看汽车被一群孩子朝湖塘里推。汽车在朝湖塘里滑动，想拉住已不可能。他大吼一声扑过来，这时候一声巨响，汽车掉进湖塘里了。我们像一群狗一样沿着湖埂四散逃开。有一个小兄弟跑的时候掉进湖塘，很快又爬出来，湿漉漉地接着跑。

刘背头发现我了，他不敢相信是我。他大声喊我的名字，我跑得更快了。

刘背头发现我想杀他，他非常吃惊，也非常痛苦。在他的印象中，我是个不爱说话的孩子，成绩不好的孩子。但是他认为他是最爱我的，现在我却要杀他，他怎么都想不明白。

他为什么要杀我？他问我母亲，我对他哪点不好？

我母亲知道为什么，但她认为我只是孩子，说着玩玩，没想到我搞真的。她认为刘背头打她骂她，那是她的事，她能忍受，她也想不通，想问我为什么。

我们几个兄弟逃跑了，我们重新跑到郊区的湖塘，想搞明白我们此前没搞明白的问题，看避孕药喂的泥鳅和真的泥鳅到底有什么区别。家长们四处找不到人。最后警察把我们找到了。

警察认为我们犯了罪，虽然是未成年人，但也要劳动教养。我们中年纪最大的读初三，我年纪最小，读小学六年级。刘背头和我母亲为了我能放出来，四处奔波求人。最后我被放出来了。主要是我年纪太小了。

我回家那天，我母亲哭病了。她这几天每天以泪洗面，从白天哭到黑夜。那天晚上，刘背头破天荒住下来。这么多年来，晚上他从来没在我们家里住过。

这个晚上他没有走，他一会儿进房哄我母亲，一会儿到客厅抽烟，想和我说话。我坐在客厅里，刘背头几次催我睡，我都不去睡。

我十三岁。我已经能吸烟，能喝半斤酒。我平时在学校里一言不发。我的心像一个马蜂窝，全是孔洞。有几次，他准备开口，向我解释，或者与我和解，但是他张了几次嘴，最终没说。他有几次准备给我倒杯水，或者给我拿条毯子盖在身上，但是他站起来几次后，最终放弃了。客厅里灯关了，刘背头试着递给我一颗烟，我居然接了。一颗烟吃完后，又点一颗烟。我像一个男人一样和刘背头对峙。刘背头感觉到了我作为男人的姿势。他一言不发。他只是一颗一颗猛烈地吸烟。猛烈地咳嗽。他喀喀喀地咳，肺部都要咳破了。后来他安静了，被水一样的夜淹在那里，一动不动。他在思考什么？一棵树，一条狗，一个人在他面前异样地生长出来。

九

发生了什么事？矿老板问。

酒席上突然冒出一股黑烟，这股黑烟来自矿老板的身体。他的身子仿佛古代的烽火台。敌人要来的时候，远处冒出一股黑烟。

现在是眼前冒出一股黑烟，远处来了敌人。

发生了什么事？酒厂老板也问。

刘背头和我母亲从地上爬起来，章虫草连忙把摔倒的椅子扶正。刘背头提一提裤子，我母亲抹去额角碰出的红色。发生了什么事？刘背头、我母亲、章虫草三个人相互望望，他们不知道该不该说和该怎么说正在发生的事。

桌子上刘背头的电话还在持续响。

矿老板的身子现在成了一座烽火台，一股一股地往上冒黑色的烟气。他身材魁梧，像烽火台的台基；他的小平头像烽火台的台座。

大哥，刘背头喊矿老板叫大哥，其实矿老板比他小，但他习惯了喊他大哥。大哥，对不起……

按说这个矿老板这个层次的人刘背头是攀附不上的，但他爱吃泥鳅，刘背头就结交上了。矿老板爱吃刘背头的泥鳅，到了什么程度呢？他三天不吃嘴里都寡淡。他吃泥鳅要用黄瓜炖，加上魔芋、粉条、烤辣椒，味道要重。每次他去吃泥鳅，刘背头都要亲自下厨。刘背头一勺子红油，一勺子盐，一勺子烤辣椒往锅里面丢，旁边的其他厨师看得目瞪口呆。

发生什么事？你大老婆要来吗？矿老板说。

看来是，他大老婆要来。酒厂厂长说。

另外几个老板也都明白了。

她怎么知道在这里？矿老板问。

是不是有人走漏了风声？酒厂厂长说。

谁走漏了风声？矿老板问。

夕阳已经消失了，城市全面暗下来，房间里的灯光亮起来。灯光被屋子里的酒气烟雾气阻挡，变得一截一截。酒席上的每个人不自觉地挺直胸膛，证明自己不是走漏风声的人。那个给刘背头送猪肉蔬菜的生鲜老板去上厕所，厕所里传来哗哗的水声。矿老板等了他很久，出来后问他，他发誓他没有走漏消息。

她应该还不知道，刘背头说，她只是感觉到不对，她想过来看看。

众人似乎又明白了一些。

现在怎么办？矿老板说，刘背头，看来你怕大老婆，你想立即结束这场满月酒，让我们滚蛋？是不是？

酒厂厂长明白了矿老板的态度，说，刘背头，你想让我们像老鼠一样悄悄溜走？我们这些人，是你想请我们来就来，想让我们走就走的吗？

刘背头说，不，不不，大哥，哥哥们……他眼泪快出来了。

不，不不，哥哥们，不是这个意思。章虫草连忙跟着打圆场。

不是……不。我母亲想说什么呢？她半天说不完整。

我最恨那些蛮横霸道的大老婆。矿老板说，他伸手摸我脑壳，

他身体里的黑烟气传到我头上，我成了一个小烽火台。我的头上

开始冒阵阵黑烟，慢慢点燃了我的身体。我是事情的源头，我这里应该冒烟。

我顺着摸我脑壳的胳膊看过去，矿老板虽然面目很黑，但是他的目光里面，却明亮如镜，充满着忧伤和绝望，有一种冰凉的死亡之气。真的，人要死了，几年前身上就会冒冰凉的死亡之气。

这个矿老板现在面临生死关口，他正一步一步走向冰凉的死亡。他太想要自己的孩子了，又找了一个女孩子，怀孕了，他找医院的熟人检测是个儿子。他找了一个隐秘的地方藏住她。他老婆和堂兄四处寻找，抓了他很多朋友和黑道兄弟，用国家的技侦手段监控了他们的手机，但找不到那女孩在哪里。她藏到哪里了？只有我知道。我从矿老板的目光中看出了他内心的隐秘。他的一个黑道兄弟，为了保护他这个孩子，和他那个已经怀孕的女孩子结了婚。外人都以为是那个黑道兄弟的孩子，其实是他的孩子。

他老婆的堂兄消灭了他的第一个孩子和女人，却四处找不到这个女人和孩子，只好和他谈判，让他想想后果。他每天都在想后果，想一柄枪抵住自己脑壳。他每天保镖不离身，枪不离身，但他知道，那有什么用呢？

几年后出了一件震撼全市的事件，矿老板被押赴刑场，执行枪决。他的罪名是黑社会的保护伞和私藏枪支。他强烈要求离婚。他老婆的堂兄在打黑运动的大形势下，亲自带人将他抓获，力主判他死刑。

我也最恨那些蛮横霸道的大老婆。酒厂厂长跟着说。

我顺着他的声音看过去，他长着一张马脸，下巴很长。他的目光里面，也有和矿老板相同的东西，忧伤和绝望。他们这些社会上羡慕的有钱人、老板，眼睛怎么都如此忧伤和绝望？我多年以后才慢慢明白。他现在也遇到了极大的困难，他改制不久的酒厂即将被他前妻夺走。这个酒厂有四五十年的历史，和城市解放的时间相当。他十三年前开始当这个酒厂的厂长，他上任的时候，酒厂正处在历史上的最低谷，职工有半年发不出来工资。他上任的第一天开干部会，他往主席台一坐，椅子垮掉了。这么一个企业，成了当时政府的老大难，政府派不出干部去当厂长，只好请他这个民营酒厂的厂长去当国营酒厂的厂长，十三年过去了，他把企业带到年销售两个亿，他们的产品覆盖了这个城市的每一个商店和酒店。政府却说这个企业从头到尾都是国有的，那只好改制，刚改制完毕没一阵，他离了婚，惹怒了他那个在政府当处长的前妻。现在他前妻要揭发他，即将把酒厂夺走。

这个女人，她让我连一顿酒也喝不顺，矿老板说，可我今天就想喝这顿酒！怎么办？

我今天也想喝这顿酒，怎么办？酒厂厂长说。

矿老板说，这些大老婆都该杀了。

酒厂厂长说，对，该杀。

众人也都附和着说该杀。

屋子里烟气缭绕，灯光被阻挡得一截一截。灯光下面，晃动着一张张红色的酒脸。这种气氛适合同仇敌忾。适合起哄，插科打诨。但是谁真把酒话当真呢？

没想到矿老板当真。

矿老板说，既然你们都说该杀，那就杀。

矿老板让旁边的黑道头目给他取来提包。众人注意力聚过来。众人都看着他一层一层缓慢地打开，取出一层黄铜纸。他又一层一层打开黄铜纸，露出一支枪来。

屋里的人们都吸了一口气。

这是我第一次看到枪。这支枪躺在黄铜纸上，发出黄油般的光泽。这种光泽发冷，向四周波动着寒意。它有耳朵一般的把柄，放在桌子上看，精致而美丽。

黑道头目站起来，伸手去拿枪。

刘背头跑过来，抱住矿老板胳膊，说，大哥，大哥……

其他几个老板看见枪，也都吓变了脸，知道玩笑不能再开下去，都跟着喊大哥，求矿老板。

包括我母亲。

矿老板问我母亲：你不想杀大老婆？

我母亲说不出话。

矿老板叹口气，说，看来你是个好女人，那你只有吃一辈子苦。

刘背头赶紧上前，说，继续喝酒，我来处理好，行不行？

那支精致的手枪就躺在桌上，一直到满月酒结束。它仿佛成了桌子上的一道菜。一盘黄色的豆饼，烤馍或者煎黄的糍粑，又像是一只黄亮的土鸡蛋。酒继续喝着。有几次矿老板真把它当成菜，拿筷子去夹。他喝多了。

十

我对枪有兴趣就是从我满月酒那天开始的。这影响了我一生。但我没办法得到一支枪。我从小学就爱和高年级的坏孩子混在一起。到我上中学的时候，我和社会上的小混混玩，我得到一把旧枪。我和他们揣着这把旧枪刺杀刘背头，出了大事。我也因为这件事，这把枪坐了牢。

我没有忘记我的仇恨。随着时间的推移，我对刘背头的仇恨与日俱增。

我当时读初二，我们三个人，另外两个一个读初三一个读高一。我们都是想杀父亲的人。读初三的那个兄弟，他母亲三十多，父亲快六十了，他母亲是他父亲的学生，他母亲是在读研究生时被他父亲搞上手的。他父亲每一届都会搞一个女学生上手。他一直称呼他父亲叫老流氓。读高一那个兄弟，他爷爷是个大富豪，轮到他父亲却是个败家子，先是玩电视台的女明星，后来又炒基金，赌博，把钱挥霍空了，搞得他们上顿不接下顿。

那天我看着刘背头开车回家，赶紧叫来我那两个兄弟，但是等我们敲开门，刘背头却不在家。只有他老婆在家。

他老婆正在敷面膜。这个女人给我的印象就是一有时间就敷面膜，好像她一生就在敷面膜。她认出是我，有点诧异，说，你来干什么？

我找刘背头。

刘背头不在，她要我们走，我就生气了。我把对刘背头的仇恨转移到她头上。刘背头和我母亲重新搞在一起，又被她发现了，她又追到我们租的房子里去大闹了几场。

这个女人现在想把我母亲嫁出去。她认为我母亲如果不嫁人，一直会是个祸害，说不定哪天她自己得重新嫁人。她像个媒婆一样，四处给我母亲张罗人见面。

我母亲她就在刘背头这棵老树上吊死了，真是奇怪。她一开始还去相过几次亲，见过几个男人，后来就不再去见面了。

刘背头老婆不放弃。她像一个年迈的纤夫一样，拉着刘背头这只破旧的帆船，坚持往前走。但是她明显地体力不支，疲惫不堪。

她曾经和刘背头商量，准备把我母亲嫁给刘背头的一个穷徒弟。那个徒弟跟刘背头打了几年荷，人也还老实，长着一个地包天嘴巴。我母亲一开始居然同意了，她纠缠不过刘背头和他老婆。结果那天晚上，面对着刘背头喜得发昏的地包天徒弟，她后悔了。那个徒弟抱住我母亲想亲热，我母亲不干，他就动粗，扯我母亲的衣服。

我在后面给了他一个板凳。

他被打晕了。我母亲却以为他被打死了。但是时间不长他就缓过劲儿来。他挨惯了刘背头的打，习惯了快速苏醒。面对我冷冷的目光，他非常害怕。他问我母亲到底什么意思，我母亲说不同意，他就离开了。

刘背头老婆要赶我们走，她真是找死。我拿出枪对着她，其实我枪里没有子弹。她吓得尿了裤子。我们几个打碎她家的东西，茶杯、食品、冰箱、电视，屋里的东西碎了一地，临走的时候，还照她屁股捅了一刀。

我们捅完一刀看见鲜血才开始害怕。我们往外面跑。我们跑出小区门口的时候怕人被我们捅死了，我们给门卫说，有人在里面受伤了，让他打 120 急救。

我们跑到大街上，不知道往哪里去，我们决定出城，去过流浪的生活。但是我们出城的时候，看见路卡有警察，我们以为封了城，赶紧往回跑。我们跑到一个废弃的建筑工地的顶上，商量该怎么办。我们给另外几个兄弟打电话，大家商量来商量去，都不知道该怎么办。我们不知道，在我们打电话的时候，警察早已通过技侦手段把我们锁定。现在，警车和成群结队的警察早已在下面把我们包围，只等我们落网。

我们坐在建筑工地的顶上，天空红红的一片。夕阳快落山了。夕阳像一摊血，黑色的，黑红色的血。这时候我突然想到我满月那天，母亲嘴角的血，额头上的血，也呈黑色，黑红色，和眼前的颜色一样。这似乎是预兆和暗示。我们这些野孩子，我这个名分不正的孩子，出生就一摊血。我们这些兄弟，很早就开始冲杀，出生入死，我们早晚都会是一摊血，黑色，黑红色的血。

十一

有一把枪摆在桌子，给酒席带来了新的变化。酒席上除了几个女人之外，都开始放开大喝，兴奋之极。接下来的满月酒席，开始进入高潮。这是什么原因呢？我一生都没搞明白。

按照座位顺序，矿老板和酒厂厂长喝；酒厂厂长和黑道头目喝；黑道头目和刘背头喝；刘背头和章虫草喝；章虫草和我母亲喝；我母亲用饮料和生鲜老板喝；生鲜老板和我大姨小姨喝；我大姨小姨和矿老板喝。一轮一轮往下赶。这叫赶麻雀。一轮麻雀赶下来，每个人接近二十杯酒。当然是那种一两三杯的小酒杯。

麻雀赶过之后，开始找共同点喝。胖子和胖子喝；瘦子和瘦子喝；商会会员之间喝；开餐馆的之间喝；同过窗同过乡的喝；共同扛过枪的人喝。

酒席上出现一种停顿的瞬间，酒喝多了，时间喝长了，大多会出现这种瞬间。这种瞬间会产生幻觉。这个热闹的酒席，一群迷醉的人，这一瞬间变成最安静之地，最沉寂之地。人们在这个瞬间会清醒，仿佛都没有喝酒。这个瞬间似乎每个人都在思考问题，走入一个迷径。这个时候的酒席，犹如梦境和故乡。

我母亲在这个停顿的神秘的瞬间恐惧至极。她希望一直喧闹，喝酒，说醉话，吹牛，天南地北。她害怕停顿和安静。她害怕有一点点空隙和瞬间。她紧紧抱住我，我能感觉到她全身在颤抖。

那柄黄色精致的手枪仿佛成了一个新的客人，它的周围埋伏了二十多个小酒杯，每一个都满满斟上酒。在建筑老板旁边的座位上，没来的政府处长的席前，也埋伏着二十多个小酒杯，每一个也都斟满了酒。一边是枪，中间是几十个小酒杯，另一边是一个空席位，一把红色的椅子。

我母亲的身子继续在抖动。我也跟着抖动。今天我满月。我希望永远在我母亲怀中。我不希望长大。如果我长大，我也会和这些酒席上的人一样，喝酒吃菜说话，也会面对这静寂而令人恐惧的瞬间。

我们害怕有任何事情发生。

果真有了事。

这是谁的酒？酒厂厂长指着枪周围的一串酒杯问。

很快他又发现另一个问题。

这是谁的酒？他指着没来的政府处长酒席前问。

矿老板眯着眼——他也在研究。

众人都从刚才的幻境中清醒过来，都觉得奇怪。对啊，这个政府的处长，人都没来，桌前怎么会有这么多酒？枪呢，谁在给枪敬酒？

只有我看清了。他们每个人都给政府处长的席前敬过酒，都给枪敬过酒，还说过热闹调侃的话。只不过那时候热闹，醉了，现在清醒了。

这是谁的酒？酒厂厂长继续问，声音大起来。

刘背头笑着说，都是我的酒，都是我的酒。

众人哄笑，说，该都不是刘背头的酒？今天的酒都是他的酒！

又有人对酒厂厂长说，谁的酒？都是你们厂生产的酒！谁的酒？不都是你的酒吗？

酒厂厂长说，好，既然是我的酒，为什么给他喝？他指着没来的政府处长的空位子说，人都没来，凭什么有酒喝？

刘背头说，你怎么当真？不就是喝酒吗？

酒厂厂长说，那怎么行？没有到场的人凭什么有酒喝？

酒厂厂长分明喝多了，舌头有点大，面色发紫。他往起站，晃晃悠悠，几次才站稳。大家都知道他为酒厂改制和前妻闹的事，只是不知道详情。他前妻和这个没来的处长是同僚，都在政府供职。

全城谁都能喝我们的酒，只有一种人不能喝。酒厂厂长好不容易站起身子后，大着舌头说。

谁不能喝你们的酒，是我吗？矿老板笑着说。

就是那种不到场也能喝酒的人。酒厂厂长说。

众人哄一下笑。

这个厂是我喝出来的，你们信不信？全城的商超酒柜和酒店，都是我一杯一杯喝出来的，你们不相信？他眼睛红红地对众人说。

我们信。众人说。

我专门跑到四川去进基酒，每一吨我都亲自尝，我每年都把舌头尝烂好几回，你们相信吗？酒厂厂长说。

我们信。众人说。

我大年初一，左手拿酒杯，右手拿筷子，我在厂职工家属区里，我挨家挨户给每一个职工家里拜年，到一家喝一杯酒，用这样拢住人心，才一步步扭亏为盈走到今天，你们相信吗？

我们信。

桌上的每个人都听到一下巨大的爆裂声。好像水泥管破了，不，钢管破了。酒厂厂长脑壳伸过来，上面全是酒，还有瓷器的碎片。紧接着，血淋淋的夕阳从脑壳里面渗出来，一片片血。

我母亲、大姨、小姨都尖叫起来。

酒厂厂长把剩下的酒瓶砸在自己脑壳上了。

我这酒砸了也不给他们喝！刘背头，酒厂厂长说，我这一次和他们拼了，我就这个脾气，哪一天我坐牢去了，你要记着给我送一盘泥鳅吃！

这句话后面应验了。

酒厂厂长在随后的深度改制中，带着全体职工抵制他前妻派来的参股收购者，他前妻把他原来的事举报到市里，市里派纪委查他，把他查到牢里去了。刘背头也兑现了诺言。酒厂厂长坐牢后，他烧了几回泥鳅，送到监狱里面看他。

十二

我从监狱出来的时候，母亲和刘背头去接我。

上午的阳光很细碎，我看到我母亲头上细碎的阳光久久不离开，走近了才知道那是白发。我一下愣住了。我站在路边一棵槐树下抽泣，阳光像狗背上的花纹。母亲也站在那棵树下抽泣，她头上身上，洒满了斑驳的狗背花纹。

刘背头默默地一长口一长口地吃烟，他的背驼了许多，身上那种牛逼哄哄的气息不见了。树影晃在他脸上，驳驳杂杂一片，像老年斑一样。

叫爸爸。母亲对我说。

我别着头看远处的田野。我不会叫谁爸爸。我是一个野种。

不为难孩子，刘背头说，以后慢慢来。

他给我一支烟，我接住了。我想吃烟极了。远处白茫茫一片，田野和更远处的城市都笼罩在烟雾中。

我们从监狱门口走过长长的一段路才到公交车站。路上母亲一只手臂挽着我，另一只手臂挽着刘背头，像个孩子一样快乐。

现在好了，她说，我们一家人可以住在一起了。

她紧接着给我解释，我慢慢听明白了。刘背头的老婆出国了。她当然没有被刺死，她只是受了伤。她的丈夫有了小老婆，她还被小老婆的儿子带人刺了一刀，她不仅害怕，还羞耻绝望。她变卖了所有的家产，包括刘背头的泥鳅店，去国外陪女儿读书。

刘背头现在成了穷光蛋，他现在和我母亲住在一起。这就是为什么他没开车来接我，我们要走很长的路去搭公交的原因。我奇怪我的母亲，她得到了一个穷老头子，她居然还那么高兴。

刘背头现在重操旧业给一家酒店当厨师，他要我去给他当徒弟打荷。本来我最不愿意走刘背头的路，跟着他混，但我现在没有饭吃，我不能让头发过早花白的母亲养着。我想学一门手艺自食其力，我只好跟着刘背头去打荷。

我们在一家酒店里承包了一个炉头。刘背头在前面炒菜，主要是炖泥鳅和烧泥鳅，我在后面给他备料打荷。

站在炉子前面的刘背头特别自信。他像一个将军，而锅里的泥鳅，成了士兵。在他的指挥下，泥鳅们按秩序编队，移动穿梭。刘背头烧菜简直是一门艺术，完全可以当杂技看。其他炉头的师傅，没事的时候，都过来围观。

刘背头对荷台要求特别严，有几个徒弟都被他打跑了。在厨师界流行一句话，叫徒弟像狗，都是打出来的。我一开始不习惯。刘背头把炒菜的勺子反着向后伸，他不转身，也不说话，你必须知道他要什么，要多少。要油，要盐，要葱姜，要辣椒，要八角五香桂皮。要半勺，要一勺，要三分之一勺，要不知分量的多少勺。

刘背头带了几十年的徒弟，他打人打惯了。有一回我放错了料，他回身就是一勺子，打在我脸上。他打完之后才明白是我，站在那里发愣，一会儿之后，又反身去炒菜。

我被打愣了。我慢慢往下蹲。我前面有几十个炉头，厨师们都晃动着屁股在炒菜。每个人面前都飘动着几尺高的炉火。整个厨房里红晃晃一片。我一瞬间产生了幻觉。我看见了我满月那天的母亲，她和我一样往下蹲。她蹲不下去，夕阳湖水一样托住她。我也蹲不下去，红晃晃的炉火托着我。我一下子明白了刘背头为什么打人耳光不用手，明白了我满月酒席那天他为什么用苍蝇拍子打我母亲耳光。

我母亲事先有交代，说要想学到手艺，不挨打是不行的。但我的愤怒还是爆发了。我大吼一声扑向他。但是还没等我扑到他的面前，我旁边另外的荷台徒弟们都过来抱住我。厨师们有的扭身过来看，有的身子都不扭。大家都习惯了，都是打出来的。

我站在那里，冲上头顶的血一寸一寸往下降，一直降到脚板上。我的眼泪流下来，我把它含住，吊针瓶子一样，一滴一滴往下落。

我决定杀他，但现在必须忍住。

我再一次咬牙发誓，我要杀死这个刘背头。这个念头重新燃起，就再也遏制不住。什么时间杀他？怎么杀？很多很多次，我站在刘背头身后，菜刀就在手中，我想冲上去照他后背一刀，我都忍住了。

过了一段时间，我母亲高兴地对我说，你爸爸说你打荷打得不错，可以在炉头上当师傅了。

好，那就等我当上师傅以后再动手杀他。

我当师傅，刘背头站在我边上看我烧泥鳅。我把泥鳅倒在锅里，看着一飘几尺高的炉火，心里发怵。我把勺子像他一样反弓着伸给后面的打荷徒弟，心里不自信。加盐！再加盐！辣！辣得不够！刘背头在旁边不停地提醒我。一段时间以后，我的两只胳膊圆圆滚滚，肌肉隆起。我母亲到酒店以客人的名义点了泥鳅吃后，对我大加称赞。

母亲建议我们重开泥鳅店。开泥鳅店，由厨师变成小老板，可没那么简单。开店第一要选址；第二像一个公司那样要与工商、税务、城管、消防打交道；第三要会算账和管理员工干部。前厅有大堂经理，管服务员、迎宾小姐，后面有厨师长管厨师，还有水电杂工。刘背头从选址开始，带着我每一道程序过关，手把手教我。我杀不了他。

泥鳅店开张，刘背头才教我夜间点卤和敬神。夜间很晚，熬卤汤的师傅走了，打荷的徒弟也走了。刘背头把我留下来，教我点卤。

在一丈开阔的大锅里，用长勺子朝里面点卤，他点一回搅一回，均匀而耐心。

同样是泥鳅，配料同样是黄瓜、魔芋、烤椒，有人做得好吃，有人做得像狗屎，为什么？刘背头说。

全在一锅汤。他得意地又说。

一锅红红黄黄的汤沸腾的时候，他打开神厨。里面有灶王爷，祝融火神像。我们趴在那里给神像磕头。

神仙不帮你，你天高的手艺都不行。刘背头又说。

泥鳅店开张以后，应该杀刘背头了。但是我看到母亲活得这么滋润，我又有点犹豫。从我出生到现在，我从来没见她这么高兴，这么舒畅过。那就缓一阵再杀他吧，反正他跑不掉。

开一个小酒店，最重要的是厨艺。用一句现代管理的话说，这叫核心竞争力。我们的泥鳅、魔芋、黄瓜、烤椒，我们的一锅汤，迷倒了很多人。我们经常翻台。前一桌人还没走，后一桌人又来了。我们逐渐有了固定的回头客。我们赚来的钱，先还了借款。再赚了一阵子钱，又开了一家小店。

黑道来了，他们占住台子，来了十个人，每人占住一张台子，点一盘菜吃一个中午，一个晚上，怎么办？给钱摆平，请他们吃泥鳅；红道也随后来了，消防队来查，说消防不合格；城管来了，不让挂条幅……怎么办？花更多的钱，吃更多的泥鳅。因为开泥鳅店，我结识了分管工商税务城管消防这一类的官员。我认识了很多爱吃泥鳅的老板，我结交了红黑两道。

我结了婚，爱了一个老实女人，生了一个女儿。我慢慢把泥鳅店开顺了。

有一天刘背头正在烧泥鳅，看见锅里千万条泥鳅往起跳。他烧了一辈子泥鳅，泥鳅要造反了。他吓得勺子掉在地上，仰面倒地，口吐白沫。我们把他送到医院。他中风了。

刘背头瘫在床上了。我再次想到杀他的事。我要杀一个瘫在床上的人吗？但是，如果我再不杀他，他一死，我就再也没有报仇的机会了。怎么办？

十三

这场满月酒好漫长啊，在我的感觉中，它有一生那么长。我一生中所过的生活，我的童年所见，青年经历；我的苦难和创业；我的历险和磨难，在这场满月酒席上全都看见了，我看见了黑色的血，黑红色的太阳，白色的酒和黄色的精致的手枪。我还看见了各种颜色的经历和色彩复杂的心情。

现在我看见黑色的烽火台般的矿老板拍着酒厂厂长的肩，痛惜地问：兄弟，你为一个酒厂要和他们拼命？

对。酒厂厂长说。

兄弟，你说你为这个厂宁可去坐牢？矿老板又说。

对。酒厂厂长说。

你怎么这么傻兄弟。矿老板说，他伸过手来摸我脑壳，说，只有孩子才是真的，你明白吗？

他望着我，目光忧伤而绝望。

其他几个也都望着我，目光忧伤而绝望。

我长大以后，我慢慢明白了他们这几个人，这些在别人眼中都有些钱而目光散漫，牛气哄哄的人。那个穿着整齐立领装的建筑老板，多年以后破产了，他常去我开的泥鳅店蹭泥鳅吃，我经常不收他的钱；那个搞拆迁的黑道在打黑中被抓住，不知下落；那个给刘背头送猪肉生鲜的人，因政府“反腐败”，大面积酒店破产，他的账款变成呆账坏账继而破产。

刘背头居然是他们中命运善终的唯一一个。

现在矿老板在望我，我张着黑洞洞的嘴巴，和他对视。我看见了他不远的命运。他的命运颜色驳杂，黑色、红色、白色，还有枪的黄色。

我看见他被抓的直接原因是私藏枪支，黄色的精致的手枪成了铁证。

我看见他的罪名是黑社会保护伞，银白色的手铐戴在他的两腕之间。

我看见他临刑前一晚，他身上的颜色呈急剧变化。

矿老板已经被判了死刑，临刑的前一天晚上，他妻子的堂兄去见他。他妻子的堂兄说，如果你后悔了，把那女人的地址告诉我，你还有机会。

矿老板说，你们对我都下了判决书了，怎么还有机会？

堂兄说，你还可以立功。

矿老板说，我没有功可立啊。

堂兄说，我想让你立功你就有机会。

矿老板身上这个时候呈现了多种颜色。黑色、白色、黄色、紫色。

谁不想活下来呢？但在最后，他笑起来。

堂兄说，你笑什么？

矿老板说，出卖我的女人和孩子去换一条命，是人吗？

据说矿老板一直笑到人生的最后。刘背头、章虫草，在桌的几个老板，这个城市的上百个老板，开着车为他送行。

故作镇定的时间已过，惊慌失措的时间已过，喧哗哄闹的时间已过，今天我满月，我母亲的男人请客，他叫刘背头。

首先我得有一个名字。

孩子叫什么名字？这是矿老板在问。感谢这个矿老板，大家终于想到我要有名字了。一个孩子满了月，一个生命来到世上，首先要有名字。

刘蝌蚪，刘背头说，我这么大年龄得儿子，儿子这么小，像蝌蚪一样，小，好玩。亲爹这么不负责。

那怎么行？我母亲说，你烧了一辈子泥鳅，水里游的动物，现在要给孩子取这么一个名字，也是水里游的动物。

那你说叫什么名字？刘背头说。

矿老板想了一下，说，我给你改一下，音不变，两个虫去掉。刘—科—斗。科是什么？科举啊，儿子皇榜高中，好不好？斗是什么？用斗量金银，有钱啊。但是说心里话刘背头，我真觉得叫蝌蚪好。小动物有什么不好？小动物好啊！

我有了名字，我笑起来。我一笑就露出黑洞洞的嘴巴，几个老板都笑起来。

十四

刘背头中风后，我母亲原以为他很快会好起来，她每天给他煎中药，一勺一勺喂他，还在他床头供了观音菩萨和药王爷，都没起作用。刘背头的病一天天严重起来，他不敢闭眼入睡，他的脑壳现在成了一个巨大的湖塘，只要他眼睛一闭，马上就有千万条泥鳅穿梭着在里面游来游去。

刘背头中风躺在床上后，我每天中午酒店开餐结束后都赶到我母亲那里，我在那里帮我母亲干家务活，睡下午觉。厨师大都睡下午觉。刘背头当年爱在下午睡觉，我觉得奇怪，现在我和他过着同样的生活，中午烧泥鳅，下午睡觉。我去那里睡下午觉，主要是为一件事，杀刘背头。

刘背头，杀不杀？杀一个中风瘫在床头的老头子有什么意思？如果不杀，从小到大，从满月开始的仇恨就这么结束了吗？

有一天下午，我被窗前的鸟叫醒了。省城已经很难听到鸟叫了，但我母亲租在郊区，居然还有鸟叫声。我醒过来，黄色的阳光一片一片从窗户落进来，树叶子一样。这一片片阳光带着羽毛，欲飞又落。我突然想到我四岁那年，刘背头赶我母亲走，落在我面前的那片树叶。我的仇恨遏制不住，我必须要杀他了。

其实杀刘背头，现在是一件很简单的事，不需要动刀动枪，完全可以人不知鬼不觉，但是我要考虑我母亲，这又是一件极不简单的事。

我点上一颗烟，泡一大杯浓茶，穿过一片一片的阳光，朝刘背头和我母亲房间走。走到门口，我停住了。我听到我母亲和刘背头说话。

刘背头也刚刚睡完下午觉，我母亲叮叮当当地给他洗完脸，又给他点一颗烟，他就躺在床上斜着脑壳吸。

我刚才做了一个噩梦，刘背头说，我梦见我死了。

梦到死是好事，我母亲说，梦到死就是生，就是长寿。

他们两个你一句我一句，说死说生。那天下午的阳光有万千片叶子，在屋子里飞飞停停。我仿佛站在一片树林里、公园里，我的身上、眼前、脚下，全是一片一片的树叶。

我死后别埋在省城，我想埋在我老家。刘背头说。

家乡还有人吗？我母亲问。

没有了，刘背头说，只有一个堂弟。

我母亲言语突然哆嗦，因为她接下来的话让我吃惊。

我有一个想法。我母亲说。

你说吧。刘背头说。

我将来想和你埋在一起。我母亲说。

你还年轻，刘背头说，你比我小二十多岁。

不，我不年轻了，我真这么想的，我和你埋在一起，到你们老家也行，要不到我们老家，鄂西北山多，行不行？

刘背头没有回答，他剧烈地咳嗽起来。我母亲赶紧给他捶背，用卫生纸让他吐痰。

我嘴里一口茶突然喷出来，我在他们房门外也剧烈地咳起来。

刘背头让我母亲喊我进去。

他靠在床头，床头边插着香，香气缭绕，床上干净利落，他的头发梳得很干净，还是朝后面背着。这足见我母亲照顾他多么精心。但无论多么精心照顾，都掩不住他的暮气。他的鼻涕往外泄，每几分钟我母亲给他擦一次。后来干脆把毛巾塞到他胸前，像一个婴儿一样。

我知道你恨我，刘背头说，如果你现在还想杀我，你就下手。你母亲也不会说出去。

我母亲脸色吓变了，说，这是什么话，哪有孩子杀父亲的？再屈再辱也是自家人，是不是？那么困难的时候都过来了，现在还说什么？

我不吭声。

我可能快死了。刘背头说。

我母亲赶紧拦住他，说，胡说什么？过一阵子服了好中药，还要站起来的！

听说你生意还顺，气色为什么不好？刘背头问。

我母亲也说，对啊，这一阵子没管你，你气色好差，怎么了？

我不说话。

沉默了很久之后，刘背头说，你不想说也罢，但是我今天找你来，有一句重要的话要说。

我母亲说，说吧，磨磨叽叽这么久。

刘背头擦了一下嘴，说，孩子，记住，无论你多有钱，都别找小老婆。

我开始四处给刘背头找医生。我找到全城最好的中医西医，向他们咨询、请教。我从另外一个地市的山里找来一个退休中医，我开车到山里去接医生，又连夜送医生回家。我把刘背头抱到轮椅上，把轮椅推到外面，我让他接受风，接受阳光。我和母亲推着轮椅在院子里散步，在街上看街景，在花鸟市场看兰花，听各种鸟叫。我像一个孝子一样干各种该干不该干的事。但我的心中始终埋着一个念头，什么时候杀刘背头？

有一天，母亲打电话给我，让我赶到江边。我赶到江边，母亲正在那里放生。她买了几条红尾巴鱼，想把它们放到长江里去，但是长江的左岸这边全是淤泥，她走不到水边去。如果跑到长江桥上去，她又怕桥太高，鱼扔下去摔伤了。天有点冷了，我赶到江滩上时，看到母亲一个人坐在一块石头上，周围没有一个游人和行人。我看到母亲背后白色的干枯掉的点点芦花在江边飞舞，长江白亮亮的一片。

母亲居然穿着刘背头给她买的那件仿貂皮大衣。我走近她，我看见她头上飘满了芦花，我去帮她摘，却是她头上的点点白发。我没想到她会有这么多白发，她看起来比刘背头还要衰老。

我上去抱住她。

你怎么了？我问。

母亲说出来的话让我吃惊。

你能找到刘背头老婆在哪里吗？她说。

她看我表情诧异，连忙给我解释。她在寻找刘背头的“大老婆”。直到这个时候，我才知道，刘背头和他的大老婆并没有离婚。

你帮我找到她，一定要找到。她望着长江说。

她在国外，怎么找？找她干什么？我说。

我要她回来和你爸爸离婚，她看我不明白，继续说，只有他们先离婚，我才能和你爸爸结婚。

结婚？

对，她说，我们在一起这么多年，但是我们却不是法律上的夫妻，我不能一辈子都没有身份，是不是？

我说，别说找不到，就是找到了，她也不回来怎么办？

母亲焦虑起来。她站起来，在大石头前面走来走去，空空落落地。

怎么办？那怎么办？她说，如果她不回来，那就求她，和她说好话，还有，给她钱，行不行？

你爸爸这些年陆续给我一点钱，我都没用，都攒着，一起给她，行不行？她又补充说。

一片暴雨中下坠的羽毛

一

这么混乱的日子总会有出事的一天。我在阳台上收衣服，看见一个胖子跨水坑。他在水坑前面后退两步，猛冲着朝水坑上面跳，他跃在空中像一只巨大的沙袋。他没有跨过，落在水坑里。几个在屋檐下打扑克和闲站着无所事事的人一阵哄笑。我没有笑，因为那个胖子是我儿子陈胖三。

他在水坑边抖水，我返回屋里给我的孙子也就是他的儿子盛饭。夕阳照在雨后的一个一个小水坑上，照在这一段废弃铁路的每个旧枕木上，照在挨得很近的城中村楼顶和阳台上，照在屋里我和孙子的饭碗上。这个孙子已经八岁了还要人喂饭；这不到二十平方米的房间里，我盛饭要绕过小桌子小板凳，绕过一个放脏衣服的大水盆，绕过搭晾衣服的铁丝线；这个中年胖男人，我给他带孩子，他却不和我住在一起，就已经说明了问题。

陈胖三上楼后，坐在小板凳上，他说他要离婚。他又要离婚？我以为听错了。他的儿子患有严重孤独症，八岁了还不会说话，他离过一次婚，再婚又生了一个女儿，每个月要承担儿子治病和治疗培训费，居然还要再次离婚？

陈胖三开始说他老婆的坏话，发泄对她的不满。

你嫌生活不够乱吗？你为什么离一回又一回？我说。

他继续说他老婆的坏话。比如不照顾他原来的儿子，比如贪图享乐性格不合，这一类。

我没想到他开始哭。他一抽一抽地耸着肩膀。八岁的孙子也开始哭。这个八岁的孙子，不会说话，却哭得响亮。我们老家在鄂西北山区，陈胖三从小学中学，一直考到省城上大学，又留在省城工作。从小学开始，我和他的父亲就开始给他设计未来，逼他考大学进省城。但是，眼前这一切，就是我们当年的理想吗？

我很想把那句话说出来，它像一块石头压在我嗓子眼里。他多年来不和我说话，就是因这句话。我这两年到省城给他带孩子，不就为了和解吗？好不容易和解一点，又要吐出这句话吗？

从小到大，三岁看老。我突然说。我愣住了，这话是我说的？是这颗石头自己挣脱我，从我嘴里蹦出来。

他停止哭泣。你说什么？他缓慢地转过身子，望着我。

二十多年前，正在上高三准备考大学的陈胖三休学一年，即将去上学的时候，他母亲常五姐对他说了这句同样的话。

复学后陈胖三重读高三，疯子一样发愤学习。他每天晚上熬夜加班，有时甚至加班学习到第二天早上。很多人都惊奇他这种疯子行为，认为他会拖垮自己的身体，事实上他后来果真加重了神经性头疼。他的班主任找他谈心，说，我们且不说你为祖国为四化，单单是为了考大学，为了光宗耀祖，你也不能这样拼命啊。

只有陈胖三自己明白，他这么发愤读书，既不是为祖国四化，也不是为光宗耀祖，更不是为黄金屋和颜如玉，而是为了远远地离开他的母亲。

是的，离开母亲。如果不离开她，他只有死路一条。

那一年重读高三，他全年只有一套衣服，他从不换衣服，也没有洗脸盆和毛巾。他每天最后一个从教室离开，最后一个进寝室。到寝室后，他往往是和衣而睡，第二天早上起床铃一响，他往往一跃而起。在别的同学穿衣的时候他已经冲到自来水龙头那里，在别的同学端着洗脸盆去洗漱时他已经冲完脸，用衣角边走边擦脸，早早坐进了教室。

高考前他的神经性头疼发作了，他跑到县医院中医科扎针灸，他发现扎针灸能缓解头疼。临上高考考场前，他由每天扎一次改成每天扎两次，连中医师都不敢下手了。

高考结束，他站在教室前把所有的书撕光。撕完之后，他站在空空的操场对着天空说，如果考上大学，我一辈子不再回来了；如果考不上，我也一辈子不回来！去哪里？他已经选好了地方，一是新疆，一是神农架。听说新疆大，很多犯了罪的人都跑去躲，能躲罪犯躲不了他吗？听说神农架能容纳野人，能容纳野人的地方不能容下他吗？

上大学那几年，暑假寒假别的同学回家，他一次也不回。他像一个孤魂野鬼一样，每个暑假在绿皮火车上逃票周游全国，每年寒假，留在省城里帮着商贩卖零物。

一直到他毕业留在省城。

陈胖三听到我那句狠话后，先是坐在小板凳上发愣，愣了片刻，他突然抱着孩子往楼下跑。他沉重的下楼声让我的心一阵阵发空。小时候在村子里听说书，说《封神演义》，周文王吃了商纣王派人送来的肉饼，里面包着他儿子的肉，他一路逃回自己的地盘后，从嘴里吐出了三只兔子。他吐出的兔子去哪里了？怎么找不到了？虎毒不食子，有我这样的母亲吗，用这样的狠话来说自己的儿子？

你是来干什么的？我问自己。

我是来给陈胖三带孩子的，我回答。

我是来与他和解的。是的，我给他带孩子的真正目的，是跟他和解。因为他恨我，因为从他上大学以后，多年不回家。

陈胖三上大学半年后的第一个春节，他不回家，他给他爸写信说他去三峡考察。又过了一个学期放暑假，他又不回家，理由又是去考察。他没有钱，沿着西安甘肃宁夏成都这一线，在绿皮火车上混票四处游逛，他就是不回家。第三个学期结束，第四个学期结束，他宁可在武汉帮个体老板卖东西，仍然不回，我就明白他是有意不想回来见我了。

我找他的父亲吵架，我说天下有这样的儿子吗？我虽然打过他骂过他，但是不打他骂他，他能考上大学？

他的父亲给他写信劝他回。一封一封写，口气很严厉，他僵持着不回。

到了第四年他快大学毕业的时候，我熬不住了。

那时候还没有手机，当然他也不会打电话。他连续四年不回家，对我们全家来说，好像他消失了一样。他大学快毕业那个冬天，我做了一件衣服，从镇里坐车到县里，又坐车到省城，给他送去。

他见到我很吃惊。他给我倒了一杯水后开始搓手，不知道说什么。我说你回家看看，他不吭声。我的眼泪流出来，他把脑壳别在一边。我说了一些自己都记不清的话，他一直沉默。我知道我把这个孩子伤得太深了。我起身告辞，他送我出来，沿路还是不说话。我们路过一个很大的足球场，我看见他和那些踢球的同学打招呼，他们形象相近，青春而有书卷气，这正是我当年的期望和理想，我想我也满足了。

在足球场边上，我们站住。我说，你回去吧，抽空回家看看。

他毕业后留在省城，还是不回家。印象中他第一次谈恋爱结婚，女方非要到我们家里看看，见见父母，他用各种理由推托，最后女方父母发脾气了，他才带回来让我们见一回。他在省城，结婚，生子。孩子得病治病，又离婚再婚，我听到的都是不好的消息，生活如一块沉重的石头拖住了他。这时候我主动要过来帮他带孩子。我想和他和解。

既然是来和解的，我怎么又说出那句话？

这句话有点伤人，我知道。但是我更明白眼前的局势。他大学毕业留省城，他在省城生活了十多年。他离过一次婚，现在又要离婚；他有一个八岁还不能说话的患有孤独症的孩子，这个孩子目前上特殊学校，还要治疗，每年花很多钱。这个孩子亲妈不管，继母也不管。他离开了原来分配的单位，一个国有企业，现在在一个报社记者站，其实他们只干了一件事，就是变着法拉广告。他的生活这么混乱。这么混乱的日子总会有出事的一天。

陈胖三下楼梯的时候，把孩子夹在腋下，像夹着一捆柴一样；下了楼梯，走到他先前没跨过的水坑前，他把孩子举在头顶，像举一只背包；上公交转公交，他想放下孩子，但孩子不干，孩子哭着咬自己的手，他只好搂着，像搂着一块石头。

陈胖三把孩子带到他家住的社区，他的衣服已经汗湿透了。我把孩子带回家吗？陈胖三站在社区大门口问自己。孩子可不是一件东西。不像一捆柴一只背包一块石头那样，放在房屋的角落里安安静静。他是一个病孩子，他半夜会哭闹。他这种病每天都咬自己的手。他不知道在后妈的家里要屏住呼吸，他不知道要看后妈的脸色。

况且陈胖三正在闹离婚。

在夕阳之下，陈胖三给在省城的弟弟打电话，电话没有人接。陈胖三带着孩子坐公交过长江去找他的弟弟，这是他唯一能去的地方。他要把孩子放在他那里，哪怕一夜也行。

在长江南岸的一所大学，在一丛丛绿树掩映的青年教师单身校舍里，陈胖三很响地拍一扇门。他拍了很久门都不开。他拉着孩子往楼下走的时候，他弟弟追下来了。

你怎么不接电话？怎么不开门？陈胖三问。

你找我干什么？他弟弟说。

陈胖三想把儿子放在这里，但是年轻的副教授今天屋里有女人。

那怎么行？副教授说，孩子可不是一件东西。

陈胖三愣了。孩子今晚在这里显然不合适，他不像一件东西，放在那里安静沉默。他会影响副教授谈情说爱。

为什么不放回去交给母亲？副教授问。

陈胖三拉着孩子就走。现在他没有地方可去。他拉着孩子去一家家政市场找保姆，但家政市场关了门。他拉着孩子继续走。夜一点一点地深了，街上的公交车一辆一辆停运，店铺一个接一个关门。有零星的出租车和水果摊灯光在闪烁。

孩子困了。

陈胖三最终在长江边一个废旧汽车里找到一个休息点，这辆废旧汽车只剩一个外壳，外面锈迹斑斑。它为什么被弃在江边无人知晓。陈胖三抱着孩子坐在里面，挨到天明，去家政市场找到保姆是他迫切的想法。

中间他接到弟弟的一个电话。把孩子放回母亲那里，一个晚上，不行吗？副教授说。

不。他抱着孩子看长江，看着看着孩子睡着了，他也睡着了。

他在梦中开着车，带着儿子朝古城襄阳赶。襄阳的朋友说从南非回来一个奇医，治好过很多不治之症，他听说了，马上带孩子去。车子开到古泽云梦，开到李白曾经居住过的古城安陆，高速公路两边涌出大片大片黄色的油菜花。陈胖三心中燃起希望。这么多年，只要一有这种信息，他心中就会燃起油菜花一般黄色的希望。

噢，六年了。这个孩子现在八岁，从他两岁开始诊断出孤独症，从他两岁开始陈胖三和他妈妈离婚，已经六年了。六年里，陈胖三带着他，跑北京，跑上海，跑广州。他带着他去找专门研究巴甫洛夫神经学的教授测试听力，找到研究头发的教授做微量元素测试，找到中医做针灸，喝了一袋一袋汤药，但是迎来的却是一次一次失望。上帝把这个孩子说话的门锁上，却把钥匙丢了。陈胖三在一个黑暗的屋子里，四处摸这把钥匙。

梦中他继续开车，车开到半路，奇医在电话里向他询问孩子病情，最后，告诉他，不用去了，这个病治不好。陈胖三一下子开不动车了，陈胖三情绪控制不住，放声号哭。

他在梦中听到啄木鸟在啄他的耳膜，原来是警察敲他的窗。

这是一个专门管理长江大桥和江滩的警察，一生都在处理跳桥和捞尸。

你怎么了？警察说。

没等陈胖三回答，警察拍他肩膀，说，兄弟，我告诉你一个自救的方法。

陈胖三望着他。

如果你想不开，警察说，你就对着长江唱歌，或者对着旷野狂风大吼大叫。

我要离开省城回老家了。我儿子陈胖三当着我的面抱走孙子，他们今天晚上住在哪里？我在窗户前枯坐，在混乱的小屋里走动，从黄昏一直熬到凌晨，我知道，他们不会回来了。

我就这么走吗？我心里还有千万颗石头，它们又要往外挤。我不吐不快。我要给他写封信。

儿子，你必须明白——

他必须明白什么呢？

这些话我早在心里说过上百上千遍了，我想对处于混乱中的儿子说——

儿子，你要明白，在这个社会，没人能救你，除了你自己。这个病孩子，别瞎忙了，治不好了，你要养他一生。孩子，你必须到老还要有钱，否则你养不了这个一生的病孩子。

……

我心里有千言万语，万语千言，但是我前面的纸却空空白白。我写不下去。我的泪水滴在纸上，我把纸卷成一团，扔了。

我知道写这些没用，像多年前一样，绝境面前光说道理是没用的。绝境面前不能讲理。

他正滑向绝境。一个在省城大都市没有钱，没有像样的工作却又拥有一个病孩子的胖男人，他就是泥石流中的一块石头，他只有滑向万丈深渊的份儿。这样的绝境二十多年前有一次。他当年高三休学那一年，也是绝境。一个山村的孩子，考上乡镇初中，考上县城高中，他的同学们都不读书了，早早地回家务农。他的哥哥不读书了，他的姐姐不读书了，供着他读书。他一步一步爬上大山，爬到悬崖上了，他没有回头路了。这个时候，他却三心二意，他却给班上一个女生写情书，他却因此患神经性头疼，他却休学了。

他在悬崖上踩空了一块石头，在那个危险的时候，我能和他讲理吗？绝境面前讲理有用吗？

陈胖三走在上班的路上，他感觉背上贴着一个东西。陈胖三在一家报社的记者站工作，他今天上班的任务是和几个同事策划一个神秘活动。

我们策划到第十一步了，有人对陈胖三说。

我们策划到第十三步了，有人喊他。

陈胖三端着茶杯看着那些人，他知道他们正在策划敲诈一个分管磷矿的县干部。爆料的是企业的一个会计，爆料人指望媒体会报道，揭露黑暗，没想到这群人用这个线索去敲诈拉广告。

陈胖三忽然觉得，待在这样的地方，一点儿意思都没有。

午饭过后，陈胖三去家政市场找保姆。从他的单位到家政市场有两站路，他没有搭车，沿着街头往前走，边走边东张西望，看看能不能碰到合适的人。阳光暴热，正午的太阳像举在头顶上。陈胖三在太阳底下走，走着走着，他觉得有什么东西贴在背上，凉幽幽的，像一片树叶或者膏药。他把西服脱下来看，上面什么也没有。他穿上衣服继续走，走了不远，背上又觉得贴着一个东西，他又把衣服脱下来，还是什么东西都没有。两站路，他脱了三次衣服，后来他干脆把衣服搭在胳膊上，但是那种感觉还有。

走到家政市场，他坐在一棵树下面的石凳上，忽然一下子明白了，贴在他背上的不是别的，而是他母亲常五姐那句话。

他在太阳下面，醒悟了，他决定辞职。

二

面对一个一千多万人口的城市，我开始创业了。我找代理公司注册了一个空壳文化公司。注册之后，心慌就开始。我才知道，哪怕开一个空壳公司，一个皮包公司，每天都会发生费用。每个月要报税，要请一个会计，哪怕是代账的。你首先要有业务，但是你面对着条条大街，面对着茫茫人群，仿佛面对着混杂的大海，你的业务小鱼，不知藏在哪里。

我心慌得不行。我把过去所有朋友的联系方式全找出来，重新抄在一个本子上，我双手合十，默默祈祷。我希望他们是我的贵人。我像一条牛一样，奔走在这个城市，找朋友，打电话。我手上有两万块钱，我一有空就请朋友熟人吃饭，不把它花完我心里不安。只有跑动、见人、请客，我心里才稳一点，慌乱才能暂时被压住。

我一个一个去找同学和朋友。找活路，找生意。从印刷卖挂历开始吧。几百块，几千块都行。发生了什么事？他们中的好心人问。没有事，我在创业，谢谢！

陈胖三大学四年不回家，常五姐给他送冬天的衣服来，想和他和解。但是从见到他开始，他一直不说话。临走的时候，陈胖三送他到校门口的足球场边上，望着她的背影，他开口了。

别再当媒婆了！

常五姐愣了，踉跄了一下。

别再当媒婆了！

常五姐觉得背上有刺，有一颗太阳，她走出儿子的大学校门，缓缓地朝公交车站走。她上了公交车，她坐公交坐错了站，又转公交。好歹她还记得火车站。她坐火车没坐错站，回到家后，她病了一场。

从此她不再当媒婆了。

常五姐最初对媒婆的理解来自于《小二黑结婚》。媒婆是什么形象？媒婆是油头粉面，媒婆是妖里妖气，媒婆是收彩礼和与自由婚姻作对。那时候她还在读书，她还抽空在学校宣传队演戏，她就演小二黑。她对三仙姑，对媒婆，对解放后长期宣传的媒婆形象，一直是反感的。她怎么会当媒婆呢？

但是在孩子们成长上学那几年困难时期，常五姐还真当了。

常五姐的第五个孩子陈黑五，上小学时有一回放学回家，非常神秘地对常五姐说，妈，我知道你是干什么的。

常五姐说，我是干什么的？

陈黑五说，你是一个媒婆。

常五姐当时正在门前一棵榆树下洗头，她愣了一下，脑壳水淋淋地从盆子里拔出。陈黑五这才感觉不妙，他想逃跑，但是已经来不及了。一盆水从脑门顶上泼下来不说，耳朵还被揪住。

谁让你说的？常五姐问。

陈黑五哭着说他是在放学的路上听到的，当然他还不完全明白媒婆是什么意思。

常五姐感觉羞耻。

一个演小二黑的人怎么会当媒婆？她只是偶尔客串着说媒，只是成功率比较高而已，既然有人这么喊她，她干脆就不客串了。

常五姐不客串了，很多人不干，找上门来，求着她。求着她的，大多是光棍汉。这说明常五姐有了一定的名气。也说明另一个问题，当时找不到老婆的人多。

常五姐当媒婆第一个特点，就是不收彩礼。那时候人们都穷，乡村里送彩礼都是些什么呢？挂面、白酒、红糖一类。常五姐不收彩礼，但常五姐说媒有一个条件，男方必须帮她去家里分的田地里干活。那些光棍汉都穷，但全都有力气啊。想找老婆的都去田里帮她家干活。常五姐丈夫在外地教书，六个孩子有五个在读书，正缺劳动力。

我在记者站工作时认识一个日本投资企业的翻译，这个日资企业只有一个日本人，另外上千人都是中国人。大家都听不懂日语，翻译就成了大官。我当年采访他们，翻译说过一句话，让我随时去找他。现在我去求他，他们单位有一个庆典活动。他在电话里约好让我去他们所在的省内中等城市，我赶过去和他谈，我住在那里帮他们写方案。方案写完，他知道我不在报社工作后，他变卦了。

他让我先回，我回到省城以后，他电话告诉我另有一家公司做这件事。

我这回不忍了。

我给他打电话，电话追到他办公室。他到上海总部开会，我的电话追到总部办公室。我提出补偿，也就几千块辛苦费。他不干，怎么商量都不行。

我最后发火了。骂他小日本。

我说，你这个小日本，我这个钱就要定了，我追你到天涯海角，我就要这几千块。

有一天，他刚到总部，我的电话追过来。我当记者练就了一套追踪能力，我说，你这个小日本，你以为你天天在外面飞来飞去我找不到你？

他被纠缠住了，低声说，我不是小日本啊，我是中国人啊。

我一想也是，急糊涂了。我说，你这个假洋鬼子。

他没想到我在他们庆典的当天赶到他们现场去了，他们正准备迎接领导。他一看到我，吓住了。他连忙小跑到我面前，叹服着说，为了几千块钱，值得吗？

他掏钱给我，我接住了。我大踏步地往场外走，走到外面，望着天空，我把天空望出了眼泪。

常五姐早就不想当媒婆了。有一回，村子里一个老光棍经常五姐撮合结了婚，在结婚典礼的乡路上，常五姐看见了路过的两个儿子陈胖三和陈高四，这两个孩子的举动让她那时就不想当媒婆了。

村子这个老光棍快四十岁了，比常五姐还高一辈，名字难听，叫王八。常五姐每次喊他王八爹，这个王八爹，家里有四条光棍，门却破了半扇。他家门前有四棵树，全枯成了光杆子。每天吃饭，四条光棍端着大海碗，蹴在乡路边，每人守在一棵光杆子下面吃，来来往往的人都能看见。王八穷还不说，还有一个习惯，喜欢说话。那时候全村没有一台电视，流行收音机，王八每天背着一个红灯牌收音机，跟收音机学说话。无论刮风下雨，走到哪里收音机就背到哪里。王八听收音机不干活，生产队派人在他墙上用白灰刷了“好好干活”四个字。这样的人怎么找得到老婆呢？

常五姐在全村全乡出了名，她说媒成功率高。王八就找她。常五姐不接这桩事，但是王八一有空就去常五姐家里分的田地里帮忙干活，常五姐在田地里实在忙不过来，后来就答应帮忙说媒。

常五姐在汉江水流往下的另外一个乡托人找到一个矮个子姑娘，长相中等偏下。这姑娘过来看门的时候，王八非常紧张。他不停地把门前扫了一遍又一遍，恨不得把地皮都扫穿了。此前有很多人给王八介绍，上门一看，都不答应了。这次会不会和原来一样？

这姑娘长相中等偏下，个子矮。常五姐在姑娘看门前给王八说。

那有啥，只要是个女的都行。王八说。

常五姐居然把这件事撮合成了。

有什么诀窍呢？很简单。王八喜欢说话，常五姐就托人在外乡里找了一个不喜欢说话却喜欢听人说话的姑娘，很快就结婚了。

按照汉水中游谷城县那几个乡镇的婚俗，女方派人送亲，快到男方家里的时候，男方派人出来迎亲。这个矮个子喜欢听说话的姑娘不知为什么，在即将到男方家里，接受迎亲队伍典礼的时候不走了，怎么劝都不行。

众人去请常五姐。

常五姐踩着积雪过来。季节是冬天，雪正在融化。四周的土墙上，红瓦黑瓦上，枝枝丫丫的树上，稻场上，乡路上，全是硬硬的雪。这个矮个子姑娘平生第一回当主角，穿着红袄子，在雪路上和众人僵持着。是害怕了还是后悔了？常五姐过来，和矮个子姑娘谈心。就在这个时候，学生们放学了。陈胖三和陈高四背着书包路过，他们看见母亲当着很多人在那里接亲，拉拉扯扯，说话，他们低着头，躲开众人，一溜烟跑了。

常五姐看见了孩子们的眼神和举动，她不想当媒婆了。

我接到一笔业务。一个国有企业为五十周年做的邮票纪念章。这位国有企业的负责人从国外回来，带回一个邮票纪念章样式，上面有美丽的外国建筑。我找他时，他问：你会做个吗？我说，没问题，一点儿问题也没有。但是等我接到这笔业务后，到市场上询问，我吓蒙了。

这种邮票纪念章既不是印刷品，也不是邮票。印刷品背后没有这种印刷黏度，它上面也没有邮票的面值。我打电话找来几家印刷厂，他们都摇头。他们反复看了这种纪念章背后的印制，都赞叹它精美的图案，却无力承揽下来。他们说到集邮，这给了我启发。我找到集邮爱好者，他们也说不知道是什么玩意。

我夜间做梦吓醒了。这是国有企业庆典前要给宾客们送礼品用的，在规定的时间内送不到，那是简单的违约能承担的吗？

我满城市找，要人上网查。终于找到一个制作商，他带着样品来见我，我终于见到国内的邮票纪念章了！但是他把下面的制作单位剪掉了，我不知道他在哪里做的。他报出的价格，我如果答应下来，这笔生意我会血本无归。怎么办？

我在这个制作商带来的样品上发现一个机会，上面是北京一所大学的百年庆典，我打电话一个一个转接，找到了当时的负责人，他告诉了我制作厂家。

设计。赶样。跑北京。啊。时间哪里追得上我？我哪里追得上时间？在制作厂家的二楼上，太阳要下落了，员工要下班了，国有企业的庆典小组在催促。时间哪里够！我一边给员工买饭请他们加班，一边在电话里和国有企业庆典小组赔笑脸，忍受他们的责问。太阳落得太快了！我放下电话，望着夕阳又往下掉了一截，心里焦灼而紧张。我恨不得飞过去，变一个柱子，或一个山头，顶住夕阳。

我没有如期在庆典前一天送到，但我在第二天早上六点多庆典还没开始时赶到了，我押车跑了一整夜。庆典小组的人虽然骂骂咧咧，但终归满意。交完货我一下子瘫在他们单位院子场坪上。

这是最后一回说媒了。常五姐说这话的时候，陈胖三已经读高中，陈高四也快上高中了。常五姐坐在三道梁上，叹着气说的这句话。

常五姐这回接手介绍对象的是一个复员军人，复员军人死了老婆，还有一个八岁的姑娘。这个拖着油瓶的男人偏偏不找寡妇，要找一个没结过婚的姑娘。这么难的事，常五姐接手的时候犹豫了很久。为什么同意呢？这个复员军人家里有一头牛。

常五姐有六个孩子，分田到户以前，没有粮食吃，分田到户以后，村里家家户户有粮食吃了，她家里却没有劳力。丈夫在几十里外教书，孩子们大都在上学。在外上学的孩子们每个月都要回家来背粮食交给学校食堂。

常五姐所在的常家营，汉水河往西边大山区之间，有三道梁，分田到户后，生产队分给她家三块地，头道梁半亩，二道梁三分，三道梁四分一厘。在三道梁这个四分一厘下边，有一块荒坡，在山筋上，过去种什么庄稼都不长，常五姐先在荒坡上种黄豆、绿豆，后来又改成水田。种地种地，一靠劳力，二靠畜生。全村的牛平均分，几户人家共一头牛，当时的说法，张家李家有一条牛腿。常五姐家里劳力少，没有分到一条牛腿。

这个复员军人因为当过兵，政策优惠，他不光有牛腿，他有一头牛！

复员军人带着牛过来给常五姐耕田，常五姐跑到丈夫工作的那个乡四处给复员军人说媒。

有一个女人，死了丈夫，没有孩子，长相也不错，常五姐觉得挺好，但是复员军人不干。

这个女人，死了丈夫，我和她睡在一起，不是和死人睡在一起吗？他说。

还有一个女人，离了婚，有一个孩子，温柔贤惠，那个村里人人说好，复员军人也不干。

我的孩子会不会挨打？他说。

不会，常五姐说，我调查过，心眼好。

不行，复员军人又说，那万一我的孩子和她的孩子打架，她偏向谁？

常五姐说这个媒花了将近一年时间，一年时间里，复员军人经常带着牛过来帮忙。找了很多人都不成功之后，常五姐准备放弃了。

她对复员军人说，我不再帮你说这个媒了，你条件太高了，这么长时间说不成，外人还说我故意拖着想用你的牛。

复员军人说，外人说什么有什么用？牛是我的啊。

常五姐说，那也不行，我在乎外人言语啊。

复员军人说，五姐，一定要帮忙啊，我女儿八岁了，她胆子小，每天晚上喊妈。她每晚和我睡一个被窝，再大一点怎么办？她是一个女孩子啊，五姐……

常五姐心里也难过。

这是最后一回说媒了。她坐在梁上说。

这样的话常五姐说过多少回？总是一回一回说不干，一回一回又接着干。种地要人要牛，穷地方光棍汉们也要找老婆。

直到陈胖三在他念的大学足球场边上说那句话。那句话常五姐听到后，回来病了一场，从此不再说媒。

三

我有一个纪录，我六个孩子都打破不了，那就是我的婚姻。时间一年又一年过去，到现在我和陈胖三的父亲已经结婚五十年了。五十年叫金婚。生命继续延续，我们的婚龄还在继续往上涨。我六个孩子里，四个大学生，其中还有硕士、博士、博士后；他们有的在襄阳市，有的在省城武汉，其中第四个孩子陈高四，他在美国哈佛大学当老师。别看他们读那么多书拿那么多文凭，别看他们跑那么多江湖，见那么多城市，但他们在婚姻这一点上都不如我们。我们今年都结婚五十年了！这个他们都赶不上。

我曾经当过媒婆，我最懂得婚姻。当然那时候结婚形式比较老式。但是不管老式新式，变化进步的只是形式，什么加长车啊，旅游啊，西式教堂啊，烛光啊，电视配婚之类，但是婚姻的内容却没变。两个有感情的男女，生活在一起，养育孩子，共同发展，这个实质没变。

我上学的时候刚解放不久，全国宣传自由和进步的婚姻，我们经常读《小二黑结婚》，结果几十年过去，我当媒婆时，我发觉我们当年反对的东西很有道理。你比如说“对象”，“对象对象”，这个“象”要对上。两个人能结婚，能相处好，他们站在一起，你说不清哪里长得像，但就是像，这样的人一撮合就成，婚后也幸福。那些对不上相的人，撮合起来千难万难，勉强撮合了，婚后也不幸福。譬如说“门当户对”。这是对的。你一个穷小子，你娶了权贵富家女；你一个灰姑娘，你嫁了豪门；电视上天天宣传这些个别案例，危害非常大。譬如说“郎才女貌”，中国几千年就兴这个啊，男人就是要有才，有了才就可能有权有势有财富，配的女人就漂亮，男人的相貌真无所谓，有才的男人身体有短处甚至有残疾都无所谓。

唉，说不尽的婚姻。

我和孩子们的爸爸结婚五十年了，我当过媒婆，撮合过很多婚姻，经我撮合的婚姻没有一对离婚的。我有一定的发言权。婚姻也是有生命的，和人一样，或者和人身上携带的疾病一样。人有人命，病有病命，婚有婚命。婚姻这个生命，也有源头、过程和终点。源头要有缘分外加经济条件，过程有山峰山谷和险滩，终点各有不同，好的婚姻相互送终，埋入土里，还给自然，坏的婚姻离婚不说，电视报纸上天天都有，悲惨甚至凶杀的结局天天都在发生。

我和陈胖三父亲的婚姻，当时很多人都不看好，但是我们却过了五十年，我们还要过下去。原因有很多，我们在源头水源充沛是主要方面。

我在十二岁的时候遇见孩子们的爸爸，那一年我读小学五年级。我二十岁的时候嫁给他。中间有八年。那一年他从县师范毕业分配到我们学校，教我们语文。我们非常喜欢听他讲课，他讲历史典故三国水浒，记忆力惊人。但这么有才华的人却一条腿残疾，是一个跛子。这一点让我很同情。毕业后的八年，我先是考到老河口二中上中学，我在那个国民党著名将领李宗仁先生驻扎过的城市读完中学后，回家务农；后来我又当民办老师；再后来十八岁那年我以社会青年的名义考上襄阳市财校，但是不久又通知我，说襄阳财校停办。我只好在农村帮忙代课，有时候演演戏。

我是主动向陈胖三的爸爸求婚的，中间我请了两个熟悉的亲友和他提这事。我的亲友和他提这事，他一开始不敢相信。他认为我是同情他。我们很快由恋爱到准备结婚。消息传开以后，全乡一片哗然。主要是说我长这么漂亮，居然找了一个残疾人。有人说我傻，有人说我是出于同情，有人说我主要是看中了对方是吃公家粮的。

我想说的是，都有一点。我同情他，是有的；我看中了他吃公家粮，也是有的。我出生在农村，但是我人生的梦想就是离开农村，吃公家粮。我考上襄阳财校，又通知我停办了，这对我是个很大的打击。我的考学梦破灭了，那么我要嫁个吃公家粮的人。但是核心是我们有感情，是我对他才能的崇拜。

我们买了一斤糖，请了一桌酒，合了一床被褥，结婚了。中间经历了多少事？我怀过八次孕，生了六个孩子，第一个和最后一个流产。中间我丈夫挨批斗十二年。后来孩子们一个一个小老虎似的成长上学考大学，又二十多年。现在他们都大了，我们结婚了五十年了。这是一段源头带来的河流。

常五姐心里萌生了一个计划，这个计划她在某一个星期丈夫回家的时候抛出来了。

历经磨难之后，常五姐去算了一命。这种算命法不是用《易经》，也不是看八字，也不是看麻衣相术。这是一种称命法，把人的命运按一种规则计算，放到天秤上去称。她想算一算，为什么那么多苦难呢？为什么麻烦事一个接着一个？靠自己去拼搏，考上襄阳财校，学校却停办了；一个吃公家粮的跛足丈夫，挨了十二年斗；现在一大堆孩子，天天这么熬着日子，哪一天是个头啊。不行，如果这么苦熬下去，总会有崩断的一天，那一天那一刻，迟早会来。

人在命运之秤上面称，轻得可怜。这个秤当然是天秤。最重的也只有四钱多，不到五钱，轻的不到两钱。三钱以上，算是好命运了。常五姐称完命运，沉默了许久。那个星期他丈夫从邻乡的学校回来，他们对着墙面烤火，在火堆面前，两人制订了一个计划。

这个计划，就是将陈胖三和陈高四两个培养成大学生！

我们这一辈子算了，常五姐边用火钳朝火堆上添柴边说，我们吃一生苦，总得有个盼头，我们把孩子培养出来！

丈夫说照目前的成绩，老三和老四，这两个有希望。

陈胖三大概小学四年级？那陈高四只是三年级。

在当时，恢复高考才几年？考大学是什么概念？一直到陈胖三高中毕业那年，谷城县一中考上大学本科的比率为百分之二，中专以上为百分之十，这百分之十，毕业后国家包分配，也叫吃皇粮。

在常五姐所在的村子常家营，刚刚出了一个典型，人称“常天才”。“常天才”在八十年代刚出头那一年考上了省城的华中农业大学。成了“文革”后第一个常姓大学生。“常天才”考上大学后不得了啊，附近乡镇那些怀揣梦想的漂亮姑娘们，每天都围着他转。他去看电影，前前后后，有十几个女孩追着。

和陈胖三同年的，有一个“林天才”。“林天才”母亲也是个教师，和陈胖三父亲都在教育界，他在附近一个村小学念书。“林天才”的厉害之处在他上小学三年级之后，没上四年级，直接跳上了五年级，他让全乡震惊。“林天才”火遍了乡全镇，四处都找他去发言、演讲；学校开大会的时候，别的三个人坐一排，专门给他安排在显眼的位置，一个人一排。

确定了培养陈胖三和陈高四的目标之后，常五姐和丈夫都很兴奋，眼前的火堆一下子亮堂了许多。给这两个孩子找一个目标，是应该的，当务之急的。

夫妻两个在火堆边上说着陈胖三和陈高四，勾画着他们上大学的蓝图。

是的，这两个孩子从小就显现出读书的天分。

陈胖三厉害在哪里呢？主要是数学。他有超强的口算能力。一本史丰收的《快速计算法》，他把里面的算法琢磨透了，两位数三位数的乘法，一口就出来。村子里的人去附近的丹江口卖菜，都爱带上他，哪家哪户卖完菜，几斤几两，几元几角几分，他一口气就出来。卖菜的和买菜的都不信，用木棍在地上比划半天，结果和他算的一样。

我和陈胖三的父亲结了婚之后，家庭生活兴家犹如针挑土，每一步都很难。

第一步，盖房屋基。生产队按工分地，我分的地不在我选的屋基位置，与人调换。

第二步，基脚石。我们汉水中游的习俗，要找老屋基脚石才稳。我带着两个妹妹，每天放工后在村子里挖基脚石，三间房的基脚石，每天一板车一板车，慢慢堆起来了。

第三步，瓦。三间房需要黑瓦两三万，我跑到汉水我们上游一个村里，找到窑场，一万瓦，每块两分，共计两百元。我们没钱，我丈夫向同事借，三块五块，十块八块。有一个辅导员，一次性借给我们六十元，几年才还上。

第四步，木料。唉，木料。几十年后我还记忆犹新。那时候买木料要证明，要层层批条。我先在乡政府开证明，又到县计划委员会批计划。批完后，我去县公安局找一个股长，这个股长在我们村住过队，股长给我写了个条子。我拿着条子和计划、证明，抱着我刚出生才几个月的女儿陈二姐，坐班车从汉水中游的集镇朝一个叫紫金的山区去买木料。我带了四十块钱。我中间在一个叫石花的古镇转了一趟车，赶到紫金山区，又经人介绍从紫金山转到一个更小的地方垭子口，又步行到一个有木材的星火大队。

但是星火大队的王支书有事，他好不容易抱养了一个儿子，养大了，这几天准备成亲，他要我先回家，过一阵他办完亲事再来。我来这里反复转车，用了快两天的时间啊。我请区里和供销社的朋友和王书记说好话，但山里人有他的倔强，谁来说都不行，哪里批的条子也不看。

怎么办？我在只有几十平方米的埡子口街上抱着孩子站着，冬天的风刮来，我用小被子掖紧孩子。我站了一气，跑到只有三尺柜台的供销社扯了几尺布，拿出十块钱，去给王支书家送礼。他儿子结婚，我要记住山里人规矩。

王书记全家很感动。那时候，1966 年，我丈夫一个月工资是十七块。我却送了十块钱几尺布！王书记夫妇俩让我住他们家里，待他媳妇回门后，开始给我办木料。我买三间房的木料，一块三一根，椽子六分钱一尺。王书记拦了一辆过路军车，把木料给我装上，朝汉江中游拉。到了汉江桥头下车，我给司机买包烟后，一分钱都没有了。我又让拉板车的先给我拉到三十里外的村里，到村里后，又挨家挨户借钱付人家脚力钱。

我运回来不久，木料涨价了，翻一倍都不止啊。

房子盖起来了，有了房子有了家。

我在这个家里一共生了六个孩子。我在这个家里一共生活了二十一年，直到后来户口随丈夫转走。在这个家里，孩子们一个一个小老虎似的长大。孩子多了，吃饭穿衣，唉，兴家犹如针挑土。

这几十年，孩子们吃过大米干饭吗？吃过馍吗？每天都是红薯干煮苞谷粥，每天都是毛腊菜煮稀饭。我的孩子们个个肚皮大，爱放屁，和吃这些东西有关。我们用生产队分到的米面，挑到丹江口，挑到江山街，去换红薯干，一斤换三斤，回家煮着吃。

当时穿衣用布票，每人每年一丈二尺，我们用不完，为什么？我把婆婆带织布机接过来，我学会了织布和浆布。这种粗布伴随我们几十年。我们家戏称它为呢子衣，我在外面都缝四个兜，仿照列宁穿的那样。

为了生活，我有两次不光彩的经历，挨过两次训。

事情小到什么程度呢？我记得当年挨过两次训，一次是为记工分，一次是分肉。在记工分时代，生产队派活都是我一个人干，六个大小不等的孩子吃。后来大儿子半聋哑不能读书了，和我一起劳动，变成两个人干五个人吃。那时候妇女干活最高九分，加班最多两分。我拿九分不说，每次加班我都赶去捞工分。生产队长看我不顺眼，加班不喊我。加班通常在一早一晚，活路是拾棉花、撕苞谷、摘花生一类轻松活。但是每次我都耳朵灵，都会赶到。有一次下雨，队长的几个心腹人员被通知到仓库撕苞谷，加班干轻活。他们秘密赶到的时候，我已经等在那里了！

队长立即板起脸训我，说，你来干什么？今天我们这是义务加班，每个人都不要工分的！

我问其他人，是吗？

都说是。我只好坚持着，白干一场。

分肉是怎么回事？过年前生产队分肉，每家每户都分了，我家里分了三两肉。回到家后，我思索了一下，断定生产队长和分肉的杀猪佬之间必定有勾结，最后分不完的肉肯定他们两人私分了。我吩咐陈胖三陈高四两个，先到杀猪佬家里去，再到队长家里去。

陈胖三陈高四兄弟俩，夜间到杀猪佬家里，按我教的办法，说分肉时没去领肉，现在过来领。杀猪佬记不清了，分肉的人太多了，他将信将疑，从柜子里拿出三两肉给两个孩子。如此得胜之后，我更加确信自己的判断。

但是两个孩子接下来去找生产队长家要肉的时候，刚好杀猪佬趁黑夜给生产队长送猪蹄，一看这两个小子又来要肉，马上明白了。生产队长勃然大怒，带着杀猪佬追到我家里要肉。

在我家门口那两棵大槐树下面，生产队长和杀猪佬问我要肉，我不承认重复领了肉。很多村民过来围观。生产队长说，常五姐啊常五姐，天下有混吃混喝的，混肉的我还是第一次听说啊。

确定把陈胖三和陈高四培养成大学生的目标之后，常五姐和丈夫当着所有孩子们的面宣布全家的伟大目标。这在全县最好的县一中尚不到百分之一的大学升学率背景下，犹如黑夜的鸡鸣和山间的炸药。一家两个，一家敢出一个大学生的有几个家庭？当时全家有一种肃穆的气势，孩子们站成一排，挺直胸膛。

我们家要培养两个大学生，常五姐丈夫说，那就是陈老三和陈老四。

那是必须完成的任务，常五姐说，我们全家为此要付出努力。

陈黑五那时尚未上学或者小学一年级，他说，还有我呢？

常五姐丈夫看着他说，你？你朝后边站着去。

常五姐说，往后站，跟着学。

陈六妹那时还在地上学着爬。

常五姐很快尝到甜头。在又一次全乡的数学及作文竞赛中，全村小学只有两个人获奖，一个陈胖三,一个陈高四。发奖大会在乡中学举行，发奖的主席台就是曾经批斗常五姐丈夫的那个主席台。领奖那天早上，常五姐给兄弟两个碗里，一人加了一颗鸡蛋。

那天上午，在所有学生方阵的前排，陈胖三和陈高四两个醒目地坐在那里。一个上台领奖，又一个上台领奖。陈高四看到了母亲，他用胳膊拐一下陈胖三，陈胖三也看到了。他们的母亲常五姐拎着一只油瓶从学校外面的村庄路过，她佯装去打油。她看着两个孩子分别上台领奖，领完奖之后，她拎着油瓶离开了。

常五姐很高兴，但她知道这才刚刚起步。她回家宣布了三条规定：第一，暑假寒假，陈胖三和陈高四可以不帮家里干农活，每天在家里学习；第二，任何场合下，陈胖三和陈高四必须书不离手，手不离书，包括在露天场子看电影之前和走亲戚的时候；第三，陈胖三和陈高四两个实行连坐制，即每次考试，都必须全班第一。如果没有考到第一，回来之后要下跪。自己考了第一，另一个没有考到第一怎么办？那说明两兄弟互相帮助不够。没考到第一的挨打下跪，那个考了第一名的可以不挨打，但必须陪跪。

小学五年级，初中一年级、二年级。陈胖三陈高四，在众人的目光中成长着。他们两个成了全村和亲戚圈中的有名人物，成了全乡的有名人物。在露天电影场，看电影之前，人们一看他们看书，说，你们看人家这两个孩子！春节拜年，亲戚们都说，这么努力，未来不上大学没道理啊。

那个全乡有名的“林天才”，中学时和陈胖三分到了一个班，连“林天才”都害怕陈胖三。这个所谓的天才，每天晚上加班学习，暗地里和陈胖三较劲。

单单这个还不够。生活太苦了，那个“林天才”父母都是吃国家粮的，只有兄弟两人，陈胖三在生活上比不上人家啊，营养跟不上，这不影响学习吗？

常五姐决定再赌一把。

陈胖三小学五年级在全乡连获了几次奖之后，常五姐做出决定，让半聋半哑的大哑哥不读书了，回家劳动，养活弟弟妹妹。大哑哥上学晚，又听不懂课。当时大哑哥和陈胖三一个班，有一阵子还坐同桌。大哑哥上了四年半学，数学学会了认钱，一毛钱，五毛钱，一块钱，五块钱，十块钱。语文学会了写自己的名字，他在小板凳上写自己名字，十分工整有力。

常五姐让他把刻有他名字的小板凳搬回来，对着他耳朵大声说，你不读书了，养活弟弟，好不好？

大哑哥挺着胸脯，像课堂回答问题的学生一样，说，好，我养活弟弟。

常五姐说，你劳动，他们读书，你不读书了。

大哑哥说，好，我劳动，他们读书，我不读书了。

陈二姐比大哑哥小，比陈胖三大。她在班上成绩中等，有点绘画小特长。陈二姐初中毕业，没考上县重点高中，但是考上了镇上的普通高中。常五姐通过丈夫提前得知了消息。他们商量了一夜，到镇上领完通知书后，把通知书撕碎了。

你没有考上高中。常五姐对女儿说。

女儿也以为自己真的没考上，低着头。

我和你爸爸商量找个关系，让你去镇砖瓦厂上班，烧炉窑，挣钱养活弟弟们。

陈二姐说，好。

常五姐把大哑哥、陈二姐、陈胖三、陈高四喊在一起，后面跟着陈黑五、陈六妹，孩子们在大榆树下面站成一排，分工安排。

你——她指着大哑哥说，你养活老三。

大哑哥重复说，好。

你——她指着陈二姐说，你养活老四。

陈二姐说，好。

从此以后，每到月末陈胖三从寄宿的镇中学、县中学回来拿粮食，骑自行车送他去镇里县里上学的，都是大哑哥。每周给陈高四送菜送粮的都是陈二姐。一直持续多年。

陈胖三在众人期望的目光中马上要考重点高中了，但是在一个很小很小的沟壑里，船翻了。

陈胖三从来都是不晕车的，但是初中毕业考试他居然晕车了。全县考试很慎重，各个乡镇的学生都被卡车拉到县城，住在宾馆里。大卡车从乡镇的土路开始摇晃，一直摇到很远的陌生地方，陈胖三扶着大卡车的车沿抵抗颠簸，猛一抬头，看见一层一层的高楼，如水中倒影一般竖立横斜，他一口吐出来。

县城到了。

这是陈胖三第一次进县城。此前他的世界就是乡村小学，镇上中学。他有点晕街。他见到了宾馆，见到了餐桌上大盆的肉。他太馋了。他平时在家，只有过年才吃肉。而学校这次为了考生吃好，每个桌上都有大盆肉。陈胖三大碗吃着，吃得肠子滑，他的晕车还没好呢，又开始吐。

他的晕车晕街状态连续几天不消失。他的状态把老师们急坏了。

他在晕眩中考完三天试。

他的考试成绩当然不会好。

平时比他成绩差许多的人都考上了县一中，他只考上了县二中。他当时考试晕车状态的情况老师们回到乡镇都给他父母说了。

孩子生病考试这个样子，能怪谁呢？

常五姐把气撒到另一个儿子陈高四身上。陈高四那一年读初二，考试也不好，成绩居然跌到班上的十几名。据班主任反映，陈高四居然在晚自习期间打扑克！

那还得了！

陈高四被打得皮开肉绽，下跪跪了一整夜。常五姐让陈高四头顶上顶着一块砖。她躺在床上，气得流泪。她后来睡着了，醒来时候已经第二天早上了。

她看见陈高四还在跪着，头上还顶着砖，吃了一惊。

长记性没有？她问陈高四。

长记性了。陈高四说。

陈高四从此后真的长记性了。发愤学习，年年第一，他后来考大学到天津，硕士、博士、留美，读到全世界知名的哈佛大学博士后，留校任教。

这是后话。

陈高四长记性了，陈胖三怎么办呢？

陈胖三考上了县二中，读了一阵后，常五姐历经千辛万苦给他转学。不行，她不能让儿子读二中，她要让儿子读最好的县一中。转学成功后，她过一阵就去看一下陈胖三，陈胖三到底是陈胖三，他在县城一中很快又名列前茅。常五姐心里又鼓起希望。

她只是更加小心了，除了逼孩子们学习之外，特别注意他们身体，是否会出现意外。她在最困难的时候，还专门买肉回来，让陈胖三和陈高四假期练着吃。不能抢，不能大吃，不能吃太多。此后再没出现滑肠现象，她才放心。

陈胖三在县一中读书，一步步升到高中三年级了。

常五姐这一天正在清理麦冬秧。麦冬挖出来之后，运到大榆树下面的门场前堆放着。然后摘麦冬，一棵一棵摘到筐子里。再然后剪麦冬秧，麦冬秧的根须用剪子剪掉，麦冬秧可以卖钱，可以继续栽种。季节朝深秋临冬走着。两棵大槐树下面的门场前，几个帮忙的人，加上常五姐，一派秋忙景象。陈胖三背着被卷走到场坪。常五姐看见了，她有点吃惊。她有一种不好的感觉。她去揉眼睛。一颗黑色的东西飞进她眼睛，她以为是土，揉了半天不是土。但还是疼，肯定有东西。她明明看见一颗黑色的东西飞过来，难道是树上的知了？

今天不是星期天，你怎么回来了？她问。

我脑壳好疼。陈胖三说。

陈胖三拎着被卷进屋。他把被卷扔在地上，进里屋躺在床上，常五姐边揉眼睛边进屋。

怎么了？她又想问又不敢问。

我脑壳疼死了。陈胖三说。

常五姐冲了一碗黑糖水，她端到床头要陈胖三喝，但她马上感觉出问题。她看见陈胖三把被子、衣服、鞋子、书都背回来了。

出了什么事？她声音抖动。

我天天头疼，休学了。陈胖三说。

常五姐手里的碗掉在地上。

常五姐再也问不出别的话，陈胖三说头疼，休学，想睡觉。她感觉不对劲，连夜赶去找丈夫问情况。她先让大哑哥从村子里借一辆自行车送她，中间有三十多里路程，送到二十多里路程，遇到一个上坡，自行车链条卡住了，骑不动了。她让大哑哥推着返回。自己往丈夫所在的学校疾步走。

丈夫已经睡了，被她叫醒。

真出事了。

原来陈胖三在高中三年级这个快冲刺的关口，给班上的一位女生写情书，被班主任查出来了。恰逢学校全面整风，抓早恋，原准备杀一儆百，开除他，后来学校没同意，看他得了神经性头疼，让他休学一年。

常五姐听完，在灯泡下愣住了。灯泡悬得很高，只有十五瓦的亮度，昏昏黄黄。丈夫看看不对，连忙点一颗纸烟给她吸。纸烟塞给她，她接住了，又掉在地上。

她在昏黄的灯下坐了半天，忽然惊醒过来，说，我怎么在这里？

丈夫说，你连夜赶来的啊。

常五姐说，不行，我得赶回去了。

丈夫说，你开什么玩笑，三十多里啊。

常五姐说，一百里也要回。

丈夫说，明天早上走。

常五姐一刻也不能等了，她拉开门往外疾走。她丈夫追不上。学校在一个山坡上，下了山坡，过一阵子渠沟，拐来拐去绕道乡道。常五姐走上乡道的时候，丈夫骑着自行车追来了。

丈夫让她坐在自行车后面，她不坐。她疾步走，她丈夫一条腿蹬自行车，骑得慢。两个人前后速度差不多。

你让他滚，常五姐说陈胖三，这样一个没出息的人，要他干什么？

滚？往哪里去？丈夫说。

哪里都可以，但是不准他在家里。常五姐说。

要冷静。丈夫单腿蹬自行车，哗哗啦啦响。

我有什么不冷静？我冷静得很，我看明白了，他是一根扶不起的猪大肠。常五姐说。

他得了神经性头疼，丈夫说，他为这事也受了打击，夜里睡不着，很痛苦，不能再逼了，再逼一下疯了怎么办？

常五姐说，疯了好，都不过了，过不成了。都要疯了。

丈夫说，你这说的什么话？

常五姐说，看来不家破人亡不行了。

两个人黑着夜你一句我一句赶到汉江一个叫尖角的湾流，常五姐走不动了，一屁股坐到江边。她丈夫连忙下了自行车。常五姐对着汉江的湾流大哭起来。

要冷静，要冷静啊。她丈夫劝她。

我怎么冷静？常五姐说，你说我怎么冷静？

装着什么都不知道。丈夫说。

他已经知道错了。丈夫说。

休学一阵，再去读，也就晚一年。丈夫说。

不行，常五姐站起来，望着黑黑的天空之中有一颗高远的冷星，说，他是我的克星，我也要当他的克星。

常五姐突然看见天空上一颗星朝汉江里坠落下来，她揉揉眼睛，说，我看见了什么？

她恐惧地望着江面，夜晚的江面如湿滑的沥青路面，她问丈夫，你刚才看见什么没有？

他丈夫说，我看见一颗……他迟疑了一下，说，没看清。

常五姐拉着丈夫走，说，快走，没看见就好。

四

我开着自己的车，从襄阳赶到合肥，又从合肥赶到长沙。我在合肥和长沙两个省会城市之间，追赶奔跑的兔子一样，追逐一个项目。是的，我有自己的车了，我能在省外几千公里的地方做项目了，说明我进步了，说明我在发展，说明我创业进入了另一个阶段。

我半夜零点后赶到合肥，上午处理完事情，中午又出发到长沙。我的车子是银灰色，它倒不像车，像空中的飞机和水里的银鱼。我在沪昆高速上开。这条高速公路车辆怎么如此之少？路面如此之宽？几十里的视线范围，有时看不到一辆车。在宽阔的高速路面，我像飞机或银鱼一样往前游动，飞翔。路面和天空之间，远远看上去有一座桥，这座桥有点像飞机的跑道，但后半段越升越高。我驾着这架飞机，从这桥上开到空中，在空中飞翔。

是的，我出幻觉了，我太疲劳了。我提醒自己注意力集中。注意安全。我唱歌，从小时候的歌曲唱到现在的流行歌曲。我调整坐姿，掐自己的手臂，这些办法都用过了。

我在一个叫宜春的服务区停下来，洗脸，走动，看天空乌红的颜色。这是江西省，我已经离开了安徽省，我还没有进入湖南省。这个服务区竖立了一个广告牌。广告牌说，宜春——一个叫春的地方。这是什么意思，这是个什么地方。它处处在撒药粉，诱惑人停下来。我离开出发地已经很远了，我离目的地还有更远。但这个项目有人在长沙等着，我不能停下，我要走了。

车子开了一阵，我在路前方看到一只鸟，我开始以为是天空上的飞机，后来看到是一只鸟。好，在这条空旷宽阔的路上，我终于有伴了。我追着这只鸟，它快我快，它慢我慢。夕阳从高速公路右边照过来，现在它是一只滚动的火轮。这只滚动的火轮追着我，我快它快，我慢它慢。前面飞翔着的黑鸟，后面银色的车，滚动的火轮。红点，银灰点，红轮，相互追逐和映照。这只火轮照在前面黑色的小鸟身上，给它全身涂抹了一层金色。

是的，我又出幻觉了。前面不是一只小鸟，而是一辆负重的货车，我离它越来越近，朝它屁股下面冲去！

我那一刻有点迷糊，似乎睡着了。我听到梦中有人喊我，谁？别喊我。让我睡！是我那不会说话的儿子！他喊爸爸，爸爸，爸爸爸爸。他会说话了？我惊了一下，我一下子醒了！我看清了前面不是一只小鸟，而是一辆大货车！我正朝它的大屁股后面钻！我本能地打方向盘，车子顺着货车屁股斜穿出来，剧烈地抖动，蛇形滑动。向左滑！向右拐！再向左！右！

我停下来。

后来货车也吓停了。司机跑下来，大声吼叫：你不要命了吗？

我瘫在座椅上，不敢再开了。我的额头上全是汗，我全身的毛孔都往外冒汗，我的内衣全湿了。

我忽然意识到，做生意，获取的是身外之物，搏的却是命。

我拿起电话。我特别想打给一个人，打给谁？谁能理解这一刻，离死神只有一秒半秒钟，只有半米远距离而侥幸逃脱的人？

我第一个想到的当然是我儿子，是他在梦中喊我，救了我的命。但他不会用电话。

陈胖三原谅了保姆。

陈胖三在黄昏的时候去看儿子。儿子救了他的命。如果不是儿子喊他，他可能已经不在这个世上了。他可能已经冲进那只黑色小鸟的肚腹，陷入永远的黑暗之中。

爸爸，爸爸……

以后的很多个夜晚，他半夜会突然醒来，因为他听见了儿子的喊声。

陈胖三去看儿子，天色昏黄，家家炊烟。他去的时候怒气冲冲，他听儿子附近的邻居说，新请来的保姆打他儿子。他儿子夜里不睡觉，儿子哭闹得保姆睡不着，保姆不耐烦了，拎他儿子的胳膊，抽他儿子的耳光。

一个保姆，你的职责就是照顾孩子，这个孩子，天生有病，他是多么可怜！你怎么忍心打他？你怎么敢打他？陈胖三怒气冲冲地赶去。

陈胖三在小区里停下车，一步一步地往儿子的租房走。家家都在炒菜，每户人家屋里都传出香味。他走到儿子的租房门口，他听到了儿子的声音，听到了屋里的炒菜声，站住了。

他转身到小区里，他在小区的几棵小树下徘徊，怒气一点点消减。再换一个保姆吗？他问自己。这个保姆就是前不久换的。为什么换？前一个保姆的女儿在附近打工，那个保姆经常饿他儿子的饭，节省下来给她女儿吃。他把她解雇了。如果这个解雇再请一个，又能好到哪里去？自从他母亲，儿子的奶奶常五姐走后，已经换了四五个保姆了，在家政市场请的保姆，很难干过一年。还要继续换下去吗？难道要他奶奶再回来？不，陈胖三请谁带也不能请她带，她带不动了。不，决不能让她回来再带孩子。

他走到小区门口，买了几瓶饮料几盒点心。他去送给这个保姆。

儿子，你挨了打，爸爸知道，但是，爸爸今天不能太直接替你出气，你理解吗？陈胖三自言自语。

儿子，你只当是在家里，是爸爸在打你。爸爸打你比这个保姆阿姨打得要狠，打得要疼，你相信吗？爸爸从小就是这么挨打过来的，爷爷奶奶打爸爸的次数还多些，是不是？

儿子，你得了这么严重的病，有人打你，他们把你身上的病吸走了。打一回你的病会轻一点，你信不信？有人打你，你慢慢把病传给打你的人了，这么想好不好？

这个保姆满脸通红，她以为陈胖三会训她，谁知道他还给她送来饮料和点心。她要解释什么，陈胖三没有听，转身离开了。

陈胖三走出门，这个小区家家在炒菜，这个城市家家在炒菜，这个国家，家家在炒菜。菜香。油香。酒香。这一切多么醉人！

陈胖三在省城的街巷中穿行，城市的色彩由黄变灰，正慢慢变红，变蓝。陈胖三张开口，大口呼吸。一个门关了，另一个门关了。关着的门里面，吃饭、喝酒，陪孩子、陪老人、陪爱人。关着的门里面，看电视、下象棋、打麻将、做家务；关着的门里面，吵架、亲热、发呆、沉默。

他离开这醉人的生活很久了啊。

你先挣一个苹果，两个苹果，三个苹果，一堆苹果。你再挣一篮苹果，两篮苹果，很多篮苹果。你最后挣一车苹果，两车苹果，一车队苹果。你把这些苹果搬到一条船上，你一个苹果也舍不得吃，最后这条船沉了。

这是很多和我一样做生意人的命运。

我有一个朋友，他做户外广告。他有一块广告牌，他挣了一点钱后。省吃俭用，买下第二块牌子；两块广告牌挣的钱，巴结城管局，买下三块牌子。他用了十年的时间，所有的钱都投进去了，还借了亲友的钱，成了全市的广告牌大王。但是那个市的市长参观外面发达地市回来以后，下令全面整顿全市广告牌，他的广告牌一夜之间被一一拆除。他破产了，然后从汉江边的一幢建筑高层跃入汉江。

我有一个朋友，开了十四家餐馆。开第十三家的时候，我问他：十三家和十四家有什么区别呢？当时他还在贷款。他说，收不住手啊，不开酒店干什么呢？结果遇上反腐败。中国这个有意思的国家，反个腐败肯定是从吃开始。他的酒店主要是针对商务接待，他马上全面亏损，首尾不能相顾。酒店倒闭后，供应商为追债，天天追杀他。他最后只剩一辆小红破车，他用这辆小红破车当工具躲债逃命，以期东山再起。

他们跳船跳得太慢了。

后来商界流行的一个词——转型，我把它叫作“跳船”。什么叫转型？转型的实质就是跳船，就是逃命，就是保存自己，就是活下来。这些年，我一直在跳船。挂历、台历、制作、策划、演艺、实业，我跳了多少次船啊。我还活着，我一天一天发展起来了。

有一年夏天的一个晚上，我开着车，从高速公路下来，绕过省城的大街小巷直奔一个庙宇的素食餐馆。我晚上快九点的时候朝省城赶，我边开车边打电话在素食馆订了几盒素食，我拎到素食之后立即调转车头，重新上高速朝附近的一个地市返。我要把这几盒素食趁热送给一个官员的夫人。她是一个佛教徒，她快离开人世了。我在她家里求她丈夫给我一笔业务的时候，听说她想吃素食，但是他们那个城市没有素食餐馆，我打电话在省城的餐馆订到了。

那个官员曾经带着他的夫人到省城求医时顺便找过我。他夫人患了癌症，西医已经无法治疗。他托我找中医朋友救治他夫人。我还听说他为了救治他夫人，卖了一套房子。

在一个有名的中医师那里，这官员的夫人已经不能站立，只能斜躺在沙发上。中医师搭住她的脉，问，你还有信心吗？你怕死吗？

佛教徒说，我现在想住到庙里去，我不怕死，我只想早点死。

中医师说，想死就是怕死啊。

素食还是热的！

感谢高速公路和现代便捷的交通，我用了不到一个小时赶到，素食还是热的。我给那个官员打电话，他一愣。他没想到我离开他家后这么短的时间内去办了这件事。

他很冷淡。

这是我没想到的。他说着推拒的话。我坚持朝他家里赶，我给他发短信说只是一个心意，对一个宗教人士的敬意。他在短信里回着，没必要，无福消受一类的话。我已经赶到他家楼下的院子里了。

后来他把这个项目给了我的一个竞争对手了。

他夫人几天以后去世，去世后的第三个月，他又再婚了，他找了另一个市的一个年轻姑娘结婚。

他们是网友。

那天晚上他推拒不了我，下楼来拎那几盒素食。他穿着背心西装短裤和拖鞋下楼，我已经把素食从车里取出。上面尚有余温。

有几颗冷星星高高地闪在空中。

他说着感谢的话。

接到素食之后，他从西装短裤后面口袋里给我掏钱。我措手不及。我说这个能要什么钱？他坚持要付钱。我们在院子里，在灯光和黑暗的交接处，在高远的星空下面推推拉拉。

他坚持要付钱。他说不好拒绝我的心意，居然送这么远。

我忽然停止了推拉，我接到了钱。他应该算好了，包括路费。

我站在院子中间，看着他拖着鞋子一步一步上楼。我知道这个业务没戏了。和我随行的业务人员也知道没戏了，他在车旁边的暗处抽泣。为争取这个业务我们下的功夫太大了。

后来这个官员出事了，他供出这个业务他收了我们竞争对手的钱。

业务人员问我，我们为什么不送更多的钱？

是的，这是最简单的办法。大家都在这么做。我也曾经这么做。但是一批一批官员在出事，带出来更大一批商人出事。我也就改变手法，不敢不愿这么赤裸和直接。我想改用感情投资，交朋友和长线来往。但是很多人不吃这一套，他们宁可把你朝悬崖上拉。这个官员就是。我只好站在暗处叹息，我的随从只好站在暗处哭泣。

我有几个朋友，因送礼行贿被关在监狱。我去看他们，他们穿着囚服，泪流满面惨不忍睹。他们为身外之物，身体却被关在铁牢里。我有一个朋友，公司上市了，有个太子党过来要参买原始股，他不同意。太子党通过领导找逃税之类的理由抓了他。行贿坐牢，不行贿也坐牢。我们怎么办？

如果你不幸成为一个商人，你必然天天处于危险之中。你所服务的区域，单位，哪个官员出事，你都会夜间惊醒。

这是我们的命吗？

陈胖三在监狱探望时，被探望的人已经不认得陈胖三了，但是陈胖三还记得他。他还是那么胖，嘴角一颗扣子大小的痣，变化的是头发，还有目光，他的目光终于不那么凶了。

你是谁？你怎么哭那么伤心？铁窗里面的人问。

王董事长，陈胖三说，你不记得我了吗？

被称着王董事长的人很尴尬，他坐牢已经有十年，离开陈胖三曾经工作过的国有企业时间更长，王董事长，这个称号已经有很多年没人喊过他了。

监狱会客的窗户原来有个洞孔，可以递方便面和炒菜进去，现在用玻璃封住，只留下可以伸过指头的窄逢。那个被称作“董事长”的人从窄逢里塞一张餐巾纸，想让坐在对面会客的椅子上的陈胖三擦泪。他努力地回忆着，这是自己在哪个时期的部下或心腹。

这个人曾经害过陈胖三。陈胖三大学毕业后先在国企工作，一步步升，给一个企业家当秘书和办公室主任。后来这个企业家退下来，这个王董事长接任。王董事长当时是区委副书记，之所以去接手董事长，是这个企业比较有钱，退下来的企业家比较有名，一般人去镇不住。王董事长到任以后，首先做的事就是划拨企业资产到财政，同时赶杀原企业老臣。陈胖三就是那个时候被清理出去，离开国有体制开始求职。

那是陈胖三一生的转折点。

“王董事长”终于想起来了。

你应该恨我，他说，你是来看我笑话的？

但是又不像。会客室窗户很高，不过仍可以看见窗外的一棵楝树。陈胖三坐在楝树下面哭，他把树哭得晃晃荡荡，连旁边看着的警察和陈胖三的随从看着都不忍心了。

我听说你发财了。“王董事长”说。

后来那个国有企业垮了，破败得不如一个农庄。陈胖三曾经回去过一次，过去的同事离开了大半，没走的个个面如灰鼠。这个昔日多么辉煌的企业啊，被一个一个“王董事长”这样地方政府派来的官员搞得面目皆非。

“王董事长”在那个企业并没有工作多久，大约两年，后来调回政府，逐渐升成区长，区委书记，再往后就犯案，坐牢来了。

我真感谢他。陈胖三从监狱出来，行走在外面的草径上，望着满眼的郊区菜地对随从说。正是开花季节，大片大片的油菜花和苜蓿花。

他把我从办公室主任位置拉下来，让我下岗失业，陈胖三继续说，但我感谢他，我那么早面对社会，四处求职，四处求人，但我练就了一身本领。我不依靠一个单位可以生活。

他是我的贵人，陈胖三对随从说，看你怎么理解。

脑壳右边的一根经络为什么跳动？这根经络卧在耳朵边下，像荷叶下面的凉蛇。它沉睡好多年了，它一定是遇到什么熟人了。人遇到熟人会打招呼，它难道不会吗？

当年它醒着，每天夜里醒着。神经性头疼那可是要人命啊。耳朵边的这条经络，它跳着疼，夜夜陪伴着陈胖三。从哪一天开始的？陈胖三记不得了。

若干年以后，陈胖三找到一个老中医治疗偏头疼，老中医用一个铁缸子做火罐，猛地吸住陈胖三的右脑壳和那根经络，陈胖三大叫一声，疼晕过去。铁缸子里吸出的是一大摊黑色的黏液。从那以后，陈胖三偏头疼好了。那根经络也从此安静了。

那个老中医面对着从脑壳里吸出来的黑色黏液，吃惊地说，你是不是受了深度惊吓了？我几十年从没见过惊吓这么狠的啊。

这个老中医真是国宝，他一语中的。陈胖三在第一次读高三的上半学期就是受到深度惊吓了。他给班上的一位女生写了一封求爱信，班主任就要上报开除他，这是真的吗？

和班主任关系好的班长、体育委员几个，都偷偷告诉他，班主任已经上报给学校，说他扰乱班上学习环境，是全班早恋瘟疫的泉眼，必须开除。学校很快会有批复。

陈胖三，他一步一步从汉江中游的一个乡村，考到乡里，考到镇上，高中一年级、二年级、三年级，他已经在悬崖顶上了，他如果被开除，后果是什么？

他的乡村，他的亲友，他的兄妹，他的父母，他的——那个叫常五姐的母亲，怎么办？

他去求班主任。班主任不理他。他又跑到班主任位于厕所边上的单身宿舍，扑通一声跪下，不再起来。班主任却不拉他，也不问他，自顾自烧开水，捅炉子，改作业，然后夹着作业本出门，不再回来。

他准备了一把刀。如果万一被开除，他准备用那把刀杀了班主任，然后自杀。

他天天煎熬地等待结果。夜里寝室里同学们都睡了，他起床走在操场上，走在单杠下面，走在升旗台下面。很多天他一直走到深夜，一直走到天亮。冬天的夜晚，他抬头一次一次地凝望那枚银圆一样的月亮。

哪一天开始头疼的？哪一天的风寒？

他后来只是头疼，每天那根经络都在跳动，几个月后，学校并没有开除他，但他已经不能再坚持学习了，头疼欲裂，只好休学。

现在这条卧在荷叶下面的凉蛇醒了，它真的遇到熟人了。

陈胖三二十多年以后，碰到当年的班主任了。

在家乡的一次酒会上，新上任的县长不知内情，招待陈胖三时出于好心，把他的几个同学和当年的班主任请到一个酒桌上。当年陈胖三追求的那个女孩子现在成了班主任的夫人。班主任当年要开除他的原因不言自明。班主任已经退休，那个当年的美女，现在变化最大的是鼻子。她的鼻子整容失败，塌陷下去了。

陈胖三和班主任拥抱，他给他敬酒，他在县长面前夸赞班主任。他进入状态了。

旁边一位在县里当局长的同学喝酒间隙拉着他说，你演戏吧还是真的？

陈胖三说，几十年过去了，演什么戏？我真感谢他！他让我那么早就懂事了。

五

我老了。

我老的标志，就是发呆，想过去的是是非非。我想得最多的，是我儿子陈胖三。

我想得最多的，还是那句话。从小到大，三岁见老。

那句话天天折磨我。

我几年前不说那句话，他会有今天的变化和成功吗？

我当年不说那句话，他会考上大学吗？

我不知道。

当年我丈夫要我不生气，要我忍一忍。我怎么忍呢？我忍不住。

我让他下跪。我让他思考。让他发誓。感觉都不行。我让他上山砍柴，让他挖麦冬，让他住在拴牛的屋子里，怎么都觉得不行。

他和哥哥从山上砍柴回来，我盯着他的鞋，问，你砍一趟柴，鞋怎么还是干净的？

没等他回答，我又说，你哥哥在山上砍柴，你对着山在唱歌，你以为我不知道？你唱的什么歌？

他瓮声瓮气地说，《牡丹之歌》。

我说，这么说，你在学校喜欢的那个女孩子叫牡丹？

陈胖三住在拴牛的屋里，虽说中间隔着一堵土墙，但是牛的铃铛，牛起卧的声音，牛的喷嚏，这些让他无法入睡。他有时一整夜一整夜，都专门听牛的动静。他睡不着，黑夜和白天分不清。他和牛拼了，他也让牛睡不着，他干脆对着牛唱歌。

我也不饶他，我扯住他问：你在牛屋里唱的什么歌？

他不想回答，经不住追问，只好说，《北国之春》。

我说，这么说，你在学校喜欢的那个女孩子叫北国春？

他忍受不了我，感觉快发疯了。

我也快发疯了。

时间在煎熬中过去，一天一天，一星期一星期，一月又一月，他快复学了，他又要去读书了。

有一天，我去扯麦冬秧子，返回的时候，经过生产队稻场，在稻场的榆树下面，我看见两个人在地上玩扑克。一个人用破草帽扇着风，另一个也用破草帽在扇着风。他们在玩着汉江中游最普通的“蛇吃猪”，他们忘情而投入。我渴了，我去榆树下面找水喝。我看见他们在地上打扑克真有意思，我凑过去。

其中一个人是村里的孤儿，另一个是我儿子陈胖三。

我居然没有认出是我儿子陈胖三！

他和一个农民已经一样了！他晒得炭黑一块，他和那个孤儿两个，一边用破草帽扇风，一边谈村里的女人，一边在地上抓扑克。他处于变声期了，他的声音我居然没有听出来。

这是谁？

我凑近一看，傻了眼。

陈胖三看见是我，抓起草帽就跑了。

那个晚上我无法入睡。

陈胖三，他和一个农民还有区别吗？

我和他父亲，我们当年的计划要落空了吗？

这么多年，我把他一步步往上培养，村里乡里镇上，一直到县里，我们的梦想是培养一个大学生，我们的心血要白费了吗？

怎么办？

怎么办？

这个时候，村里的一个傻子姑娘磨盘焕来找我，要我给她找对象。我来了灵感。我决定赌一把。

逼到最关键的时候了，陈胖三看见一片羽毛。这片羽毛飘在烟叶地上空。陈胖三在心里默念。他拿不定主意是逃跑还是忍耐下去和磨盘焕结婚。他绕不过去了，他的母亲常五姐是一块巨大的石头，这块石头堵在他面前，像一块门板一样，堵住了所有的缝隙，没有透光的地方。他躲在烟叶地里不敢回家，烟叶地不远处，是那两棵标志性的大榆树。常五姐正坐在大榆树下面吸纸烟。

如果这片羽毛落在地上，我就逃跑。陈胖三说。

如果不落在地上，飘在空中，我就……就怎么样呢？就和磨盘焕结婚吗？陈胖三蹲在烟叶地里，问自己。逃跑还是留下来？留下来和磨盘焕结婚，还是逃跑？

他等来了陈高四。这片烟叶地是他们的秘密聚会点，无论常五姐打他们中的任何一位，他们都会在这个地方相见。

你准备怎么办？陈高四问。

我准备逃跑。陈胖三说。

你准备跑哪儿？陈高四问。

我准备去新疆。陈胖三说。

去新疆是陈胖三和陈高四此前商量过的。为什么去新疆？因为他们家附近有一个贩卖麦冬的村民，折了本钱，欠下同村人很多麦冬钱，不敢回来了，据说逃到了新疆。

新疆好远啊，陈高四说，听说坐车要一两个月。

这正是陈胖三发愁的事。跑去新疆，没有路费怎么办？

还有一条路，去神农架。陈胖三说。

为什么要去神农架？陈高四说。

神农架野人都可以待，难道留不下我吗？陈胖三说。

陈高四往外掏他积蓄的几块钱，还有四张邮票。

你给我写信啊。陈高四说。

我寄到哪里？你如果升学离开后寄到哪里？陈胖三问。

陈高四也不知道。

寄到家里？

不！

我这一跑，我一生都不会回来了。陈胖三说。

陈高四在揉眼，他也看见那一片羽毛了，在夕阳光中挣扎着下坠，往下坠一坠，往上飘一飘。

能不能留下来？陈高四说。

你说我和磨盘焕结婚？陈胖三说，我宁可去新疆流浪讨饭。

留下来，不和磨盘焕结婚，当个农民，不行吗？陈高四说。

不行，陈胖三咬牙切齿了半天，他恨常五姐这块大石头，但无法搬动它。

我搞不过她。他说。

能不能求求她。陈高四说完，自己也摇摇头，他知道事情的进展和她母亲常五姐这个人。她这回真生气了，真动怒了，真绝望了。她对陈胖三已经绝望了，否则她不会让她和磨盘焕结婚。

你走之前和你女朋友告别吗？陈胖三和陈高四听到烟草丛深处一个声音，他们吃了一惊。

原来是陈黑五钻在一棵烟叶下面偷听。

陈黑五还在读小学，长得黑，和黄昏下面的黑地融为一体居然认不出来。他钻出来说，哥，你女朋友漂亮吗？

陈高四踢他一脚，说，什么女朋友，他们还没开始啊就熄了。

陈黑五很遗憾地叹了一下，递过一个小布袋子，说，哥，这是我攒的钱，我数了，有一百个两分的，我把它埋在堂屋柱子下面那个黑砖背后，我挖出来了，我送给你当路费。

那片羽毛没有落在地上，也没有继续飘在空中，它落在一柄烟叶上面了。

天全黑下来。

当年村子里有一个傻子姑娘磨盘焕来找我，她在我家那棵大榆树下面叽叽磨磨一下午不走，到傍晚我才知道她是想男人了。我是有名的媒婆，她找我帮她说个男人。

我来了灵感。

磨盘焕小名叫焕，因为她小时候得过病，下巴兜不住水，胸襟天天是湿的。她走路慢，腰身粗，屁股大得像一只磨盘，村里人都叫她磨盘焕。磨盘焕在村里没人理睬，在家里经常挨打，但是她一天一天长大了，她想嫁人了。

我给磨盘焕洗头，换干净衣襟，我在她头上给她扎辫子。磨盘焕除了傻，长相倒是中等。我在给她梳头扎辫子的时候，她激动得哭了。

磨盘焕天天到我家里来，我对她那么好，村里人都在议论。一开始他们认为我是把磨盘焕介绍给我的大儿子，我大儿子小时候得麻疹，打针打错了，成了一个半聋半哑的人，后来他们发现不对，因为我在给我大儿子另外找对象。在汉江河对岸，我有一家亲戚，有个姑娘看中了我大儿子，他们全家来相亲，轰动了全村。

后来全村里人就开始怀疑了，莫非是把磨盘焕说给陈胖三吗？

我每天带着磨盘焕，劳动、休息，走村串门，我在哪里她就跟到哪里。我带着磨盘焕去汉水河，用丝网勺打麻虾，丹江水库建了之后，我们这一带再也没见过大鱼大虾，连青蛙都不过拳头那么大。我们这里只有小山丘，山上没有狼，没有虎，没有像样的大动物。最多的是知了，一到夏天，全村的榆树上，叮满了吸吮汁液的知了。这里的树没有大树，最多的是榆树，全村到处是榆树，满地都是榆钱儿。这种树成不了栋梁，最多只能做屋梁上的木板。还有柳树和松树。都不过拳头粗细，都成不了大材。我带着磨盘焕去头道梁二道梁扒松毛，树干最多胳膊粗，再粗一点都会被砍走了。磨盘焕居然喜欢花！在我们这一带，最多的是什么花？黄色的油菜花，紫色的苜蓿花，还有碎白碎白的荠菜花。这些花没有一种是名贵品种，油菜花自然干枯，苜蓿花翻耕在地里沤肥，荠菜花在汉水边上，季节一到，随风乱飞。

这样的环境，既然不出大动物，不长名贵树种，不长名贵的花，陈胖三能长成一个什么样子？难道能出大人物吗？

姨。磨盘焕在田间采花戴在头上，喊我。

孩子，你说什么事？我问她。

你说我嫁得出去吗？她问。

你放心，我说，天下没有嫁不出去的姑娘。

村里人都在传，说我真要把磨盘焕说给陈胖三。

陈胖三也知道了。他紧张极了。

陈高四和陈黑五问我，我反问他们：磨盘焕有什么不好吗？

看看陈胖三快返校了，我决定和他摊牌了。

那天天气阴冷，有很硬的风。几棵高大的榆树在风中摇曳。我选在这么一个天气和他谈。你不是想女人吗？你不是给女同学写信吗？那我给你一个女人！在列举了磨盘焕能劳动，屁股大，能生儿子等一系列好处之后，我和他摊牌，让他和磨盘焕结婚。

不。他说。

磨盘焕保证比你天天唱的那些什么牡丹，什么北国春好。常五姐说。

不！

从小到大，三岁看老。我终于说出这句话。

你说什么？他问。

我把你看死了，你不会有什么出息，不如早点回来劳动，回来和磨盘焕结婚，我说，从小到大，三岁看老。

陈胖三夺门而逃。他从门场跑出，顺着菜园地跑向山梁，跑到山梁下面藕塘边的一排桐子树。风顺着山腰门板一样倒过来。他差点被吹倒。他的手撑在地上，爬起来，将身子移到一棵桐子树边上。

不！

不！

他对着旷野，对着狂风大吼大叫。

孩子们一个个都和常五姐和解了，除了陈胖三。六个孩子中，除了老大半聋半哑，永远留在身边，其余的一个一个考学或工作后离开她，离开了就不回，到了第五个孩子陈黑五，常五姐才全面意识到这是一个共性问题。

陈胖三上大学四年，不回家；一年后陈高四上大学，放假后不回家；又过两年陈黑五上大学，放假后还是不回家。

陈胖三陈高四陈黑五三个人上大学，全是国家供应，每月发饭菜票，要是二十年后这样掏钱上大学，常五姐无论如何是供不起的。陈黑五上大学后，常五姐突然觉得肩上的担子卸得差不多了，大儿子也有了工作，家搬到了学校，条件变好了。担子从肩上卸下后，她有一种失重感。

她感觉到孩子们离开后不回家不正常。

孩子们为什么都不回来？她对丈夫说。

只有这个半聋半哑的儿子在身边，才是真儿子。她说。

最先和解的是陈二姐。这个高中通知书被常五姐撕掉的人，以后当了砖窑工，再后来赶上验女兵，居然招上了。一年后她有探亲机会回乡，一回家就哭，哭哭又笑。唉，女孩子。

陈高四倔强了两个学期没回家，第三个学期，撑不住了。他在天津读大学，回家的时候背着一大袋天津十八街的大麻花，冬天里，常五姐开心极了。全家人围着火盆，吃那种夹着冰糖的大麻花，说说笑笑。

陈高四劝陈胖三回。一开始是写信，每个学期一封；后来用传呼机，就留言；再后来用手机，就打电话或者发短信。

你连贪官都原谅了，连保姆都原谅了，你连高中那个班主任都原谅了，你怎么不原谅妈？陈高四说。

但是陈胖三不回。大道理谁不懂呢？

有一回，那是陈胖三刚参加工作后的一个春节，他在单位里太孤单了，每个见到他的人都问他为什么不回家，他只好回家了。他从省城坐车到县里，又转车到镇里，从镇里往回走的乡路上，他犹豫了。乡路两边是树，一排排树中间，远望去是大片大片的麦苗。他看见了红砖房，看见了猪在乡路上跑。

他在门前院子前面的一截断墙红砖上坐下，他的背后就是他的家。他听见里面的人声，他在辨别人声。他听到母亲在门口喊人，让谁骑自行车慢一点。他穿着一件军大衣，毛领子竖着，低头胡思乱想。他有好几次站起来，又坐下去。他不知道该如何出场，如何走到门场前，喊一声妈。有人从断墙前过，他扎着头。他一直扎着头。往事历历在目。他看见了烟草地前面那片羽毛，晃晃悠悠，既不上天，也不落地。那就是他。一直孤孤单单，永远孤孤单单，飘着，飘着。他泪流满面。

他坐了很久，他最后想到去买一挂鞭，毕竟是过年，要有一些响动。他起身离开，去省道边找小卖部买鞭。他没想到在省道边碰上一辆到省城的客车。他一招手，客车停下来，他一跳上去，客车就开动了。

陈胖三后来的消息陆续传到我耳朵里，先听说他发财了，后又听说他正在给他儿子办移民。他准备给儿子移民香港。这是一个长治久安的办法。看来我劝他的那些话真正起了作用。此前他给儿子买保险，请中医，那些都不会长治久安。看来他对儿子的病，对儿子和他的未来，有了一个深入的思考和安排。在香港、加拿大这样的地方，这样的病孩子，包括病成人，社会可以终生养着。

他一年一年变瘦了。他从小就胖，没学会拿筷子的时候，就知道用手从碗里抓饭吃；以后上学，他吃饭比别人快，饭量比别人大。全班围着一个木桶打饭抢饭，他从来不吃亏。他在省城高峰期胖到什么程度？他不到一米七的身高，却有接近两百斤的体重。就是我和他吵架离开省城那个时候，他重得像一个大沙袋。现在，他不到一百六十斤，他瘦了四十多斤。四十多斤！这是一头克郎猪的重量！这么大一堆肉，一头克郎猪，到哪里去了呢？

一个人的体重回到他应有的体重范围，一个巨大的沙袋瘦了一圈，用我们修炼人的话说，光又照到他身上了。光照到他身上，他的运气也来了。

他朝好处在变，在发展，我很高兴。

我看了他的出生、小时候、青年，一直看到现在，他以后会怎样？会这么一直这个状态到老还是又有波折？我不知道。

我看不到他后面了。我自己老了。

真的老了。

人老是什么感觉？

我的衰老是从下坠开始的。我的血液顺着骨缝沙子一样往外流。

别人流血是红色的，外伤，可以看见。我流血看不见。外人看不见，眼睛看不见。但是我身体里的内眼可以看见。我学了佛法，我明白这个。人身上哪里是两只眼睛，有很多只眼睛。无非只安排两只眼睛看俗世而已。

我的血液像沙子一样往外流，几年了，像古代的沙漏计时，沙子流着，时间走着。儿女们成长着，我衰老着。我的身体越来越轻。我飘在空中了。我像一片羽毛一样往下坠着。我最终会着地。我要进入泥土里，那里是人类的出生地，也是我的归宿地。

他们都说我病了，把我朝医院送。先是镇医院，后来直接送到市中心医院。我得了什么病呢？我不疼不痒，不冷不烧，但是我头昏，吃不下饭，四肢无力，精神不振。

镇医院说我贫血，严重贫血，恶性贫血。他们给我输了多次血，但是没有作用。一般的贫血都是输血，补充营养，但这些对我已经没用。我在市中心医院，住院十天，那么多医生，那么多检查，那么多化验和各种表格，结果还是贫血，结果还是无法治疗。

我开始神志模糊，尿失禁，厌食，记忆衰退。我大女儿来看我我都不认识了。

这个地区最大的医院无法治疗，让我出院。出院后，我在家里躺了一个月。这一个月里，我没有大便。照顾我的是我丈夫，还有我妹妹常九姐。女儿们周末也回来，还有亲戚们都来看。大家都很着急。

大女儿给我买来尿不湿，解决尿失禁问题；买了阿胶浆，买了银耳、枸杞、冰糖，我无法享受。小女儿买什么婴儿米粉，我老得变成婴儿了，要人喂了，但是婴儿喂了大口吃，他们喂我我吃不进。我吃什么吐什么，喝什么吐什么。

我这么熬了一个多月，他们都绝望了。我还有一点微弱的神志，我手掌尽量竖立着念佛。我看见我飘在空中，我看见我在下坠。飞快地下坠。我好苦啊！我这一生，在一片羽毛碰到地上的时候，就会结束。这片羽毛就是我的命，就是我。我受那么多苦，现在儿女都长大了，工作了，出息了，我却飞速地下坠着，要落地了。

我听到我妹妹常九姐在我附近打电话，她打给我大女儿。她们两个在电话里哭。她们以为我听不见了。她们在电话里商量我的后事、寿衣和照片。她们说要找照片去放大冲洗。她们说要准备一套老衣裳。老衣裳就是寿衣。

孩子们和常五姐在他们成家前后越来越亲了，主要是因为婚姻。

陈胖三的兄弟姊妹六个，他们都佩服父母的婚姻。父母都金婚了啊。首先，陈胖三离了一次婚，还想再离一次，他不可能了，除非他活过一百岁；六个孩子中的老大是个半聋半哑的人，现在五十多岁还没结婚，当然不可能金婚。

剩下四个。两个弟弟，陈高四和陈黑五，还有两姐妹，陈二姐和陈六妹。

陈高四读书读到天边了，什么意思呢？他读到了最高学历博士后，又读到全世界最好的哈佛大学，毕业后还留在哈佛当了老师，但是这位分子生物学的高才生研究起婚姻来远不如他的母亲常五姐。他到三十七八岁的时候还没结婚。他不找外国人，不找学历低的，拖来拖去。三十六岁以后，常五姐要他每年回国一次，专门找对象，但是几次回国都没成功。

最后，他终于结婚了，找了一个大学老师。那一次很多人给陈高四介绍，有两个知识女性，感觉差不多，各有优劣。陈高四反复拿不定主意，但是时间不等人，他回美国的签证时间快到了。如何在短期内决定，并且决定的结果，未来经得起时间检验？姊妹几个都拿不定主意。

最后老媒婆常五姐出场了。

常五姐问，两个差不多的时候怎么选择？

哈佛教授说，不知道啊。

常五姐说，你的书都读到哪里去了啊。两个姑娘感觉差不多的时候，要看妈啊。

为什么看妈？哈佛教授还在发呆。

这个还不明白？常五姐说，妈是女儿的未来嘛。

一句话点醒了众人。选择也很快确定了下来。

看这个年龄，哈佛教授想达到金婚，超过父母婚龄，比较难。

下面一个陈黑五，情况和陈高四大致差不多。他只是省城一个大学老师，层次略低而已。陈黑五想学陈高四，也去美国，他先是托福，后是 GRE，但是连续搞了多年，最终没有成功，年龄也大了。

常五姐问他，出国干什么？

陈黑五说，搞事业啊。

常五姐说，事业有多么重要吗？陈黑五说，那什么重要呢？常五姐说，婚姻啊。你都过了“婚坎儿”了你知道吗？

“婚坎儿”是常五姐当媒婆时创造的一个词。她认为男人二十三到三十三这十年，女人二十到二十七这七年，是最佳婚期。这个期间，决定了男人一生的百分之七十，决定了女人一生的百分之九十。后面再有变化，难度比较大。过了最佳婚期，男人三年一个坎儿，女人每年一个坎儿，年龄越大越难办。

看陈黑五这样子，即使马上结婚，达到金婚这个标高，也很难。

轮到两姐妹。先说小六妹不可能。夫妻两个结婚了，吵吵闹闹，离了婚，离婚之后都觉得对方还可以，又复婚。这么折腾几年，怎么会金婚。剩下陈二姐，婚姻比较稳定，性格也比较温和，按说最有希望学习且追上父母的“金婚”，但怎么又搞个“假离婚”的事，有一番波折。

事情简单。陈二姐和丈夫单位分最后一批福利房，政策规定，双方已有一套住房的没有资格再分房。他们已经有一套房了，怎么办？

夫妻俩商量假离婚，离了后，政策允许了，可分一套福利房。现在市面上房价疯涨，多分一套房是值得的，很多人都在这么做，钻政策空子。

常五姐知道了。

她立即搭车赶到县里又赶到市里，住到陈二姐家里，督促他们必须复婚。

陈二姐和丈夫都解释，赔小心，讲分房子的机会难得。

房子就是财产啊。陈二姐说。

财产有那么重要吗？常五姐说。

财产都不重要，什么重要呢？陈二姐说。

婚姻重要。常五姐说。

常五姐一直住到他们分到房子后复婚，方才离开。

我听见她们的电话内容了，我小妹妹常九姐和我大女儿，她们为我准备老衣裳，还要放大我的照片，为我准备后事。空中有一片羽毛，那是我，那是我的命。

我往下坠一下，往上飘一下。我完全触地的时候，我的命就终结了，我会归于大地。我现在不肯坠地，我还没有活够，这且不说，如果这个时候非要我坠地，我最后的要求，就是见一下我的儿子陈胖三。

我有那么多儿女，但是我想见他。他在香港。他在香港给他儿子办移民。香港有多远？我还能等到吗？

我想见他。我想给他说，妈对不起他。我想给他说，妈打过他，骂过他，刺激过他，但是妈是为他好，请他不要恨妈。

我伤他伤得太深了。

从小到大，三岁看老。

我一生两次用同一句话刺激他，伤害他。

我有话要对他说。

我想给他说说当年他休学那一场事，那一场事背后的秘密。这个秘密只有我知道。几十年来，没有第二个人知道，包括他的父亲。我当年做出那个决定，我那么做，背后的秘密。

香港有多远？我快坠地了。我坚持着往上飘着，我要等他。

我这一生，就算过去了吗？

香港有多远？我几乎触到地上了，看来我等不到了。空中飘着的那片羽毛，那是我，那是我的命。

一片羽毛，要么飘上天空，往上飘，越过风筝，越过飞机，飘到云层之上，三界之外，和神仙在一起；要么往下坠。一点一滴慢慢坠，最终坠在地上。

坠在地上的如九牛，飘向高空的只有一毛。

现在外面是晴天，有光线照进来。屋子里有很多人，他们在为我忙，他们忧心忡忡，面带愁容，等待着我坠地的那一刻。他们不停地打陈胖三的电话，电话打不通，陈胖三在香港，电话打不通。

我问，现在是什么天气？

她在说话！她在说话！她嘴唇在动！屋子里的亲友们惊奇而高兴地说。

我老伴俯在我身边，问，你说什么？

一屋子人都围着我，他们以为我有什么遗言。

现在什么天气？我问。

她问什么天气。我老伴给一群亲友们说。

她还在关心天气！亲友们惊奇地说。

我怎么看见在下雨？我说，你再看看，一片白亮亮的暴雨？

暴雨？我丈夫对众人说，又如有所思地自言自语。

陈胖三在香港给儿子办移民手续，在移民署办完手续签完字那一刻，他就开始往空中升。他在街上行走，脚步如此轻盈，像踩在棉花团或云端之上。

他的身子因为如释重负产生一种失重感。他一直想飘起来，像一片羽毛一样浮在空中。他想在空中歇一会儿，想在空中看一下，街道上地面上的人是如何忙忙碌碌地生活。

他看见他自己了。看见他自己在街道上行走。这条街头真美，漂亮，秩序而和谐。这就是香港，大海，高楼，绿山。

他突然感到心慌，他紧接着大汗淋漓。他的母亲已经在弥留之际，已经飘在空中，他还不知道。到香港以后，他的手机卡换成香港号码，他原来在报社工作有一个香港号，现在还能用，到香港后他把手机卡换了。他只是奇怪这几天没有人联系他，他觉得特别安静。

他心一慌，飘在空中想歇一会儿的那个自己，就一下子跌落下来，和地上的自己合为了一体。

他感觉不对，立即返回。

陈胖三打上出租，他赶到红磡，他坐上火车朝罗湖口岸赶。他继续心慌和大汗淋漓。到罗湖口岸过边境时他才明白要换手机卡。换上手机卡以后，他才明白为什么心慌和流汗。

他的手机上已经有无数条信息留言，无数个未接来电提示，他看明白了内容，他忽然放声大哭起来。

他的哭声震动了香港和深圳两边海关口岸的警察，他刚好在两边警察的交界带，两种不同颜色不同神情的人朝他询问，问他出了什么事。

我有什么可以帮你吗？香港警察问。

他坐在地上，如同一窝面条那么瘫软。他想站起来。他不想站起来。他不知道自己想站起来还是不想站起来。

我有什么可以帮你吗？深圳警察问

你们帮不了。他说。

香港警察和深圳警察面带狐疑。

去机场的路上，他已经和家里的很多人通过电话，关于病情，关于母亲目前的状态，关于治疗方案。

一片羽毛即将坠地，谁能托住她呢？

阳光暴热，陈胖三站在机场外面，离安检还有一段时间，他不想到场里面的空调房里去凉快，他想热一热。他拉着滑轮箱，在机场外面走。太阳像举在头顶上。他越过一辆出租车，走过一个护栏，走过一辆行李车。他走到哪里太阳就追到哪里。他走着走着，觉得有什么东西贴在背上，如刺一般，微微发痛，他把衣服脱下来看，什么东西也没有。他穿上衣服，走了不远，背上又觉得贴了一个东西，凉幽幽的，如一片树叶或者膏药，他又把衣服脱下来，上面什么东西都没有。

他一下子明白了。

他在暴热的太阳下面，抱着衣服哭起来。

从小到大，三岁看老。

在背上，在衣服上，母亲的话，永远都抖不掉，洗不掉，这句他曾经恨得咬牙切齿的话，现在是如此温暖，如此贴心。现在，那个曾经最恨的人，马上就要坠落在地上了。

这个世上，还有人这么恶狠狠地骂你吗？

这个世上，还有人这么恶狠狠地逼你吗？

这么刺人的话，粘在他身上，和他融在一体，刺着他，伴随着他，温暖着他。

虚弱的树叶

一

到目前为止，还没有几个人知道这件事。王秀赶到派出所的时候，她没有看到前面那一幕：派出所院子里的篮球架下面，铐着两个人，一边是一个黑而瘦的暗娼，另一边是她的丈夫张高举。张高举羞愧地低垂着脑壳，暗娼无所谓地仰着脑壳向天，他们两个仿佛两株早上和下午的向日葵。

王秀赶到派出所的时候正是中午。她穿过院子走进办公楼大门，左拐径直朝里面走，走到最里面的一间办公室，她看见了垂着脑壳坐在角落的张高举。

民警说，你是王秀吗？王秀说，是。民警说，你丈夫违法了。王秀说，他违了什么法？民警说，他嫖娼了。

王秀愣了很长时间，民警给她讲案情，她分明听清了，却又觉得民警站在十里之外，声音遥远，一波一波朝她耳朵震。她努力地使自己安静，却始终安静不下来。王秀是以冷静著称的人，但是此刻眼前的残酷性和真实性，却让她浑身发抖根本无法冷静。

民警说，先交罚款，一共三千，交完之后领走人。王秀看了一下民警，问，什么罚款？民警说，按治安处罚条例，处罚你丈夫三千元。王秀问，如果不交会怎么样？民警说有两条选择：第一，我们会拘留他，第二，我们也有可能通知他所在的学校，让学校来交钱取人。

王秀看了看民警说，钱一分没有，办法你随便选一种吧。

一只篮球架，半个篮球场，灌木和杂草挤满了院子，阳光普照在暗娼柳叶身上。王秀从派出所办公楼出来，本来已经从办公楼走到院子门口了，又折过身来，一步一步慢慢稳稳地走到篮球架下面。

两个女人相互盯了一下，妓女柳叶先低下了眉。手铐和篮球架的铁管子摩擦出刺耳的声音，柳叶移动一下脚步，朝后退一退，离王秀远了一点。

你是一个妓女吗？王秀问。

柳叶抬头看了她一下，又低下头。

告诉我，王秀继续说，怎么才能把一个男人很短的时间勾上手？告诉我，你在和不同的男人睡觉时，快乐吗？

柳叶调整了一下手铐，身子移动了一下，离王秀又远了一点。

王秀稳稳地逼上前一步。

告诉我，你卖一次收多少钱？王秀说，告诉我，你一天最多的时候卖过多少次？！

柳叶退到不能再退时，忽然抬起头，盯着王秀。

你是王秀吗？柳叶说。

你怎么会知道我的名字？王秀惊讶地说，除了知道我的名字，你还知道什么？

我还知道你喜欢荷花。你的床单，被套，沙发套，结婚照的背景，还有窗帘，都是大片大片的荷叶。柳叶一句一句的话语轻轻的，却有着针戳般的力量。

王秀向后退了一下，马上又后悔了。我为什么要往后退？王秀心里问自己，犯错的是我吗？既然犯错的是眼前的这个婊子，我为什么要后退？这么一想，王秀又向前一步，不过这一步比先前的一步少了很多底气。她冷笑了一下，说，你这种女人，配说什么花呢？

柳叶冷看她一眼，欲言又止。

王秀说，你还知道什么？

柳叶倒豆子一般快速地说，我还知道你在交通局马上要下岗失业了，你昨天到省城武汉告状去了；再有，就是你有妊高症，你们结婚十几年了，没有孩子……

王秀的身子比刚才见到张高举时抖得更狠，在太阳下面清晰地能看见抖动的影子，她想扑上去揍这个婊子，但是脚却仿佛被钉在地上，没有拔出来的力量。太阳越来越大，她眼前是一片一片的金光。

王秀背上贴着太阳往家里走，她走得很快，仿佛路人都在看她，满背是亮而烤人的太阳，而她自己则是一只汽球，太阳光万根金针一般朝身上扎，刚进家门，汽球啪的一下就破了。她连沙发都没坐下去，一跤摔在地上。世界仿佛一下子安静了，什么都没有发生过，一切都是虚假和幻像。她在地上躺了很久，饿得头发晕，才想起没吃早饭和中饭。但是她起不来，仿佛有人把全身的筋骨一下子抽走了。

今天是中秋节！

王秀想起今大是中秋节之后从地上爬起来。她到厨房里看一看，准备炖上鸡，她把鸡放进炖锅，愣了一下，又把炖锅扔在案板上。王秀走进卧室，搬一张椅子，先把结婚照取下来，摔在地上；又把床单、被套、沙发套，一一取下来。她四处找剪子，很久没有用剪子了，四处都找不到，最后在书桌上找了一把剪纸的小红剪子，她就用这把小剪子去剪床单、被套和沙发套上的荷花。

地上开始飘落一朵一朵荷花，手中的床单、被套、沙发套和窗帘等一些物件上出现了一个一个破洞。王秀不小心剪到左手了，鲜血朝外渗。王秀不想理会，继续剪，却不料剪子太小，一下子掰开了，分成了两半。王秀没法剪了，看左手的鲜血一滴滴往下流，没有止住的意思。

王秀没有包扎，右手握着两片分开的剪子，恨不得朝左手流血的地方再扎几下，刚刚举起来，又停住了，犹豫茫然地不知道自己想干什么和要干什么。

她听到开门和张高举进屋的声音。

你干什么你？张高举看看满地的碎玻璃和碎布片，看看王秀流血的左手和举起的剪子，不知所措。

滚出去。王秀说。

张高举找一只布条准备给王秀包扎。

滚不滚出去？王秀举着剪子朝张高举站起身，她嘴上要张高举滚，身子却封住了门口，先前所有的茫然都有了一个目标——这个男人。

到目前为止，还没有人知道常务副市长叶文海知道并且插手了这件事，包括派出所张所长。张所长赶到张高举家里的时候，他没有看到先前那一幕：王秀拿着半片剪子，满屋子追张高举，从门口到卧室，从卧室到客厅，地上的布片、纸布、玻璃片混成狼藉一片，沿途都是断断续续的血迹。张所长进屋看见的是一片明净和宁静，地板拖得很干净，茶几、沙发和电视机、冰箱上的物件，都规规矩矩，幸福地站立。屋子里多了一个人，他是王秀的哥哥，市政府的小车司机王伦。坐在王伦左右的王秀和张高举，现在一个高仰着脑壳一个低垂着脑壳，照样像两株早上和下午的向日葵。

王伦和张所长早先认识，看见张所长带着一名警察进来，内心虽觉不妙，脸上的笑还挂着。

坐坐坐，王伦一边亲热让座，吩咐王秀泡茶，一边问，吃了没？

已经吃过了。张所长说。

今天中秋节，既然遇上了就喝一杯。王伦夸张出热情说。

张所长用手势阻止了他，说，对不起，我们要把张高举带走。

屋子里一下子沉默安静起来，张所长带来的那名警察在安静中走过来，给张高举戴上了手铐。

他怎么了？王伦问。

他嫖娼了，违法了。张所长说。

不是已经处罚过了吗？怎么重复处罚呢？王伦显示了一点法律知识面。

他还没有交罚款，我当初只是让他缓交，没有做出正式裁决，现在我们裁决结果出来了：行政拘留张高举十五天！张所长说。

张所长和警察带着张高举下楼，下到三楼的时候，王伦追上来了。王伦用一件外套盖住了张高举腕上的手铐，张所长看了一下，默许了。

张所长的警车带着张高举走在前面，王伦带着妹妹王秀开车跟在后面，两辆车都开得很慢，保持着基本固定的距离。中秋的月亮稳稳地落在两辆车中间，又寒又亮，散发出刀片一样的光芒。王伦的手机不停地收到短信，都是问候中秋节的。王伦开车不方便回信息，就要王秀一个一个给他读信息，然后一个一个地替他回。

有几个发来信息的，王秀也认识，是他们当年乡下的亲戚，还有王伦小时候一起玩的现在没有工作的同学。王秀手回累了，说，这些也要回吗？

王伦说，当然要回了。

王秀说，大哥，你是市政府的一个司机，别以为你是市政府的市长了啊，怎么什么人都来往啊，忙得过来吗？王伦说，你们这些读书出来的人，书虽然读了不少，但是人情世故却好多不明白。比如这个中秋节，我主动发信息问候的人大部分都没回信给我，他们是哪些人？大都是领导！给我发信息问候的，也是我不想回的人，照这个理推下去，想一想，那些领导又朝上发信问候，更大的领导有几个回给他们的？这么一想我想通了，我只是一个司机，在古代是抬轿的轿夫，有人问候我，管他真的假的，管他什么目的，我一定要回！

王秀说，大哥，你就是这样一点一点积累人缘的吗？

王伦顿了一下说，再给我发几个信息吧，第一个区公安宋局长，第二个市教育朱局长……

王秀发了信息，区公安宋局长没回，市教育朱局长回了。

王伦说，还有一个。王秀说，你一次说完好不好？大哥。王伦说，就这一个了。王秀说，谁？王伦说，报社的总编，不，还有一个，张高举他们学校的校长。

王秀沉默了，她一下明白了大哥的用意。车窗前面的月亮不前不后稳稳地落在两车中间，两辆汽车按相同的速度一直在动，月亮好像始终不动，镶在正中，一片寒而亮的光罩在上面。

王伦问，发了没？王秀没吭声。王伦说，你还在生气吗？王秀不说话。

王伦说，妹妹，你要原谅张高举，他是个好人，你相信你哥哥在社会上阅人的眼光。王秀说，他把妓女都带到家里了，你还说他是好人？

王伦说，妹妹，好人也会犯错误。王秀说，我到武汉告状，我找不到告状的人，我守在汉口青年路交通厅门口，像一只没人要的狗一样。他却在家里在干什么？他在风流快活！他把妓女带回了家！他敢把妓女带回家，还有什么事不敢做呢？

王伦正要说服王秀，车子已经进派出所了，王伦一拍脑壳，说，怎么忘了给张所长发问候信息啊！王秀把手机递给他，说，我已经替你发了。王伦说，他回了没有？王秀说，他回了，四个字：中秋快乐！

张所长从最里面关张高举的审讯室出来，穿过有着斑斑驳驳墙面的走廊，走到最外面关柳叶的审讯室。他在这两个审讯室之间，在斑斑驳驳的墙面下来回踱步，想不明白一个普通的嫖娼案怎么会让上级如此重视，想弄明白这究竟是怎么一回事。区公安局不仅来电话过问案情，还专门指示必须拘留张高举十五天，这让他们吃惊和费解。

抓张高举的民警也走到走廊中间，交换了一颗烟之后，两个脑袋在一起凑了很久烟才点着。

你确信没有走漏消息吗？张所长问。

没有，民警说，这个发廊我们盯了很久了，昨晚他们离开发廊，我们就在后面盯梢，但是张高举把这女人带进家属院有点出乎我们的意料。等我们到院子门口，他们已经上楼了。家属楼几十户，我们不好一一敲门，就在下面守点。我们几个在张高举住的小区院子里守了一夜，早上五点，院子门刚开，他们一出门，就被我们抓住了。几个民警都不认识张高举，包括我。

那区公安局怎么知道了？张所长问民警，又像是自言自语。

他曾经教过我儿子，张所长对民警说，他把我儿子由一个差点自杀的孩子教得考上大学，我想在不违背原则的情况下帮他一下，但是我发现这个本来能由我帮助的小事，我可能帮不上忙了。

张所长站在走廊抽烟，民警在张高举和外面车上的王秀王伦之间问了几个来回。王秀不说话，他的哥哥王伦替她答话。

你们和谁结过仇？民警问。

没有，张高举说。

不可能有，王伦说，他们夫妻不是那种结仇的人。

你中间见过谁？民警又到里面问张高举，门卫、走廊里其他人，还是……

没有，张高举说，我们住在一个老社区，社区里人我们都不认识，门卫是一个聋老头，每天早上五点开门，晚上十点锁门，比秒钟还准，我们上楼下楼，没碰到一个人……

民警突然间兴奋起来，他跑向张所长，说，早上我们抓住张高举朝派出所走的路上，有一辆车经过我们！

张所长把吸了半截的烟摁在斑驳的墙上，说，什么车？什么时候，讲清楚点。

民警带着张所长去问张高举，问，早上我们押着你朝派出所走的时候，是不是有一辆奥迪轿车经过我们？

张高举想想，点点头。

民警说，那辆车好像在我们面前减了一下速，开了一下窗户，又加速开走了，是不是？

张高举说，是。

民警问，你记得车号吗？

张高举摇摇头。

民警小跑到门外，张所长也跟出来。他准备找王伦了解市里的奥迪车一共有多少个领导坐。这种车型市里私人很少有，基本上是官车的代称。王伦正在推断，王秀把车窗玻璃降下来了。

不用想了，我肯定是叶文海的车，叶文海在害他。王秀说。

二

王秀去拘留所探望张高举。她想弄明白这是怎么回事，嫖娼这种事，为什么会发生在他们这个一直和谐而美满的家庭。自己是怎么回事，她的丈夫张高举是怎么一回事，或是他们的生活是怎么一回事。如果嫖娼是真的，那么他们此前的和谐美满是假的吗？如果此前的和谐美满是真的，那么关在里面的这个人不是张高举吗？

事情发生在中秋节的前一天晚上，当时她在武汉省城告状，中途还打过电话回家。

第一次打电话，电话通了，很久很久没有人接。第二次打电话，又过了很久很久，张高举接了，王秀听到一种怪怪的声音，像洗脚的声音。

王秀说，你在干什么？

张高举说，啊……在洗脚。张高举说着，两只脚板好像还在相互搓。

王秀很诧异，自从他们安上了喷头淋浴后，再也没用盆子洗过脚了。王秀并没有往深处想，因为她站在繁华的汉口青年路口，面对如蚂蚁般的车流人流，有点晕街。

我想家了。王秀说。

想家了吗？啊……啊……啊……张高举仿佛故意把脚板搓得吱吱响，又仿佛烫着了。

武汉太大了，到处都是车和人，我的头被吵晕了，我找不到领导，问谁谁都躲我，我觉得自己好像一个乡下人……王秀发现自己的眼角居然有了泪水，她有点难为情，才离开家一天啊。

张高举很匆忙地挂了电话，像一只老鼠那样快速而闪烁。王秀愣了一下，她没有等到应有的关心和体贴，一时有些迷惑和怪异，也有一些空荡，但是武汉街头的嘈杂，卖炒粉卖糊米酒卖藕汤的声音很快塞满了她的脑壳，让她没有顾得上怀疑和细想。现在王秀站在拘留所等张高举，这些情景又清晰地游出来，如几条来回交叉跑动的鱼，在她脑壳里穿梭。

拘留所门口又来了几个探监的家属，一个一个都面容悲戚，躲躲藏藏的样子，这让王秀突然想到自己的身份。

我这一辈子，怎么会和拘留所这种地方打起交道啊！王秀想。

张高举的拘留生活是从搬石头开始的。一个诈骗犯，一个小偷，还有他，嫖客，他们的任务是把拘留所东面的一堆大石头搬到西面，再从西面把这堆大石头搬到东面。没有人问为什么这么搬，好像是砌一个墙的地基还是一个水塘的地基？一个人蹲下，另外两人抬一块石头放在他肩上，他站起身，迈开步子走；第二个人蹲下，剩下的一个人搬一块石头放在第二个人肩上，这个人也站起身，迈开步子走；最后一个人自己抱一块石头，耸在肩上，也迈开步子走。走在最后面的长着秀气的白脸，走在中间的留着小胡子，走在最前面的，是张高举。

王秀很快看出了问题。走在最前面的人，每次扛的石头最大，走在最后面的人每次扛的石头最小，张高举每次都走在前面，而白脸和小胡子却轮流走在最后。王秀感到愤愤不平。凭什么？凭什么他们轮流走在最后？她对大门口值班看守的警察发出疑问。

警察有些莫明其妙。这有什么区别吗？他问。

你的眼睛有问题吗？你看不出来吗？她逼问这个警察。

站岗的警察好像没听见，又似乎不想和王秀一般见识，依旧保持着立正的姿势。

王秀马上意识到了自己的失态。我为什么要关心他？为什么要关心这个辜负自己的男人？为什么他不能去扛大石头？为什么石头不再加大一点儿？

张高举远远地看见是王秀来看他，慢慢走过来，他的头低着，满脸羞愧。

那天晚上，王秀说，我从武汉给你打电话的时候，你在干什么？

我在洗脚。张高举说。

用盆子洗脚？王秀问。张高举点点头。

家里不是有喷头淋浴吗？怎么还用盆子洗脚？王秀说。

张高举低头不说话。

是不是那个婊子在给你洗脚？王秀说。

张高举张张口，又闭上。

张高举看见王秀的脸色在变白，浑身在发抖。张高举去扶王秀，王秀推开他，身子却撑不住，靠在墙上。

王秀说，张高举，你瞒得了警察，你瞒不了我！

张高举说，我没有瞒的了，就那些，不管对警察还是对你，我说的都一样。

王秀说，一个嫖客和一个妓女，洗脚、上床是真的，还谈文学，也是真的吗？如果你们谈文学了，她还给你洗脚了，你还说你们是第一次，这怎么会是真的呢？

张高举说，是真的。

好，那都是真的，洗脚是真的，谈文学也是真的，第一次……就算也是真的……王秀说不动了，贴在墙上，像吸在墙上的一只冬天的可怜的蝙蝠。

时间在这一刻静止了，一滴一滴地过，但是猛然间，张高举和王秀都愣了一下，洗脚——谈文学——第一次……这三个……毫不相关的事物突然连在一起，共同撞击着他们。这三项都是属于王秀的专利。二十年前，那一个清晨的誓言，属于爱情的，属于婚约的，属于忠诚的刻骨铭心的这三样东西，二十年后，被一个黑而瘦的妓女，轻而易举地拿走。

我要和你离婚，王秀冬天的蝙蝠一样使劲朝墙里贴，缩缩地说，张高举，我要和你离……婚……

这个拘留所里面和某一处的建筑极为相似，像哪里呢？四方形，天井 样，东西两面是高墙，迎面是高耸而没有窗户的房。王秀站立的这一面，是一排高大笔直的威严的树，王秀眼看着张高举从威严如警察般的树下，朝对面高房子走。

这个拘留所极像一个地方，像哪里？王秀突然想起来了，像她和张高举读高中的学校。树，房子，场院，高墙，都很像，包括张高举现在走路的姿势，低着头耸着肩的样子，都和当年相似。

张高举忽然停住脚步，扭回头，快速朝王秀这边跑。

这个地方像哪里？张高举迎面跑过来说。没等王秀说话，张高举又说，我刚才猛然想起来，这地方太像我们二十年前的高中了。

只是少一张乒乓球台。王秀说。

乒乓球台在那个墙角，张高举指着院子的角落说，我记得快进高考考场的时候，我向你表白。

王秀想起那个场景了，快进高考考场了，同学们都莫名其妙争先恐后上厕所，后来大家才知道，那是太紧张的结果。从厕所成群成群地出来，绕过乒乓球台大家都心虚地朝考场看，却远远看见张高举大踏着步子，仰着脑壳，牛逼哄哄地走在最前面，边走边唱。

全班只有他一个人不怕高考。

王秀绕过乒乓球台听到张高举的喊声，王秀跑过去，张高举问：你怕不怕，紧张吗？

有点怕，好紧张，心里怦怦怦的。王秀说。

张高举伸出手掌，说，过来。王秀忽然安静了，看一看左右，看了一下班主任和不远处的叶文海，把手伸给张高举。王秀抓住张高举，心里一下子稳定下来，一步一步穿过操场，朝考场上走。在二十年前的山区县中学，女生拉着男生，像被牵的一只羊一样，不管怎么说，都怪异得很。好在考场在前，行人来不及观望。穿过警戒线的时候，张高举说，王秀，我喜欢你！

王秀愣愣地站在警戒线上，说，你说什么？

张高举仰天哈哈大笑。

叶文海看见张高举拉王秀，愣住了，本想去找班主任，看见一拨一拨人流朝考场上涌，一切都来不及也没必要了。张高举就这样拉着王秀等叶文海过来。哈哈哈，叶文海经过的时候，张高举先笑，他一边笑，还让王秀也笑。你必须笑，张高举说，笑！

我就在那个位置向你表白。张高举指着前面一块地说。

王秀侧身躲了一下风，揉了一下眼。

我不和你离婚。张高举说。

等王秀回过身子，张高举已经走到操场中间。操场的土地被寒风吹打过多遍以后，白亮亮一片，如一片海洋。张高举在海的那边，渐渐隐没。

那个小胡子和小白脸，他们两个在欺侮你，让你每次都在前面扛大石头，你没看出来吗？王秀喊。

王秀眼看着张高举走到操场的角落，小胡子和小白脸仍然先让他蹲下，抬一块石头放在他肩上，又让他先在前面走。

今天是第一天，还有十四天，两个星期，如果在接下来的两个星期里，张高举能够就这样悄然地回到学校，继续上课备课，那当然是一种比较理想的结局。但是王秀明白那是不可能的，因为有一双眼睛在高高的市政府大楼里面一直在看着这件事，关注着她和张高举。

她明白事情远远没有结束，只是刚刚开始。

因为她了解叶文海。

王秀现在有点后悔昨天的举动，后悔当时不该赌气，要是当时交了钱把张高举取出来，事情就不会变得这么不可控。但王秀明白，即使取出来了，只要有张高举的口供和案底，这件事都不会结束。

叶文海会怎么办？

王秀想了半天，推测了几种可能，但是随即又都推翻了，也许叶文海自己都还没想好。好比一只猫，捡了一只撞倒在墙边的老鼠，本能地先用爪子按住，但是还没想好该怎么处理。

王秀站在一棵树下，站在和高中校园几乎一样结构的看守所操场边，四处一片安静，天空高远，场院空阔，大树笔直，冷风潜流。

她明白现在到了一个关键的时刻，像当年的高考一样，关键得可以改变人生及事业走向和轨迹，关键得可以考量已经焊接在一起的婚姻，关键得必须用强大的心智和全部的勇气来对待它。

三

王秀找不到张高举背叛或者说变坏的原因，她来找柳叶。她想通过这个妓女来了解一下他们的家庭到底怎么了，他们的生活到底出了什么问题。女子拘留所在襄江城护城河处的烈士塔下面，传说国民党名将康泽在这里被俘。天下着雨，拘留所门口内一群鸡鸭缩着脖子避雨，一只木锹横躺在门口前面不远的墙边，上面还沾着湿漉漉的稻谷。因为下雨，柳叶没有去劳动，她正和另外三个抽烟的女人打牌，警官来叫她。

柳叶没想到王秀会再来找她。也许是本能在起作用，柳叶一步一步往后退，已经贴到墙上了，还在往后缩。

我找不到事情的根源，我想和你说话。王秀说。

我不明白你在说什么？柳叶说。

你一个妓女，王秀话一出口，马上意识到这样说不好，语气变柔和了一点，说，你们是第一次吗？第一次你就给他洗脚，你们还谈文学，这可能吗？

事实就是这样。柳叶说。

王秀和柳叶面对面站着，不远处是一个窗户，窗户外面是稻田和湿漉漉的秋雨。两个人偶尔对视一下，总是柳叶先低头。柳叶看见王秀这几天明显地消瘦憔悴，但是憔悴中的王秀依然目光炯炯，憔悴的背后有一股隐隐的力量。王秀眼中的柳叶黑而瘦，除了额头还有点高，似乎没有过人之处。这让王秀不解。在王秀的理解范围，妓女应该是漂亮的，涂脂抹粉的，搔首弄姿的，却没见过柳叶这么朴素的妓女，并目光温顺而胆怯。多年有规律的生活让王秀对这些一无所知，尽管从电视报纸网络中，还有人们的口中，她知道这座城市已经有了妓女，她第一次真正见到的妓女却是黑瘦的柳叶。

她觉得自己看错了人。

你和我想像的……不一样。王秀说，她刻意回避了那两个字。

婊子还有特定的相吗？柳叶说，我初中三年级的时候，我父母请一个过路的瞎子给我算命，那个瞎子是摸骨相的，一边在我身上摸骨头，一边说，哎呀，这孩子怎么有青楼女子相啊！我父亲当时正在鄂西帮别人开矿，很赚钱也很有气势，气得把一盆猪食扣在算命瞎子头上。但是不到半年，我父亲开矿把腿砸断了，我妈花光了他在矿山挣的所有的钱，最后把房子也卖了。我那一年考上了重点高中，但是我交不起学费。现在，你看看我，我真的当了婊子了。

柳叶望着窗外，窗外的雨烟中仿佛有一个人，一个女人，对，那时候柳叶还不知道她是人贩子，只知道她姓马，天知道她是不是真姓马，只知道她戴着金戒指金耳环金手镯，浑身珠光宝气，每天在鄂西一带各个小村里转。那时候柳叶刚刚失学，眼光迷茫，对外面的世界充满向往。柳叶的目光和姓马的女人相遇了。姓马的女人说，想不想到外面过每天好玩的生活？柳叶点点头，姓马的女人就带着她，一路坐长途客车，翻山翻岭，向北向北，到一个城市停下，柳叶在这个城市被姓马的女人卖给一个歌厅老板，就这样开始了另一种生活。

你为什么给他洗脚？王秀问，你和其他男人上床也给别人洗脚吗？

这个问题把柳叶问住了。柳叶想一想，没给那些男人们洗过脚，那些男人们，嫖客，上场就开始，提了裤子就不认人。但是张高举不是，他对女人有那么一丝怜惜，这种怜惜让柳叶心里一阵一阵温暖，让她想回报他，除了陪他睡，还能干什么？也只有给他洗洗脚了。

你回答不了我，王秀说，这说明有问题。

没什么问题，柳叶说，我看天太冷了，洗淋浴怕他冷，就给他洗了脚。

怕他冷？你心疼他是不是？王秀又逼问一句。

柳叶想一想，知道不能再回答了。她沉默着。

王秀在这个问题上和柳叶较上了劲。她反反复复追问细节，追问事情的根源，想弄明白他们的生活究竟哪里出了问题。

柳叶认为没有什么根源，只有事实本身。张高举推着自行车从发廊门前过，柳叶喊他洗头，张高举犹豫了一下，进发廊去洗头。柳叶边洗边用语言勾引他，至于当时用什么语言勾引的？张所长也问过，但是柳叶的确忘了。每天面对不同的男人，随口机智地捕捉吧，反正勾引住了，最后他们到张高举家里去了，这就是过程。

当然，他们谈到了文学，那是因为柳叶在洗头的时候猜出张高举是老师，并且是语文教师，柳叶上学的时候，语文课是最好的，他们总要交流，总要谈一些话题。

要说不同的，就是张高举带柳叶回家。一开始柳叶想在发廊里面干完了事，但是张高举认为发廊环境不好，他提出到他家的时候，柳叶吃了一惊。他显然是个新手。

就这些吗？王秀说。

只有这些，柳叶说，很简单。

这么说你们不是因为……感情？王秀拿捏了半天，想起这个词。

什么话啊，怎么会有感情？柳叶说，在你眼中，他是个丈夫，感情是你们的事，在我眼中啊，他只是个男人。

什么意思？王秀说。

他很弱，柳叶说，给人一个感觉，他在走下坡路，完全不像一个四十多岁的男人。干这个行当，我们唯一能把握准的就是男人的身体。那些官当得顺的，生意做得顺的，包括学问做得好的，哪怕没有任何过人之处而仍然牛逼哄哄的那些男人，大多都很威猛。

这个话题让王秀闭上眼，仿佛一只裹着棉花的铁器击打了她的脑壳，声音不大，力量却结实。这个女人和她一起分享过她丈夫的身体，现在她们共同在谈论这个身体。

就是这样。

还有什么呢？

应该说虚弱是张高举给柳叶的最真实的感觉了，柳叶觉得他像一片树叶那样覆盖在自己身上，动作轻柔。他的身体没什么问题，没什么电线杆上贴的“阳痿早泄”一类的器质性毛病，他们性交的时间也足够长，但是，柳叶却明显地感觉到张高举的虚弱。

他虚弱吗？王秀说，他每年体检一次，每天早上起来跑步，有良好的生活习惯和卫生习惯……

和这些无关。柳叶说。

那是什么？王秀说。

我也说不清，柳叶说，反正就是“虚弱”，一个大男人，不知道他的力量到哪里去了。

王秀一下子愣住了。

王秀顶着小雨，沿着烈士塔朝市区走，还没有走到城墙下面，衣服已经淋湿了。王秀不想进城了，也不想回家换衣服，继续顶着小雨沿着护城河边走。

一边走一边想着柳叶说的两个字：虚弱。

张高举“虚弱”吗？

他凭什么虚弱呢？

王秀想，刚结婚的时候，张高举多单薄，面色总是苍白的，多年営养不足的样子，现在什么样啊，微微发福了，脸色红润，摆上一个慢八字步，走到哪里看都像一个处级干部。这是靠什么养的啊！每天早晚一杯牛奶，后来牛奶出了全国性质量事故，又改成了原汁豆浆；还有，鸡鸭鱼，特别是对身体有好处的鱼，什么时候断过呢？再有，就是生活的规律和科学安排：午休半小时至一个小时，那是雷打不动的，晚上十一点以前必须上床睡觉，性生活每周一次，早上起床晨跑，几乎没有不良嗜好：几乎不抽烟，偶尔和同事们打赌注很小的麻将……

他怎么会虚弱呢？

王秀沿着护城河，顶着细雨思考着关于“虚弱”的问题，当然也思考着他们的生活。城墙上傍晚的灯光笼罩在河中映出红蓝的影。这条护城河，三国的刘备在这里站过吗？关羽提着大刀在这里站过吗？金庸笔下的郭靖在这里站过吗？无数的英雄在这里横刀勒马过，这是真的吗？怎么看不出来呢？冷冷清清，完全无法和市区里繁华的日常生活相提并论。但市区里的古今往来的生活，现在的生活，甚至未来的生活，却永远无法和护城河一样名垂青史。

矮小的王秀站在这个名垂青史的襄江护城河边，在细雨中，突然感觉到，这个长相普通的妓女柳叶，却一下子抓住了张高举深处的东西，这个东西不是“虚弱”，又是什么呢？

在这个啤酒和牛奶包围的城市，在这个电视歌舞包围的城市，在这个盛行日常生活的城市，张高举上班下班，二十年如一日，不优不劣，不高调不低调，不富不贫，他的力量，他的优势，他那牛逼哄哄的样子，却在一天一天减少，都到哪里去了呢？

想当年，他不光是全班，是全县的文科状元啊。那时候一逢考试，他立即精神抖擞，信心百倍。有一次周末，同学们围着他背书，他一口气把历史书从第一册背到第六册，同学们都惊叹不已。大家无法形容他赞美他了，都称他为电脑。二十多年前，谁见过电脑呢？“电脑”是对某一类人的最高称呼啊！

同学们问他：张高举，如果你考场上失了手，万一没考上重点大学怎么办？

他立即自信地回答：那不可能，绝对不可能！

几个同学心犹不甘说，张高举，那万一你高考时生了病，即使你带病参加考试，发挥不理想，只考上专科，那怎么办？

他摆着脑壳，愣了一下说，那也不可能！不过啊，真有那种情况，我再复读一年，我即使复读一年也不读一般的本科，更别说专科。

问他的同学们哇一下惊叹开了，惊叹过后是集体的沉默。那时候升学多难！考上学对于大多数农村的同学来说，就是跳龙门，考上中专国家都包分配，那都是天大的喜事，这个张高举，他却非重点本科不上！

这样的张高举到哪里去了？

王秀联想到自己，想到这一个名叫做“科学发展观”的全局考核，通过考核实施末位淘汰而让自己下岗的事，不也觉得“虚弱”吗？

交通局的末位淘汰考评分为三轮。每一轮考评都张榜公布。前两轮考评，从实际工作成绩和演讲述职综合考评，王秀都名列第一。这基本与实际情况相符。二十年来，王秀在岗位上屡获优秀却从不愿当干部，不和别人争位置，这让她有了一个相对好的人缘。但是在第三轮群众评议，张榜的结果让全局大吃一惊：王秀成了倒数第一，她和另外几个二级单位的倒数第一，成了即将被淘汰的人！

王秀要下岗失业了！这成了全交通局最大的新闻。

谜底很快就解开了，原来局里面有十九个人都来自襄江市下属的某个县，这十九位同乡在个别干部的组织下攻守同盟，在一起写血书盟誓，把相互之间的评分打最高，把前两轮分数高的人故意打低，前两轮越高的人打得越低。

十九个人都给了王秀最低分，一下子把王秀的分数从最高处拉下来，直线跌落，成为最后一名。

这十九个人中间的一个，尽管努力运作，最终还是成了一个二级单位的倒数第一，成了落榜者，这位落榜者一气之下把他们盟誓的血书交给了王秀，全局上下听到这个消息都震动了。

王秀开始告状，从局里到市里，又从市里到省里。王秀首先找领导，各级领导都表达了对这件事的愤怒，事情好像很快会解决。但是一天一天继续等下去，从领导层却传出来风声说，这次“科学发展观”的学习和实践，是成功的，评选的结果，基本上上级领导默认了。

王秀想着想着流出眼泪来，站在雨中，对着护城河说：张高举，你“虚弱”吗？就算你“虚弱”，那你“虚弱”得过我吗？

四

常务副市长叶文海的汽车停在拘留所斜对面大马路边上一棵大树下面，不远处有一个小卖部，斜斜地倚在马路旁边。午后的这一段时间相当安静，一只黑狗在灰白而燥热的天气下，使劲嗅着一棵大树的根底。眼前的一切都百无聊赖，黑狗懒懒散散地走动，逐渐由树根嗅到车轮，又嗅到一个笔挺的裤管下面。它当然不知道它正嗅的裤管上面是这个市的常务副市长。

叶文海用脚尖踢了一下黑狗的脑壳，黑狗脑壳偏了一下，但是并没有飞快地躲开。这是一个有多年历史的老拘留所，周围的一切，树木和狗也跟着高墙里的生活和历史变得古老和迟钝，包括人——小卖部的女老板居然在躺椅上睡着了，如果有人顺手牵羊拿走她里面并不值钱的一些副食饮料日用品，相信不会有问题。好在叶文海不会去顺手牵羊，他只是漫无边际地浏览着货架，也并不是真的浏览，他只是随便站站，一时没拿定主意买什么东西。

他根本就没准备买东西。

这时候司机跑过来了，说，叶市长，区公安局的宋局长刚好在对面的拘留所，他看见我们的车了，打电话给我，想请我们过去顺便坐坐。

叶文海侧过身，说，噢，小宋，宋局长在拘留所，有这么巧吗？

司机说，对，他刚好在对面，好像是检查工作，请您过去顺便坐坐。

叶文海看看表，说，好，刚好还有一点小空儿，顺便看看也行。

一切都巧合而自然。

小个子宋局长早已在拘留所门口等候，看见叶文海过来，他要一溜儿小跑上前，被叶文海用手势制止了。

叶市长好！宋局长到底上前猛跨了一步，紧紧握住叶文海的手。

巧合而自然的是拘留所所长刚好不在。叶文海在宋局长的陪同下随意转了一下，问，这个所的所长呢？

宋局长说，中午有人请他吃饭去了。

叶文海说，他不知道你这个局长要来吗？

宋局长说，他刚刚知道，但是还没来，估计是喝了酒，我们公安战线有“五条禁令”，喝酒是严重违反纪律的。估计他不敢见我，推说有事。

叶文海说，好，五条禁令好，喝酒是要管一管。

拘留所在郊外一个啤酒厂附近，汽车很少经过这一段，偶尔一声喇叭响，也是从远处环城公路传来的。灰白的苍穹之下，是一片燥热的安静。院子里面更显得灰白，四方形操场，两排高过楼顶的树，四周是高高的墙。

叶文海在小个子宋局长的陪同下由一楼转到二楼再到三楼，办公室和走廊都很安静。

叶文海在三楼会议室的窗户前站住了，从这个角度看，院子里面的一切活动一览无余。

叶文海看见了张高举。张高举蹲下，另外两个人把一块大石头放在他肩上，他撩开脚步走，走到院子头放好石头返回。第二个来回，他又在第一个，但是另外两个人却交换了位置，第三个来回他还是排在第一。

叶文海很快看出了问题。

太不像话了。叶文海愤愤地说。

怎么了？小个子宋局长说。

你没看出来吗？叶文海说，那两个人怎么轮流在后面，他怎么总在第一个，每次扛的石头总是最大，这不是欺负人吗？

小个子宋局长仔细看了一会儿，也看出来了，但是，这在拘留所里是极为平常的一件事，这里面不可能有公平。他拿不准叶文海的意思，是在为张高举抱不平吗？

您的意思是……小个子宋局长小心翼翼地说，把他……

我没有什么意思。叶文海立即严肃地说。

小个子宋局长闭嘴不再说话了。两个人很长时间都不再说话。眼前的环境让叶文海浮想，院子，两边对称的房子，一排树，他突然想起来了，这一切太像一个地方——他高中时的校园，太像太像，除了院墙上面的铁丝网。

千年老二——这几个字突然跳入叶文海的脑壳，仿佛一个遥远的隐疾，你追寻的时候，找不到它；你快忘掉的时候，它又蹦出来，在遥远的地方拉扯你的神经。

千年老二——这个称号就像孙悟空头上的箍子一样，成了戴在叶文海头上的魔咒。这个称号可以追溯到二十多年前，追溯到叶文海的学生时代。这个魔咒在当年只是一个绰号，是他们的班主任肖文化随口说出来的，原因就是叶文海每次考试，不管大考还是小考，都是第二名。

按照当年的升学率，叶文海所在的以盛产稻谷出名的山区县，每个班像预定好的一样，只有一个人能考上省城本科。班主任肖文化很着急，因为他想超过往届，哪怕考两个本科，也创造了奇迹，打破了魔咒，但每次考试下来，叶文海和第一名都有一定的差距，在心里预期上掉入了下一档，这让肖文化感到奇怪和惋惜。高三以前，叶文海还想拼一拼，肖文化也鼓励他和第一名竞争，但是高中二年级一结束，刚进入高三，第一名突然发力，远远扔开了叶文海，第一名和第二名的分数空间拉得很开，竞争已经不存在了，按照当时对分数线的预估，第二名上本科很难了。

叶文海啊叶文海，班主任摇头感叹说，你真的只能是千年老二了。

一直处在第一名，每次都能压住叶文海的便是眼前正扛着大石头的张高举。

千年老二——这个魔咒让叶文海戴了几十年，一直到现在。

襄江市的常务副市长叶文海，是襄江政界的一个传奇。叶文海在当乡镇副镇长的时候，遇到一件事，这件事改变了他的人生。当时正值夏天，他所在的乡镇，遇上百年难遇的暴雨，在他的乡镇相对远的地方，有一条河流，因为暴雨的袭击而暴涨。镇里的几个乡村，包括镇政府四处都灌满了水。当时镇委书记在市里上党校，镇长在外地出差，最高指挥官就是常务副镇长叶文海。叶文海给县长打电话。叶文海说，县长，现在形势危急，你必须给我授权。县长说，授什么权。叶文海说，大雨阻路，你们来不了，只有我在第一现场，我要求你授予我对村民，对警力调动的权利。五分钟不到，县长电话打来，说，我们商量过了，同意给你授权。叶文海站在河边上，看河水暴涨的形势，然后命令全镇所有村民朝上游堤岸上撤。那是一场声势浩大的运动，派出所所有的警力和各村所有的民兵都动员起来，像赶猪羊一样强行把村民从家中赶出来，当时没有人相信暴雨会真正淹没他们的家，因为这个乡镇几十年来风调雨顺，无灾无难，很多人死守在家里，怎么都不肯移动半步。但是，后来的事实证明了叶文海的厉害，在他们移往上游的第三天，在他们集体骂叶文海的时候，上游的水库在暴雨停止以后经不住浸泡溃堤，河流承载不住水量，整个乡镇变成一片汪洋。这件事让叶文海成了一个英雄，几个月以后，他被破格提拔，绕过镇长这一级，变成了副县长，后来又调整成常务副县长。

叶文海当上常务副县长没几年，又有一件事改变了他的人生。当时他所在的县要改成市里面的一个区，叫撤县建区。撤县建区以后，行政级别虽然一样，但是有些权力相对要缩小很多，譬如对矿石的开采审批权，县是独立体制，区就没有独立权利。很多矿主，联合县公安和行政领导，抗议撤县建区。他们写联名信，集体上访，发动群众集会，震惊了市委和省委领导。刚好在这个时候，县委书记在出国招商引资，县长在北京行政学院学习，回不来，常务副县长叶文海发挥了作用。叶文海首先向市委市府申请了指挥调度一切的权利，然后从县里借来武警和武装部的军人，用他们来完成治安任务，自己每天坐镇公安局实行临时戒严。他要求，公安干警每天在办公室学习，未经他批准离开办公室的开除公职，公安干部之间不允许通电话，通电话者视为违纪，给党内处分。镇住公安队伍以后，他用同样的办法管住县委和各局，干部队伍稳固以后，他命令部队军人，看见那些上街集众闹事的矿主，看见一个抓一个。那些军人，都不是本地人，抓起人来不讲情面。前面抓了几个，后面的马上不敢有人伸头了。没有几天，局面控制下来，市委市府领导过来宣布撤县建区，一切顺利。

叶文海的危机处理能力和强有力的行政掌控能力给市委市府领导以强烈的震撼和惊喜，没过多久，赶上全省干部双推双考，在年轻的副县级以上干部中考试选拔副厅级干部，叶文海因为考试合格，特别是面试，大家都认识他这个名人了啊，再一次被破格提拔，绕过县长这一级，直接升成副市长，直接进常委成为常务副市长。

和那些同样出身寒微努力进步的人相比，叶文海要少奋斗十年。不到四十岁的时候，他就当上了市委常委，常务副市长，成了政界的一个奇迹，是襄江市最年轻的副厅级干部，在全省也是凤毛麟角。

常务副镇长，常务副县长，常务副市长，尽管叶文海升得很快，但是一直是副职。

从不到四十岁当上常务副市长，到现在四十五岁，叶文海在这一段时光里平稳不动，没有任何职务变化，这中间因为特殊原因换了一位市长，因为届别换了一位市长，连换了两任市长，叶文海都没有升职。几乎没有任何机会，两位市长都兢兢业业，廉洁奉公，执政能力很强。尽管叶文海每年策划一次创新主题活动，都没有明显效果。叶文海慢慢明白，越到高层，越要比耐力和定力，没有升职处变不惊，升了职理所当然，机会越来越少或者说几乎没有机会，那是因为这个城市的官员素质大多谨慎而敬业。机会太多是因为疏漏，这个层次会共同把疏漏消灭在萌芽状态，让政局稳定而安和。

能不能打破这个魔咒？现在机会来了。市长调到另外一个市当市委书记去了，市里又要产生新市长。对叶文海来说，如果能成功当上市长，后面的政治路途还长，如果当不上，继续是副职，一届五年下来，小学生都会算，叶文海今年四十五岁，一届下来，五十岁了。五十岁！还有机会吗？哪一个市会提拔五十岁的市长呢？

叶文海当第一副镇长时经常观察镇长，当副县长时经常观察县长，现在陪了两任市长，也经常观察和揣摩。他发现当一把手的那些人，尽管性格各异，但是有一个共同的东西，这种东西与其说是气势，不如说是气势背后的心理。这种微妙的心理影响波及开来，会形成一连串的行为方式，而那些二把手们呢？也有一种微妙的心理定势。地位差半步，往往一生努力工作都没有用，原因在哪里呢？

原因在这个关在里面的曾经的第一名身上吗？

想到这里，叶文海闭上眼睛。我是一个常务副市长，他只是一个普通教师，他现在关在里面了，我会记几十年的仇吗？我是那样的人吗？叶文海忽然问自己。

答案当然是否定的。

那么，放他出来吗？

答案也是否定的。

叶文海边看着搬石头的张高举，边踱步边思索该怎么办。王秀说的对，好比一只猫顺手逮住了一个老鼠，怎么处置还没想好，先死死摁住再说。

叶文海想到了他们高中时期的班主任肖文化，最起码应该让肖文化来看看，来看看他曾经的得意门生，曾经的第一名，现在出了什么事，现在在干什么。

在叶文海和张高举的关系中，肖文化起到了很微妙的作用，上中学时是无意的，毕业以后，肖文化慢慢有意成了张高举的维护者。大学毕业以后，张高举分回市里，当了一名普通的教师，他的同学们都有点失望，而叶文海却很早当上了常务副镇长，同学们说起他们两个来，肖文化的态度鲜明地说：一个乡镇干部，怎么能和一个市重点中学的老师比呢？

后来叶文海当了常务副县长，同学们中就只有他和张高举两个混得还可以，每每谈起来肖文化仍然态度鲜明：常务副县长，到底是县里的啊，张高举已经是高级教师了，人家在市里啊。

再后来叶文海调到市里，并且当上了常务副市长，肖文化似乎沉默了一阵，但是在开同学会的时候，仍然把张高举位置放得更正一些。

常务副市长，到底是个副的，张高举已经是全国特级教师了，不是副的。已经退休的肖文化说。

好！

不为别的，就为打破这个魔咒。

副的，千年老二！好，那么就打败这个第一吧，叶文海下定了决心。

五

王秀的领导，市交通局的杜局长找到她。这位局长比王秀还小几岁，只有三十五，是全市有名的明星局长和最年轻的处级干部。杜局长早先是一位明星镇的镇委书记，叶文海考察明星镇时发现了这个人才，向市委推荐，而后很快提拔成副县长，又从县里提拔上来，当了交通局局长。按照襄江市江湖上的说法，杜局长是叶文海培养线上的人。

杜局长把谈话的地点选在了襄江河边的一间茶社，茶社的名字叫“坐看云起”。坐在窗户边上，不远处是襄江，静水清流；对岸是宋代大书法家米芾的家祠遗址，往右侧是修缮古朴的襄江古城，几朵高远的云彩游走在襄江和城市的上空。远远近近的环境都很和谐宜人，都适合营造沟通氛围和沟通。和一位下属谈话都是这样精心设计，这既可以看出这位三十五岁的局长的精明，也隐隐约约地透出一位区域政治明星的焦灼。

杜局长上任一年多，成绩卓著，一改往先交通局懒散官僚和腐败的习气。上任之初，赶上汶川地震及灾后重建，他亲自带着交通局的一支队伍，援建四川地震灾区汉源县的一个乡镇。在施工的过程中当地村民受习俗影响，不迁祖坟，他说服一些村民改迁祖坟，允许施工，改写了该乡镇无公路的历史，在全省第一个提前完成任务。经过几个月的磨合，当地村民不仅接受了他们，允许修路，还端茶递水，关系融洽。这件事情得到市委表彰不久，他又开始着手整治那些历史上挂靠交通局的二级单位和经营性公司，刚好全市按照上级指令开展一个叫“科学发展观”的学习和竞赛，杜局长向市委和市府申请，把“科学发展观”的试点放在交通局。

按照杜局长的设想，是通过具有政治意义的“科学发展观”的学习砍掉那些挂靠的施工及监理一类公司，整肃一下交通局的风气。借政治之势进行改革，既顺大局，又切顽症，这是杜局长工作的重要方法和利器。过去的交通局，一边做管理，一边挂靠公司经营，很多腐败滋生其中，出过很多事。杜局长早想着手清理，但是挂靠公司关系杂生，一时理不清，刚好一个政治活动“科学发展观”的学习，联系实际整顿，杜局长认为这个机会来了。

交通局是老大难单位，很多人劝杜局长，对这样的地方改革要小心一点，要充分考虑困难。但是杜局长不这么认为，他认为越是困难的地方越是要借势，这个势就是政治，在这个势面前，很多平时积累的困难都会迎刃而解。就目前来说，多大的困难能挡住学习“科学发展观”呢？在这个形势面前，政治就是利器。具体的做法就是对那些挂靠的公司一刀切，全部剥离出交通局，原先在几个公司任职的职工，全部回到局里面上班。这样一来，又有了新的问题：当初前一任局长，就是为了解决局里人员富余而让那些公司挂靠，并且让挂靠公司上缴利润，以解决全局的福利问题。现在，杜局长改革，职工利益少一点是一方面，从公司返回局里的员工，造成人员重新富余，怎么办？

杜局长经过策划，决定在全局包括二级单位的范围内测评，实行末位淘汰制，既要砍掉一些挂靠的公司，又要减掉那些不干事的人。

杜局长的想法得到了市委和市府的肯定，市政府决定把全市的“科学发展观”试点放在交通局，并且让政研室跟踪调研，力争成为全市的标本。所有的人都对这个标本的成功不持怀疑，不仅因为杜局长干事的力度，还因为交通局是常务副市长叶文海直接抓的。

王姐，这是杜局长对王秀的称呼。王姐，杜局长说，听说你到省里告状去了？

王秀说，是。

局长说，我已经在给你协调解决了，你为什么还要告状？并且，市里告还不算，又越级到省里去告？

王秀说，因为我被冤枉了，我有申诉的权利。

杜局长说，这件事我正在调查。王姐，你放心，我绝对不会让你下岗失业，我正在想办法。但是王姐，这件事只能冷，不能热，等一段时间我给你换个位置，肯定比现在好。

王秀说，不，我不换位置。

杜局长说，王姐，在实际工作中，有很多事情要艺术地处理。你想想，第一，市里把试点放在我这里，我这个试点不能失败。我一失败了，市里怎么推广“科学发展观”？推广“科学发展观”要是失败，那不是政治问题吗？第二，我不能把这十九个人全赶走，全下岗，法不责众，要调查分化处理，是吧？第三，我不能让你这么一个表现很好的同志没有工作，是吧……

王秀说，你的意思是先把这件事拖住，冷下来。

杜局长一拍手掌说，对王姐，就是这个意思。

王秀说，我不同意。

年轻的政治明星沉不住气了，脸色焦灼，语气短促。王姐，何必！王姐，何必呢？王姐，王姐，王姐……

王秀要起身走了，局长拦住她，说，叶副市长想见你。

王秀说，叶文海吗？他见我干什么？

杜局长说，你知道，他分管我们单位，他已经知道这件事了，他批评了我，说我没掌控好局面，他也知道了你到省里告状的事。

王秀说，此前我已经给市政府写了投诉信了，怎么没见他处理啊？

杜局长说，他已经收到投诉信了，这是他分管的行业，他不希望出任何负面新闻，他只希望你到他那里去一下。

王秀说，他可以直接处理的事，一直拖着不处理，就希望我去求他，是吗？

杜局长说，王姐，其实事情可以很简单解决，你相信叶副市长能够帮你，并且特别愿意帮你。

王秀走到门口，回头说，怎么反而变成了他帮我？

杜局长追出来，焦灼地说，王姐，来来来，很好沟通的事，到你这里怎么这么难呢？

杜局长无法说服王秀，他觉得王秀是个怪人，和很多人都不一样的人。一般人能说通的理到她这里说不通，一般人巴不得想接触认识的领导她却不想去接触。他刚调来当局长的时候，有两次开会之后，叶文海都把他留下来，关心王秀的工作情况，他给王秀转达了，并且要王秀多到叶副市长那里走走，对自己，对单位，都有好处。

但是王秀一直都没有动，杜局长催了几次，嘴上没有再问了，心里面却一直揣测其中的原因。王秀在审计科，工作二十多年来，没有出过一笔错误，这次援建四川灾区也是她去审计的，一分一毫都不出差错。杜局长想提拔一下王秀，征求王秀的意见时，却被她婉言谢绝了。

王秀不想当干部，但是这么好的同志，总该用什么方式表彰一下吧，况且又有叶副市长的关心，这么想了，杜局长就一直留着心寻找一个机会表彰一下。但是万万没想到，表彰没搞成，却首先把王秀淘汰掉了。

王伦接到交通局杜局长电话的时候，正在区公安局找宋局长。王伦中午请报社的总编吃完饭，正送客的时候，派出所的张所长打电话来。张所长告诉王伦，说专门过问并且抓张高举这个案子的，是区公安局的宋局长。

王伦在区公安局走廊里碰见宋局长，很小的个儿，虽然穿着警服，当了局长，还是一个秘书相。王伦和他早先认识，当时他只是一般办事员，后来才当上了叶文海的秘书。

宋局长见到王伦，非常亲热。

什么风把你吹来了？宋局长说。

王伦把宋局长喊到院子里，把自己的车和他的车停在一起，把车的后盖打开，取出一盒月饼塞到宋局长的车里。

宋局长受宠若惊的样子，说，大哥，怎么这样啊，我们当初进市政府，你是前辈啊，这不是搞反了吗？

王伦说，昨天太忙了，昨天该送来的。

宋局长说，是不是有什么事？

王伦话已经到嘴边上了，又吞咽回去，说，没事没事。

宋局长说，没事就好，我分管的这都是些麻烦事，没事说明你没有麻烦，不过要真有事，你也别客气，一句话的事。

一个上午带中午，王伦连轴转地找了张高举学校的校长，教育局局长和报社的总编。

在张高举的学校校长那里，王伦给张高举请了半个月的假。

校长说，什么事要半个月？

王伦说，他母亲病了，他回老家去了。

校长说，这个张高举，怎么不打个电话啊，调课是十万火急的事，能耽误吗？

王伦赔了半天礼，解释说张高举的手机没电了，而他的老家呢，是市里有名的山区县——谷城县，一个叫赵湾的乡镇，他们那个村子没通电话。

校长立即喊教务主任来，他吩咐给张高举调课。

王伦不停地致谢。

校长说，张高举母亲得了什么病？我们学校有规定的，家人病重或者丧葬工会要派人去看望，还要表达一下心意。

王伦说，不不不，这已经够感谢了，如果需要，我会及时和您联系。

告别学校校长，王伦去找教育局局长。

教育局局长正开会，上厕所的时间碰见王伦站在厕所门口。

教育局局长说，王伦，有什么事？

王伦说，昨天没来的，太忙，送一盒月饼。

教育局局长说，送什么月饼，家里的月饼堆不下了，还发愁呢。

王伦说，那不还就是一个心意嘛。

教育局局长说，是不是你的孩子上学的事。

王伦说，不是不是。

教育局局长说，那是你哪个亲戚朋友孩子上学的事？

王伦说，也不是，今天来没什么事。

教育局局长说，王伦，哪怕你是一盒月饼，我也不能收你了，你没有事，我收你什么礼啊。

王伦笑，说，非要有事啊。

教育局局长说，我都怕了，早晚那些说没事没事的人，最后是一个大事啊。

王伦说，今天没事，以后有事再求你，好吧。

教育局局长说，你这个王伦，只可惜读书少了。

告别教育局局长赶到报社，已经到中午了，刚好总编从报社的办公楼下来。

总编的老伴儿死了，女儿出国了，目前是快乐的单身汉。这个快乐的单身汉原先是襄江大学的一名副教授，当了总编之后仍然有教师的习惯，拉住人爱讲课，一开讲就是一个多小时。老单身汉刚好中午没人请，被王伦请到襄江古城墙下面的一个小甲鱼店，莫名其妙地喝了一顿酒，谈了一个多小时宏观调控和金融危机。

酒喝到最后，总编才想起来，说，有什么事嘛王伦？

王伦说，没有。

总编说，不会吧。

王伦说，真没有。

总编说，这不正常。

王伦说，这有什么不正常，普普通通一顿饭，算什么事呢？

总编说，如果真是这样，王伦，那我欠你一个人情。

王伦说，嘿，总编，您是前辈老师了，后辈，不，学生请老师吃一顿饭，有什么不该吗？再说，我也学了不少知识啊。

总编说，我看你一声不吭听了一两个小时，听懂了吗？

王伦说，听懂了。

总编说，那就好。

在“坐看云起”茶社里，交通局的杜局长等来了王伦，王伦刚好坐在王秀刚刚坐过的位置，和杜局长面对面。杜局长的左侧临江，王伦的右侧临江。

我说不服王秀，杜局长说，我听别人说，说得动她的只有你。

那看什么事，王伦说，我们从小在农村里，半边户，父亲在广播局，母亲务农，家里兄妹多，我是老大，对家里有一点贡献，在市政府我是说话最没分量的，在我们几个兄弟姐妹中间，我说话还有一点儿分量。

杜局长说，那我就拜托你了。

王伦问，什么事？

杜局长把贯彻“科学发展观”的评比活动前因后果说了。

王伦沉吟了一下，说，这件事我早先听说了，我前几天准备到王秀家里问她，但是……中间发生了一点儿别的事，忘了问了，你准备怎么办？

杜局长说，我想先把王秀调到二级单位，过一阵再调上来。

王伦说，恐怕她不会干。

杜局长说，我们考虑到她的面子问题，去了后给一个职位，相当于上调了半级。

如果往上调半级，面子算是挽回了，我认为是可以的，王伦说。

但是她拒绝了，我们刚刚谈过话，她要求我们现在查处这件事，杜局长说，王伦，你在市政府这么多年，你晓得法不责众，我刚刚上任，一棍子打死那么多人，怎么开展工作？等过了这个风头，这十九个人中领头的，我是不会放过的。

王伦说，但是你这个方案，王秀不接受有她的原因，因为她不喜欢当干部，原先有几次提升的机会，她主动都放弃了。

杜局长说，要么这样行不行？我们送她到省党校学习半年，这样面子也好了，我这里先平稳了，你觉得呢？

王伦说，如果是我，我会同意。

王伦给王秀打电话，把杜局长的意思说了，王秀一口回绝了。她既不是党员，也不想去党校培训。

服务员进来续茶，两个人边喝茶边商量办法。襄江对面敲打铁器的声音和某一个茶社里戏班子的快板声一下一下传过来。

能不能重新再评选一次？王伦说，很难吗？应该不是很难吧。

那绝对不行，杜局长说，市委市府政研室在这里蹲点，正准备向全市推广，怎么能让评选失败呢？那不是政治活动“科学发展观”失败吗？再说，这是叶副市长的分管点，失败了我们好说，叶副市长的脸朝哪搁啊？

杜局长忽然想起来似的，问：叶副市长和王秀是同学，你知不知道？

王伦说，知道。

局长说，叶副市长是不是……

王伦望着杜局长。

叶副市长很关心你妹妹，杜局长谨慎地选择词语说，跟我问过几回。

王伦说，是吗？你能断定叶副市长是关心？

杜局长说，我当了这么多年干部，我听不出话吗？

王伦说，他们同学过，这是真的，但是这么多年，一直没来往过。同学关系，并不都是好关系，也有同学之间结仇的，关系很普通平淡的，说不清，再说，叶副市长现在有身份了，随便问一问和真正的关心，那是两回事。

杜局长说，他不是随便问，是真正的关心。

王伦说，你敢断定吗？

杜局长说，我绝对敢断定。

王伦想到了张高举这件事，想想王秀说过叶文海在害张高举的话，嘴巴几次张了想说，又咽回去。

王伦望着右侧的襄江，下午的襄江一片昏黄，对岸也一片昏黄。看来并不一定有仇！王伦在想王秀和叶文海。这么多年，他提示过王秀多次，要她和叶文海多走动，同学嘛，多走动一下没坏事，但是每次都被王秀冷拒。王伦猜想，同学的时候应该有仇吧。今天经杜局长这么一说，他又有些怀疑先前的判断，甚至怀疑此前王秀对张高举这件事的判断。

对面河岸铁器敲打的声音一阵一阵传过来，这种声音不知源自何处，却让襄江两岸所有的事物都有了相同的节奏。城墙，树叶，茶壶和面对面的不同心境的人。

杜局长靠在后面沙发上，眼睛微闭。他在心里推测叶副市长和王秀的关系，他无法用现在的发展和地位来倒推二十多年前的叶副市长，也无法倒推二十年前的王秀。

似乎是一个谜。

一个常务副市长，别人想见都见不到的人，几次关心王秀，我都转达了，但王秀都不回应，还有，这一回，王秀告状的事，叶副市长提出见王秀，王秀却不去见。你说说王伦，这怨谁呢？杜局长说。

六

杜局长在这个叫庞公大院的地方找到叶文海。这座院子背靠真武山，门前是一片水域，相传是三国时期著名的军事家庞统的隐居地。山威而高，水润而远。三国豪杰遍地，叶文海独崇拜庞统，每每工作之余，他都要来庞公大院休养。叶文海不喜欢相隔十多公里居住过的诸葛亮，事必躬亲，事倍功半，累给了父亲还累给儿子；相比之下，庞统一生只出了两三个主意，却建了奇功，留名青史出现在关键地方的关键时候。赤壁大战，改变历史的一战，他献了连环计；还有入四川，如果刘备依照他的策略，历史应该又是个新写法。

杜局长在叶文海的目光烁烁之下趋上前去汇报。叶文海一边听，一边用铅笔敲桌子。他敲得很轻，一下一下缓缓起落，杜局长却听得如木鱼声一样，心惊肉跳。

你怎么办？叶文海对杜局长说，如果照你这个淘汰方案继续执行下去，你冤枉了王秀。王秀这个人，我是了解的。很优秀的一个人，她会成为最后一名被淘汰掉吗？如果不执行，或者推倒重新来，你怎么向全市交待？

杜局长低着头，冷汗凛凛。

最关键是王秀，叶文海继续说，你想拖，她会让你拖吗？她在不停地上告！她手中有你们局十九个人串通写的血书，这是多么扎实的材料！她到哪里告不准呢？一告一个准！

杜局长说，叶市长，我错了。

叶文海继续，那现在是考验你的政治智慧的时候，进不能进，退不能退，怎么办？

杜局长说，我脑壳糊了，我今天就是请教叶市长来了，我和王秀反复谈了几回，谈不下来。

你和王秀怎么谈的？叶文海问。

我和她谈了两个方向，杜局长说，第一，到二级单位去，级别向上调半级，另一个办法，到党校学习半年。

叶文海说，她不接受？

杜局长说，对。

叶文海说，如果换作我，我也不接受。

杜局长说，我想不出办法了，今天来向您请教。

叶文海站起身，出门朝院子里面走，院子中间是一个喷泉鱼池，叶文海绕着鱼池踱步。他的步伐坚实有力，一边踱步一边做有氧操，一招一式张弛有度，节奏鲜明，显示出这位常务副市长的生命力。

杜局长和他相隔大约一步半的距离，叶文海动一下，他也跟着动一下。

你了解王秀吗？叶文海做操做出了微汗，刚脱掉外套，杜局长忙上前接住。

王秀这个人，有一点怪，杜局长看叶文海气色缓和了，连忙说，我连续几次找她谈话，想提拔她，她不接受啊。

她这个人，是有一点怪，叶文海说，上中学的时候就有一点怪。

叶文海看见一条鱼劲道很足的跳出水面，跃在半空中，又落下水中，他叫了一声“好”，沿着栈道踱到水池中间看鱼去了。

怎么个怪法？

叶文海一边看鱼一边想：譬如说吧，当时全班男女生不说话，唯独她一个人敢和男生们毫无顾忌的说话，怪吧；譬如说，她每天骑单车上学，当时全校骑单车上学的有几个人呢？很多老师家里都没有一部单车，她那漂亮的一骑一跨的动作，怪吧；这样的例子多了去了。最奇怪的是什么？她一直保护着家住在全县最山区最穷困山村的张高举，最后居然嫁给了他。

这不是怪是什么呢？

想到这里，叶文海心里隐隐作痛。王秀，王秀，她怎么会嫁给张高举呢？

叶文海和王秀关系曾经很好。当时张高举是班长，叶文海是副班长，王秀是女生委员兼文艺委员。叶文海在班上，那是有名的全才，成绩好，体育好，文艺也不错，而张高举，那时候只是一个呆书虫，除了学习成绩，其他似乎一无是处。班上的活动都是叶文海和王秀联合组织的，张高举这个班长不管事。王秀曾经参与过叶文海的倒戈运动，找班主任肖文化，要求把班长换成叶文海。

叶文海有一天找到王秀，请王秀去找班主任肖文化，让她以全班同学的名义说一个意思，那就是张高举不适合当班长。

王秀说，为什么要我去说？

叶文海说，第一，你是主要班干部，第二，我不能去说，我如果去说，就是为我个人，而你去说，是为班集体。

王秀想了一下，说，好，那我去说，但是咱们说明了，我不是为了你，我真的是为班集体，张高举虽然成绩好，但的确不适合当班长。他只是成绩好，其他什么事都不管，怎么能当班长呢？

叶文海说，好，就这么说。

但是王秀没能说服肖文化，班主任肖文化有另外的理由。肖文化说，当前，最重要的事是高考，班长就是一个班的象征！是一个符号！这个符号就是第一嘛！

班长没当成，但是叶文海和王秀关系更近了。叶文海认为自己和王秀，立场一致，目标一致。仿佛是盟友，比一般同学又多了一层关系。王秀和父亲一起住在县广播局，叶文海当时寄住在姑父家，也住在县广播局，每天晚上下晚自习，王秀都会骑着单车带着叶文海从县城一中，绕过几个街道，铃铃当当地骑到广播局。

那是一段非常美好的时光。对于叶文海来说，坐在后座上，前面骑车的是漂亮的女孩子，散发出来的青春的香气，怀揣着考大学的目标和人生的梦想，那是他美好青春的见证。

最美好的事情是学骑自行车。当时王秀会骑自行车，叶文海不会骑。不光叶文海，全班的男生没有一个人会骑。很多老师都不会骑。学骑自行车，就成了一种风潮，比现在四处林立的驾校人还多。很多个晚上，晚自习以后，王秀带他到学校附近的南河边，教他骑自行车。偏着身子上车，掌稳车把，目视前方。叶文海总是一遍一遍摔倒，王秀一遍一遍教他重来。

有一个星期天，大白天里，他们又到南河边上的一个场坪里学骑车。那天骑得时间很长，叶文海进步很快，已经能单手掌车把了。叶文海单手掌着车把，逆时针围着场坪，一圈一圈骑，王秀坐在场坪边上，边叫好边给他鼓掌。

他们都没想到会突下暴雨，猛然一阵雷声滚过，叶文海吓得从自行车上摔下来。两个人扶起自行车看看天，晓得不行了，赶紧往回跑，但是已经来不及了。刚刚从场坪推上堤坡，暴雨豆子一般朝身上砸，漫天漫地都是雨点。王秀朝车子上骑，但是怎么都骑不上，原来是叶文海把车把摔歪了。两个人顾不上调正车把，别别扭扭地推着自行车，冲上河堤，迎着暴雨，朝家里猛跑。

跑到有民房的地方，两个人跑不动了，自行车也别扭得实在推不动了，站在河堤边一个民房的屋檐下一边拧衣服擦头一边看暴雨袭击南河。河心和河岸都是白茫茫的一片，四周是一片暴雨的世界。

叶文海在这一片暴雨的世界中，在一个屋檐下向王秀求爱了。他先向王秀描述了理想和前景，描述了大量的未来生活，做了很多铺垫，最后，犹豫了一下，还是说出来了。

王秀一边看着南河里茫茫的大雨，一边听叶文海表白。叶文海刚开始表白，话没完全说明，王秀就明白了。恋爱是这个时段的重要主题，不管高考的压力多大，学习有多么紧张。但是叶文海表白了很长时间，核心话语却始终没说出来。在描述前景的时候却提到了张高举，意思是自己将来会有出息，绝对会比张高举强，等等，好不容易等到最后，才说出来。

王秀心里基本上同意了，但是嘴里说出来的话却是：让我考虑一下。

叶文海问：还考虑什么呢？我有什么不好？

王秀说不清叶文海有什么不好，但是似乎还有一点什么没弄明白。很简单的求爱，在叶文海这里，怎么这么复杂呢？这让王秀看不懂，也和她希望中的简单而单纯的爱情差距很大，她需要考虑一下。

让我考虑一下。王秀强调说。

王秀的考虑很快结束了，直到某一个晚自习张高举被打。

当时张高举坐在靠操场边的窗户边上，正在做习题，有人敲窗户。张高举打开窗户，外面黑洞洞一片，并没有人。张高举回望了一下教室里，白炽灯，白墙壁，一片白茫茫下面，同学们都在低头做作业，他以为自己听错了，正准备关上窗户，外面一只乒乓球拍伸进来，照着他的脸，左右开弓啪啪啪啪地抽。

很多人都没看见这一幕，白茫茫的一片灯光下面，大家在低头做作业，间或有翻书声，但是越是寂静，抽耳光的声音越是响亮，几乎震动着每个人的耳膜。紧接着便听见张高举后面一排两个女生尖叫。空气那一刻凝固了！每个人都屏住了呼吸。没有人敢说话，没有人敢询问打探，甚至没有人敢咳嗽一声。窗外依旧黑洞洞一片，教室里依旧白茫茫一片。

几乎每个人都明白出了什么事。

二十年前张高举读书的这个县一中，校风很乱，校外流氓混混儿和校内坏学生互相勾结，对有钱的学生“吃黑”“擂肥”，调戏漂亮女生；对那些成绩好的学生，则干扰殴打。在王秀和张高举上一届，有一位考生在即将上考场的途中被几个蒙面大汉冲出来，棍棒殴打。轮到了张高举们毕业，越是成绩好的学生，越是害怕，一个一个如惊弓之鸟。

王秀在这一片凝固安静之中冲出去了！

王秀去追那个打人的家伙。

但是王秀并没有找到那个人，等她冲到操场边，那个抽张高举的人早跑没影了，王秀折转身，回到教室，教室里乱哄哄的，都在纷纷猜测和议论，王秀一回来，教室里马上安静了。王秀径直走动叶文海面前，问：是你吗？

叶文海说，你说什么？

同学们都把目光集中在叶文海身上，从张高举挨打一直到现在，叶文海一直低头做题，头都没有抬过。没有像其他人议论纷纷，很冷静的样子。

王秀脸色铁青地说，别装蒜了，是你吗？

同学们似乎恍然大悟。是啊，他怎么那么镇定啊，但是又似乎有许多迷惑不解。

当天晚上下晚自习，王秀独自骑车走，没有再带叶文海。叶文海一路小跑追着给王秀解释。他不明白王秀是怎么看出来的，是如何发现是他安排的社会混混儿来打张高举。但他不会承认，绝对不会。

王秀不听他解释，自行车越骑越快，最终甩掉叶文海，独自骑车走了。

从那以后，王秀和叶文海不说话了。

这件事情，是叶文海和王秀关系的分水岭，叶文海的美好青春也到此为止。

机会不是没有，也许就在手边。叶文海看完鱼之后，语气肯定地说。

请您指示。杜局长说。

你是一颗政治明星，还是一颗一闪而过的流星，这一次很关键。叶文海说。

杜局长不吭声。

听说她丈夫最近因为嫖娼，被行政拘留了。叶文海面无表情，继续说。

七

张高举在这个湿漉漉的雨天里，参加了一场评比。评比在白脸诈骗犯，胡子小偷和他之间进行，他们用划拳的方式决定顺序，小偷赢得多，最后讲；白脸诈骗犯输得多，首先讲：张高举居中。

他们评比讲故事，讲亲身经历的，最惊险的故事。

白脸诈骗犯先讲。白脸诈骗犯说，我行骗主要是通过征婚，我把照片和住房条件交给杂志社和婚介公司，我专门找那些离了婚的有点财产又感情孤独的中年女人。这行生意现在不怎么好做，人们的警惕性越来越高，需要很高的智商和胆略。有一回我遇到一件怪事，有一座城市里的一个中年女人，我看中了，因为她有车，穿着很阔气。我和她见面，我们很快就上床了。我问她要钱，我说我来看她，钱包被人偷了，又一回我说信用卡丢了，她都笑一笑，拿钱给我。你们猜怎么着，她早就知道我是个骗子！

张高举说，她看出来了，怎么还给你钱啊！

胡子小偷研究了一下白脸诈骗犯，说，你天生长了一个日架子，你这一辈子吃亏沾光都在你这张脸上。

白脸诈骗犯说，奇怪的还在后面，这个女人，她是有老公的！

张高举和胡子小偷都呆住了。

那一天，白脸继续说，我刚和她幽会完，出来在街上逛，被一伙人抓住了，把我关在宾馆里面痛打一顿。最后那女人的老公出现了，看起来像个当官的，他让所有的人都站在门外，他在房间里和我谈话。

他说，我可以把你送到公安局，或者，干脆把你打死丢在河里面。

我给他下跪。我求他饶我，并且说愿意付给他钱，数倍赔偿此前那女人给我的钱。谁知那男人淡淡地说，钱不问你要了，我只要求一点，你永远地离开就行了。

那个男人，他一直送我到火车站，给我买火车票，还给我买零食和矿泉水。我已经上了火车了，那男人还站在火车下面，迷茫的样子，送亲友一般和我挥手。我给那女人打电话，我问这真是你丈夫吗？她说是。我再打，她就关机了。此后我再没联系上她，号码都换了。我乘火车还没开，跳下去问她丈夫。我说我搞不明白啊。我没再说下去，因为我发现他在默默流泪，泪水一把一把的。他挥手让我上车，边挥手边说，你们这些当骗子的，哪里知道一个平常的家庭要坚持下去，需要多大的恒心和忍耐力呢？滚吧滚吧，再来你当心你的狗命！

轮到张高举。张高举说，我经历的最危险的事是前几年，我的一个学生准备自杀。这个学生，是个男生，他的母亲刚刚去世，他的父亲和他都很悲伤。他父亲是一个派出所所长，平日里爱喝点酒，因为他成绩不是很好，那一天他父亲酒后教育他，他顶了嘴，他父亲抽了他一耳光。这孩子爬到我们学校的最高楼，要往下跳，把全校都惊动了。校长上去，同学上去，还有他父亲，其他亲戚，谁上去都被他赶下来。他站在最高的楼顶的顶沿上，稍不注意就会掉下去。那是十一层楼，掉下去没有活的希望。他父亲调来了消防队，下面还组织了人网，但是有什么用呢？谁都不知道他会朝哪个方向跳，这孩子就沿着十一层的顶沿走，下面防护网跟着跑，眼看着这孩子要跳下去了。

肯定没有跳，白脸和胡子同时说，跳了就没有故事讲了。

对，没有跳，张高举说，因为我上去了。

你这是一门绝活，白脸诈骗犯说，我倒想听听，你是如何把一个想自杀的人说过来的，你这门学问和我这门学问有共通之处，就是心理学。

张高举说，我不这么认为，一个人要自杀，可以说什么道理都明白。我只相信一点，那就是把时间拖住，时间可能挽救一切。我跟他说话，他能听，这是第一步，我就一直不停地说，这孩子有一点好，就是写作文爱打比喻。我就不停地用比喻说话。我说，你以为你是一只鸟，你会飞呀。我说，你爸爸，那个酒鬼，他呼出的气能不能醉死你们家的蟑螂？我说，分数是什么？分数是一头猪啊，你不能把他当孩子，当弟弟妹妹，他就是一头猪，猪养大了，该杀杀该卖卖，分数也一样啊……我就这样不停地说下去，我那一天把我一辈子能用的比喻都用完了，我说了几个小时，从中午一直说到太阳落山，中间有些人趴在楼梯口听，他们听了都摇头，他们都灰心了。但是，就在这时候，太阳下山的时候，落在楼顶上，和这孩子融在一起，这副画面感染了我。我想该做最后的努力了，继续发挥出来，说，你看，太阳都回家了，我们也回家吧。这句话过后，这孩子慢慢腾腾走向我，一步步离开危险区，最后，快速跑过来，一头扎在我怀里，哭起来。

轮到胡子小偷讲。胡子小偷说，一天晚上，夏天里，我翻到一户人家里偷东西，我从下水道管子，爬到那家阳台，对了，是四楼，左右两家都有防护栏，只有这一家没有，这一家是玻璃窗，外面是开关门的铁栅栏。我伸手到里面先把铁栅栏打开，跃上阳台外面的铁架子，又从铁架子上把玻璃窗打开，我刚刚跳进阳台，外面回来人了，乖乖，晚上十一二点了，怎么才从外面回来？他们直朝阳台走过来，我吓得赶紧上阳台，但是他们走得太快，我以为发现我了，我只好用手抓住栅栏下面的铁棒，像一块腌肉一样吊在阳台下面。这是一对小夫妻，他们没有发现我，他们收拾衣服来了。你们难以想像，那个主妇收衣服的时候手差一点碰到我的手了，只差那么一毫厘。严重的还在后面，都十一二点了，他们不睡啊，他们两个坐在阳台上谈一部电影，谈他们晚上刚刚看过的《断臂山》，那部烂片子有什么好谈的，男人搞男人，一点儿劲都没有，但是他们足足谈的有一个小时！

你足足吊了一个小时吗？张高举问。张高举问完，突然想起自己家的阳台，也是玻璃窗铁栅栏开关的，天啊，会不会下面也吊一个小偷啊！胡子小偷说，可不是嘛，足足有一个小时！

白脸诈骗犯起身端详了一下胡子小偷，说，能吊一个小时，也就你这种小巧身材行，你天生是小偷身材。

胡子小偷说，惊险的还在后面，我正吊得胳膊又酸又麻的时候，下面有人喊了。是一个出租车司机。他在下面小卖部买水喝，抬头看见上面有人吊着。他吓着了，以为有人坠楼被挂住了，他喊了几声，没有人应答，他以为看错了，以为是悬挂的衣服。我那个时候想，他要再喊一声，我就跳楼了。但是他没喊了，他开车走了以后，阳台上那一对夫妻也睡了，我重新跃上阳台，下狠手收拾了他们一下。

他们开始谈心，回顾品味自己的人生和生活，观点惊人的一致。

胡子小偷说，我搞厌了！这样的生活一点儿意思都没有！当然，你们别误会，我不是说偷东西本身，而是说我的对象，那些人家，客厅里都是冰箱和彩电，都是密码存折和各种卡，手机随身带，零钱基本上在床头柜和柜子底层。大家基本上过着共同的生活。还没有下手偷，我对能偷多少心里就有个数了，例外的很少。

那你不会专门偷当官的和有钱人吗？你不会杀富济贫？张高举说。

你说外行话，胡子小偷说，我们这个活，要么是白天上班家里没人的那种家庭，要么是夜间，当官的那些人，家里佣人啊保姆啊，杂人多，白天不好，晚上偶尔去，收获也很少，我看透了，大家都一样，都过着相同的生活。

我也搞厌了，白脸诈骗犯说。他的牙齿洁白，头发干净，眼睛大，具有女人喜爱的相关条件。

你还好一点儿，我呢？我天天面对那些中年妇女，丧偶的，离婚的，大多是命运不顺的人，熬到这个地步，如果仅有一点钱，那是她们的命根子。上场就警惕，捂住钱袋子，步步为营，基本上每个人都是这样。不谈创新，没劲。我上面给你们讲的，是我唯一一个奇怪的例子。

我倒认为你这个职业有意思，财色兼收。胡子小偷笑着说。

不谈不谈，白脸诈骗犯说，女人熬到中年，特别是又离了婚丧了偶的，那还谈什么色啊，不管怎么洗，怎么涂脂抹粉，身上都有一股隐隐的臭味。你还不能说，你只能赞美她们，你还要学会命令自己的生殖器听话，让它配合你。最关键的，你要当她们的情绪垃圾站，丧偶的，你要和她们一起掬一把热泪，思念她们的亡夫；离了婚的，要学会和她们一起痛骂她们的前夫。骂他们负心，没责任感，不卫生，不会挣钱……几乎相似的经历，几乎相同的悲痛，几乎相同的哭泣方式，包括做爱，一样。一个伟人说过，有些人重如泰山，有些人呢？轻如鸿毛，我们怎么见的都是轻如鸿毛的人啊。

对，胡子小偷说，我偷的那些人，怎么说，也是这回事，轻如鸿毛一类，包括我！你信不信，我从小的理想是当总理！你信不信？

我告诉你，白脸站起来说，我原先那可是国营大厂的办公室主任！那是全厂第一笔！写材料响当当的，谁知道只有几年，厂就垮了！

四壁没有任何物件，窗户高得三个人搭在一起都摸不到。天下的拘留所都是这个构造吗？故事讲完了，笑话讲完了，这三个原本毫不相干的男人，仰躺在水泥地上，望着天花板，看雨雾下的光线从那个狭小的窗户里一寸一寸褪去。不停的雨声让这个屋子更加安宁，仿佛一个罐子，装满了脏物，要沉下湖底。

操。胡子小偷猛喊一声。

操。白脸跟喊一声。

操。张高举也迸出一声。

喊完之后，三个男人仍然直挺挺地仰躺在水泥地板上，各想心事。天色在这种沉默中一寸一寸暗下去。张高举在这一寸一寸的暗光中，数着日子。其实不用数，每一天都仿佛一块坚硬的石头，他不是数着过的，而是把这一块一块的硬石吞下去吃下去过的，不是度日如年，而是度时如年，度分如年，度秒如年。张高举，当年的县文科状元，重点大学毕业生，重点高中的特级教师，怎么会呆在这种地方和这种人为伍呢？

后面还有几天他不用再数，正像王秀想的那样，如果能安安静静，悄无声息地出去，照常上班下班备课上课，那是再好不过的结局，但是张高举明白，那不可能，因为他的对手是叶文海。

叶文海会怎么对付他？

他一直盯着天花板看，把天花板都看黑了，也没有想出叶文海到底会怎么样。记过？开除？登报？还是所有的办法都用上？也许叶文海自己都没有想好。

千年老二！

张高举想起叶文海的这个绰号。其实一开初，他和叶文海成绩相差并不远，叶文海的历史和政治成绩要超过他，但是各科综合的总分，他要超过叶文海。两个人明里暗里一直较着劲，到了高三，他把叶文海甩开了。

他甩叶文海的主要原因是叶文海太全面了。叶文海不单成绩好，体育成绩也好，歌也唱得好，班上逢娱乐活动，篮球比赛，他都是当然的组织者和参与者，但是张高举明白，叶文海在这些活动中每赢得一次喝彩，他和自己的距离就越来越大。

王秀帮叶文海争夺班长的事情他一清二楚。当时肖文化曾经犹豫过，并且征求过他的意见。肖文化想把叶文海换成班长，把他换成学习委员，他一口回绝了。班长是什么？他据理力争，班长就是一个班的象征！就像外国的一些元首和皇室，他们出来搞活动吗？他们不出来！但他们永远是一个象征！

他的这番话打动了肖文化。

除了学习成绩和高考，还有另一个战场，就是对王秀的竞争。叶文海是明的，是全班每个人都能看出来的，而张高举对王秀的爱，虽然是暗的，却也一样肆无忌惮的在内心中野草一般生长。

若论成绩、长相和气质，班上的女生，除了王秀，还有谁呢？

王秀教叶文海骑自行车的那一阵子，班上已经有了风言风语，说王秀和叶文海在谈恋爱。那是张高举最痛苦的一段日子，他每天都学习到深夜，用学习来抵挡内心的折磨和煎熬。煎熬得受不了的时候，他就跑到操场上。操场的中心有一个用白线画成的圆圈，他坐在圆圈里，一直仰望天空。

他的这个姿势后来被半夜上厕所的同学们发现了。

你在干什么呢？同学们问他。

张高举无法回答。月亮在天空的时候，星星在天空的时候，他在向他们求助吗？向他们祈求能量吗？

后来叶文海采取了很多下流手段影响他的成绩，但是张高举不为所动，他知道，叶文海这个第二名和他这个第一名之间的距离真的是越来越远了。

他有他一套追求王秀的方法。那时候天天搞题海战术，每次考试下来，他都找来王秀的卷子，把王秀做错的地方重新做一遍给她，让王秀对他越来越有好感。

转折点是叶文海利用外面的混混儿用乒乓球拍抽他的那个晚上，王秀追出去的时候，他就知道自己赢了，叶文海输了。叶文海不光在成绩上输给他，而且在争夺王秀上也输给了他。那天晚上，全班寂静无声的时候，王秀回来质问叶文海的时候，没有人注意到他张高举正面带微笑！是的，他抬起了头，目视前方，面带微笑！

这件事之后，叶文海才感受到他的力量。他不单是一个学习成绩好的书呆子，而是充满智谋，充满激情和力量，在大家都被题海战术搞得焦头烂额的时候，他却从容自如，游刃有余，向王秀频送秋波。到了最后阶段，干脆每天晚上给王秀补课。

张高举决定在上高考考场的时候向王秀求爱，他认为这样不仅紧张刺激，而且充满诗意，甚至不容王秀有回答或者反对的机会！严肃的高考成了伟大爱情的见证，没有巨大的力量，谁敢做这件事？他叶文海敢吗？

这种力量现在到那里去了呢？

张高举直挺挺地盯着天花板，反复问自己这个问题，找不出答案。似乎他一直都是第一。评高级教师的时候，他是他们这一批第一个评上的；评全省优秀论文和一堂好课，他也是全校第一；评全国特级教师，他也是他们这一批第一个……他的各类奖状和证书，堆满了一箱子。他就在这一个一个奖状和证书中，在一个一个的第一中，度过了二十多年，变成了一个平庸的人。

什么地方出了错呢？

现在，在这个地方，和一个小偷和诈骗犯在一起，还有战胜叶文海的机会吗？

他明白那永远不可能了。

八

王伦接到张高举学校校长的电话，一阵疾火一样赶到学校。

校长问王伦：张高举真的在老家照顾他母亲吗？

王伦说：是啊。

校长说：王伦啊，我可是相信你了，你不能坑我啊，也不能坑我们这样一所名校啊。

王伦说：怎么了，校长？

校长说，我怎么听说张高举嫖娼被抓了？

王伦心里一跳，手上的车钥匙吓掉了，弯腰捡钥匙的时候，王伦想好了，起身问：这个张高举，在老家那个山区，也嫖娼吗？

校长愣了一下。

王伦说，校长，您听谁说的？

校长说，我也是刚听说的，我不相信张高举同志会做这种事，他是一个特级教师……

王伦心里定了一下，说，一定是有人诬陷他。

校长说，如果没有就好，如果有，那后果可严重了。

王伦故意装着平静，说，现在这个社会，嫖个娼，抓住了也只是罚几千块钱的事，有什么后果啊。

校长激动地说，王伦！话怎么能这么说？你说的那种情况是不是社会现实？我不能否认你那是社会现实！但你那是江湖上的事，我们这是学校，为人师表的地方！我们有《教师法》管着！《教师法》第八条第一款说，教师要遵守法律，遵守职业道德，为人师表；第三十七条第三款说，教师如果品行不良，影响恶劣，要受到行政处分，直至解聘……

王伦笑一笑，说，好好好，校长，您说的都对，问题是张高举他没有嫖娼啊。

校长说，那就好，没有就什么事都没有。

王伦出了张高举学校大门，马上给派出所张所长打电话。

王伦问：有人到你那里调查张高举的资料没有？

张所长说，没有。

王伦说，如果不通过你，能取到原始资料吗？

张所长说，你放心，我已经交代了，没有我谁也取不走。

王伦说，拘留所那边，没事吧。

张所长说，我也反复交待过了，应该不会有事。

王伦刚好挂断电话，张所长又打过来，说，不过如果上级组织要，那是非给不可的。

王伦说，谁管你？

张所长说，管我的人很多，直接管我的只有一个。

王伦说，宋局长是不是？

张所长说，就是他。

报社总编在家里接待了王伦。总编精力旺盛，目光炯炯，吸一只大烟斗，头发稀疏而后披，一副艺术家的风度。

王伦，总编说，我其实是很佩服你的。

王伦诚惶诚恐。

总编说，你中秋节的第二天请我吃饭，我当时还纳闷，我们虽然认识，但毕竟不是一条战线，毕竟不太熟悉，你请我吃饭又没有说具体事情，我心里一直觉得欠你个人情，今天才听说，你妹夫张高举嫖娼被抓了。

王伦看报社总编是个实在人，决心给他讲真话。请原谅，王伦说，我妹夫虽然犯了很大的错误，但他毕竟是我妹夫，我想……

总编用大烟斗制止住王伦，手势像某个伟人。你没有错！你做得很对！总编说，换做是我妹夫被抓我也会四处营救！因为我们都是男人，我们理解一个男人的一些作为。我佩服你王伦的是什么？你王伦只是一个司机！你当时怎么就知道事情有一天可能会到我这里来，会请我吃饭？

王伦说，没什么，我只是一瞬间的直觉！让您见笑了。

总编说，天哪，王伦！这是多么可贵的直觉，我下属的那些记者们，有几个能有这样的前瞻性直觉？他们报道的企业，没几天就出事；报道的企业家呢，不是很快进了监狱，就是如流星雨，很快消失。

王伦耐心地听总编侃侃而谈。

总编说了很久，都快说忘了，想起王伦的事，诚恳地帮他出主意。

把事情捂住吧，我只是听说，没有官方通知。总编说。

王伦在找市教育局局长和区公安局宋局长的时候遇到一些麻烦。首先王伦拿不准他们是不是也和张高举学校的校长和报社的总编一样，也都知道了消息。按照报社总编的分析，这是有人故意在放风，是在释放一种信号和压力，那么，信息传到他们这里没有？一种可能，是两个人都听说了信息，还有另一种可能，就是教育局局长还不知道信息，但是区公安局的宋局长，不用说，那是肯定已经知道的。

这让王伦犯了难。先主动去找教育局局长吗？万一他还不知道怎么办？那不是此地无银三百两？如果不去，又会有什么后果呢？

反复考虑了之后，王伦决定装着若无其事，在两个局里面“碰”两个局长，“碰”上以后，见机行事。

整整一个下午，王伦在两个局之间来回跑了无数次，都没有“碰”上两位局长。王伦没敢动用车队的小车，而是坐着襄阳市特有的“电动麻木”，沿着古城墙来来回回穿梭。王伦从中午太阳高悬开始，不停地上电麻木下电麻木。襄阳市整顿城市环境，电麻木刚刚被禁止上大道行驶，只能在小巷子里穿梭，遇见小车，立即像老鼠一样避让。王伦开车的时候，看见电麻木就很烦，现在从电麻木里面看外面牛气哄哄的小车，那真是两个世界。到了傍晚，夕阳把古城墙照成一片片斑斑驳驳的红影，王伦跑累了，知道今天也无法再找到人了，从电动麻木上下来，站在一片褐红的古城墙下面，望着一片淡红的汉江，不知该怎么办。

我为什么要救这个人？王伦心里想，这个男人，他背叛了我妹妹，他嫖了娼，我作为大舅子，却在四处为他奔波，这不是笑话吗？

他张高举，一个山区出来的小子，混到这城里，才几天呢？王伦更加气愤地想，他哪里是背叛我妹妹？他分明是在欺负我王伦！

王伦想到这里，怒火中烧，恨不得立即找几个人把张高举痛揍一顿，但是王伦最终没有逞匹夫之怒，而是静静地站在江边，不停地做深呼吸。

在电麻木里奔波的途中，王伦抽时间给王秀打电话，让她服从局长的安排，或者抽时间见一下叶市长。但是他没能说服王秀。王伦说不过王秀，他很少有说得过王秀的时候。对妹妹王秀，王伦充满了不解。一个复杂的社会中的人，可以这样生活吗？可以不走关系，可以不求人，可以只按照自己的基本才能，可以……那样生存和生活吗？

王秀高中毕业以后，考上了市财税学校，是中专，那个时候的中专是包分配的，大多按原籍分配。王秀中专毕业的时候，王伦已经调到市政府当司机了。王伦去找王秀，王秀正在教室里学习。王伦说，你怎么还学习啊，人家都跑关系找工作啊。王秀不同意去跑，王秀说如果按照成绩和表现，我留城没问题。王伦说，迂腐你啊，跑关系有什么坏，增加保险系数啊，万一要分回县里呢？王秀说，那我就回县里工作。

王秀最后不仅留在了市里，还分到了比较好的交通局。王秀和张高举结婚后，生活安安静静，吃饭，上班，下班，吃饭。王伦很着急，王伦说你们怎么能这样生活呢？王秀说，我们生活得挺好啊。王伦说，你们应该有另外一种生活。王秀说，那我们应该怎么生活啊？王伦说，你们应该多参加一些活动啊，同学会，同乡会，还有没事到领导家里走一走，你们领导的老婆喜不喜欢打麻将？爱什么衣服？要多和领导走动。王秀不理会他，还像原来一样平淡安静地生活。王伦经常教育她，她也不听。

王秀不听王伦的，王伦也说服不了王秀。王伦曾经感叹说，你总有一天会吃亏的。现在，这个亏说来就来了。

你只报个小面，求一下叶市长，有什么不行？王伦说。

王秀不同意。我为什么要去求他？我有什么错吗？做的正确的反而要求做的错误的人，这合理吗？

王伦说，那张高举呢？他在里面关着，这总得求人吧。

王秀说，张高举的确应该受到处罚，但是这归叶文海管吗？你在全市调查一下，现在，还有这样处罚的吗？

王伦和杜局长见面约的地点是襄江国际大厦顶层的旋转餐厅。襄江国际大厦坐落在襄江边上的防洪堤内，高三十八层，是整个襄阳市最高的建筑。王伦走在襄江大厦门前的广场，广场上用磨光的大理石铺的地面如镜子一般照着他的身影。王伦一下子放慢了脚步，他敏感地意识到杜局长也许正坐在旋转餐厅的窗户边上，居高临下地俯视自己。王伦压住步子，装着若无其事地朝襄江边上踱了几步，在广场和沿江石阶之间，有一排光滑巨大的石球，王伦站在两个石球中间，眼看着夕阳泼血似的倾进襄江，他意识到一种被人操纵的危险正向他逼来。

杜局长果然坐在窗户边上。

杜局长俯视着王伦走进广场，又缓慢地朝江边踱步，一个人在火烧眉毛之际，还有心思欣赏江景，这是令人羡慕的。他看见王伦站在两个石球之间，很潇洒的捋头发。他一直很喜欢这个老司机，五十开外了吧，从车到人干干净净，一尘不染，头发总是那么顺，衣服总是那么挺，很多领导都喜欢坐他的车。他看见王伦居然还叉起了腰，像列宁和毛泽东之类的那样伟人那样，叉着腰欣赏完江景，才缓慢折身上楼。

杜局长单刀直入地说了张高举的事。一个重点中学的特级教师嫖娼被拘留了，会怎么处理？警告？记过？通报？还是……开除？

能怎么解决？现在，目前这个情况，该怎么样下手？学校校长知道了，那么最小的处罚会是如何？有没有不处罚的可能？最小的缩小面在哪个层次？该从哪里下手？

杜局长重点说的是最坏的结果。最坏的结果，会怎么样？他们两个对视了一下，王伦把脸别向一边，侧着看窗外，两个人短暂沉默了一阵，旋转餐厅在沉默中兀自运转，襄江和两岸的景色渐次在他们眼前展开。依次是关羽水淹七军的樊城，国民党将军康泽被捉的襄城。两座大桥，一座是苏联人修的火车桥，这座桥改变了人们的生活，因为此前两岸的人来往要过渡船；另一座桥是公路桥，现在灯火通明，主张修桥的市委书记曾豪迈地放言：我要用桥改变人们的生活。但是放言没多久，他就被同僚挤兑离开了他想改变生活的城市。两岸灯火把江面辉映如一面红毯，浑然一体。王伦能听到关门声，晚上关门安睡，那是生活中重要的一环。真的，他听到了两岸无数个家庭一扇一扇门吱呀一下，啪了一下，一下一下的关门声，最后吱吱呀呀，啪啪啪啪，一扇一扇关门的声音。

王伦问，能不让张高举他们学校知道吗？

杜局长笑而不答。

王伦问，综合起来，最好的结果和最坏的结果是什么？

杜局长说，给你妹妹做一下工作，让她不再上告了，我给她换到局里的二级单位，让我脸上好过，张高举这件事，就到此为止。

王伦说，怎么为止？内部处分都没有？

杜局长说，对。

九

柳叶走出女子行政拘留所，阳光普照在她这个曾经的暗娼身上，让她睁不开眼。她站在拘留所门前，闭着眼感受眼前的阳光，空气和清风。更重要的是自由，这种自由的感觉布满全身，脚趾，头发，每一个细胞，都在欢快地跳动。

但是柳叶顾不上这些，努力地睁开眼拔腿朝城里跑。她的行政拘留期限是五天，外加罚金一千元，今天她的期限到了，她获得了自由，而和她连案的张高举，处罚了十五天，现在还关在拘留所里，这是她拼命朝城里跑的原因。

阳光横挂在护城河上，天空中出现了彩虹般的奇迹——在绿色的水面上，褐色的古城墙和金色的阳光形成一道美丽的屏障。柳叶一步一步朝彩虹里面跑，眼前的情景渐次变幻，如婚纱摄影店和魔幻城，也类似她小学中学时对生活的梦想。

柳叶在阳光般的屏障面前停下来，出现了短暂的迷惑。我急慌慌地朝着座古城跑什么呢？我要去哪里呢？她自己问。首先这座古城里没有她的家，她的家在鄂西土家族苗族自治区的一个山村里；这座古城里更没有她的亲戚同学和朋友，当然，也没有她的工作单位——发廊也算一个单位吗？

回发廊吗？答案当然是否定的，柳叶经历了这一场事，再也不会回到发廊了，不单在这个城市，换另外任何一个城市，都不会了，她要彻底告别这个行业。阳光迷乱了一下柳叶的眼睛，她在如盖的阳光下怔了一样，仿佛一场梦醒来。她明白了自己要干什么，并且刻不容缓，想定之后，立即拦住一辆电动麻木，直朝派出所赶。

她真正想干的事，那就是要救张高举。为什么要救这个男人，她现在还来不及细想。在拘留所关了五天，快出来的前一天晚上，同号的几个人相互聊天谈彼此案情，柳叶谈着谈着，一个中年女人突然站起来，惊叫着说，柳叶，你坐错牢了！

柳叶莫名其妙。

中年女人问，你真的没收那男的钱吗？

柳叶说，真的没收，我把钱塞在他床头柜的书中间了。

中年女人说，那男人知道你没收吗？

柳叶说，当然知道，我当他面塞到书里面的。

中年女人说，那你真冤枉坐了一场牢，你们没成交嘛，没有形成买卖关系，就没有违法嘛。

中年女人详细地柳叶讲解，显示她的法律知识。柳叶听的时候，同号的另外几个女人凑过来，好奇地问，柳叶，你怎么会不收钱？谁会信呢？

柳叶说，不信就不信，反正我没收。

女人们说，你就是干这个的；你凭什么不收钱？那男人长得很帅吗？

电麻木开到派出所门口，柳叶下车，站在派出所门口也在想，我为什么要来救他？我为什么不收他的钱？

你说的是真的？派出所张所长激动得走来走去，步伐忽快忽慢，是真的吗？是真的吗？

是真的。柳叶再次肯定地说。

那天办张高举和柳叶案件的民警把卷宗抱过来，张所长快速翻动，翻到某一页，仔细地审阅。

看来是忽略了。卷宗上记载了两个人的谈话，在钱的问题这一关键环节，没记载特别清晰，价格两百元，起初是柳叶开的口，但是成交时的细节却没有记载。

那两百块钱，张所长说，你说你没收，在哪里？

在他床头柜的书中间。柳叶说。

书中间？张所长闭了一下眼睛，想，这种证据还能找到吗？

张所长把办案民警叫到走廊里，在斑斑驳驳的墙面下面，递一颗烟给他，两颗脑壳凑在一起，很久才点着。

如果我们去找到那两百块钱，那我们就错误裁决了，你怎么想？张所长问。

民警想了一想，反问张所长：如果我们去查实了，那两百块钱的确在那里，那就证明我们办错了案，影响我们所在全局的年终评比，你怎么想？

张所长说，我不会在乎！一个人关在里面，这是多大的事！要实事求是，是不是？

民警说，如果你连单位荣誉都这么想得开，我个人在乎什么呢？办错了案，受什么处分我都接受。

张所长说，处分倒不至于，会上批评检讨一下罢了。

民警说，那就更没事了，所长，您别在乎我的面子，实事求是，该怎么办怎么办。

两个人商量定，带上柳叶和当初办案的几个民警朝王秀家里急赶。

张所长怕王秀不在家，忙打电话让王伦通知王秀，王伦接电话后，不单通知了王秀，自己也立即赶过来了。

王秀和张高举的床上，干净整洁，床单上面是一朵一朵浅浅的荷花，一个大头短脚布娃娃在床上甜蜜地斜躺着，两只大头枕，洁白如瓷，相互对视。书被转了位置，由床头柜上面转到书桌的台灯下面，张所长问清以后，翻开书，两百的钞票躺在里面。民警们迅速拍了照。

王秀坐在沙发上，沙发前面是一个玻璃茶几，茶几前面是一个方形饭桌，饭桌前面是激动得来回踱步的王伦。

太好了！这真是太好了！王伦一边踱步一边说，没有成交就没有嫖娼！我们就再也不用求人了！再也不用求人了！

张所长和几个警察带着柳叶找张高举调查细节去了，如果情况和柳叶说的一样，那么就属于错误裁决，那张高举很快就会回来。

王秀觉得脑壳一时还转不过圈来。

这么说张高举没嫖娼？那他干的是什么事呢？王秀想。

王秀没有一丁点兴奋，她觉得这法律真是怪怪的。张高举和一个妓女发生了关系，但是妓女没有收钱，这就不是嫖娼吗？如果不是嫖娼，那他们是什么行为呢？是通奸？是婚外情？是有感情吗？

按照张高举和柳叶的说法，他们是第一次，不存在感情，那是通奸吗？那不就是嫖娼吗？如果嫖娼错了，通奸或婚外情就是对的吗？如果婚外情或通奸是错的，那嫖娼怎么也是错的呢？

你要准备好！兴奋的王伦搓着手在屋子里来来回回踱步完毕，一边打开门准备下楼一边说，买点菜，地板拖一拖！

王秀没有动。她听到王伦一下一下的脚步声随楼梯阶层越来越远，心里越来越凉。这是自己的亲哥哥！他营救背叛自己妹妹的人，当然也是为了自己的妹妹。他要妹妹去买菜，并且拖地板，迎接嫖娼归来的妹夫，这就是生活吗？

他倒成了一个功臣了吗？

他分明嫖了娼，现在却成了没嫖娼？！这天下的好事怎么都轮到他了呢？

一个男人，他在妻子外出告状的时候把一个妓女带回家，这是一个铁打的事实，现在呢？第一，他没有嫖娼，第二，所有的人都为他出来而高兴，第三，妻子还要买菜拖地板迎接他，这公平吗？

王秀坐在沙发上呆呆地想了一个下午，也没有想明白生活为什么能把相互对立的东西撮合在一起，没想明白其中的奥妙，天色傍黑的时候。开始想到一个现实问题：张高举要回来了！菜可以不买，地板可以不拖，但是人可以不见吗？该怎么见呢？第一面怎么见？第一晚怎么过？还会有性吗？怎么面对以后的日子和生活呢？

正在想这些问题的时候，王伦来了。王秀听到王伦冲锋式的上楼和硬枣般的敲门，心里诧异，身子在沙发上却懒得动。王伦再次逃荒般地敲门，并伴随着急急的喊声。王秀慢慢地过去，打开门。进来的不单是王伦，王伦还带着另外一个人，柳叶！

让她在你这里住一晚！王伦说。

王秀刚露出诧异的神情准备问，王伦先开口说，外面有警察抓她！

抓她？王秀不解地问。

对，王伦说，从拘留所返回的时候，看见她从长途车站往外跑，后面有警察追她，我停下车救了她！

为什么警察抓她？王秀问。

为什么？王伦说，你不明白吗？

事情出了变化。派出所张所长到拘留所找到张高举核实了细节，立即赶回派出所下重新裁决，但是消息上面很快就知道了，上面要求，再次找到柳叶，由局里重新审理。

重新审？王秀好像在自言自语。

对，他们想重新审！王伦气愤愤地说，绝对不能让他们得逞，他们一审，绝对又审回去了！

怎么会这样？事实只有一个，重新审就重新审！

王伦说，王秀！你怎么不明白啊，他们想审出什么结果，就会有什么结果。

他们是谁？王秀问。

分局里的人，张所长的上级。王伦想一想，闷声闷气地说。

王秀看看柳叶，气不打一处来，对王伦说，你怎么不领回你家去？

王伦说，开什么玩笑你，我领一个女的回去，怎么跟你嫂子说？

王秀说，照你这么说，只有住我这儿？

王伦听出王秀的话音了，喊她到卧室里，关上门，拍拍她肩膀，说，她现在是一个重要人物，她是来帮我们的！她一出事，咱们还怎么救张高举？你莫意气用事！就一个晚上，明早我早点开车送她到下面县里，从县里搭车离开！

十

肖文化看着眼前的情景：两排高大而威武的树，两面对望的高房，另两面对望的是高墙，中间是方形的操场，这一切都像哪里？不用多想，像极了二十多年前的县中。肖文化现在退休了，住在县中的家属区，县中每天都在他眼里，但是现在的县中和原来的县中大相径庭。土地扩大了，生源扩招了，崭新的楼房一栋一栋。原先的教室也都推倒了，换成了更高的教学楼。但是肖文化更喜欢原来的学校，原来的模样，原来的人和事，原来的气息，就像眼前这熟悉的场景。

肖文化真正带高中毕业班只带了张高举和叶文海们这一届，此前他只是一个乡镇初中教师，因为课教得不错调到县中，此后呢，因为带张高举这一届有功，出了名，直接升官当了政教主任，后来又升成了副校长，脱离了教学第一线。所以，这一届学生成了肖文化的绝版，时常跳出来，影响着他的心情和生活。

肖文化从高中一年级接手这个班，带到高二，即将升高三的时候，学校校务会有人反对他带高三。原因是他从乡镇初中调过来的，虽说有一些教学经验，人也勤奋好学，但是学历不高，况且高三面临升学，这关系到很多孩子们一辈子的前途，肖文化能胜任吗？有人建议用一个有经验的名师换下肖文化，但是肖文化最终通过努力，继续带上了高三。

几乎每届一个班只能考上一个本科，这几乎是二十多年前县中的魔咒，肖文化想打破这个魔咒来证明自己的能力，证明自己不仅具备带高三的能力，而且还是历届中最优秀的。但是到了高三下学期，看着叶文海和张高举越拉越远的成绩，他彻底失望了。

你真是千年老二啊！他对叶文海说的这句话，看似调侃和漫不经心，其实是对自己人生不能大幅度跨越的感叹。

之后肖文化做了两方面的工作，一是确保张高举的成绩高度，通过他考大学的知名度来压倒往届，这是手中的希望之种；另一方面，他的注意力由考取本科的人数转移到能上线人的数量上，尽量增加考取专科的人数，对那些又可能考取又可能考不取的人群特别下功夫。这两方面的努力最后都见了成效：张高举考上了重点大学，他班上考上线的人数超过了以往历届。

作为唯一带的一届毕业班考上重点大学的独苗，张高举被肖文化挂在嘴边夸了二十多年，他甚至故意忽略日后步步高升的希望之星叶文海，他的这种态度这一届毕业的人都能感受到。

很多魔咒仿佛都有双面性，念魔咒的人有一天会把咒语念到自己头上来。肖文化就是这样。肖文化只当了一年政教主任，就升成了副校长，但是在副校长的位置上一待多年，换了两任校长，都轮不到他。有一次，也是最有希望的一次，县教育局局长几乎给他打保票了，论资历和成绩，非他莫属了，但是最终功败垂成。原因就是那一年主管校长位置调整的是县常务副县长叶文海。

县教育局局长对肖文化说，没问题，我们本来按程序该报三个人给县里，现在我们只报两个，另一个完全是陪衬，资历和成绩远不如你，况且，主管教育的还是你的学生呢！

没想到问题就出在这儿。

叶文海看见报上来的两个校长人选，直接把排在前面的肖文化勾掉了。

肖……老师？张高举几乎不敢相信自己的眼睛。

你是张高举？肖文化眯起眼，他的身材比较高大，弓着身朝前看。其实不用这样看，眼前分明就是张高举。

肖老师。张高举超前一步，扶住肖文化。

肖文化拐了一下胳膊，摆脱张高举，然后猛烈地咳嗽起来，身子弓下去，咳，咳，咳，最后用手撑住地面，屁股撅向天空。

对不起，对不起……张高举搓搓手，不知道该说什么，也不知道是不是该扶肖文化。

肖文化从地上撑起来，问：你真的是嫖娼吗？

我……我……张高举半天说不出话来。

是不是有人陷害你？肖文化问。

陷害？张高举说。

对，陷害！肖文化说，中国的知识分子，从古到今，受陷害的多了去了。

张高举不知该说什么。

你们单位，最近有没有什么竞争？比如说最近要提升？

张高举想了一下，说，没有，我已经过了提升的年龄了。

有很多消息，你是不知道的，肖文化说，我当过校级领导，我知道里面的奥妙，很多人在高层得知消息就下手。

张高举说，那我就不知道了。

你呀，肖文化说，你这个人的毛病就是太纯洁。

肖文化掏出两颗烟，一齐塞进嘴里，猛吸一口之后，取出其中一颗烟递给张高举。

张高举刚抽一口，看见肖文化又猛烈地咳嗽起来，身子一截一截往下缩。

您不能再抽烟了，咳这么厉害。张高举说。

没事没事，肖文化直起身子，猛抽一口，说，你看，我没事儿。

还有一种情况，肖文化继续说，被那些乌七八糟的场所里的人设计陷害，现在电视报纸上经常报道，说洗浴城啊，发廊啊，这些地方经常有人敲诈顾客。你想一想当时的情况，看看是不是他们那些人陷害你，现在社会上，有些人为了钱什么事都做得出来，谋财害命的都有。

张高举想一想，说，没有。

肖文化说，怎么没有？这么说是你自愿的？

张高举说，也说不上自愿，反正当时觉得无聊，平日里听同事朋友们说起这种事，都是很轻松的样子，我觉得好奇，心里放松了警惕，也有点鬼迷心窍样的。

肖文化说，那你是不是喝了酒？

张高举说，没有，我没喝酒。

我的印象是你酒量很小，沾一点酒就容易醉，可能会控制不住自己。肖文化说。

我那天没沾酒。张高举说。

肖文化说，你真是自愿的？

张高举低下头说，我错了，肖老师。

畜牲！肖文化猛吼一声。

张高举头低得更狠。

畜牲！肖文化再次大吼一声，扭头就走，张高举想上前拦一下，又止住了，愣愣地站着。肖文化的肩膀一抖一抖，快速走到拘留所大门口，似乎被什么绊了，踉跄了一下，一屁股坐在台阶上，号啕大哭起来。

叶文海坐在监控录像室里，直接开机监控的是他原来的秘书，现在的区公安局分局宋局长。拘留所所长被宋局长安排出去开会去了，四周一片安静。

叶文海盯着屏幕看。

肖文化明显的苍老了，头发几乎全白不说，总是不停地咳，咳了一下身子挫一下。叶文海几次看见肖文化扬起手，想抽打张高举的样子，最后又放下了胳膊。他可能想起了自己的身份，但是又气愤不已，对这个自己在嘴边上挂了二十多年的第一名无可奈何。

叶文海突然羡慕起张高举，自己何尝有过这种待遇呢？肖文化哪里是一个班主任老师，分明是一个父亲！这就是第一名的待遇吗？

叶文海愣愣地想，由此想到乡长见县长，县长和市长，甚至市长和省长，这其中的微观空间和气场，和肖文化张高举何其相似呢？但像他这样的“千年老二”们，有这种待遇吗？

旁边宋局长在说话。

我疏忽了，宋局长说，我们疏忽了那个妓女，谁知道派出所只处罚那个婊子五天呢？如果和张高举一样，也是拘留十五天，就没有今天的被动了。

我不明白这个问题，叶文海说，同案的嫖客妓女，处罚为什么可以不一样？

处罚卷宗我看了，应该没问题，宋局长说，同案可以有不同处罚，态度和配合公安的程度，都是参照的标准。

叶文海不说话。

不过，我们正想办法抓住那个妓女，抓住她再说。宋局长说。

现在是法制社会。叶文海说。

我明白。宋局长说。

屏幕上肖文化骂完张高举之后，踉踉跄跄离开了。

张高举穿过一排排树林朝操场上走，走得很缓慢，一边走一边想弄明白，肖文化是怎么知道了消息。穿过操场，脚步越来越慢，好不容易走到大石堆边上，张高举一屁股坐在地上，起不来了。

张高举搬不动石头了，最小的石头都搬不动，只能坐在地上喘气，管教干部急忙叫来医生，检查了半天，什么都没有，查不出来，医生走了以后，张高举试着去搬石头，仍然搬不动只好坐在地上，刚好小白脸诈骗犯搬一块大石头过来，累得气喘吁吁看见张高举坐在地上，心里不平，骂骂咧咧，说，力气到哪儿去了？偷懒吧！要不就是昨晚上梦里面“跑马”了！

张高举从地上一跃而起，扑倒小白脸，挥起拳头就打。

十一

王秀半睡半迷糊之间，突然醒了，确切一点说，她是饿醒的。王秀躺在床上望着天花板，她想起来晚上没吃饭，又不想动，挨了一阵了，最终敌不过钻心的饥饿，慢腾腾下床，头一阵一阵眩晕，她坚持着趿着拖鞋到厨房，出来的时候，被睡在客厅地板上的柳叶绊了一个趔趄。

啊——柳叶尖叫了一声。

王秀扶着墙打开灯，她看到两眼惊恐，站起来瑟瑟发抖的柳叶，她这才想起来，她的家里昨天晚上住进来过一个人，一个黑而瘦名字叫柳叶的女人，一个曾经和她丈夫睡过觉的女人。

别杀我！柳叶一边惊恐地朝后退，一边说。

杀你？王秀狐疑了一下，随即明白了，笑了起来。原来她拎着一把刀出来了，她准备去切一个哈密瓜。

王秀绕过茶几，走到冰箱面前，取出一个哈密瓜，在桌子上很熟练地剖开，大吃了几口。

过来吃！王秀说，我怎么会杀你呢？再说了，杀你？值得吗？

王秀把桌子的刀送到厨房里，插上刀架，柳叶这才放下心来，凑上前去拿一片哈密瓜，她晚上也没吃饭，实在是太饿了。

我能吃吗？瓜快入口的时候，她忽然停住了，怯生生地看看王秀。

吃！王秀说。

柳叶大口大口吃哈密瓜，王秀看着她馋相觉得好笑，等柳叶吃完，她指指客房间：你怎么不睡床？

柳叶说，我不配睡你家床，我只配睡地板。

王秀看看柳叶，想开口说什么，话又咽回去了，拉了灯回房间去。

两个女人都无法入睡，王秀在床上翻出声响，柳叶在地上翻出声响，很久之后，黑暗中传来王秀的声音。

柳叶。王秀轻声喊。

哎。柳叶清晰地回答。

王秀问，你怎么只拘留五天，他怎么就十五天？

柳叶说，不一定同案就判一般多，态度啊，情节啊，都很重要，这件事怪怪的，一般我们出事，老板去接受罚款就行了。

我想问一问，王秀说，你和他睡觉，你怎么会不收钱？你不就是做这个事的吗？

柳叶说：我也说不清楚。

王秀说，那你原先有过不收钱的经历没有？

柳叶说，没有。

王秀说，你出来之后，本来可以一走了之，离开这个城市，但是你却留下来救他，为什么呢？

柳叶说，王秀，你不希望我救他吗？

王秀说，我不希望吗？

王秀想一想，又说，我凭什么希望你救他？让他多坐几天不好吗？

柳叶说，这说明了两个问题，第一，你很矛盾，第二，你爱她。

王秀说，爱？我还爱他吗？我要和他离婚！

柳叶说，别开玩笑了。

王秀说，你不信吧。

柳叶说，要我说，第一，你男人绝对是个好男人；第二；这个男人只属于你，别人拿不走的。

王秀叹口气，说，你这不是拿走了吗？

柳叶说，王秀，你这一辈子是不是太顺了，没碰上过事儿啊，这叫什么事呢？

王秀说，这么大的事不叫事什么是事？

两个人安静了好久，却分明都能听到彼此的呼吸，都知道对方没有睡。

王秀忽然说，柳叶，你来睡床，我睡地板，行不行？

柳叶说，不行不行！那怎么行？！你是何许人！我多贱的人！

王秀说，不行，我睡床睡不着，脑壳疼，我刚才看你睡地板睡得好香。

柳叶说，那怎么行？我睡床你睡地板，不搞反了吗？

王秀已经趿着拖鞋过来了，踢踢柳叶说，啰嗦什么啊！快去睡床啊！

柳叶爬起来说，你真要睡地板啊。

王秀说，还有假啊。

柳叶看王秀是真的，朝客房走，刚走两步，王秀喊住她，指指自己的卧室，说，睡那儿。

柳叶说，我不睡那儿。

王秀说，你睡不睡你！这是我家噢，我说了算，我让你睡哪儿你睡哪儿！

柳叶说，我不睡。

王秀说，你不睡我就赶你走，让你到外面冻你，让警察抓你！

柳叶扑哧一下笑起来，说，好，但是咱们讲好了，我睡那张床你可不许难受。

王秀说，我不难受。

柳叶只好睡在王秀的床上。柔软，干净，一股温暖袭遍全身。黑夜在柳叶和王秀之间弥漫，如一片漫游的大海，两个女人仿佛都立在海中央，上面是水，下面也是水，但是都着不了地。

柳叶睡不着，侧着平躺着趴着，一会儿一个姿势，实在睡不着了，探出脑壳，轻声喊，王秀。

哎。王秀清晰地答应一声。

你怎么没睡？柳叶问。

我睡不着。王秀说。

柳叶说，我也睡不着。

王秀说，柳叶，你为什么不收他的钱？

柳叶说，又来了。

王秀说，我就不明白了，他分明嫖了娼，现在怎么又没嫖娼呢？

柳叶说，王秀，你在骂我吗？

王秀说，我只是想不通。

柳叶说，法律说没有成交，没有钱色交易，就不能算。

王秀说，那你们是什么？是婚外情？通……奸？你们有感情吗？你又说你们是第一次，那不是假的吗？

柳叶说，绝对是第一次，并且我敢肯定，他以前没……没干过这种事。

王秀说，你说，他回来了，日子怎么过啊。

柳叶说，还不就那么过嘛，道个歉，下个跪，认个错，骂一顿，甚至打一架，也就完事了。

王秀说，怎么能面对？还有……

柳叶说，有，什么都有，不就是性吗？当然要有。

王秀说：我想来想去无法面对。

柳叶说，你别总朝细处想，一个男人偶尔冲动了一回，就那么回事。还有，男人和女人，上了床，就那么回事。

王秀欲言又止。

柳叶说，你干脆一口气问完，免得憋在心里。

王秀吞吐半天，说，你们……那个……怎么样？

柳叶说，你问这个呀，我干脆给你说了，免得你在心里憋。我给你说，我们的确是睡了，性交，传统的狗趴式姿势，半个小时左右，还有什么？只管问。

王秀长长地吁了一口气，很久很久，说，柳叶，你这么直接说白了，我心里反而好受一点儿了。

柳叶说，嘿，就那么回事。

王秀平躺着，身子突然发起抖来，柳叶还在说话，说着说着突然觉得不对劲了，喊，王秀，你怎么了？

王秀说，我浑身冷。

柳叶跑出来俯下身子抱住王秀，说，你怎么浑身抖这么厉害啊！

王秀突然一下子掀翻柳叶，从地上蹦起来，冲到厨房里，又折回到客厅里，打开灯。

柳叶看到王秀手里面寒光闪闪的一把刀。

我让你们睡，我让你们性交，我让你们搞半个小时！我让你们搞传统的狗趴式……王秀冲上前去，她的刀却在空中乱挥。

柳叶朝卧室里躲，王秀挥着刀朝卧室里追，柳叶跳过床，王秀站在床这边，瞪住柳叶，柳叶被逼在床和墙的角落里，无处可逃了。

柳叶猛地用脑袋朝墙壁上撞，嘴里说，不用你来杀！我自己死！害人害己的贱东西，不死活着干什么呢？

柳叶鼻子撞在墙上，血迸出来，却没有用手去堵住，雪白的灯光下面，一张血乎乎的脸。

王秀见到血，突然清醒过来，刀掉在地上。柳叶立即找一条布出来，堵住鼻子。王秀一屁股坐在地上，哭起来。

王秀哭完了，柳叶把鼻子脸都洗干净了，两个女人都安静了。柳叶抱着被子到客厅，说，我不睡床了。王秀很久才说，我也不睡床。柳叶说，难道我们都睡地板？王秀让出一点位置，柳叶挨着王秀睡下来。

两个人静了很久很久之后，开始说话，东拉西扯，谈到柳叶的家乡和家人。柳叶谈到她当年上学的成绩以及父亲受伤的事。

王秀听了之后，心里很难受，问，你爸爸情况怎么样？

柳叶眼泪刷刷流，哭着说，他快死了！

王秀说，怎么快死了？

柳叶说，他听说我在干这种事，气得没法，又起不了床，先是拒绝吃药，最近听说连饭都不吃了。王秀也流起泪来，房间一片抽泣声。

两个人谈到张高举。

王秀说，你为什么说他虚弱？

柳叶说，我只是感觉，说不清，和身体没关系，你别往深里想，我可能说得不对。

王秀说，不，柳叶，我觉得你说对了。

柳叶说，我说对了吗？

王秀说，说不清，工作二十多年了，日复一日的，生活一天天好起来，我们却……怎么说呢？就是你说的那样，虚弱了一天一天没有力量了。

十二

墙里面和墙外面都对这件事的进程感到不可思议。

张高举的嫖娼案做了重新裁决，嫖娼不成立。本来可以释放回家的张高举却接到另一个裁决——在拘留所打人，处行政拘留，裁决的时间刚好和原来嫖娼的处罚一模一样。

墙外面的王伦怒不可遏，他找到面无表情的拘留所所长，说，你不要太过份了，你不要官逼民反啊。

拘留所所长说，我们这是依法裁决，张高举打了人，那是要受处罚的。

王伦说，他那也叫打人？那也叫打人？

拘留所所长把材料放在桌子上摔得啪啪响，说，他的拳头打在人家身上了！对方有证明材料，管教干部也有证明材料，在铁的事实面前，你还辩白什么啊？现在全国都在打牢头狱霸，你明白吗？

王伦说，牢头狱霸？你去看看，张高举是牢头狱霸的相吗？

拘留所长说，牢头狱霸还要什么相？嫖娼的人是不是都长着嫖娼相？张高举长了嫖娼相吗？

王伦肚子气得鼓成青蛙样，半天说不出话来。

墙里面也经历了暴风雨般的愤怒场面。张高举接到重新裁决后，坐在墙边不吭声，但是同号的狱友们不干了，集体围住白脸诈骗犯，共同声讨他。

狱友们说，你小子为了图表现，讨好领导政府，你检举人家张高举打你，他那是打你吗？

白脸诈骗犯说，管教在旁边看见了的，让我写材料，我不写成吗？

狱友们说，他打你哪儿了？他一拳要坐这么多天牢？是打你脑壳了还是打你鸡巴了？

白脸诈骗犯说，兄弟们，判他几天是我的事吗？不是我的事啊！

狱友们说，你小子没一点仗义，你说没打不就完了吗？

白脸诈骗犯蹲在地上，一百张嘴都说不清。

墙外面王伦开着车子飞快地朝区公安局跑，他去找矮个子宋局长，他要找这个矮个子局长讨个说法。一个被误判嫖娼的人，在里面打了另外一个人一拳，也就是一拳，还是对方挑衅的语言引起的，他还要受如此处罚，这合乎公理吗？

矮个子宋局长在开会，王伦把车停在院子里等，这一等大概等的有两个小时，王伦一会儿开车出来站着看太阳，一会儿关住车门在里面生闷气，来来回回几十次，看看太阳悬在楼房顶了，矮个子宋局长会才开完。

矮个子宋局长看见王伦了，并没有打招呼，背着手朝自己办公室走，高个子王伦跟在后面，从二楼跟到三楼。他从原先谦恭的秘书现在的局长背影上品出了威严。

什么事？矮个子局长坐在高沙发椅上，指着远处的椅子让王伦坐。

王伦说了张高举的事。

宋局长说，王伦，这件事不能再说了，接受处罚。

王伦说，你给我个理由，这不公平。

宋局长说，我也是才听说这是你王伦的妹夫，才这样处理，否则……我小看你王伦了，你给我送一盒月饼，那都是有用意的，但是，想来想去，我还是买你买面子了，否则，处理不是这样的。

王伦说，那会怎样呢？

宋局长说，否则，像他这种情况，不该是行政拘留了，直接改成刑事拘留。

为什么？为什么会这样？王伦问。

你不看看报，宋局长把桌子上的一大推报纸翻得哗哗啦啦响，说，全国现在在查牢头狱霸，查一个严打一个，昆明一个看守所出了大事，一个牢头狱霸在号子里打死了人，网上炒开了，波及到全国，我们现在压力大得很。

王伦说，张高举那个长相，像牢头狱霸？

宋局长说，王伦！都什么时候了？还说长相不长相？他那长相你看得出来会背叛你妹妹？你是什么立场！你站在你妹妹一边了吗？

王伦无话可说，静了半天，仍不甘心，说，那我们怎么办？

宋局长说，你让他安心改造，再也不惹事生非，安安心心安安全全地在里面度过每一天，直到出来为止！

王伦突然冲到矮个子宋局长面前，一把掀掉他桌子上的报纸，用手猛拍桌子，啪啪啪直响，说，你们不要官逼民反，你们不要官逼民反，你们不要官逼民反……王伦手发抖，全身发抖，声音也在发抖。

矮个子宋局长没料到王伦敢这样，眼睛一横，手里茶杯敲着茶杯，说，你想怎么样？

王伦说，如果是你妹夫，那就不说了……就是个普通的社会上的人，你们会这样处罚吗？

宋局长说，我就这样处罚了，你王伦怎么样？

王伦抓起他手中的茶杯，宋局长以为他要砸自己，脑壳一躲，却不料王伦把茶杯摔在墙上了。

宋局长按响了警铃。

王伦被两个冲进来的警察带走，在置留室里待了一个小时。一个小时之后，王伦的气消了，矮个子宋局长的气也消了。宋局长到置留室，让人把王伦放了。

我们之间什么事都没发生。矮个子宋局长对王伦说。

矮个子宋局长前面下楼，高个子王伦追在后面，两个人构成可笑的图案，王伦边追边心犹不甘，说：不能通融通融吗？难道真的一拳要坐这么多天？

矮个子宋局长下了楼，快步走到车前面，打开车门，等王伦也走到车门那里，宋局长已经发动了车。王伦再一次说，小宋，宋局长，真的不……

他的话没能说完，回答他的是关门声。

王伦愣了半天，很机械地打开自己的车门，坐进去，趴在方向盘上，很久很久启不动车子。他的脸上有一滴水流下来，他以为是汗，用袖子去擦，越擦越多，分明是泪水，他索性伏在方向盘上哭起来。

墙里面却仍不平静。

狱友们争议的焦点由白脸诈骗犯转到张高举这个案件本身。

你这个案子，很怪啊，狱友们说，你不就嫖了个娼吗，现在没有这样处罚的啊，以罚款教育为主啊。

再说了，现在嫖娼又不成立。狱友们又说。

你是不是得罪了谁啊，白脸诈骗犯凑在张高举身边，讨好的样子装给众人看，你肯定得罪了哪个当官的。

张高举又一拳击在白脸诈骗犯的脸上，突然从地上跳起来，挥着拳头对着几个狱友。狱友们一惊，也都握住拳头自卫。众人虎视眈眈望着张高举，张高举突然转身，对这墙壁猛挥拳头，众狱友一齐冲上去抱住他，有人说，张高举发烧了！

十三

王秀赶到医院的时候拘留所的护理人员已经走了，王秀简单地问了一下情况之后就在张高举的床前不停地忙碌。隔了一会儿摸一下他的额头，找医生，找护士，量体温。夜再晚一些，张高举醒了，他要喝水。王秀给他倒一杯水，张高举抖抖地端着杯子，喝不下去。王秀摸摸他的脑壳，体温好像越来越高了。

王秀。张高举喊。

什么事？王秀说。

你回去拟个协议，我和你离婚。张高举说。

王秀愣住了，她没想到张高举蹦出这句话来。她的脖子仿佛被人点了穴位，很久很久转不过来，但是王秀最终明白了张高举说了句什么话，她劈手夺过张高举手里的茶杯，扔在地上，拉开门往外面跑。

王秀怒气冲冲往外跑，这一股怒气点燃了一路，以至于她先骂一个电麻木司机跑得太慢，又骂一个拐错方向的出租车司机是“神经病”。拘留所的定点医院比较偏远，一辆电动麻木转一辆出租车之后，王秀赶回了家里。

离，离，离……离婚！离婚！王秀完全搞不明白自己是在想还在说，或者说边想边说，不就是离婚吗？

王秀冲进家门，靠在门上，眼前是熟悉而亲切的一切：沙发，茶几，电视，冰箱，拖鞋，零食盒，玩具……王秀本想惯性朝里屋冲，进屋后却忽然没了力气，一直靠在门上。在门背后靠了很久很久之后，她习惯性地换上拖鞋，不用看路地穿过茶几和沙发之间的小路，走到卧室里，拧亮台灯。

一张白纸，一只水性笔，台灯下的王秀坐端正身子，开始动笔。她写了两个字“离婚……”后面的字还没来得及写，她一下子站起来。

她好像这才猛然醒过来，才明白自己要干什么。离婚？她仿佛不认识这两个字似的，仔细研究起来，越看越觉得奇怪，好像这两个字写错了，又不知道错在哪里。

但是，必须离婚！这个男人，他背叛了我且不说，我正照顾他呢，他居然说离婚！那就离！凭什么不离，谁不离谁是王八蛋！

有人敲门。

王秀坐在台灯下面。不想动，但是敲门声却一声连一声，从敲门的节奏王秀可以推断是她哥哥王伦。

果然是王伦。

王伦说，你在干什么？

王秀说，我在写离婚协议书。

离婚？王伦半惊半疑地说。

对，我想好了，我要离婚！王秀坚决地说。

好，好。王伦打开冰箱，冰箱里空荡荡的，只有一把面条，王秀已经很长时间没有开火了，没有任何菜。王伦拿着一把面条朝厨房走，他两顿没吃饭，已经饿昏了。

王秀没想到王伦突然说出两个“好”字，与她想象中王伦该说的话大不相同，她跟着走到厨房，王伦拧开煤气，已经在烧水了。

哥哥，我来。王秀抢上去说。

王伦一把推开王秀，说，我劳驾不起你！你是何许人！常务副市长都见不上的人，我一个开车的，轿夫，我怎么敢让你给我煮面呢？你煮好的面我敢吃吗？你写离婚协议书去吧。

王秀站在王伦后面，一边看他下面一边流泪，泪水越来越多，索性哭出声来，一扭身，跑到沙发面前，扑在沙发枕上痛哭起来。

王伦煮好面，端到沙发上吃起来。

王秀哭着说，我不离怎么办？他亲口说要离婚的……

王伦说，你不会听话吗？他那种情况说离婚是真心的吗？他为谁在考虑呢？

王秀说，那我怎么办？我难道一定要给别人低头，给叶文海低头吗？

王伦说，你低头？你不低好不好！你离婚了之后，你就永远没有我这个哥了！

王秀说，哥……

王伦说，王秀，我说过张高举是个好人，别的不说，只说一条，你想想，没有他，你的妊高症到那个程度了，能挺过来吗？

王秀不哭了。

妊高症。

这是王秀一生最怕的三个字，现在清晰地蹦出来了。

王秀第一次怀孕就差一点死过去了，医生给她警告了这种病的危险，但是王秀没过多久又怀上了，她太想要孩子，这是唯一的理由。

第二次怀孕，三个月不到，她全身开始肿，肿得眼睛看不见，头晕，经常性晕倒。医生检查完说，处理吧，不处理大人有生命危险。但是王秀当时的意识极清醒，她清醒地“听”到了张高举的一切活动，签字，问候，陪她进手术室…….这一次王秀哭得很厉害，像小时候她在沟边上顺手牵住的那只羊一样，咩咩咩，经久不息。

王秀问张高举，如果一直没有孩子，我们怎么办？

张高举说，那我们就两个人过，不也挺好吗？

王秀说，老了呢？

张高举说，老了以后，我们还是牵着手相互搀扶，相依为命。

王秀说，如果你死了，我还怎么活呢？

张高举说，那你先死。

张高举连忙收住口，他感觉到自己说错了，连忙改口，说，我们一起死。

王秀的泪奔流而出。

王秀那一阵很爱流泪，一改往常的安静而独立，她想起小学放学在渠边迷失方向的那只羊，仿佛迷失的不是羊，真正迷失的是自己，是那只羊牵着自己而不是自己牵着羊。一步一步地回到家中。

这个暗喻时而让她迷惑，时而让她清醒，时而让她感动，时而让她落寞。

王秀坚持着又怀上一次。很早很早，她就开始防范了，小心翼翼，一步一趋，每天量血压，她希望能度过最危险的前三个月。但是好像预先埋伏好了一样，又好像一颗树上的毒瘤引导这树液在奔跑聚拢，某一天，她突然间倒地了！

这一次比前两次都厉害。医院直接给家人下了病危通知书。张高举从前到后都一个人人料理她，让王秀全家人感动。他们焦急地看着肿得像面包一样的王秀的输氧瓶，看着里面不断跳动的水泡。他们担心那些水泡突然会停止，他们不知道那是一个什么样的结果。

那个结果最终没有到来。第二天，天快亮的时候，躺在王秀脚头一夜没睡的张高举对早上刚到来的王伦说，她“醒”过来了。

王伦一惊，说，说什么？

张高举说，她“醒”过来了。

王伦看看仍然间断冒泡的输氧瓶发愣，说，她醒了？你怎么知道？

张高举说，我感觉到了，她在“掐”我。

掐你？王伦更莫名其妙，你清醒了吗？你刚才是不是做了梦？他问。

没有做梦，她真的“醒”过来了，她又“掐”我了！张高举泪光闪闪地说。

王伦赶紧去看王秀，他当然没有看见“掐”，他是看见王秀的手搭在张高举的腿上，肤色苍白。这一次王伦相信他看见了，他们看见了“掐”，他希望“掐”狠一点。

十四

王秀离开的时候，张高举想喊一句什么，但是没有力气喊出来。

这个女人他怎么离得开啊！重新躺下来，张高举的眼泪想流出来，但他努力地忍住了，眼睛一直闭着。张高举有时候觉得，自己就是上帝为王秀放在某个地方的物件，等到一定的时候，再还给她，让她随手拎走。高中毕业以后，王秀考上市中专，张高举考上省城师范大学。张高举开学那一天，王秀一直把张高举送到武汉。王秀帮张高举抱着布箱子，拎着盒子、衣服、鞋子，他们在夜间从樊城上火车。那时候的火车要开十个小时，火车上人山人海，把张高举的物品挤得七零八落。王秀让张高举在一个角落站好，然后钻进人缝中，一样一样地找回他的物品——牙刷，勺子，铁碗，一本小说。早上下火车之后，他们疲惫地等待学校迎接新生的车辆，他们看见武汉早上的电车顺着电线抛出一串串火花，听见难以忍受的武汉方言在叫卖小吃……王秀说，张高举，你会留在这个城市吗？张高举不知所以。王秀说，这个城市一点都不好，你不要留在这个城市。张高举说，好。

两个人坐在布箱子上，用手拉钩。

张高举现在想到这个举动都好笑。

这些都不重要，重要的是两个人的默契，王秀定期到师大看张高举，张高举定期回襄江看王秀。

有一回，王秀去看张高举，张高举和班上的几个同学正在草坪上做游戏活动。王秀远远地看着他们，男生女生一堆，在一个汉白玉雕塑前面，周围是大片大片的青草，四周是茂密低垂的绿树。王秀看见张高举和一个女生互相追逐，嬉戏，心里一阵疼痛和失落。游戏结束后，他们在草坪上读书，王秀在一丛灌木下坐着落泪。张高举读着书，总感觉有什么不对劲，揣着书朝王秀的方向走过来。

他看见了王秀。

你来了怎么不告诉我？张高举说，你为什么哭？

我从此不来看你了。王秀说。

为什么？张高举说。

因为我看了你这么久你都没发现，因为你和那个女生玩得多高兴…….王秀没说完，她的嘴被张高举捂住了，王秀顺势咬住张高举的手，一直使命咬，把张高举的手咬出了血。他们边咬着躲进树丛中，开始了第一次热吻。

王秀读的中专是两年制，两年以后，王秀参加工作，张高举还在上学，王秀每个月给他送钱。张高举的同学们都知道，张高举在家乡有了一个对象，那是预定好了的，雷打不动的。

直到毕业。

毕业那一天，王秀像开始送他上学来一样，帮他把物品一样一样收回，这时候火车提速了，只用了六个小时。照例是夜间乘车凌晨早上几点到，到了以后，王秀引张高举到自己刚分的宿舍。

王秀烧了热水，给张高举洗脚，张高举难为情的不让她洗，但是王秀坚持给他洗好，擦干，然后他们相拥上床。他们并没有急于做爱，而是相拥谈心，谈鲁迅，郁达夫，还有冰心……

洗脚，谈文学，然后是两个人慌乱而从容的第一次。洁白的床单，蓝色的窗帘，上面都映着一朵一朵的荷花。

床上最后留下一滩血迹，那朵血迹印在荷花上，让两个人发呆。

一辈子，我是你的，你是我的。王秀说，张高举也说。

曾经有一次，那是他们结婚没几年，有一回春节前，他们吵架了。为什么吵架，他们两方都忘记了。只记得那一回吵得很凶，吵架的结论是：两个人各回各的家过年。而在此之前，他们每年的春节是两边家里过，要么先到张高举家再到王秀家，要么先到王秀家再到张高举家。那天吵过架，张高举拎着东西去搭长途车，张高举刚走，王秀就后悔了，她内心空得厉害，塞满全世界都不能填住。王秀追到长途客车站，发往县城的客车刚走，王秀心急火燎地等到下一班，赶到县城，已经没有了前往乡镇的车。

张高举老家那个乡镇叫赵湾，是全县最穷的山区，每天只有一班客车。王秀就转车！她跳上了一辆距赵湾最近的乡镇的车，到了之后，又转手扶电麻木朝赵湾赶！

她没想到在赵湾乡会迎面碰上张高举。张高举到了赵湾后，心里也空得慌，空得满世界装进去都不行，想王秀。那时候哪有手机？连传呼机都没有。张高举后悔自己的轻率和赌气行为！他以为王秀还在市里，还在家里生气，所以到赵湾以后，他决定返回！但是赵湾没有车了啊，每天只有一班长途客车，没办法返回了。张高举站在路口，他希望出现奇迹，来一辆过路车，或者一辆电动麻木，他要返回！夜色笼住周围的山野，四周一片雾气的时候，他看见载着王秀的这辆手扶电麻木一蹦蹦地从山弯处驶过来了！

师傅！师傅！他扬着手喊。

王秀听见他了的声音了。

张高举！王秀的声音透过雾气传过来。

师傅！师傅！张高举还在挥手。

张——高——举，这回他听见了。他简直不敢相信自己的耳朵，他冲到尚未停稳的手扶电麻木前面，张开双臂。王秀像一只鸟，还是像什么呢？从里面飞出来！

王秀泪流满面，张高举也泪流满面，两个人在赵湾乡狭小如扁担一样的街坪上相拥而泣。

这样的爱情，这样真实而充满硬度的生活，真的要结束了吗？

但是有什么办法呢？

张高举感觉到自己过不了这一关，仿佛已经使完了力量，所有的力量都没有了。

怎么可能……怎么会……到这样的局面呢？

张高举渐渐回想清晰了。

张高举骑着自行车，沿着一条狭长的深巷缓缓向前，快出巷子口的时候，忽然间，张高举从自行车上摔下来。张高举坐在地上，觉得莫名其妙。路面平整，一条细沙石沥青路，油黑明净，没有石头和坑凹，没有任何阻挡物。两边是白红相间的高墙，一边是一个大型物业仓库院墙，另一边是民居的背面。路上没有行人。明天就是中秋节，空气很冷，一棵树高高地越过院墙，在天空中苦撑。

张高举在地上看到一片树叶，周围只有这一片树叶。张高举想起来了，刚才好像有一片树叶，袭击了他的脑壳。张高举把这片树叶放在眼前研究了一下，没研究出什么内容来。

看来自己是被这片树叶击倒了，张高举想。

张高举扶起自行车，问自己：我会被一片树叶击倒吗？

但是看看四周，没有别的答案了。张高举缓缓地推着自行车朝巷口走，边走边思索为什么会被一片树叶击倒。

他听到了一个声音。

先生，洗个头。巷子口一家发廊门前的发廊妹在喊。

你喊我吗？张高举问。

这里难道还有别人吗？发廊妹说。

张高举犹豫了一下，发廊妹说，来吧，我包你把脑壳一洗，你所有的烦恼都没有了！

张高举推着自行车，朝发廊门口走，他还没有意识到他碰上的是暗娼，他看见那个发廊妹黑而瘦。

那么，怎么会嫖娼？现在躺在病床上的张高举想不通。洗头就洗头，怎么会到嫖娼这一步？这个问题，他在看守所里一直在想。脑壳里每天过电影一样，现在却越来越清晰了。

我刚才在巷子里，一片树叶居然把我打倒了，张高举对柳叶说，一片树叶，只有一片树叶，怎么可能把我打倒呢？

这很正常。柳叶一边把张高举脑壳扳在胸脯上一边说。

这很正常吗？张高举说。

洗头之后是头部按摩，柳叶把张高举脑壳按住，用手指头在上面敲几敲，然后把张高举的后脑勺放在自己的两只乳房中间，指头在脑壳上乱蹦。张高举想直起身子，但是后脑勺不听话，他就这样靠着，感受柳叶的两只乳房。气氛一片暧昧。

很正常，柳叶说，因为你失去了力量，你变成了一片虚弱的树叶，你就会被一片普通的树叶打倒。

哈哈哈，太有意思了，你这个发廊妹。张高举快活地说。

有意思的还在后面呢。柳叶故意捏他。

张高举的心被这个黑瘦女子捏住了。后来他知道她叫柳叶。

这就是特级教师当初嫖娼的前奏。

因为你失去了力量，这句妓女说的话现在清晰地跳出来。

十五

叶文海坐在庞公大院的三楼风景门正中，一张大椅子，一个大茶杯。风景门由阳台改造而成，前面是开阔的菜地，再远处是连绵的真武山，下面院子的场坪和鱼池都一览无余。叶文海坐在椅子上，等待肖文化的到来。

叶文海现在的心情，平静而安宁。当然，中间主要的情绪还是无奈，对命运对前途，甚至对宿命的无奈。自从上级组织部门找他谈话，告诉他市长另有人选，他仍然担任常务副市长的时候，他一下子有了这种无奈的平静。再一届下来，五十岁了，常务副市长，前面还有多远的路，他看得一清二楚。千年老二，这仿佛是他一直讨厌一直想扔掉却又冥冥中等待的一个结果，这个结果一出，他什么话都没有了。

上级问他：有什么要求吗？

叶文海说，没有。

上级不放心，又问：真的没有？

叶文海说，没有。

他看见了肖文化。

肖文化骑着自行车进来了，偏着退下车，把自行车扎好。几乎全白的头发，高大的身材，微微前倾的背……他来干什么？替张高举说情？叶文海有点怀疑。从秘书告诉他肖文化要见他开始他一直都怀疑。这个二十多年来从来没求过自己的人，包括他那一年有机会当校长，他明明知道叶文海在分管，却没有去找过他一回。

现在，为了他心爱的学生，心爱的第一名，他会开口吗？

听到肖文化踏踏的上楼声，叶文海从风景门起身，转回到自己的办公室。

秘书把肖文化引进来。

寒暄客气之后，叶文海靠在椅子上，等着肖文化，看他如何开口。

没想到肖文化单刀直入地说了。

张高举出了一点事。肖文化说。

张高举？叶文海故意迷糊地说。

对，张高举，肖文化说，就是高中和你一个班的……

噢，张高举！叶文海说，我想起来了，不就是那个每回都考第一名的张高举吗？他是您的得意门生，是吗？

不，肖文化说，我没有这个每次第一名的学生了，他也不是我的得意门生。

叶文海诧异了一下，说，怎么了？

肖文化说，他现在违法了。

违法？怎么了？叶文海继续说。

他……肖文化咬一回下巴，鼓鼓气说，这家伙嫖娼，被抓起来了！

啊……叶文海故意夸张一下说。

他身为一名教师，却去嫖娼，违背了师德……

怎么会这样？他当年，哎，每次都第一，怎么会这样？叶文海说。

不，他已经不是第一了，肖文化说，他从我心里已经抹掉了。

他不是第一？怎么可能？叶文海说，他不是第一谁第一？

你第一！肖文化说，你是第一！

哈哈哈哈……叶文海突然爆发出大笑，哈哈哈……他忍不住了，肚子笑疼了，站起身。

我不是千年老二吗？叶文海边站起身边擦笑出来的眼泪说。

我说错了，肖文化说，你现在是第一。

你来干什么？叶文海笑完之后，突然觉得索然无味，想收场了，问：

就来说这句话，来给我摘帽子吗？我还真就是千年老二，今天上级通知我了，我当不成市长了，还是常务副市长，我凭什么摘“千年老二”的帽呢？我不摘了，也摘不了了，肖老师！

我来求你救张高举。肖文化说。

救张高举？叶文海忽然愣了一下，说，噢，我明白了，你给我摘帽是假，救你的得意门生，救你的第一名是真，对吗？

不，肖文化说，他明白叶文海的意思了，很坚决地说，我心里没有他这个第一了，这是真的，但是想救他，也是真的。

为什么？叶文海说，如果心里没有他了，就可以扔开了，可以不去管了。

要管！肖文化提高声音说，我一开始也不想管了，但我回去想了一下，你们这一届是我带的唯一一届，目前还没有出事的，没有早亡的，也没有坐牢的，也没有特别臭名的……我虽然不再认他什么第一名，但他还是我的学生，我不希望我的学生在坐牢，或者……成为全社会最丑最臭的人……

叶文海愣住了。

我一直在想这些年的得失，肖文化说，我今天终于想明白了，我只教会了你们竞争，争第一，按成绩排队，但我没教你们更重要的一点，那就是和谐与爱，在爱中和谐相处，这是我最大的失误。是我的错！所以今天，求你了，帮他一下！

叶文海仍然愣住没吭声。

你一定要帮这个忙。肖文化说。

叶文海还愣在那里。

肖文化扑通一声跪下了。

叶文海冲过去扶他，一个椅子绊了一下，把他绊倒了，肖文化连忙冲过去扶他。

肖老师！

叶市长！

不，叶文海说，您喊我名字，叶文海。

叶文海手机响了。

电话是交通局杜局长打来的。杜局长充满兴奋地说，叶市长！叶市长！王秀要见您！

王秀要见我？叶文海说。

对对对，杜局长还在兴奋，说，王秀打电话给我，说要见您，您在哪里？

叶文海稳定住情绪，说，杜局长，张高举病了，在医院里，你给王秀说，我们马上到，就在医院里见吧。

杜局长好像没听明白。

听清楚了没？叶文海又问一声。

追赶太阳的自行车

一

有一件事，你听说了没？有一件事，你看见了没？

有一件事，你说出来没有？

二

雄哑哥说话

弟弟抢在哥哥前面先结婚，那怎么行？我都没结婚他结什么婚？帮忙的亲戚朋友都来了，屋子里摆满了我弟弟陈胖三结婚的用品。我突然闹起来了。

我把他结婚的红被子、红枕头、红枕巾、红喜糖，还有里面印着红喜鹊的瓷盆子这些红东西都朝外面扔。我把这些红东西扔到门外的走廊里，扔到楼下的院子里。我爸和我妈拦不住我。来帮忙的亲戚们，我妈的妹妹们，她们都和我说好话，都拦不住我。我弟弟陈胖三过来吼我，我推了他一掌。他被我推得倒退几米，差点儿跌倒。他从省城武汉带回来的女人发出尖叫。

屋里屋外乱成一团糟。

我都没结婚他结什么婚？我边扔东西边吼。

我妈说，让弟弟先结婚，你再结婚好不好？

我知道她这是在骗我，把我哄住了，等陈胖三结婚酒席办完，我还是结不了婚。她当年说坏蛋保国结不了婚，结果保国找了一个漂亮老婆；她说傻子国柱结不了婚，国柱也结了婚。

不行，不能让他结婚！我说。

后天就要办他们的结婚仪式，客人都请了，酒店也订了，这我都知道，别想瞒我。

我弟弟陈胖三指着我妈的鼻子，说，你为什么管不住他？你怎么连一个半聋半哑的人都管不住？

我妈哭丧着脸说，他是好管的人吗？当初说不回来办酒，你突然又回来办酒，我没和他说清啊。

陈胖三说，笑话，我回老家办个结婚酒要和他一个聋哑人商量吗？

看他牛气哄哄，我扔完东西，冲过去要揍他，他转身跑掉了。

我妈忍着性子劝我，说，老大，雄，将来你结婚，我给你多办几桌行不行？你看，结婚是两个人结，结婚你得先找一个女朋友是不是？你不能一个人结婚是不是？

我说，我有女朋友，我去找我女朋友来结婚。

我扛着自行车从二楼往下拐，我拐到一楼，把自行车放到院子场坪上。

陈胖三带回来结婚的女人问我妈，他有女朋友吗？

我妈说，哪里有啊，只听他天天在说。

我几个姨也在说，介绍了好多个，都没弄成。

他们都不相信我有女朋友。

我在夕阳下跨上自行车，沿着沥青路朝汉江边骑，又顺着汉江边朝山里骑，我去找我女朋友。我找了一夜，第二天又找了一天，这中间经过了好多好多事。我找不到她在哪里，只好返回。我知道陈胖三要办结婚酒了，我不能让他搞成。

果然，我离开的这一天里他们又忙开了，门上已经贴上红对联，被子枕头盆子喜糖这一堆红东西又重新摆上。我母亲在院子里等着我。她希望我跑了一天气会消下去，但没想到我的火气更大。我把自行车支在院子里，拐过楼梯冲上二楼。我把他们贴的红对联先撕了，又冲到里屋去扔东西。陈胖三气极了，大喊一声朝我扑过来。他哪里是我的对手？我把他摁在地上，我举起拳头，正犹豫着是否打他，忽然感觉不对劲，因为我身后有两个人抓住我。

后来我知道这是我弟弟从县城请来的两个混混儿。陈胖三为了保证结婚酒席顺利，打电话给他在县公安局工作的一个同学，希望那同学过来搞我一下，让我老实。但他那个同学认为家务事公安介入不好，找两个黑道帮忙吓唬我一下即可。

这两个混混儿捏住我身体的哪个地方，我一下子失去了力气。他们把我押着下楼，拐到院子角落厨房背后。他们问陈胖三该怎么办。陈胖三的新郎妆上面全是灰，都是我摁在地上沾的。他头上吹了定型摩丝，现在也沾满了灰。他气坏了。他冲到厨房里，找了一只铁火钳。陈胖三让两个混混儿押着我，他举着铁火钳朝我头上打。

他一下子打在我天灵盖上了，我眼前一黑。

你没事惹一个哑巴干什么

你没事惹一个哑巴干什么。校园理发店店主陈苍花早上刚打开店门，她看见雄哑哥迎着初升的阳光走过来。陈苍花心情烦躁，她对着雄哑哥喊话。雄哑哥刚刚喂完猪朝学生食堂走，他准备去食堂扫地。雄哑哥现在是学校食堂的后勤人员，分管喂猪和扫地。雄哑哥三十岁的时候挨了弟弟一铁火钳，这一铁火钳把他打老实了十年。现在他四十岁了。

哑巴，陈苍花对着初升的太阳喊，你过来。

哑巴并没有过来。他朝陈苍花斜了一眼，这说明他听见了。他只是半聋半哑，别以为他全听不见。

哑巴，你没长耳朵吗？陈苍花心情烦躁的时候看太阳看雄哑哥都不顺。

你没事惹哑巴干什么。学生们都还在上早自习，初升的太阳滚在操场上，一片红。不要在太阳刚出的时候心情烦躁，何况你陈苍花不单烦躁了，你还把烦躁朝一个哑巴身上转。陈苍花烦躁应该和昨晚的夜生活有关，应该和不久前的日常生活有关。昨天晚上，她丈夫常物理打了她一个耳光，这是一个，另一个，一个退休教师在她的理发店斜对面又开了一家理发店，校长陈世界不支持她，支持那家店。你说叫她怎么不烦躁。

陈苍花看看哑巴走远了，又喊，雄哑哥，雄！

雄哑哥站住了，折返过来朝她这里走。看来他刚才的确听见了。

雄哑哥，陈苍花说，你一个食堂喂猪的，你怎么天天那么高兴？

雄哑哥看她没事，准备折返回去。陈苍花又问，你那个胖老板弟弟，回来没？

没。雄哑哥说。

你弟弟上回带来的女人真漂亮。陈苍花说。

初升的太阳缓缓滚动在操场上，操场边的小树在滋滋地吸着太阳的气味，小草在树下跟着偷吸太阳的水汽，这些陈苍花丝毫看不见。校园操场的一个角落，校长陈世界和几个老教师一起在打太极拳，这些陈苍花看不见。操场顶头的主席台上，升旗手王米格正迎着太阳抖动火一般的旗帜，这些陈苍花也看不见。教务主任曹老三正拦住一个迟到的女生大声训斥，这些她陈苍花还是看不见。

她偏偏去招惹雄哑哥。

我看见你那个披肩发女朋友了。陈苍花对着雄哑哥的背影喊。

雄哑哥在滚动的太阳下面停住脚步，重新折转过来。这个半聋半哑的人听见了，信以为真了。

陈苍花还不知道自己惹大祸了。

三

雄哑哥说话

我弟弟朝我天灵盖打了一铁火钳，我倒在地上。我昏迷之前，翻起眼角，我看见了一片红。夕阳落在楼梯拐角上，院子里、楼梯上、厨房门口、二楼走廊里，全是一片红。之后我什么都不知道了。我醒来的时候躺在床上。我的床在厨房旁边的一个偏厦的角落里。我母亲在我床头烧香。

我一下子安宁了。我的思想来了一个九十度大转弯。我想流泪。我想和我妈说对不起。这么多年，我为了找女人，为了结婚，把她闹成什么样子啊。

我想说，妈，我对不起你。

我妈在油灯下面念经。她叹口气说，孩子，是我对不起你。

我想说，妈，我现在才明白，我是一个半聋半哑的人，闹着结什么婚找什么媳妇啊。

我妈说，孩子，人身上有个缺点，怕什么，你看你爸，他还不是有缺点？他腿不好，我为什么嫁给他？

我爸在床头试我鼻息，他怕我被铁火钳打死了。我倒在地上不醒，他们都怕我死了。

你和谁说话？我爸问我妈。

和老大啊。我妈说。我妈念完一段经，又给神像续香。她面前供着几尊神像，太上老君、关帝爷和慈航道人，还有两个小神仙，一个天聋，一个地哑。我妈说过，那两个神仙合起来就是我。

他还在昏迷啊，说什么话！我爸去给我倒水，他一条腿残疾，他走路一高一低。

我想起身，但我起不来。我脑壳里面的脑髓好像被铁火钳打裂了缝，脑壳一动就疼。我只好不动，躺着听我母亲在我旁边念经。我听见我弟弟陈胖三在二楼的走廊里指挥帮忙的亲戚们重新贴对联，指挥他们搬东西摆礼品。他明天就要办酒席，客人都请了，酒店也订了，该准备的都准备好了。

是的，这个时候，我凭什么不让他结婚呢？

但是，我有些事情，还没搞明白。

我想问我妈，我小时候那个玩伴保国，他是一个坏蛋，他偷东西，骗人，和人打架。他因为偷汽车上的货物被公安局抓住，戴过手铐，坐过牢。他为什么从牢里出来还找了个漂亮老婆。我妈说坏家伙找不到老婆。要勤劳、节俭，不干坏事，做好人有老婆，但是坐牢出来的保国却在外面搞了一个那么漂亮的老婆回来，他把全村人的眼珠子都眼热出来了。我这么勤劳能干，是全村最勤劳的人，我却找不到老婆，为什么？

我妈叹口气说，孩子，妈对不起你，妈怎么知道你醒事那么早呢？妈怎么知道你那么清醒那么明白呢？

我想问我妈，我小时候还有一个玩伴国柱，他是一个傻瓜。他发起病的时候，倒在地上，手脚抽动，口吐白沫。他为什么找到了媳妇，他为什么能结婚？

我想问我妈，她为什么给我介绍一个秃子？他们曾经把一个秃女全家接过来，隆重招待，大鱼大肉。他们几个家长在酒席上说，啊，终于两好合一好了！我就不明白，给我找一个秃子，有什么好？还两好合一好？

我妈说，孩子，我正要给你说说这个。傻瓜国柱为什么可以结婚？因为他找了一个更傻的女人啊。你看人家，现在招了女婿，在县城一个医院上班。人家老丈人有本事啊，有权力啊。但他不管多有本事，他有一个傻姑娘，他要把傻姑娘嫁给国柱。国柱不像你啊，他不提条件啊，你如果答应那个秃女，现在不也结婚了？孩子都有了。

我爸在屋里一高一低地走路，他走路的声音像一张磨砂轮的砂纸在地上磨擦。他问我妈，你和谁说话？

我妈没理我爸，继续和我说，孩子，世界上的婚姻，找对象，没有条件不条件，长相不长相，你同意我也同意，就叫两好合一好。

我妈叹口气，又说，孩子，下回再有这样的机会一定要同意，你要明白，对一个残疾人来说，机会可不多啊。

晚自习之后请到老地方

晚自习后请到老地方。校园的升旗手，初中三年级一班班长王米格在快下课的时候，趁发作业本的机会给同班同学宋秀丽留了一张纸条。老地方在哪里？除了半聋半哑的雄哑哥之外，全校没有人能想到，王米格和宋秀丽约会的老地方在学校的猪圈墙下。

从教室和寝室的方向，穿过操场，穿过一排排阴森的树木，穿过食堂边的小道，就到了猪圈。雄哑哥替学校喂了几十头猪，一群猪正在月亮下睡觉。猪圈外面有一堵墙，雄哑哥平日打扫食堂收拾的剩饭剩馒头，都在这堵墙下面凉晒。这里就是王米格和宋秀丽约会的老地方。

宋秀丽在哭。她想退学。她怀孕了。

那个畜生是谁？他是谁？我要让他坐牢！王米格在墙下面来回快速走动。他情绪激动。他女朋友肚子里怀上别人的孩子了。

马上报告学校，报告公安局派出所！让他坐牢！王米格用手撑住墙，他快把那堵墙推倒了。

那我去死！宋秀丽说。

我去死，我还有什么脸活在这个世上？宋秀丽说。

好，我不去告，王米格痛苦了很久之后，说，你只说那个人是谁？

但是宋秀丽不说。她只是哭。她靠在墙上哭，蹲在地上哭，扶着一棵小树的树干哭。一颗大月亮落在院墙上，四面一片银粉。她的打算是退学，然后去南方的深圳或广州打工。当然，她要打掉肚子里的恶种。

这里是全校最安静安全的地方。沿墙角有一排绿色盆花，分别是吊兰、月季，和小金橘。别人以为猪圈这个地方很臭，很肮脏，但是雄哑哥打理的这个地方，却一点儿不臭，拿一片席子铺在地上就可以睡觉。不单外面，猪圈里面的每头猪都很干净。

王米格抓住自己的头发。他把额头抵在墙上，抵在树干上。最后他跪在地上，额头抵在水泥地上。连续几天来，他都没从五雷轰顶的状态中恢复过来。进入初三准备考高中的关键时刻，他被爱情袭击了。他疯狂地爱上了班上的美女宋秀丽。他向她表白。他和她约定，他们共同考上全襄阳市最重点的高中，再相约共同考上省城里的知名大学。

他们相约暂时互不打扰，安心安静，隔一段时间，在这个老地方聚会一次。但是前一阵约会宋秀丽没有来。王米格听到一个惊天消息，她要退学了。她怀孕了。

月亮滚落在猪圈里，滚落在院墙上，滚落在水泥地上。宋秀丽的脸盘像一轮圆月。她的美丽是惊人的。现在，王米格跪在地上，头抵住水泥地。美丽得惊人的圆月如同刀片，割他的脖子和耳朵，啊，他亲都不敢亲的人，啊，他不敢伸手去摸一下的人，啊，怀孕了！啊，怀孕了？啊，怀孕了！

怀上了不知道是哪个男人的孩子。

他要抓住这个男人！但是那样，他喜欢的女人却会去死。

怎么办？

他去找雄哑哥。他向一个哑巴去请教。

雄哑哥在校园里巡夜，食堂这一带是他分管的区域。校园里每天晚上都有人分片巡夜。学校的四周拉着铁丝网，大门口密封着，所有的学生，哪怕家住校门口的学生也必须住校。所有的学生出校门都必须要班主任签字条才能出门。这是镇中学多年来严格的校规。

他想起雄哑哥对他说过的一句话。

当初他发现了猪圈边墙下面一个安静隐秘之地，他和宋秀丽在那里约会，但是他瞒不过雄哑哥。连续几回他们从那里离开，雄哑哥都打着手电筒不远不近地照着暗路，他就明白雄哑哥是知道的，雄哑哥在关照他。

有一回，他在黑暗中和宋秀丽分别，他转身朝雄哑哥走。那一天他特别想说话，特别想倾诉幸福，结果雄哑哥给他泼了一瓢冷水。

雄哑哥，王米格说，我知道你听不明白，说不清楚，但是我还是要和你说，我太幸福了，我不说我憋不住。

搞不成啊。雄哑哥突然蹦出一句。

这句话王米格原来不明白，现在，面对着四周到处滚动的月亮，面对着刀片一样割着他的脖子和耳朵的圆月，他忽然明白了雄哑哥的意思。

四

雄哑哥说话

我把我弟弟陈胖三摁在地上，我看到他那一头喷满了定型摩丝的头发碰在地上，沾满了灰，我不知道该怎么办。现在他打了我一铁火钳，把我打清醒了，我知道该怎么办了。

此前我有好多年不知道该怎么办。我的身体在一天天长大的时候，我拿自己没办法。我的伙伴保国坐了牢，出来以后在郧阳山区找了一个漂亮女人，结婚了。我的另一个伙伴国柱是个傻瓜，他招女婿招到县城，结婚了。和我一批的那些伙伴，我们一起放牛，一起犁田，一起砍柴的，都一个一个结婚了。在我们鄂西北汉江边的山区小县，没考上学的过了二十岁大多都结婚了。比我们小的，像陈胖三们这个年纪的，也都一个一个结婚了。留下我一个，像一颗罢园后忘了收的老秋瓜，显眼枯硬地留着。

我却结不了婚。

唯一让我觉得有理由能等的，是我弟弟陈胖三还没结婚。

我妈对我说过，你肯定在你弟弟前面结婚。

哥哥肯定会在弟弟前面结婚。

我把陈胖三供养大的，他不会在我前面结婚。

为什么这么说？我们这个家庭，我们有姊妹六个。我们孩子多而没有劳动力，我妈很早就不让我读书了。给我分的任务是养活陈胖三，供他上学。当时我读小学四年级，十一岁，我妈让我把小板凳从学校搬回来，让我和陈胖三站在门口的榆树下面，对我说，你不读书了，回来劳动养活弟弟，好不好？

好，我不读书了，回来劳动养活弟弟。我说。

你——我妈指着陈胖三说，你要考上大学，将来哥哥交给你照顾。

我要考上大学，将来哥哥交给我照顾。陈胖三说。

我和陈胖三曾经是同班同学，还曾经同桌。他的成绩全班第一，我的成绩全班倒数第一。我上了四年学，语文只学会了写自己的名字，我在我的小板凳上刻了一个大大的“雄”字。数学方面我只学会了认钱，一分两分五分一角，一元两元五元十元。我最敬佩的人就是我弟弟陈胖三，他读书从村里，读到镇里，读到县里，读到省城。

一路读过来都是我送他上学。读初中送到镇上，读高中送到县城。我们骑着自行车，顺着汉江往下，过一个一个的坡岗和弯道。那时候上学还要交粮食到学校搭伙。我把粮食捆在自行车前面的单杠上，我弟弟坐在后面。我们从乡道土路骑到国道沥青路，沿路真是快乐。

等他高中毕业考到省城武汉上大学，我就送不成了，我们这里到省城有上千里，自行车送不到了。

我没想到，我弟弟在省城读了几年书，带着女人回来了。

我记得第一次他带回来一个小虎牙。我回到家里，我妈和我父为招待小虎牙忙得团团转，一会儿泡姜茶一会儿冲米茶，都不知道该怎么招待了。我看见小虎牙和我弟弟在一起，我一下子愣住了，我不知道该怎么办。

我不知道该怎么办。我把衬衣脱了，穿上背心，又把背心脱了，穿上衬衣；我把球鞋脱了换上皮鞋，又把皮鞋脱了换上球鞋。我换来换去，越换越急躁。最后我从卧室里扛着自行车出门。

你去哪里？我弟弟问。

你去哪里？我爸和我妈也问。

他们这时候才想起我来。我去哪里？我也不知道要去哪里。我把自行车扛出门。我想去哪里又没想起来，我只好把车子支在门口给自行车擦油。我把自行车反着支在地上，两个轮子朝天。我把两个轮子搅动，两个轮子速度越来越快，我把黄油朝轮子上喷。圈条白晃晃的，空中轮动着两只银盘，看不见车条，一根也看不见。

我一直在外面玩自行车，屋里面传来炒菜、摆桌子、摆碗筷的声音，我都听到了。中间我进去一次。我爸喊我吃饭，我声音很大火气也很大地说不吃。我看见他们准备喝啤酒但找不到开瓶的起子。我看见那个小虎牙居然用牙齿咬开瓶盖。格崩，一瓶开了，格崩，一瓶又开了。

那一会儿我忽然明白，我弟弟有女人了，他会在我前面结婚。

现在，我被一铁火钳打得躺在床上。我想问我妈，她说我一定会在我弟弟陈胖三结婚前先结婚，她说我从小学四年级就不读书了，回家劳动养活弟弟妹妹，有功劳苦劳，一定会有好女人等着我，但是我已经三十岁了，为什么我没有女人？

我想问我妈，我弟弟陈胖三，那么胖一个家伙，他怎么有几个女人？第一回他带回来一个小虎牙，我看着不喜欢也不讨厌；第二回带回一个撒娇女，连一只母鸡经过她都假装害怕朝陈胖三怀里钻，我对这个撒娇女印象不错。我以为他们会结婚。谁知道这一回结婚，他又换了一个矮家伙。

我想问我妈，他怎么连续换了几个女人呢？我怎么一个女人都没有？

我妈深深地叹口气，说，罪啊。

运气来了门板都挡不住

运气来了门板都挡不住。镇中学副校长曹仕斌和校长陈世界在学校操场分手，他去找雄哑哥。一个哑巴，四十岁了，校长陈世界想把侄女嫁给他，你说这种运气来了门板能挡住吗？虽说校长侄女眼睛有点斜视，但是斜视影响生儿育女吗？你雄哑哥毕竟是个哑巴，半聋半哑的哑巴，是吧。他从食堂找到猪圈，人们都说雄哑哥在菜圃里收菜。黄豆和甘蓝熟了。雄哑哥在收黄豆和甘蓝。曹仕斌站住菜圃一角，叉着腰。他准备喊雄哑哥，他又怕他听不见。他在夕阳下叉腰的样子学着校长陈世界的样子，但是学得不像。

他发现了第一个问题，学校里的升旗手王米格在雄哑哥的菜圃里帮忙。他拎着水桶在浇水，旁边还有地膜。还没到寒冷季节搞地膜干什么。雄哑哥在收黄豆，他用一只剪子，咔嚓咔嚓剪黄豆，黄豆一只一只掉在篮子里。王米格，一个校园的升旗手，学习成绩最好的学生；雄哑哥，一个食堂里养猪的饲养员，哪儿跟哪儿呢？他们怎么会在一起呢？联系不上啊。

王米格——他站在菜圃一角喊。

果然是王米格。升旗手这个时候丧失了威风，惊恐的兔子一样从菜圃里往外跑。丝瓜、茄子、辣椒，纷纷给升旗手让路。

升旗手和一个哑巴，他们有什么联系？曹副校长站在菜圃一角，手叉腰叉成校长陈世界的样子。他们既不是同乡，又不是亲戚，当然也没有学习工作上的联络，难道有什么秘密吗？

刚才校长陈世界在操场边给他安排任务，让他抓典型。这个典型可不是正面典型的。陈世界告诉他，今年全县中学评比，他们的冠军丢了，被县城一所中学夺走了。这是耻辱！必须雪耻！怎么办？抓典型！抓典型整校风，是学校永远的法宝！

抓典型，抓谁？曹副校长说第一个典型就要抓王米格。

为什么是王米格？

因为王米格身为一个班长，升旗手，却在和一个叫宋秀丽的女生谈恋爱；如果抓他当典型，全校的学生一下子就安宁了。

准备怎么抓？

开除。曹副校长说。

开除？校长吃了一惊，不合适不合适，他摆着手说，你是一个副校长，你别冲动冒失，你知道什么是九年义务教育？义务教育的责任在哪里？

副校长说，那好，再找别人当典型。

丝瓜、茄子、辣椒，还有豆角，还有……曹副校长忽然发现第二个问题，——雄哑哥在收他种的黄豆！

那怎么行！

他冲过去。副校长沿着埂路跑，绕过丝瓜、茄子、辣椒，还有，你干什么？哑巴！雄！你凭什么收我的黄豆？

这是我的黄豆。雄哑哥说。

雄哑哥的菜地和曹仕斌副校长的菜地相邻。

怎么是你的？曹副校长说，你种的是甘蓝，你看你看，我这边是黄豆，黄豆种是我撒的啊，种菜的老师们都看见了的，哑巴，啊，雄，你搞错了。

我没搞错，雄哑哥说，你撒黄豆撒到我地里了。

笑话，曹副校长说，我会撒到你地里？我怎么会？你的地我的地，界线呢?

界线埂在撒种的时候已经被曹副校长铲除了。

他没想到雄哑哥在界线埂的地里深处埋了一排石头，他挖出土，石头把界线重新露出来了。

你这个哑巴，你……曹副校长气得说不出话。

你是个哑巴吗?他对着雄哑哥的背影说。

五

雄哑哥说话

通往县城的公交车很早就热闹起来。青菜、山药、鸡鸭鱼，进城卖菜的农民带着满嘴烟雾和浓痰，进城的司机带着满口牢骚和谩骂。我和王米格、宋秀丽，我们带着一个巨大的秘密进城。这个巨大的秘密就在宋秀丽的肚子里。我们要找一家医院打胎。我们在白雾中向县城进发，我们去找我小时候的玩伴国柱。

在我们老家鄂西北，在我们那个据说神农帝曾经种植过五谷的谷城县，在我们那个汉江边的乡村，我们形容两个人一起长大，我们不说两小无猜啊什么的，我们说两个人一起玩鸡鸡长大的。

我和国柱真的就是一起玩鸡鸡长大的。

我们共同的师傅是保国。

保国妈死得早，他的父亲四处游手好闲，保国从小就开始偷鸡摸狗。村子里的狗，远远地看见保国，还隔一条路，就开始叫。一条狗，又一条狗，一会儿成片的狗都在叫。村子里的大人，都教育孩子说，保国是坏蛋，不能和保国玩。只有我和国柱，我们两个有残疾的孩子和保国玩。

保国是个坏蛋，我们却都喜欢和保国玩，因为保国有绝活儿。

保国的第一个绝活儿是听墙根。他白天经常呼呼大睡，夜里精神抖擞，扒在别人窗户或房檐听墙根。特别喜欢听新婚夫妇。他把听来的黄色故事，添油加醋讲给我们小孩子，这是他成为孩子王的原因。

有一回，我们村地主的秃儿子换亲换了一个媳妇，他们夜里的对话被保国听到了。

女人说，啊，你上面没有毛下面这么多毛？

秃男人说，啊，你上面毛这么多下面毛这么少？

我们几个孩子兴奋地在秃子面前学，结果挨了秃子一顿痛打。

保国第二个绝活儿就是教我们玩鸡鸡。一开始是教两个人，我和国柱。保国把我和国柱悄悄带到生产队稻场仓库那个遮雨的架子床下面，教我们玩鸡鸡。我们把鸡鸡掏出来，学着保国玩。

玩鸡鸡怎么玩？很简单，握在手里左右晃，上下甩，就这么简单。

后来消息慢慢传出去了，很多小孩子都过来求保国，要加入我们的队伍，一起玩鸡鸡。保国一开始严格控制，关系好的才让他们加入，关系不好的免谈。后来标准降低了，只要求他一句都进来了。除了地主的孩了。地主的孩子不能加入玩鸡鸡的队伍。

保国带着我们一大群孩子玩鸡鸡，最笨的就是国柱，他的问题最多。

有一回我们在稻场的水泥涵管那里玩鸡鸡，上面一颗大太阳，下面一大群孩子，至少有二三十个。保国坐在最高的一根水管子上面，居高临下，威风凛凛地带着我们玩鸡鸡。

我们对着太阳，小鸡鸡翘得老高，呼哧呼哧吐着气，使劲玩鸡鸡。

国柱突然说，我要尿尿了。

保国很扫兴，说，那你去尿啊。

国柱一会儿又说，我怎么玩不硬啊。

保国骂他笨，说，别人都玩硬了你怎么玩不硬？快不得你得病？

国柱快哭起来，说，保国哥，你帮下我。

保国说，我怎么帮你？你想女人，你想那个地主的老婆，对，那个秃子的老婆。

我们玩到最后是比尿尿，看谁尿得高。只有保国不同，他能玩出一根一根银线。他用手指头粘住一根银线，拉得长长的，在太阳下面。我们一群脑壳围过去看他这根银线。

儿子，这是儿子啊。保国说。

儿子？怎么是儿子呢？我们问。

小土豆蛋子，保国说，长大你们就明白了。

我们这批小土豆蛋子在保国的带领下玩了多长时间鸡鸡？记不太清。后来出了一件事，有一个小土豆蛋子用农村那种“猫猫眼”植物浆水不小心沾到小鸡鸡眼眼上。他小鸡鸡肿得棒槌一样。他的父亲四处追打保国，怕断子绝孙。全村所有的孩子家长都紧张起来，不许孩子和保国玩。最后保国只剩两个玩伴，我和国柱。

车到县城了。

我和王米格从前门下，宋秀丽远远地坐在最后一排，她从后门下，我们装着不认识，不远不近地吊着走，朝国柱所在的那家医院去。晨雾还没有散去，县城的街巷里，偶尔有一两个骑自行车的人窜出来。

还有多远，雄哥？王米格问。

我听出他的牙齿在打战。他害怕了。也难怪，他只是一个初中三年级的孩子。

他一个哑巴知道什么

他一个哑巴知道什么。校长陈世界正在黑板报前画世界地图，副校长曹仕斌过来给他汇报雄哑哥的事。他说雄哑哥是一个不识好歹的人，他居然不同意。校长把侄女介绍给他，是他八辈子的福，他为什么不同意？完全不知好歹。

校长陈世界摆摆手。他一个哑巴知道什么？校长说这一句后没有再往下说。因为周围很多学生拥过来。马上就是国家庆典了，学校要放长假。校园内外要布置喜庆，挂上灯笼，贴红对联。校长陈世界亲自用粉笔在放学通道两侧画地图，一边的中国地图已经画完，另一边的世界地图也快画完了。能够不对着世界地图背着手用粉笔在黑板报上画，这是几十年的硬功夫。陈世界的雅号也由此而得名。

这是哪里？陈世界笑着问一位初中三年级学生。

美洲。

好，这个地方呢？陈世界指着他正在画的一个小点。

噢，危地马拉。学生说。

好，你居然知道危地马拉？陈世界惊喜。

站住后面的曹仕斌想提醒校长陈世界，他前面已经写了“危地”两个字，后面的“马拉”是学生猜出来的。

好，我再问你，陈世界说，你知道危地马拉什么最出名？全世界有名？

学生不知道了。

不知道？陈世界看着一群围观的学生说。

好，那我告诉你，玛雅文化，还有印第安人，知道吗？

学生们一哄而散。

陈世界转头给曹仕斌说话，他没有因雄哑哥拒绝这件好事而尴尬和生气。他一个哑巴知道什么，陈世界说，如果早知道会光棍到现在吗？

曹仕斌明白了。他说，好，我去和他妈他爸说说。

关键是他弟弟，陈世界说，他弟弟是县长的座上宾，有影响力的人物。他家里的事他弟弟说话有分量。

曹仕斌恍然说，啊，对，关键在这里。

陈世界画完，丢下粉笔往操场上走，曹仕斌跟在后面。画完两个黑板报，全身一尘不染。皮鞋亮，裤缝直，头发灰白，但永远顺直。陈世界当了几十年的校长，副校长前后换了很多任，都没能干很长时间。

他和学生们亲热，但老师和干部们怕他，连副校长都怕他。

副校长曹仕斌给他汇报找典型的进度。主要有三个方向，一是学生早恋现象严重，手机都收了，周末才发给学生，但学生们受网络影响较大。跟网络学早熟了。二是学校做生意的多，理发店、餐馆、网吧，文具店，都包围着学生老师。三是教师思想不稳定，有离职去南方打工的倾向，还有的教师经常去汉江桥头那种涉黄黑店。这几方面都要整顿。

都在向我们这个学校包围、渗透啊，陈世界说，办教育，不容易，我们处在社会之中，我们不可能去世外桃源办一所学校，是不是?

曹仕斌说，那当然。

尽快找到典型。陈世界说。

六

雄哑哥说话

我和儿时的玩伴国柱在县城一所医院的门诊楼场院前面见面，我们居然像电影里那样相互拥抱。场院中间有一个喷泉，有一组花坛。我们一个上午都坐在这里聊天说话。因为是星期天，病人和医生都很少，这给了我们聊天的时间和场地。国柱有点发福，他四十岁了，我也四十岁了，我们从对方的身上看到自己在变老。

国柱一开始以为宋秀丽肚子里的孩子与我有关。他帮我们找熟悉的医生。楼上楼下联系的时候，他对着我耳朵说，雄哥，行啊，那女的好漂亮啊。后来知道和我无关，也与王米格无关以后，他陷入了沉默。他没有问到底和谁有关，问了我们也不知道。

这是一个复杂的世界。他说。

我愣了一下。

我们说到保国。

你还记得保国吗？我说。

那当然，他兴奋地说，保国是我们的师傅，那方面的，我还记得，他教我们一群小土豆蛋子玩鸡鸡。

我们都笑起来。

王米格陪着宋秀丽在里面做手术。宋秀丽在手术室，王米格在手术室外面的椅子上抱着脑壳等候。我和国柱在一楼的花坛边谈往事。

我们多次哈哈大笑，眼泪都笑出来了。

中间停了电，吸精器用不成了。手术做了一半，美丽的初三女生被打开双腿晾在手术椅上，医生在门外喊国柱。

国柱现在起到作用了。医生们通知他去发电。

国柱的工作是电工。

国柱怎么能当电工呢？他是一个羊角风病人啊。他没有学过电工原理啊。

我跟着国柱，看他怎么发电。

在配电房里，我看到三个像冰柜一样的电柜，傻瓜一样站着。中间那个像坏蛋保国，牛气哄哄，左右两边像国柱和我。我以为发电还像我们原来在农村那样，要用动力，要推电闸。完全不用。国柱能做，全国的人都能做。

中间这个傻瓜叫大电，大电就是和外面电网联网电，小电就是自发电。旁边两个傻瓜叫小电。两个小电，一个管主楼，一个管副楼。现在是手术室断电了，小电，主楼。他说。

他把左边一个小傻瓜按了一下。三分钟之后，电发好了。

现在科技发达了，不光我国柱是傻瓜，都是傻瓜。都是傻瓜，我就显不出傻了。他说。

我又愣了一下。

这不是我说的，国柱说，这是全医院最有名的主治医生给我说的。主治医生有一回在院子里碰到我，说，傻国柱啊，别人说你傻，其实在我眼里他们都一样。在科技面前，只需要我这样的高等精英和你这样的傻瓜，那些半吊子有时连傻瓜都不如啊。他们思想复杂，执行不力啊。你想想啊，现在各种数据都给你测出来了，温度、大便、小便、心电图、脑电图，动手术的区间位置，几厘米几毫米。在一连串数据控制下，人人都是傻瓜。

电发好了，几分钟后，在一连串数据控制下的初三美女宋秀丽也会手术完毕。我们准备再到场院去，即将出门的时候，国柱突然对我说，对了，雄哥，我在这里还搞了一个女人！

在这里？搞了一个女人？国柱——还另外搞女人？

你看你看，这有什么稀奇？国柱说，雄哥，不光你不信，别人也不会信，但这是真的。有一个女人，她孩子病了，她挂不上专家号，我们这里挂专家号要连夜排队，很多号贩子就靠这个赚钱。她熬夜排队，困极了，抱着孩子睡着了，等她醒来，专家号挂完了。她倒在院子里母狼一样号哭。我不忍心，就找号贩子要了一张号。我虽然只是电工，可也是医院里的人啊，号贩子就给了我一张。这女人孩子入院后，有一天过来一定要让我搞一回。

他看我还在诧异，忽然明白了，说，你看我这里没有床，是吧。哎呀雄哥，现在男女搞皮绊，哪还要床呢。你见过我们在村里的狗搞那事吗我们小时候……

我突然蹲在地上，他不知道我怎么了，马上又明白。说，雄哥，你是不是还没搞过女人？

我蹲在地上，我口里呼哧呼哧喘着粗气，这个王八蛋国柱，我有十年不想女人了，自从我弟弟照我天灵盖上打了一铁火钳，我安静了十年，这十年里我的身体如同一只绵羊，听话而温顺。现在，十年以后，那个理发的店主陈苍花，面前的这个国柱，他们慢慢让我的身体苏醒。噢，我受不了了。

多嘴的人嘴巴应该缝起来

多嘴的人嘴巴应该缝起来。初中三年级老师常物理在家里抽陈苍花的耳光。你没事惹哑巴干什么？你说他女朋友干什么？你多嘴多舌的毛病未必永远改不了？

陈苍花嘴巴被打出血了，但她不长记性。第二天，她挨常物理打，打了几耳光，打得有多痛，为什么挨打等等，全校都知道了。常物理最后也知道了。

常物理家里没有秘密。他家里母鸡下几颗蛋，炒菜放几多油，包括常物理在床上怎么摆弄她，全校都知道。这回事惹大了，校长陈世界想把他侄女嫁给雄哑哥，这么好的事，雄哑哥却不干。雄哑哥为什么不干？因为你陈苍花给雄哑哥说看见他女朋友了！

你说你是开玩笑你就是开玩笑？这种玩笑是能开的吗？

现在这件事成了全校的热点，这个好危险！人人都说这件事，校长面子朝哪里放？校长陈世界这个人，一生什么都不图，他就图面子。他没有儿女，又不吸烟喝酒，他图什么？面子比什么都重要。现在全校都把责任推在陈苍花头上！曹仕斌那个人，四处在抓典型。常物理估计，抓陈苍花当典型是十有八九。

在校园里开个理发店容易吗？常物理训陈苍花，一千多人的学校，原来只有一个理发店。在这个封闭得如同监狱一般的学校，所有的头都归你陈苍花理。一颗头在街上十五二十元，在学校便宜，只要十元。一个月一个人理一颗头，一个月就一万多元，一年就十几万元。常物理是中教高级了，工资只有两千多元。你陈苍花挣这么多钱你以为别人不知道吗？你以为你挣钱别人不眼红吗？

看来光抽几耳光不行，得有一个长治久安的办法，那就是把她嘴巴缝起来。缝嘴巴，一开始常物理是随口说，后来想，为什么不能真缝？他越想越兴奋。怎么缝呢？常物理想到医院做手术那种羊肠线。

用羊肠线缝，打麻醉，用手术针，这些对于一个物理老师来说都是小事。至少缝一周，治她一周才行，如果不这样，还真改不了她陈苍花。

这绝对不是小题大作。这次抓典型可不是一般的行动，曹仕斌绝对会利用这次行动把上次不投他票的人全部清理一回。

常物理在镇中学是第一个大学生，二十多年前正规师专物理系毕业的。现在学校的这些教师班底，大多是中专毕业后拿的进修文凭。还有一部分是民办教师转正的。但是到现在，常物理五十多岁了，还只是一个普通老师，名声很臭。在学校老师甚至一届一届学生口耳相传中，他是一个非常贪色的人，这得归功于常物理的老婆陈苍花这张嘴。二十多年前，陈苍花还在另一个乡镇，和常物理分居，有一回常物理在寝室辅导一名女生课代表时乘天黑停电抱了她一下。这个女生的家长找过来，本来可以私了的事经陈苍花四处一宣扬，常物理出名了，背了一个处分。

现在陈苍花还经常口无遮拦和别人说常物理经常去汉江桥头找洗头妹，说常物理得过性病，打过消炎针，传得全校沸沸扬扬。

在一所中学，有了这个印迹，一辈子是翻不了身的。常物理最后悔的事是当初挨了处分，应该只身南下，去广州深圳，凭他的讲课水平，他可以东山再起。但是陈苍花用孩子要挟一闹，他心软了，现在他五十多岁，再过几年就要退休，人生精华之年也就快过去了。保住公职，供养上大学的儿子，其他就破罐破摔了。

七

雄哑哥说话

我弟弟为我和那个斜眼女人的事，专程从省城武汉赶回来。他先到学校见了校长陈世界和副校长曹仕斌，中午在学校的饭铺里和他们吃了一顿饭，又赶回家里。我回家的时候，他正和我妈我爸两个商量我的事。

我弟弟说，那女人我看了，说是陈校长侄女，其实是他家里的保姆，陈校长老婆瘫痪在床十多年，都是她照顾，端屎端尿，一直到他老婆去世送终。婚事耽搁了，有三十岁，最近在校园里面开了个商店。也就眼睛有点斜，又不影响生育。

我妈说，阿弥陀佛啊，心肠看来不坏。这个老大啊，这么好的事怎么不答应。

我爸说，陈校长这个人，多年来一直关照我。我当年在职，因政治影响挨斗，他对我还好。后来老大一个半聋半哑的人能顶职到学校上班，人家也是帮了忙的。我们要还这个情。

我妈说，这是他最后的机会了，他四十岁了，四十岁是个婚坎，四十岁不找对象，以后怕是难有机会了。何况是个残疾人。

我爸说，多好的事啊，怎么又说到他当年的女朋友，有十年没提了。我们过了十年安静日子了。只要一提这事，他就会闹，安宁不了。

我弟弟问，他到底有没有女朋友?

我妈和我爸一起摆手说，没有没有，哪儿有?总听他说一个披肩发，那么高那么高，怕是看电视看多了。

堂屋传来倒茶声。杯子和杯子相碰的声音。我爸一高一低的走路声。我妈的叹息在各种声音中间。

我靠在里间床头，我都听到了。

我闭着眼。我面前有一团光。我闭着眼能看见光，说了没有人信，就像说我有女朋友没人相信一样。我有十多年没见到我女朋友了，我不知道她是不是还留着披肩发，不知道她现在是单身还是成了别人的老婆，我甚至不知道她现在是死是活，她是否还在这个人世。

现在，她又有了消息了。

尽管陈苍花说她是骗我的，尽管她说根本没有我女朋友这个人，只是逗我一句，但是我不这么看。我有一个预感，就是我女朋友出现了，她只是不想见我，不想让我知道。是上帝在给我传信息。上帝通过陈苍花这个多嘴多舌的女人，把消息告诉我。

这一团光就在我面前。我妈把神台设在我这屋里，太上老君、关帝爷、慈航道人，还有天聋和地哑。我弟弟十年前打了我一铁火钳，那个晚上我妈在我床头念了一整夜经，最后我的前额突然炸开了一条长长的隧道。这个隧道渐渐清晰，由暗而明。我安宁的时候通过这条隧道能看到很多奇幻的东西。这就是传说中的“天眼”吗？神将杨二郎就是这种“天眼”吗？

他们还在堂屋说话。

万一搞不成怎么办？我弟弟说。

这次不能像上次，像十几年前给他介绍秃子那样，逼他，我爸说，逼他他也不听。

阿弥陀佛，我妈说，我要多烧香。

万一搞不成也不能搞失败，我弟弟说，今天中午我和陈校长喝酒专门说了这个观点，陈校长一辈子多要面子的人？人家给你一个半聋半哑的人介绍一个对象，还是自己侄女，你还不答应，面子还要不要？

我父说，我也想到这一点，如果丢面子，我们丢面子可以，不能叫陈校长丢面子。

他有没有好朋友？叫好朋友们劝一劝？！我弟弟说。

哪儿有？我妈说，原来村里一个保国，一个国柱。保国到黑龙江大庆油田那里做生意去了，国柱在县里一个医院当电工，都没来往了。他一个半聋哑人，接不了电话啊，别人都用手机，他又不会用。

这事别急，不成功也别失败，先冷一下好不好？我们再一逼，肯定会出事，像大陆台湾关系一样，先放一放。如果搞不成，也先让陈校长说出来，他说不干了，说不定那个斜眼女人自己又找了，那样陈校长就有面子，不是我们不干，是不是？这个时间我们也找找，看是不是他真有一个女朋友。说不定时间一拖，他又变了想法呢。

我妈和我爸直说好。

你们看，我这个弟弟，他就是这么会想事，这么能干，这也是我特别敬佩他的地方。

虽然在他结婚的时候我们打了一架，现在我们很少说话，但是要说这个世上真正要我敬佩的人，还是我弟弟陈胖三。他上学时成绩就好，小学中学，上台领奖的都是他。现在他又做生意，生意做得好，他开回来一辆又高又大的奔驰车，我们全校师生都围观。做生意是谁教的呢？包括打人，我把他摁在地上举着拳头犹豫半天，他举起铁火钳一家伙把我打晕了，他比我厉害吧。

我从床上起来，他们三个都午休了。我弟弟在堂屋的凉床上，他睡觉趴着，举着一个大而方的屁股。我弟弟长着一个方屁股，砖头那样，我们从小在河里游水，村里一大群孩子比鸡鸡比屁股，只有他一个是方屁股。噢，说到方屁股，我想起来，我最佩服的，还是他搞女人。

那个会用牙齿开啤酒瓶的小虎牙来我们家不久，他又带回来一个高高的撒娇女。这个女人连一只母鸡都怕。我记得是八月十五，中秋节，凉床搬到外面的院子里，酒喝完茶喝完话说完，夜很深了，大家都去睡了后，他和那个撒娇女在凉床上搞皮绊。我真正恨他是从那个时候开始的。

他们两个在中秋节的月光下面搞皮绊，他们以为大家都睡了，但是我从后门溜到院子角落厕所那里。我看见他举着一个方屁股。他的方屁股砖头一样在月光下耸动，像稻场里打连茄那样一下一下。这只方屁股，我再熟悉不过。我看得浑身发热，连忙蹲下。我蹲得熬不过，我跑到外面乡路上。我跑了很远，返回来，又看见那一幕，他的方屁股还在那里耸动。我重新蹲在那里，再也起不来。空气中到处都是方形，砖头的形状，在那里旋转和飘动。月光落在地上，地上全是方形，砖头形。月光不再是圆形。方形的砖头形的月光。月光下的树，不再是直形、伞形、冠形，全是方形，砖头的形状。

王米格在寻找什么

王米格在寻找什么。大清早的时候他在校门外守候，他的升旗手和班长身份给了他一定的便利。他看到老师常物理骑着自行车去街上买油条。自行车推出校园，过了铁门，下坡。这个坡很陡，两边种满了桐树和榆树。下了坡是一条省道沥青路，再往左拐，便是集镇。

常物理戴着白手套，买了一根油条，他把这一根油条夹在自行车后座上，跨上自行车，旋风般地离开。拐弯，上坡。他没有立即进校门。他在进校门之前，脱掉白手套，把油条取出，捏住一头，对着太阳，嘴叼住油条另一头，一口一截，不歇气地把油条吃掉了。

一个星期，每天如此。不，在王米格跟踪他之前的日子，若干年，都是这样。

只有一根油条。

他为什么不多买一根，给陈苍花？

他为什么不到学校里面吃？或者干脆就在油条摊前吃掉？

王米格想不明白。

从医院带宋秀丽做完手术之后，王米格变成了一个沉默寡言的人。他断定那个肇事者就在这个校园，而且是一位老师。他怀疑上了常物理。原因简单，因为常物理名声在外，是一个贪色的男人，历史上曾经搞过女学生。

王米格在一个中午有所收获。午休是校园最安静的时间，这个时候常物理出去干什么？王米格飞跑着下楼。中午他从前面铁门出不去，他朝食堂背后猪圈那里跑。那里有一段墙下面有一块砖掉了，留下一个孔洞。他蹬住孔洞，爬上墙，从墙上跳下去，下面是周边农人的麦田。他顺着院墙跑到校侧门，雄哑哥的自行车停在那里，他跨上自行车，追着常物理。

常物理趁中午时间赶到汉江桥头嫖娼来了。他没有想到后面跟着一辆自行车，一双眼睛。他在汉江桥的一边一个肉铺面前停下自行车，戴上墨镜，把上衣换掉，四顾一圈，过马路，朝对面的理发按摩店走过去。

常物理去一个理发店干什么？他老婆就是开理发店的啊。王米格还不知道这间理发店实际上是一家暗娼店。他甚至不知道暗娼是什么。

王米格站在路边，他不知道该干什么。这是汉水中游的一座桥，一边是国民党知名将领第五战区司令长官李宗仁曾经驻扎过的老河口，另一边是炎帝神农曾经播撒过五谷的谷城。这条路是汉口，襄阳前往汽车城十堰、古城西安的必经之路，过往的司机造就了桥头的繁华。餐馆、肉铺、小吃、商店、理发店。理发店一个接一个，暗娼都在理发店中。

王米格回学校自然迟到了。副校长曹仕斌在门口等着他。

你干什么去了？副校长问。

你最近成绩下滑得厉害！你这样下去后果会是什么你知道吗？

王米格倔强地别着脖子，斜看着这所学校。他曾经以这所全县最有名的中学为荣，以升旗手的身份为荣，现在他对这所学校充满憎恨，以它为耻。

有重要的大人物等着找你，却四处找不到你。曹副校长谦卑地对着奔驰车招了一下手，寒暄几句，一步一回头地进了校园。

王米格没想到雄哑哥的弟弟，那位省城知名的老总开着奔驰在门口等他。

你是王米格？

他点点头。

听说你和我哥哥一起去找过他女朋友？

他点点头。

找到了吗？

没有找到。王米格陪雄哑哥骑自行车跑了几个小时，没有任何收获。他不知道是否真有这个女人存在。校园里有人说有，有人说没有。还有人说那女人在南方当“小姐”。现在回来了，就在汉江桥头开店。活灵活现。

八

雄哑哥说话

我骑着自行车归来，暮色像一块沉重的石头压在我头上和肩上。我妈看看我脸色，不敢和我说话。她知道今天我会空手而归，就像她知道我是一个哑巴一样。是的，今天我又没有找到我女朋友，我又空手而归。

我妈轻手轻脚地进屋烧香。她先烧几根香，又专门在天聋和地哑两个神童面前烧了香。我知道她想和我说话。说什么呢？其实她想说什么我都知道。

说吧。

我妈说，老大，你知道我想和你说什么吗？

我心里说，有什么可说呢？还不是说那个斜眼女人的事。

我妈说，既然你知道，妈就不绕弯子。你为什么不答应？

我心里问自己，为什么不答应？

我妈说，老大，你还记得，妈给你说过的话，两好合一好吗？

我想起她原来说过的话，想起国柱找的傻女人，想起他们当年给我介绍的那个秃子。我想起她说过——你同意我也同意，这就叫两好合一好。我想，如果我必须向生活向命妥协，那就是那个秃子了。如果谁再给我介绍来一个秃子，我就认了命了。我向命鞠躬下跪都行。

我妈大吃一惊。她说，我没听错吧，你同意一个秃子？

我爸又一高一低地进来，他说，你怎么又一个人在自言自语？

我妈把我爸往外推。她说，你明白什么？

我妈把我爸关在门外，回头问我说，老大，你现在同意一个秃子？

我怎么办呢？我不知道我该怎么办？我今天好累。我找了一整天，我找不到我女朋友。我骑自行车过去找她，要三个小时，我返回的时候，用了四个小时。我在那里找人，用了几个小时。我一大早出发，现在才回来。我回来的时候，骑不动车了。我想，不单是秃子，国柱老婆那样的神经病，或者一个腿、手、脚有问题的，你们说同意，那就同意吧。

我妈说，这么说你同意？

我额头上闪出一道光。这道光是一盏灯，一个月亮，一盏挂在天空上的明亮的灯。是一双美丽的眼睛。

你怎么又不同意了？我妈紧张地说。

我妈真是神奇，能听明白我肚子里的腹语。

如果是别的残疾，我都能接受，但是眼睛斜，这不行，因为我一看到眼睛，就会想到我女朋友那双月亮一般，挂在天空上的明亮的灯一样的眼睛。

我妈哭起来。为什么有这样的命？为什么刚好是这样？

为什么？

我也不知道。

我想给我妈说对不起。在给我找对象的那些年，我让她吃尽了苦头受尽了屈辱。那时候全村人害我，挑拨我和我妈的关系。他们说我太吃亏了，我从十一岁开始就回家干活，而我那些弟弟妹妹却不劳动只读书。我说我妈有交代，我现在养活他们，他们将来养活我。他们都疯狂地哈哈大笑。他们把我挑拨信了，我就偷懒，不干活。我学着和我妈对着干，她说东我偏朝西，她喊吃饭我偏不吃。

记得有一回天要下雨，外面晒着麦子。全村人一看天色大变，风紧紧地吹过来，都忙着朝屋里抢麦子。我妈喊我抢麦子。我偏不抢。我看着她在那里忙，把麦子往一堆拢，把麦子朝蛇皮布袋里装。我抱着膀子闲看，就是不管。她在风中喊我。她喊老大，雄。我不理。她装麦子的时候一个人张不了口袋，发起火来。我对着她吼，咋了咋了？想打架啊。她不敢吭声，不敢惹我了。我就这么看着她一把一把装麦子，看着大雨一颗一颗下来，看着麦子打湿，看着她在风雨中流泪，就是不帮忙。

这样的例子好多啊，不是一天两天，那几年，我一直是那样。随便再举个例子。也就是给我介绍秃子那一回，我正从外面挑水回来，把木桶里的水倒进水缸。我知道秃子一家来了。我挥起扁担，一下子把水缸砸破了。

啊，我这个混蛋啊。

手电筒一闪一闪四处乱射

手电筒一闪一闪四处乱射。这是雄哑哥在值班。陪着雄哑哥值班的是校园的升旗手。副校长曹仕斌说得对，这是一对奇怪的组合，他们似乎没有在一起的理由。王米格夜间睡不着，同学们都睡了之后，他又溜出来陪雄哑哥。他们巡逻食堂，巡逻校园的操场，巡逻厕所和主席台，最后他们到猪圈那堵墙那里，那里是他们的乐园。他们坐在墙头，用手电筒对着四周的夜空一闪一闪地乱射。

谁？

他们听到一只沙袋滚落的声音。

雄哑哥，雄！是我！我——

这个“我”是常物理。他带着一身酒气滚进来，他居然知道这里有个孔洞，他也蹬住孔洞翻墙滚进来。

我在外面喝酒搞晚了。常物理爬起来说，顾不上拍灰，慌里慌张地跑了。

手电筒继续一闪一闪四处乱射，又有人在翻墙。

谁？

雄哑哥，雄！是我！我——

王米格连忙躲到墙后面去了。

是副校长曹仕斌。

副校长曹仕斌追赶常物理，跟踪他嫖娼。他看见常物理进汉江桥头后报了警，没想到常物理跑脱了。

曹仕斌被墙头上的玻璃划住了下身，一下子摔落在地上，面部着地。

我死了！我死了！曹仕斌伸着手脚喊。

雄哑哥冲过去。

我没死？我的鸡巴被划掉了。他被扶起后捂住下身喊。

扶我，扶住，哎哟，雄哑哥，你刚才看见常物理了吗？

九

雄哑哥说话

一个人不结婚，最坏的结果是什么，你想好了吗？

这个问题不单我妈我爸问我，我自己也问自己。

我会没有孩子。但是妈、爸，你们有六个孩子，除了我，其余都成家生孩子了，你们有后代了。

不是这个，比这个厉害。妈说。

我会非常孤单，像我们原来在村里的邻居，五保老人“白老五”。他老的时候，生了病，一连几天不出门，没人烧水做饭，最后快死的时候喊来喊去，我从那里过路，听见了。

不是这个，比这个厉害。妈说。

我会像我分家时那样，在过年的时候，看着别人家儿女成群，人来人往在一起喝酒吃菜，我一个在床上在路上，冷冷地睡觉，行走。

不是这个，比这个厉害。妈说。

我想不出来了，还有比这孤单的吗？

我们原来在村里的邻居五保户“白老五”死的时候是我发现的，当时是一个冬天的傍晚，我正往家里挑水。我平时挑两桶水轻飘飘的，那天我在他家门口突然想着要歇一下。我歇担的时候水泼了半桶，水流到他家的门缝里，我去抢。水泼了怎么抢？是上帝让我来给他送个终啊。我推门缝，听到“白老五”在床上的呻吟声。他已经不行了。他床头只有半碗冷饭。我赶紧喊我妈。我妈找来队长们几个人来给他处理后事。

他家房屋的窗户是泥土框的，他躺在床上不能动的时候，肯定喊过多次，呻吟过几天几夜，但是这个窗户太小了，没有人听到。最后我这个半聋半哑的人听到了。这个“白老五”在村里从不喊我哑巴，他总是喊我大名，喊我“雄”。每年过年，我妈都让我给村里五保户送炸货，都给他送。炸鱼、炸肉、炸油膜、炸萝卜圆子这些。

他是一个正常人，孤老临终都如此，我一个半聋哑人到老躺在床上，我会不会更惨？

我曾经历过一次孤单，那就是我分家的时候。当时全村子里的人都背地里教我和我妈分家。我父在村上教书，弟弟妹妹们都在县里镇上读书，家里只有我妈和我。村里和我同龄的人都结婚了，我没结婚，他们就教我。他们说，你为什么结不了婚？就是没分家。一分家就能结婚。我当时太想结婚了，就相信他们，闹着和我妈分家，亲戚朋友们怎么劝都不行。等分了家，我才知道不对劲。

我分家以后，天天睡懒觉。有一回太阳照到窗户上，快中午了，我还没起床。我妈怕我病了，推门喊我，我不开。她站在窗户喊我，我生气了，冲出门外要打她。

她那一次很委屈，哭着说，你看你，分的什么家？你裤子都破了，露出里面红秋裤，饭也不做，这么做能找到媳妇吗？

我说，不要你管！再管就挨打！

我妈不敢再管我，都不敢再惹我，我像一只生气的刺猬那样独来独往。一晃过年了，那一年我们全家搬到镇上我爸的学校里，村里的房子只剩我一个人。那些劝我分家的村里人，过年都和自己的亲友聚会，喝酒吃肉，都不管我了。我妈和我爸劝我到他们那里过年，我倔强着坚决不去。我一个人煮饭，不就是放油放盐吗？但是我用油盐煮的饭实在太难吃。我骑着自行车外出，我往哪里去呢？我顺着汉江骑，骑到镇上，骑到沥青路上。我在镇里和县里之间骑累了，我下来坐在一棵树下打瞌睡，醒来的时候，我的自行车被偷走了。

那么，孤单就是这个样子吗？

孤单比你上面说的两件事，比“白老五”死和分家都要厉害。我妈说。

你看天聋和地哑，他们为什么总在一起？他们怕孤单啊，我妈说，这两个不说话的小神仙，为什么却总是两两相伴？

那只有一件事可比了，就是我一岁的时候打针。我的世界变黑就是从那件事开始。

我一岁时出麻疹，嘴里全是泡，我父找来村里的赤脚医生。他来的时候，我突然大哭起来。我看见一团黑乎乎的东西从天而降，凶得像阎王爷前的牛头马面。但是我妈我爸却看不见。那个医生和我妈同辈，是她同族哥哥。他举起针，针里面是链霉素。但我却看见了毒药，致我于死命的毒药。我哇哇大哭。没有人能听懂。

一针下来。链霉素过敏。我从此聋了，哑了。

那魔鬼般的一针，让我的世界一下子黑了。黑！黑！黑！比黑夜还黑！比一个密封的罐子还黑！不，还没有罐子，宇宙洪荒，天地黑得粘在一起。有比这还黑的吗？

你去给雄哑哥找个女人来

你去给雄哑哥找个女人来。屋里说话的是常物理，窗外偷听的是王米格。

王米格在窗外听得心惊肉跳。他听到常物理用皮带抽打陈苍花。皮带抽打在肉皮上，发出很响的声音。他听到陈苍花给常物理哀求，下跪。他听到常物理居然说要缝陈苍花的嘴！

都是你这张嘴！常物理用皮带打完，开始点燃酒精灯，拿起羊肠线，说，你知道吗？今天曹仕斌在跟踪我！他报了警要抓我嫖娼你知道吗？他想置我于死地你知道吗？他如果抓住我，我就要被开除，甚至可能被拘留，你知道吗？看来，我不把你这张嘴缝住还真不行。陈苍花跪在地上求常物理。不能缝！求求你，她说，你缝了之后，我怎么吃饭呢？我怎么出去见人呢？

我缝你一个星期，最少三天？常物理说。

你刚才已经打了我，我又给你下了跪。陈苍花说。

那不行，你这次犯的错太严重了！打几下，下个跪，这解决不了问题，常物理说，你这张嘴四处乱说，你说我嫖小姐，这是多大的事。曹仕斌已经盯上我了你知道吗？曹仕斌这个小人，他一心想立功，一心想接班当校长，他什么事做不出来？

他在哪里跟踪你？陈苍花说。

哪里？还有哪里？常物理说，汉江桥头啊。

陈苍花说，你又去那里洗头了？

常物理说，洗头怎么了？洗个头怎么了！

陈苍花说，我就是一个洗头的，你不在我这里洗，你跑到汉江桥头那么远，洗什么头？洗哪里的头？

常物理说，你那也叫洗头？你那理发水平也就是走村串乡的剃头挑子的水平，人家还会刮青皮呢！你这水平如果不是在我们这校园里，你能混饭吃？

陈苍花说，那汉江桥头洗头妹的水平就比我高？我去看了，一个个臭男人去洗的什么头？那些洗头妹洗完了把他们脑壳按在自己两个奶上，指头在额头上面敲破鼓一样敲，还叫什么按摩！

常物理说，你懂什么。

陈苍花说，我下次不说了，我紧闭嘴巴。

常物理说，你没事惹一个哑巴干什么？你怎么就说到他女朋友这件事上了？你不是找事吗？

陈苍花说，我咋知道陈校长要把侄女介绍给他？知道我就不会说了。我只是听人说，他家里当年给他介绍秃子他不干，他自己说有一个女朋友。

常物理说，那你去给他找一个女人来。

陈苍花说，我哪里去给一个哑巴找女人？他自己都找不到。

你找不到，那就说明你在胡说，常物理说，你要证明你没胡说，你就去给雄哑哥找一个女人！

王米格听到这里，明白自己跟踪错了对象。他明白在宋秀丽身上的肇事者，不可能是常物理。

他忽然想起雄哑哥的一句话，搞错了啊。

对，是搞错了。

一个哑巴，他怎么知道搞错了呢？

王米格蹲在窗台下面，前面是菜圃，菜圃前面是食堂。雄哑哥值班的手电筒一闪一闪击打着夜空。这是一个神奇的哑巴。每逢雄哑哥值班，王米格都过来陪他。两个人用手电筒对着夜空一闪一闪，长久地沉默。

升旗手和一个哑巴，怎么会关系好？他们有什么联系和秘密？

事情不复杂。升旗手早熟，初中一年级的时候下体开始长细绒绒的体毛。升旗手不知道身体怎么了，没有任何人给他讲过这个。他以为自己出了问题，会向猩猩猴子一类长毛的动物发展。他吓坏了，不知该如何阻止疯长的体毛，最后找一片胶布粘在毛毛上面，试图阻止绒毛的生长。升旗手为此付出了代价。胶布撕扯着绒毛，毛毛根部的地方，已经化脓。他疼痛难忍，走路像鸭子一样左右摆动。

雄哑哥拦住他，问他怎么了。他以为自己的隐秘被发现，成了一个巨大的丑闻，哭起来。雄哑哥把他带到寝室里，用剪刀把他下面的胶布和绒毛都处理了。

后来他知道，雄哑哥成长的时候，也遇到过几乎相同的事。

手电筒还在一闪一闪地击打着夜空，王米格准备结束偷听，回去休息了。

屋子里面出现戏剧性一幕。陈苍花常物理又和好了。

陈苍花先给常物理汇报本月的收入，常物理情绪缓和了一点。接着骂曹仕斌。情绪又缓和一点。

陈苍花说，那曹仕斌追上你没？

常物理冷笑着说，就凭他吗？他能追上我？他追到雄哑哥猪圈那里，我跳过来了，他摔倒了，哈哈。

陈苍花又问，汉江桥头那些洗头妹们，比我漂亮吗？

常物理说，谁说洗头妹漂亮？不漂亮！好多都是山里乡里来的妹子，土里土气。

陈苍花说，那我还受看？

她顺势朝常物理身上靠。

常物理经不住勾引，抱着她上床说，你比她们漂亮。

十

雄哑哥说话

我在汉江桥头给猪买饲料，我看到一个奇怪现象，那些在桥头打短工的农民们中午三三两两地都朝马路对面的发廊里跑。他们去干什么呢？卖猪饲料的店主是我们长期货主，我每次来，自行车支在外面，他都把饲料给我架上车，捆得严严实实。他看我好奇，露出神秘的笑，说，雄哑哥，你想去对面找个洗头妹玩玩吗？

我当然明白，马路对面是一排发廊，有名的“红灯区”，这么多年，谁不知道呢？我吃惊的是，上午还站在路口打短工，干木工活、泥工活、纯体力活的那些人，他们也去“红灯区”？这些人我好熟悉啊，和我原来在村里一起长大的伙伴们大都差不多的年龄，差不多的长相。他们现在都不种地了。汉江桥头这里，大片大片的沙滩地，多肥啊，但是没人种了，都长满了荒草。我小时候都知道，我们那里的冲积扇平原是不用施肥的，土地肥得很，盛产麦冬和山药，现在土地也没人种了。都出来打工，远的到广州深圳武汉，近的到县城和镇上。他们手里拿着小牌子，电工、木工、劳务这一类，等着人来雇他们。但是我没想到他们这么刮风下雨挣的一点钱，都用到这个地方了。

饲料店主明白了我的意思，感慨着说，是啊，对面的发廊原来只是司机进去，现在本地人比过路司机还多！为什么啊？

为什么啊？他不明白为什么，我明白。我知道和我一起长大的这些兄弟们伙伴们天生就这么回事。

我十一岁从学校回家劳动，十三岁左右已经是一个棒劳力。我犁田打糙，放牛割草，扬场割谷，无一不精。我最厉害的活儿是脱坯。那时候农村盖房子都是土坯房，脱坯是最累最有技术的活儿。我脱的土坯，又快又整齐，还有，我干活从不偷懒，村里每一家脱坯或帮忙干活都请我。那时候干活儿哪有钱？请帮工不给钱，管饭管喝红薯干烧酒。我帮了几年工，我对每家每户都熟。

我和我妈分家，我找媳妇就是他们这各家各户教唆的。他们告诉我，分了家就能找媳妇。

为什么找媳妇？找媳妇有什么好？

怎么样把我这么一个半聋半哑的人讲明白呢？

和我年龄差不多的，比我年龄大的伙伴们教我，怎么教？他们对我说，哑巴，找媳妇好，找媳妇有奶吃。

为了让我明白有奶吃，几个结了婚的家伙串通好，我一到他们家，他们就吃他们老婆的奶，或者掏出他们老婆的奶子给我看。那些女人都不避讳。偶尔有一两个害羞的，她们的男人会说，给哑巴看看，他知道什么呢？

我那一阵，天天心里都毛躁躁的。我不想进他们家，但是又忍不住要去。我看见他们老婆的奶子，馒头或者拳头形，奶头是扣子或草莓形。啊，啊，很多个中午，我装着不看。我坐在他们门槛，他们就开着门。大中午在里面搞皮绊，吃奶呜咂声或者马蹄陷进泥地的声音。我看见了一个一个农具，木桶的椭圆，钉钯的尖形，锄头杆那样的直形，这些都是他们搞皮绊的形状。

从今天开始沉默是金

从今天开始沉默是金。陈苍花早上起床，在梳妆镜前面打扮。她下定决心，从今以后，沉默是金。一定要少说话，祸从口出。她拿起眉笔，在梳妆镜前，写了四个字“沉默是金”。她写得歪歪扭扭，想擦掉，又不想擦掉。她看看常物理，常物理也看见了那几个字。

你给我写几个字，陈苍花对常物理说，你的字写得好看。

常物理洗漱、穿衣，倒一杯温开水喝。陈苍花还在摆弄那几个字，说不好看，求常物理帮她写漂亮一点。

你要是能沉默是金，这张床倒要开口说话。常物理拍拍床背说。

陈苍花气得不行。一个人喜欢说话，未必不能改？一个人不能改那要学校干什么？学校不就是教人改错误的地方？她看着常物理夹起书本走了，看着常物理拍过的床背，说，我从今天开始沉默是金，我就不相信床不能开口说话，它未必天生的沉默是金。

陈苍花打开店门。早上是理发店最清闲的时候，人们早上不会和头发过不去。早上是万物生长的时候，头发是人身上的树叶，也在生长。太阳滚动在操场上。学生在晨读。升旗手已经不是王米格了，他学习成绩下滑，升旗手资格被取消。几个老教师在菜圃旁边打太极拳。操场边的树和树下的小草，都在等待太阳浇水。

陈苍花找到半截粉笔，她在理发店门口写“沉默是金”，她写得歪歪扭扭。她想找一个字写得漂亮的人帮她写。她站在门口等看谁从这里经过。第一个等来校长陈世界，她不敢打招呼，赶紧缩到里面。第二个等来雄哑哥，雄哑哥从食堂那边迎着太阳走过来。

雄哑哥。她喊。

雄哑哥走过来的时候，她才想起雄哑哥不会写字。

雄哑哥，你弟弟最近回来没。她问。

没有。雄哑哥说。

雄哑哥，你真的有女朋友吗？陈苍花说。

陈苍花说完，后悔起来。她恨不得打自己嘴巴。麻烦就是从这句话开始的，怎么不长记性？

必须沉默是金。

她把附近小卖部、小餐馆、文具店的店主都喊来说，我从今天开始沉默是金。

几个店主看见她写在门上歪歪扭扭的字，笑得前仰后合。

上午相对安静。几个店主在学生上课的时间都无事可干，他们聚在陈苍花的理发店前，嗑瓜子说笑，聊是是非非，声音很大地笑。他们故意不理陈苍花，陈苍花几次想加入他们，身子拧来拧去。

中午女生们都赶来吹发。下午有演出活动，唱歌跳舞。女生们说着舞台、化妆和节目出场，陈苍花心里痒得不行。她上学时也是文艺宣传队的，还曾经当过报幕员。她可是校园里的一朵花。这些女生平时和她关系好，喊她陈阿姨。她憋着不说话，女生们倒不习惯。终于有女生发现了门上写的字，说陈阿姨要沉默是金？

女生们一一过来看她写的字，都哈哈大笑，好像她干了一件不光彩的事。沉默是金未必是件不光彩的事？

她发现了一个秘密！

这个秘密在吹发时还只是一个线索。她紧接着跟踪，得到了一个秘密。

天！

陈苍花下午心神不宁。她跑去找常物理，常物理正在讲课。一个纸做水杯，里面装满了水，下面点上火苗，那么，纸杯会被烧坏还是水会被烧开？常物理在讲台上提出这个问题，学生们都不知道答案。常物理洋洋得意。他正要揭开谜底，看见陈苍花的脑壳在窗前一探一探。

你干什么？常物理放下学生，从讲台下来走到门外走廊里，黑着脸说。

我……陈苍花刚准备说话，听到一声大喝。

滚！

滚就滚，陈苍花往操场上走，心里说，未必谁求谁？未必我就不知道沉默是金？

陈苍花心里安定了一会儿，她观察那些话说得少的人，比如校长陈世界，还有谁，一个敲钟的老头，还有谁？雄哑哥。他们有什么共同点呢？她找不到共同点。

晚上常物理急躁得不行，因为副校长曹仕斌正在调查一个医生。常物理得过性病，到这个医生这里打过青霉素。这个证据抓住了如何得了？看来这个曹仕斌真的要下毒手！

常物理对曹仕斌又恨又怕。他在家里团团转，对陈苍花发脾气。陈苍花不吭声。陈苍花原来总是会回应、争辩，今天一直不说话，常物理倒不习惯了。

都是你惹的祸！常物理说。

祸从口出！常物理说。

不说话你未必嘴痒？常物理说。

陈苍花在冷笑。

你冷笑什么？常物理看见“沉默是金”几个字，你要“沉默是金”，我不姓常。

陈苍花一直熬着，半夜了，常物理还在台灯下面踱来踱去，她实在忍不住了。

我可以制住曹仕斌。她说。

你说什么？常物理偏过脑壳。

我搞曹仕斌分分钟。陈苍花说。

你？就凭你？常物理当然不信。

陈苍花实在忍不住了，说出了那个秘密。

她发现曹仕斌把宋秀丽肚子搞大了。

常物理听陈苍花说着，细节、场面、两个人说话的内容，他像从迷雾中醒来。

你为什么不早说？他猛吼一声。

他看看陈苍花写在镜子上歪歪扭扭的字，笑起来，说，你这个人不该说的时候说了，该说的时候却沉默是金。

他兴奋起来。

十一

雄哑哥说话

啊，十几年后我又见到我的最好的朋友——保国！

啊，那个从小教我们一大群孩子对着太阳玩鸡鸡的保国，那个听遍了全村的墙根，给我们讲黄色故事的保国！

啊，那个永远长着两撇小胡子，鹰一样的眼睛，弓形腰，尖屁股，——自我吹嘘天生是一副日架子的保国！

我带着保国参观我的单位和工作，我买了一盒烟，见人就撒一颗。我们看了几十头白毛红皮的大猪，猪伙伴们，我是有朋友的人，他来看我来了！我们看了教学楼、操场、菜圃、升旗台、理发店，陈苍花你这个多嘴多舌的女人，你惊奇什么呢？你对我朋友保国身上的条形西服有什么惊奇？你没见过这么洋气的西服？我们看了食堂，食堂那几个光着膀子用铁锹炒菜的家伙，每人得了我的一颗烟，他们乐哈哈点着，边吃烟边炒菜，这可是违反规定的啊，但是哈哈哈，又有多大关系呢？

我端了几个菜，我请保国在我寝室里喝酒，我们围着小桌和杯盘坐下，我们说着我们小时候的那个村子，全村高大的榆树、泡桐，我们的沙地和西瓜，我们的小河和大河，大河就是汉江啊！

啊，我的朋友，师傅。

我妈不让我和保国玩，村里的大人不让孩子们和保国玩，全村的人都说保国是个坏蛋，保国怎么是个坏蛋呢？

我第一次下身像王米格那样长绒毛的时候，我妈和我爸在哪儿呢？他们是不是认为，我的耳朵听力出了问题，我的嘴巴说话出了问题，我的生理生长也会出问题？我的生理，我的下身绒毛，也会安安静静，悄悄萎缩在一个角落，会像一条永远冬眠的蛇，会是一只永远不出洞的老鼠。

村里人以后在洗澡时看见我下身的绒毛，大吃一惊，说，哎呀，哑巴也长毛了吗？

是的，我下身长毛了，我的绒毛像野草一样疯长。谁教我认识这种疯长的野草呢？谁教我认识身体这块土地呢？保国！我和王米格一样，用胶布贴住下身刚冒芽的野草，但胶布撕扯着皮肉，我疼得像鸭子一样缓慢走动，我的下身被撕扯得化了脓……保国一看就明白了，把我扯到暗处，一把剪子，手到病除。

啊，我和村里伙伴们第一次抽烟是保国教的。那时候村里人都吸旱烟袋，吸手卷纸烟，但是保国有真正的纸烟！丹江牌，大前门牌！保国的纸烟当然来路不正。他那时候已经开始偷东西，村前有一条乡道，通往丹江口，过路的货车驮着物资，都逃不过保国的法眼。保国早知道他要坐牢，他请我们吃烟喝酒时说，兄弟们，哪一天我坐牢了……结果他真坐牢了。有一天他偷了过路的军车，那可不是好玩的。我们看着保国被抓了，看着他被押回到乡里学校主席台上审判，他被剃了个光头。看着审判之后他被押上汽车带走，我们追着汽车的灰尘，一直追得看不见影子……

保国端酒杯的手在抖动，这是怎么回事？他比我大不了几岁。一个不到五十岁的人，端一只三钱小酒杯的手不应该如此抖动。我说，保国你怎么了？他说，兄弟我想你啊。但是镇定了一会儿，他的手又开始抖动。

保国现在发了大财，他在大庆油田那边，和他的一个亲戚承包了油井的维修。他们讲一个人有多少钱多少钱，就说一个人有多少口井。保国有几十口井。你在那个地方，酒店宾馆，你说我有几十口井，人们对你肃然起敬，会不要现金拿出账单让你签单。

保国有几十口井，还有几十个女人？这好像是上次国柱给我说的。保国长着弓形腰，尖屁股，这种体形的人我们这一带叫日架子，功夫了得，会讨女人喜欢。但是不管保国有多少女人，我却最喜欢保国老婆。保国老婆长着一双黑黑的大眼睛和天生的娃娃脸，是全村最漂亮的女人。保国坐牢三年回来，看看同龄人都结婚了，说，啊，那我也去找一个老婆。他很快就从郧阳山区那边找了一个老婆。保国给全村人都说，这老婆是骗的，都不许说啊。怎么骗的？我坐牢三年，我穿着黄军装在山里说我当兵了三年，女娃子们羡慕当兵的嘛。村里人怎么会放过保国呢？他老婆很快知道了，掏心掏肝地大哭了几天几夜，哭完又有什么办法呢？

啊，啊，我想起来一幕，——我的兄弟保国，为了让我知道搞女人是什么样的，有一天让我看一看他搞他老婆！啊，我多想看！啊，我不敢看！啊，保国的老婆！

那是一个中午，我吃完饭在他家门口歇凉，保国把他老婆抱到凉床上，扒开他老婆的短裤，拍打着她白花花的屁股，说，来，来看这个屁股！

我吓得赶紧跑了！啊，我以后多么后悔！那只白花花的屁股，旗帜一样永远悬在我眼前。

对了，“旗帜”怎么没回？

保国的手不抖了。兄弟，他大喝一口酒，说，雄，兄弟，我把老婆搞丢了啊！

我看见了她油脂一样的皮肤

我看见了她油脂一样的皮肤，陈苍花对常物理炫耀说，一般人看不出来，我看得出来。怀孕的女孩子皮肤毛孔有变化，油脂一样。

陈苍花在给初三的女生们吹头时发现不对劲。下午有汇报演出，别的女孩子都兴高采烈，唯独宋秀丽沉默寡言。她是文娱委员，下午领舞的人，应该兴奋才是啊。陈苍花上午在门口写上“沉默是金”四个字，未必宋秀丽也在“沉默是金”。轮到宋秀丽吹头的时候，陈苍花一看她油脂一样的皮肤，心里一跳。

女孩子们吹完头发，嬉闹着离开。陈苍花跟踪着宋秀丽，看着她在午后的安静时光里，先上厕所，再张望校园，再佯装看几片树叶。真是太有意思了。跟踪一个秘密就像看一朵花一层一叠地展开，要富有耐心。终于，宋秀丽对校园观察完了，她认为安全了，确实没人了，夹着一本作业本，闪进曹仕斌的房间了。

我下午要领舞，跳来跳去，怎么办？宋秀丽问。

这才刚开始，没事儿。曹仕斌说。

你总说没事儿没事儿，宋秀丽说，上次要不是王米格帮忙，我恐怕都挺着肚子了！刚消停一下，你又来搞，你说没事儿，这事儿是怎么来的？

曹仕斌说，坚持一下，马上考试完，这次我带你去做手术！

宋秀丽哭起来，做手术做手术！我都怕死了，上次手术做到一半，停电了，冰冷的手术夹子停在我身体里面，你知道吗？

曹仕斌气喘吁吁，他又想干什么？噢，我受不了，受不了，他说。

你真是个畜生。宋秀丽抵抗不了。

啊，一朵花开了，一层一层，层层叠叠地开放着。陈苍花藏不住了，装不下了，她跑去找正在讲课的常物理，常物理不理她。她下午没有再回理发店，那个小小的理发店装不下这么大一朵秘密之花，她的心也装不下这么大一朵秘密之花。啊，"沉默是金"，为什么今天开始"沉默是金"？

还有呢？常物理问。

没有了。陈苍花说。

就没有了？常物理说，这么简单就没有了？

对。陈苍花说。

笨蛋！常物理大吼着，你为什么不喊？不去报告校长陈世界？不冲进去捉奸捉双？

我去找你……陈苍花说，我……沉默是金。

你真蠢得可爱，常物理说，不过蠢人碰巧也有对的时候，嗯，这事儿不能先和陈世界说，万一他们是一伙儿怎么办？冲进去也不对，嗯，人家裤子一拎不承认怎么办？

对！

现在有个死证据，那就是宋秀丽的肚子！

如何一举搞倒曹仕斌？联合谁？从哪里下手？常物理和陈苍花从来没有这么团结过，他们仔细商议、分工。这一次绝不能让曹仕斌逃脱，置他于死地，这才是目的。抓典型抓典型，抓一个真正的好典型！

要出大事了！他们说。

十二

雄哑哥说话

年纪不到五十岁的保国边喝酒边哭泣。这个男人把老婆弄丢了。这个男人穿着军装把老婆从鄂西北郧阳山里骗出来，发誓给她好日子。他给她说当兵是三年，坐牢也是三年，有什么本质区别呢？坐牢比当兵学习的东西也许还多呢？！这个男人在大庆有了几十口井的业务，却开始搞女人。他搞了一个又搞一个。由悄悄的地下搞演化到公开出双入对。

这个男人哭哭泣泣，沙漏一样拉伸着月光。在和一个野女人的对峙中，他老婆气跑了，他那个野女人骗走他一笔巨款。从此他的运气急转直下。在反腐风暴中，他涉嫌向油田一个处长行贿被抓进牢里，再次去当一回兵。这回当兵的代价是他被牢里另外的“兵”踢伤了下体。他先是拉不出尿，等能拉出尿，鸡鸡却硬不起来了。

他如梦初醒。他忽然明白，有他老婆在财富才跟着，老婆跑了财富也跑了；他忽然明白，老婆跑了，他这个日架子也散开了，成了一个无用的空壳；他忽然明白，他老婆不单漂亮，还如此旺财旺夫，如此能忍耐，是天下第一的好女人。

但是他却找不到老婆了。

她会去哪里？

她老家没有她。在外地读书的孩子那里没有她。亲戚朋友那里没有她。到处都没有她。

很多个晚上，我梦中醒来，保国说，我都长久地发呆，我甚至怀疑我是不是真的有这么一个老婆，她是不是真的和我共同生活了那么多年？

他知道我也在寻找女朋友，心情焦灼得可以点着火。我为什么对陈苍花这个多嘴多舌的女人带来的消息信以为真？我为什么把它当作上帝转达来的信息？

这个世界上我最敬佩的人是谁？保国自言自语，我最敬佩的谁都不是，就是兄弟你。

我？保国敬佩我？一个半聋半哑的人？

对，我最敬佩你！我听国柱在电话里给我说了你，我这次回来一定要看你，我要向你学习，一定要找到我老婆。

我最佩服的人，保国哥，他却最佩服我。这个世界怎么了。

你那个女朋友，只有我知道是真的，保国说，除了我，没有人相信。

对，我妈我爸，我弟弟，我工作的这个单位，他们都不相信我有一个女朋友。

她长着漂亮的大眼睛和披肩发，骑自行车拐弯上山，拐弯下汉江斜坡时爱扔头发，有很美的车身弧线，保国说。

这就对了。

我曾经想勾引她，因为她和我老婆长得有点像，但又各不相同，保国说。

噢，这就对了。

在这个世界上，上下斜坡能把自行车骑出这么美弧线的，只有你们两个人，保国说，不过，你比她骑的弧线更惊险更漂亮，这也是她喜欢你的原因。

噢，这就对了。

向她开口挑明你心意的是我，保国说，我去给她说你喜欢她，但我隐瞒了一件事，我不是隐瞒，我是没想好该怎么向她说明白，说明白你的情况。你生的什么病，打的什么针，怎么变成了半聋半哑。我不敢说，我怕我说了以后她吓跑了，不干了。我眼看着你们每天上下班时间，从不同的方向，不同的单位，出发和返程，但是却要在路上重复一段路，共同骑过汉江和山坡之间的大弧弯。只要一到这个弧弯，你们就会不约而同地展示车技，博得路人喝彩。

我希望这种情况永远持续下去，保国说，但是不可能，好景不长。

是的，好景不长。她很快知道了我的情况，她不相信，她在汉江边那个大弧弯那里等我，她要验证，她要和我对话。

她知道我的真实情况之后，消失了一段时间，那一段时间我每天上班下班都一个人，再没有骑伴，后来她又出现了。她出现以后，要我在大弧弯那里一遍一遍给她展示车技。这算什么事，小菜一碟。骑自行车是要有天赋的，我骑我爸的自行车没要师傅，上车就走。我可以不用手来扶车把，我只用两只脚。我可以骑自行车挑水，把一担水挑回家基本不泼洒。我还搞过一件绝事，我曾经把自行车锯掉一只车把，我只用一只车把就能掌握平衡。我为什么这样，因为借自行车的人太多。

我连续给她表演了几天，几天以后，她又消失了，再没有出现过。

她有十六岁吗

她有十六岁吗？校长陈世界被突然来的几个人和突然来的这个消息惊住。她有十六岁吗？宋秀丽，这个女生出事了，她肚子里面铁证如山。她准备和副校长曹仕斌去县城医院里处理，他们在清晨第一班车被截住了。截住他们的是宋秀丽的妈、常物理、陈苍花，还有原来的升旗手王米格。

最先送达消息的是曹仕斌。他和宋秀丽商量好了，照着上一次，晨雾中第一班车，他们一前一后，先抵达县城，再会合。但是宋秀丽在快上车的时候被冲上来的几个人抓住，他一下明白了，扭头就跑。曹仕斌跑到学校，跑到寝室里，他想藏起来。在他扭头跑的时候，常物理和陈苍花开始追。王米格犹豫了一下，他想留下和宋秀丽一起，但是看宋秀丽妈紧紧抓着女儿，他也开始拔步追。曹仕斌第一念是想趴在床下面，犹豫了一下之后，他扭头朝校长陈世界办公室跑。扑通一声，他跪在陈世界脚前面。

陈世界把几个人隔开。宋秀丽和她妈在会客室，曹仕斌在校长办公室，常物理、陈苍花和王米格，他让他们坐到家里，后来他又让王米格和常物理夫妇分开，王米格坐在校长办公室门前的一块石头上。陈世界让每个人都不要动，不要打电话接电话，要相信他这个一校之长，然后他把校办主任和教务主任喊到操场，让他们全权处理学校工作，天大的事情都不能喊他。

几十年的经验告诉他，现在发生的事就是天大的事。

她有十六岁吗？这个问题陈世界先问曹仕斌，又去问宋秀丽妈，他还找到学校档案室，核实了档案年龄与实际年龄有无差异。

你犯罪了。他对一直跪在他办公椅前的曹仕斌说。

曹仕斌的相貌和实际年龄不符，他结过婚，很快离婚了，他脑顶上掉了一点头发，人们以为他年龄很大。

校长救我，校长救我。曹仕斌额头抵在地板上说。

违法犯罪的事，我能救你吗？陈世界说。

陈世界拿起电话，拨打公安局派出所，还剩一位数字时他挂断了。报警吗？这个学校要出新闻了！要在全县，甚至全市出名了。一个副校长让一个不足十六岁的女生怀孕了！这是他陈世界领导的学校吗？

陈世界拿着手机找到宋秀丽妈。我准备报警了，他说，曹仕斌涉嫌犯罪了。

他看见宋秀丽妈抖动了一下。

警察会让你配合调查，他对宋秀丽说，你也要和警察一起走。

我们要爱护宋秀丽，陈世界对宋秀丽妈说，你看我刚才，知道消息的人都不许动，孩子的名声很重要。

陈世界让曹仕斌起来，让曹仕斌坐到会客厅，和宋秀丽妈面对面。陈世界走出门，他当然并没有走远。他就在门口。校园里的晨读结束了，升国旗开始了。国旗升完，早餐开始喧闹，然后又开始安静，第一节课开始了，第二节课开始了。

屋子里时间难熬，先打破沉默的是曹仕斌。

宋姨。他喊，喊完发现宋秀丽妈并不姓宋，改口喊，姨。

谁是你姨？宋秀丽妈说，畜生！

我对不起她，对不起，我……曹仕斌说，我给钱行不行？

给钱？宋秀丽妈说，我的孩子不是妓女。

我是爱她的，曹仕斌说顺畅了，我们有感情。

有感情？宋秀丽妈说，有感情为什么不结婚？

结婚？曹仕斌大吃一惊，说，她还不到十六岁！

你也知道不到十六岁？宋秀丽妈说，知道为什么还要搞她？

一个上午，一个中午，又到下午，曹仕斌和宋秀丽妈，反反复复说这几句话。中午陈世界让人送来盒饭，宋秀丽、宋秀丽妈、曹仕斌、王米格都没吃，常物理、陈苍花吃了。

时间继续熬，陈世界焦灼万分，他有几十年的经验，他知道今天不解决，无论你天大的本事，你都捂不住这个消息。过了今天，你也不敢捂了，性质变了。他在升旗台和校长办公室之间的土平台上反复踱步。中间他踱到王米格坐的地方，他看见王米格的手抓着地上的草，一直抖动。他踱到常物理和陈苍花那里，陈苍花激动地站起来，向他描述如何发现秘密的过程，炫耀她的细心和专业知识。

我的孩子不是妓女，我不要钱，宋秀丽妈到下午只有这一句话。

他想明白了。

你还有没有其他路？上晚自习的时候，陈世界把曹仕斌喊到外面土平台上，说，除了坐牢和立即结婚，还有路吗？

她妈不松口。曹仕斌说。

我问还有其他路吗？陈世界说。

看来没有路了。曹仕斌说。

你选坐牢还是结婚？陈世界说。

可是……曹仕斌说。

你选坐牢？陈世界说，那我准备报警了。

不，不不，不……曹仕斌说。

你们商量定吧，陈世界说，你们的命运掌握在自己手中。我从不害人。

十三

雄哑哥说话

这些年我寻找我女朋友，我都找了哪些地方？沿着汉江河的弧弯向前，一直通往山里，那是襄阳和郧阳的交界。在交界处有一个三岔口，有一个村子，村口有一个猪圈，猪圈背后有一户人家。这户人家背后那个村子，又有几十户人家。我送过我女朋友一回，最远的地方就在这个村口，在这个猪圈前面。那么她家是村口这一家，还是后面几十户人家里面的哪一家？我不知道。

我一开始寻找的时候，这个村庄和这户人家都还在。我找到猪圈后面这一家，他家门前堆着玉米秆垛子，这个玉米秆垛子堆了很多年，他们也不烧它。它让我熟悉和亲切。当时是夜晚，我送到这里，我女朋友不让送了。她站在路口看着我，她一定要看我骑上自行车她才放心。那个夜晚，我送她回来的时候，有月亮见证，她在后面紧紧抱着我的腰。她贴着我的腰哭，一直哭到这个路口。我不知道这是她下决心离开我的前兆，我没有一点感觉。

我在这个村子里来来往往串过多年，串过多次。除了我小时候的那个村我熟，再就是这个村庄了。我像一个货郎一样在每家每户门口停留，但却找不到我的女朋友。我不知道她姓什么，叫什么名字。我和她每天相遇，那时候她在镇砖厂上班，我刚刚从村子里迁到镇上，在一所学校食堂上班。

后来这个村子都知道我在找人，找一个披肩发的女人。一个哑巴经常来找人，在这个村子里传开了。我再一来，会有很多人跟着我，看我去找哪一家的姑娘。村子里都议论我找的到底是谁。村子里人告诉我，村子里面已经没有姑娘了。一个走了，带一串走了，又一个走了，又带一串走了，都陆陆续续去南方的广州深圳打工去了。

中间隔了十年。这十年我心死了，心冷了，等这次陈苍花告诉我，说我女朋友回来的消息，我再赶过来找，整个村子都没有了。

是的，整个村庄都没有了。是南水北调把这个村子迁走了，还是全国到处搞什么城镇化，把这个村子迁走了？

整个村庄都没有了，对我是一个很大的打击。我返回的时候，汉江大弧弯的坡都上不动了。我下了自行车，推着往坡上走。汉江在这里是中游，江面很宽阔，左面是老河口市，右面是山坡。汉江在这里，有一个冲积扇和山丘共同形成的大弧弯。我当年给我女朋友展示车技就在这个地方。

啊，这个地方。

这个地方的日出多么壮观！这个地方那个长发飘飘的女孩子是多么漂亮！

这些都被我这个半聋半哑的人赶上了，看见了，我是多么幸福！

我当时刚迁到镇上，因为我爸的工资级别职称到了小教高级，我的户口转到镇上，找到工作。但村子里的房子还没卖出去，还有一些东西，所以我每天要骑二三十里路上下班。每天清晨，我骑着自行车从家里前往镇上，每天下班，我骑着自行车从镇上返回村里。

我就是在这个时段碰上我女朋友的。一开始是无意的，我每天骑车走到大弧弯，都会丢开自行车扶手双把，凭着身子的惯性和双脚的力量让车身平衡。拐弯拐弯再拐弯。一边是碧绿的汉江，一边是山上泻下来的丝丝缕缕的阳光，那种感觉真是太好了！后来我发现也有人在这么做，也有人这么大胆，敢丢开自行车双把，拐弯拐弯再拐弯，再后来，我发觉居然是一个女孩子，一个大眼睛披肩发的女孩子！

那个女孩子就是我女朋友。我们一开始是偶尔碰上，都很惊奇对方的车技，后来有意无意地竞赛和较劲，再后来她就明白她的车技不如我了，因为我转出弧弯以后下坡的时间敢把双脚放在车把上，这个她不敢了。再后来我们就有了一种默契，早上一个人先到大弧弯那里，必定磨磨蹭蹭等着另一个，然后我们一起冲上斜坡，冲过弧弯，尖叫着冲下斜坡。

我不知道如何和她说明白，我喜欢上她，爱上她了。我和保国商量。保国替我挑明，她一开始不知道我的情况，答应了。她知道我是一个半聋半哑的人之后，沉默了几天。后来我知道，在这沉默的几天里，她在思考我们这件事。后来她专门让我在这里表演了几回车技，那几天我以为她想通了，她准备嫁给我了，谁知道她会永远消失呢？现在我才知道，那几天她是在和我告别。

但是我当时不知道。我以为她消失几天后又出现是同意了。那几天太阳很好，又圆又大又红。我们上斜坡的时候，太阳飘在汉江水面，上了斜坡以后山挡住了，在弧弯那里，太阳在山缝里，若隐若现，拐过弧弯，一颗大太阳当空吊出来，悬吊吊空荡荡葫芦一样飘在空中。我们飞快地骑着，上斜坡，拐弯，拐弯，再拐弯，我们追赶着太阳。它一开始在我们头上，后来在我们车把上，再后来，我们飞速斜杀出弧弯的时候，我们追上了！

我们真的追上了太阳！我们和太阳同时抵达山口，我们在山口举起双手，自行车仍自由地往前跑！我们双手举起，太阳在我们头顶，太阳在我们手上，我们可以揪住太阳，随太阳一起飘走。

我女朋友在那个时候哭了，流泪不止。自行车下坡以后，我们停下来，她含着泪看我。

我们不是白发现秘密了吗

我们不是白发现秘密了吗？陈苍花和常物理等了一天，等到晚上，却等来了曹仕斌和宋秀丽妈谈妥条件马上要结婚的消息。宋秀丽当天晚上就把寝室里的东西全部打包拿回去了，她妈等着她，步步不离，她们手挽着手离开校园。她们和曹仕斌商量定，在两个月内，也就是初中毕业考试左右那个时间，按农村的习俗，在宋秀丽家举办婚礼仪式。他们先办仪式，等几年宋秀丽年龄到了再拿结婚证。

那我们不是白发现秘密了吗？陈苍花问常物理。

看来我们被耍了，常物理说，难道他们成了夫妻，陈世界成了月老，我们倒成了告密的小人？

我感觉有点不对劲。陈苍花说。

陈世界把我们当小人，反而要对我们下手了。常物理说。

说不定我的理发店也开不成了。陈苍花说。

不行。

陈苍花和常物理两个找到陈世界。一个违法犯罪的人不能逍遥法外，奸污未成年人，凭什么在法律之外？他们振振有词。

他奸污未成年人，你有什么证据？陈世界问。

证据在宋秀丽肚子里啊。常物理和陈苍花。

但是宋秀丽退学了啊，关于宋秀丽退学的原因，我们还在调查。她父母的理由，是让她去南方打工啊。陈世界说。

常物理和陈苍花很久才想明白一个现实。证据消失了！宋秀丽退学了，陈世界最多只上报了一个学生流失。他推得一干二净。他什么事都不知道。

他们谈妥了，谁都没办法。

夜已经晚了。陈世界让常物理和陈苍花先回去休息，常物理和陈苍花一直纠缠着不走。陈世界想留住王米格，他一直很欣赏很喜欢这个学生，但是王米格却在当天夜里退学，用雄哑哥的自行车把被子行李全部驮走。

陈世界很厌恶常物理陈苍花两个人，他知道曹仕斌那里有常物理治疗性病的证据，他认为用这个证据控制常物理和陈苍花不到处乱说应该没有问题。大事化小，小事化无。夜已经晚了，学生们已经下了晚自习了，陈世界有些累，他让常物理第二天到他办公室单独看一个材料。一个医生提供的材料，常物理愣了一下，若有所悟，带着陈苍花回家。

只有陈苍花还不明白，这个秘密不是白发现了吗？她一遍一遍地说。

第二天早上陈世界才想起这个疏忽。他起床后想起陈苍花是个多嘴多舌的人，但是已经晚了。

陈苍花打开店门，门口还有那歪歪扭扭的四个字“沉默是金”。陈苍花想什么是“沉默是金”，太阳是金，未必沉默是太阳？沉默是什么？是傻瓜，是笨蛋，这还差不多。我凭什么要沉默？我凭什么要替曹仕斌那个流氓保守秘密？

陈苍花站在门口，她要等经过的第一个人，她要把这个秘密传播出去。

校园里相对安静，学生们正在上早自习。太阳还是滚落在操场上。陈苍花等到的第一个人却是雄哑哥，她有点泄气。她背转身生气，雄哑哥却迎着朝阳过来了。

雄哑哥，雄！她喊。

雄哑哥过来了。

有人把女学生肚子搞大了，你想知道他是谁吗？

雄哑哥没听明白，嘿嘿笑。

陈苍花忽然间决定换句话说。

雄哑哥，雄，她说，你知道你为什么找不到你女朋友？

雄哑哥耳朵立即竖起来。

陈校长把你女朋友抓起来了。她说。

骗人。雄哑哥说。

信不信由你，陈苍花说，雄哑哥，女朋友你别找了，找不到的，你知道她去哪儿了？去南方当“小姐”去了，发了很大的财，现在又回来了，在汉江桥头开发廊店你知道吗？

雄哑哥愣住了。

校长陈世界听说有老师去找洗头妹，报警找了公安，把你女朋友抓走了啊。

她听到一声猛吼。刚好校长陈世界过来了，雄哑哥朝陈世界扑过去。

十四

雄哑哥说话

我被戴上手铐，铐在主席台和校长办公室之间的一棵树上。副校长曹仕斌在第一时间报了警，说有人打老师，打校长。警车几分钟就来了，公安局派出所很近，就在附近的集镇上。警察掏出手铐铐住我以后，才知道我是个半聋半哑的人。

怎么是个哑巴？警察说。

你别看他是个哑巴，心里有数得很，副校长曹仕斌说，陈校长给他介绍对象，他不单不感谢，还恩将仇报，他还把陈校长打倒。

但是我并没有打陈校长，这一点几个老师可以见证。我扑过去，扳住他的脖子，在地上拖他，他的皮鞋在地上划了两道印子，大约有七八米长。我拖他的时候大脑由冲动逐渐清醒了，我想我可能搞错了，上当受骗了。我愣在那里，不知道是放下他还是继续拖着走。这时候刚好下早自习，学生们拥出教室，几个老师喊着朝我们跑过来。

校长陈世界在校长办公室里哭，他哭起来居然像一个农村妇女那样，拍着大腿，呼天抢地，这一点谁都没想到。副校长曹仕斌在劝他。他一边劝一边给人们描述当时我在地上拖陈校长的样子，他说学生刚好下早自习，几乎所有的学生都看到了。他越描述陈校长越哭得厉害。

镇派出所和镇政府、镇教管会成立了调查组，他们在老师中访问，得出结论，说我对陈校长介绍对象不满，心生怨恨，由此打人。对于是否给我铐手铐，形成两派意见。一是说必须给我戴手铐，我不光打了人，还打了德高望重的陈校长！必须先杀杀我的威风。第二种认为不戴，毕竟是个半聋半哑的人，毕竟伤得不重。

我弟弟陈胖三知道了，他听说给我戴了手铐，情绪很激动。他在外地一个电话一个电话联系。找县里，找镇里，也找陈世界和曹仕斌。他要求把我手铐解除。陈世界接到我弟弟电话后，和曹仕斌商量，立即住进了镇医院，要镇医院出什么证明。

我弟弟知道陈世界住了院，态度变了，毕竟是我不对。他最后和陈世界曹仕斌谈好条件，只要不坐牢，保住我工作，怎么处理都行。

我在一棵树上铐着，校长陈世界被送进镇医院以后，干部老师们都拥到那里看他去了，我好像被人忘了。直到下午布置会场和主席台人们才想起我。

上午学生们上课，我一个人靠在树干上，看阳光在树丛中布条一样纹路清晰。陈苍花过来看我，她害怕我把责任朝她身上推，脸色白瓦瓦的。

雄哑哥，陈苍花说，我可什么都没说。

我把脑壳别着不看她。

雄哑哥，她又说，你这个人也是，校长给你介绍一个女人你都不同意，你还敢打校长！你这不是恩将仇报吗？

中午学生们到食堂买饭，三三两两端着饭碗来看我。我和学生们都认识，他们平时在食堂吃饭，丢的剩饭剩菜都是我去扫。他们没想到我这么一个人还为女人的事打校长。他们用异样的目光看我，议论我为了什么样的女人，怎么打的校长，越说越离谱。

哑巴也想女人？他们说。

他不同意一个斜眼？他们说，他为什么不同意一个斜眼？他要多漂亮的呢？

陈世界和曹仕斌经过商量，按照我弟弟的想法，设计处理我的办法和程度。学校已经通知各班第二天开全校大会了。会场在布置，主席台在摆放，会议的安排也都在紧张进行中。

傍晚的时候，我妈和我爸到学校来找我。他们看见我被铐起来了，都哭了。

我妈说，都是那个坏蛋保国，他一回来，就出这么大的事啊。

我爸说，老大，明天给你一个最后的机会，我要你干什么你干什么，如果你不听我的，你可要和保国一样去坐牢，你明白吗？

你把陈校长打住了院，不是你弟弟面子，你现在就被抓走了，你知道吗！他们俩哭着说。

我给他们保证，我说我知道错了。我会按他说的去办。

我觉得对不起他们。我这一生，从小生病，长大闹事，分家，打弟弟，打校长，我为什么安宁不了呢？我坐在石头上，我的眼前是一棵小树，再前面是主席台。我为什么不能像屁股下面的石头，眼前的小树和主席台那样安宁？

学生们都放学了。这是我最害怕的时候。越来越多的学生围过来看我。他们去买饭的路上，买了饭以后，都拿着碗站在树边看我。

我用身子遮住手铐。他们就转到树的另一边。学生们都没看过手铐，他们充满好奇。

这个手铐在学生们上课的时间我已经看过多次。很亮，牙齿一样咬住我的右手腕。我的右手已经发乌。我没想到我这一生会戴手铐。

我印象中保国和电视里的坏人、特务才戴手铐啊。我感到羞耻。

有什么好看的？我妈说，大家都走啊。

大家都走开。我爸说。

没有人走。学生们越围越多。都在嗡嗡议论。我爸找到几个老师，老师们过来赶学生走，学生们离开了一批，又来一批。几个老师去找副校长曹仕斌。

曹仕斌把我爸留下来，商量第二天开会的细节。

我和学生们一分钟一分钟地对望着，直到晚自习钟声响起。

我想起了我的猪，我要去喂猪，猪已经一天没吃东西了。但是看管我的老师不同意，他没有接到校方命令。主席台上忙着指挥布置会场的是副校长曹仕斌，他神情严肃，如临大敌。领导的座次摆好了。“抓典型”的标语，贴满了校园。

我坐在那里看着夕阳从树梢往下滑，一件红衣服一样往下滑。停住了。夕阳大水一样漫过来，校园里教室、主席台、菜圃、操场、校长办公室，全部都泡在红红的水里。我也泡在红红的水里，齐腰深的水，一点一点往上涨。

谁坐在台下面

谁坐在台下面？

校园里广播在催场，曹仕斌副校长主持会议，会议即将开始。来自镇政府，镇教管会的领导陆续入座。怎么这么安静。校长陈世界已经出院，他被安排在主席台左边的第一个。他往台下面黑压压的人群望。怎么这么安静。

音乐突然停止。往先开会，纪律是一个大问题。曹仕斌总会不停地要求安静。今天怎么了？怎么这么安静？谁坐在台下面？

曹仕斌朝台下望，主席台坐的领导们朝台下望，校长陈世界也朝台下望。台下黑压压一片，飞翔的瓦片一般。就是没有声音，安静极了。

曹仕斌先讲了会议的主题，介绍了来宾。

曹仕斌有些干燥。他想起来应该端一杯水上台。他提高声音。他感觉有谁坐在台下，又看不清楚。他原来主持会议，总是先喊“安静”，一喊他就进入状态。今天他想喊，但是太安静了，他没喊出来，所以没进入状态。他怀疑有谁坐在台下，在那里捣鬼。

会议的组织者们忘了设计一个环节，就是雄哑哥如何出场。雄哑哥还在会议室里。他昨晚被关在那里。

雄哑哥不知道怎么上台。

来主讲法制的镇领导看雄哑哥从校长办公室里出来的时候戴着手铐，大吃一惊。他急忙冲过去用身子护住雄哑哥。

他让警察们赶紧把手铐打开。谁让铐的谁让铐的？他四处找责任人，没人敢应声。

我们今天只是教育，只教育，他对雄哑哥说，你听懂了我的话吗？

听懂了。雄哑哥说。

学生们麦浪一样一波一波探头朝台上看。终于有人明白雄哑哥听不见，拉着他从主席台后面上台，指定主席台上的一个角落，让他站好。

曹仕斌简述了雄哑哥打人的经过，念了医院的诊断结果，分析了一个国家职工打人的性质以及全校正在找典型的形势，然后，让雄哑哥检讨。

雄哑哥的父亲拐着腿一高一低上台，代表雄哑哥检讨。

雄哑哥站在主席台的一角。他从来没有站上主席台过，他没有开过会。这个角落前面是操场，操场前面是菜圃，菜圃前面是猪圈。他朝远处看，后排的学生立刻鸦雀无声。他把目光收回，靠近台下的学生立即鸦雀无声。

太阳一滴一滴顺着树缝流过来。主席台左侧是教学楼，右侧是一排高大的树。上空有一面旗帜，火一样烧在空中。风在树、楼、菜圃中间窜，是活动的消息树。雄哑哥从风中听到了猪饥饿的声音，他焦躁不安起来。雄哑哥想离开主席台，他这个意图被曹仕斌、陈世界发现了，那怎么行？他们示意一个看管他的老师，那个老师从角落爬上去，想对着他耳朵说，快了，要他坚持一下，但又不敢爬上去。雄哑哥再次听到猪在猪圈里饥饿乱叫的声音。这件事学校真是忽略了。从昨天到今天，没有安排人顶替雄哑哥的工作。几十头猪在疯狂地拱圈墙。

雄哑哥的父亲退休前是个语文教师，他为了检讨深刻，为了保全儿子饭碗和公职，把检讨书写得很深刻，分成很多个章节。第一个章节，讲述陈世界的为人如何好，第二个章节，讲述两家的历史友谊，第三个章节，讲述雄哑哥的病情，第四个章节，讲述雄哑哥的无知及打人经过，第五个章节……

这个检讨书怎么念这么长！主席台上的人坐不住了，几个镇领导在交头接耳。他们来参加一场法制教育课，来了之后才发觉是批斗一个哑巴，他们都想赶快结束赶快离开。陈世界也觉得不对。他想离开。

雄哑哥目光朝台下看，台下黑压压一片。他怎么看见天聋和地哑坐在会场？天聋地哑在那里！他看见了这两个兄弟，他们手拉着手。他听见天聋和地哑用肚子在说话，叽叽咕咕。

一个说，有一件事，你听说没？

一个说，有一件事，你看见没？

一个说，有一件事，你说出来没有？

雄哑哥的父终于念完了。台上台下所有的人都舒了一口气。这个检讨书可谓深刻，雄哑哥的父亲念得声泪俱下，很多人跟着抹泪。他准备下台，主席台上有人给他示意带着雄哑哥退场。

给伯伯下跪。雄哑哥的父亲说。

所有的人都以为听错了。

给伯伯下跪！这回雄哑哥听清了，他想去喂猪，但是必须磕完这个头。他从小就知道下跪磕头。他知道自己错了。他整了整衬衣，走到陈世界面前。

这个环节是曹仕斌和雄哑哥的父亲事先安排的，陈世界坐的这个位置都是安排好的，便于接受下跪和磕头。

台下的学生齐刷刷地站起来了。

雄哑哥走到陈世界面前，跪下。

雄哑哥跪下。他从腿缝里看见了王米格！王米格骑着他的自行车进了校门。他今天来还雄哑哥的自行车。学校门卫不知道他已经退学，都认识这个升旗手，给他开了门。王米格骑进校园，一下子就看见了主席台上的雄哑哥。

雄哑哥看见了自己的自行车。自行车沿着学生方阵缓缓行进，上面铺满了阳光，车把上，车轮上，车座上，每一根车条，都那么清晰。

他看见他的自行车在阳光中转动起来。

图书在版编目（CIP）数据

一片暴雨中下坠的羽毛 / 普玄 著. -- 北京 : 作家出版社，2017. 1

ISBN 978-7-5063-8847-4

Ⅰ. ①一… Ⅱ. ①普… Ⅲ. ①中篇小说－小说集－中国－当代 ②短篇小说－小说集－中国－当代 Ⅳ. ①I247. 7

中国版本图书馆CIP数据核字（2016）第064368号

一片暴雨中下坠的羽毛

作　　者：普　玄
责任编辑：宋辰辰
装帧设计：薛　怡
出版发行：作家出版社
社　　址：北京农展馆南里10号　　　**邮　　编**：100125
电话传真：86-10-65930756（出版发行部）
86-10-65004079（总编室）
86-10-65015116（邮购部）
E-mail:zuojia@zuojia.net.cn
http://www.haozuojia.com（作家在线）
印　　刷：三河市华业印务有限公司
成品尺寸：152×230
字　　数：274千
印　　张：21.5
版　　次：2017年1月第1版
印　　次：2017年1月第1次印刷
ISBN 978-7-5063-8847-4
定　　价：36.00元
